有爱的青春陪伴者

今年的热季比往年来得都浪漫

浪漫热季

金渝 / 著

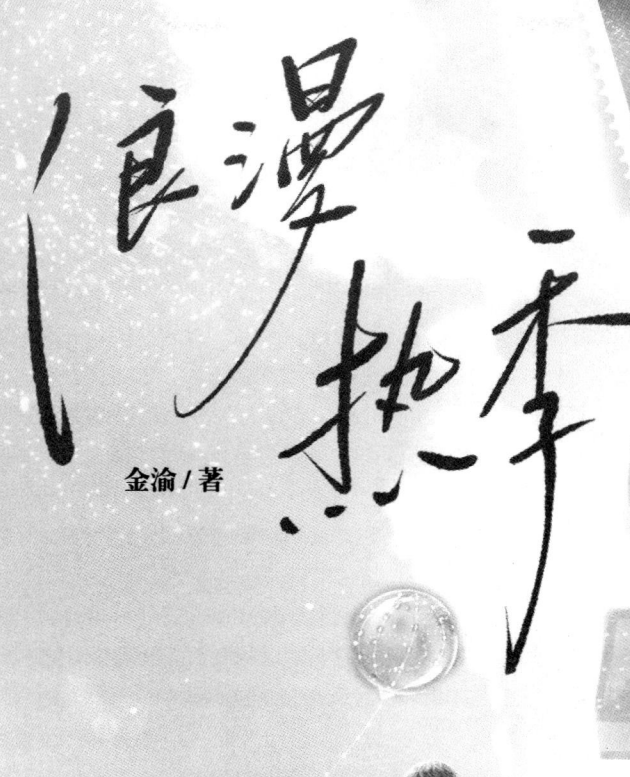

江苏凤凰文艺出版社
JIANGSU PHOENIX LITERATURE AND ART PUBLISHING

图书在版编目（CIP）数据

浪漫热季 / 金渝著. -- 南京：江苏凤凰文艺出版社，2023.10
　ISBN 978-7-5594-7957-0

Ⅰ.①浪… Ⅱ.①金… Ⅲ.①长篇小说－中国－当代 Ⅳ.①I247.5

中国国家版本馆CIP数据核字(2023)第158570号

浪漫热季
金渝 著

责任编辑	王昕宁
特约编辑	廖　妍　文佳慧
出版发行	江苏凤凰文艺出版社
	南京市中央路165号，邮编：210009
网　　址	http://www.jswenyi.com
印　　刷	长沙鸿发印务实业有限公司
开　　本	880mm×1230mm　1/32
印　　张	9.5
字　　数	321千字
版　　次	2023年10月第1版
印　　次	2023年10月第1次印刷
书　　号	ISBN 978-7-5594-7957-0
定　　价	45.80元

江苏凤凰文艺版图书凡印刷、装订错误，可向出版社调换，联系电话025-83280257

目录

- 第一章·呀！好大一个乌龙 /001
  这可是赵翊，花心是花心了点，但那张脸多帅，只听说有女孩想加他的，没听说有女孩拉黑他的。

- 第二章·你想得倒挺美 /017
  动心是不可能动心的，但跟他相处，动心的可能很大。
  这个纨绔子弟，真的有纨绔子弟的本事。

- 第三章·相视一眼就想笑 /031
  "你平时是不是不怎么用微信？"不然怎么没给他发过消息。

- 第四章·如果要疯狂一次 /050
  "你只要一直这样下去，就成了。"他最多就透露这一句。

- 第五章·提前的生日礼物 /062
  "好记性。"他拿签字笔转着玩，"人刚刚才送了我一个世界。"

- 第六章·以为我单恋你？ /084
  难怪没给他发微信，都拉黑了还发啥。她不是不喜欢聊天，而是不喜欢跟他聊天。

- 第七章·关于我喜欢她这件事情 /100
  "欺负人是吧？"他站到她对面，脚踩着地面，微俯身，"追求喜欢的人或事，不丢人。"

目录

- 第八章 · 那可真是浪漫第一名 /115
  说了那么多，其实我就一句，山不来就我，我就来就山。你不来抱我，我只好抱你了。

- 第九章 · 微风吹开童话书页 /149
  "虞灿，你听好，这话我只说一次，多久都作数。"他的声音逆着风，"你慢慢来，九十岁我都等得起。"

- 第十章 · 致过去和往后的时光 /167
  感动和爱有本质的区别。他和虞灿之间只能是爱，哪怕这份爱来得迟，经历的时间久一点。

- 第十一章 · 鲜衣怒马少年郎 /197
  不用等到九十岁，我在十九岁的时候就已经爱上你了。
  现在玫瑰到了，你愿意做我男朋友吗？

- 第十二章 · 一路风霜与热望 /216
  直到虞灿出现，他有了可以期待的明天和"等会儿见"。朝暮夜明，细枝末节，有迹可循。

- 第十三章 · 我会让你得偿所愿 /241
  她抬头看他，眼里带着泪，一抬头就往下滚，烫得可以灼伤皮肤。她擦了下泪，再抬头："赵翊，我爱你，我们以后会有家的。"

- 第十四章 · 我和你的浪漫热季 /264
  今年的热季比往年来得都浪漫。
  这一生还未完全展开，但有人已经开始觉得短了。

- 番外 · 少年与爱永不老去 /293
  明明是很平常的一瞬，但那一刻他想和她瞬间变老，也想和她一生年少。

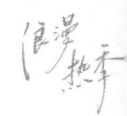

第 一 章

呀！好大一个乌龙

"嘀嘀……"

虞灿的手机消息提示音响个不停，十多个不同头像的对话框上上下下浮动，未读消息直逼"99+"。

她勾完眼线，对着镜子仔细比了比。

镜中的一双杏眼又大又有神，眼角刚画的浅色眼线稍稍上挑。今天皮肤状态也很好，水润白皙。果然是人逢喜事精神爽。

她做完定妆，大致瞄了眼手机页面，基本都是学校同学和社团活动的消息。她首先点开唐微微的语音，那边的声音立马传过来："灿灿，你前天不是说有个包不见了，怎么找都找不到吗？"

虞灿想起是有这么回事，那个包虽然说不上多名贵，但非常特别，上面的图案是她自己设计的。她前两天想录一期穿搭视频，在宿舍里翻了个底朝天都没找到那个包。

手机被放在桌上，接下来的未读语音自动播放，唐微微说："昨晚上你不在宿舍，那个郭思月大大方方地拎着那只包就进来了，然后若无其事地放你桌上，动作那叫一个自然。"

言外之意，是郭思月未经允许拿走了虞灿的东西。

"就算咱们是一个宿舍的她也不能这样吧。"从声音都能听出唐微微有多生气，简直比动了自己的东西还愤怒。

唐微微接着说："我问她是不是用你的东西没有告诉你，她说'虞灿这么多包我借一个怎么了，又不是不还'！"

001

虞灿不是受气包，郭思月这种行为要是放在以前，虞灿肯定会现在就让她给个合理的解释，但今天，真没必要因为这事毁了自己的心情。

唐微微那边还在气："她还怪我多管闲事，说又不是我的我急什么！"

"消气，"虞灿浅浅抹了一层润唇液，发语音过去，"微微，我可能……"她语气里是藏不住的激动和期待，一句话分成了两次发，"要恋爱了。"

唐微微敲字：杨策尧？

虞灿：嗯。

虞母唐小丽推门进来就看见女儿对着手机边发信息边笑，在原地看了会儿，问："笑什么？下来吃饭了，今天周一你不是还要去学校上课？"

"哦，好。"虞灿把屏幕摁灭，回头比了个"OK"的手势，"马上就来！"

"倒也不用急，慢慢收拾，等会儿晚了的话让你爸直接送你去学校。"

虞家所在的万安小区到遥城大学开车大概半个小时，坐地铁四十多分钟。虞灿昨天接了个化妆兼职，完事没回学校直接在家睡了，所以今早在家里。她见母亲走了，继续发语音："昨晚上，他抱了我一下。"

唐微微：他表白了？

唐微微对他俩的事熟悉无比。这两个人从小就认识，双方父母是朋友，现在一个在遥城大学，一个在隔壁遥城航空航天大学，青梅竹马，郎才女貌，他眼里只有她，她也早已习惯他。两个人在一起是百分之百的事，就看谁先捅破那层窗户纸。现在终于挑明了？

"那倒没有，他昨晚上跟我说……早就对我有不一样的感情，然后早上他发消息说等会儿在我们学校见一面，有事情要告诉我，语气还挺正式的，就是那种感觉，你懂的。"

唐微微尖叫了几声，断言："这种时候除了表白能有什么事？灿灿，你做好准备，他那种闷葫芦都是不鸣则已一鸣惊人。哎呀，他不会在操场搞个玫瑰花气球表白吧！"

虞灿忽然想到什么，指尖滑动屏幕翻回杨策尧的对话框，他约的地点就是操场旁边。

"他这情况不是表白，我把头拧下来！"唐微微发来语音，信誓旦旦。

虞灿当即放下手机，换了支颜色更正的口红，精心搭配好衣服。

她刚出门就看见虞南抓着个书包，委屈巴巴又愤愤不平地瞪着正喝粥的唐小丽和虞有毅两位同志。

虞南是她弟弟，今年刚上一年级。小朋友小小的一只，人还挺浑不懔的。

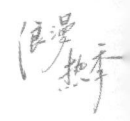

"南哥怎么了?"虞灿拿了片面包咬了口,问。

虞南捏紧了拳头把书包举起来:"你看,他们让我背这个书包!"

粉红的书包上印着身姿曼妙的白雪公主,明显是女款。虞灿笑出声:"爸、妈,你们怎么想的?"

虞有毅抖了抖报纸翻面,心虚道:"别看我,问你妈,你妈非要买。"

"不看你?"唐小丽抢了他的报纸,用筷子敲桌面,"昨天的'万安广场舞大赛'你说好了来又放我鸽子,我台都没上成。你们是没看到,钱大娇搂着个老头子在我面前跳得多得意哦,转得跟陀螺似的,地上的火星子都蹦我身上了!"

唐小丽和钱大娇相爱相杀多年,哪儿哪儿都不对付,什么都要暗地里比。

昨天晚上,虞父的学校里出了点事走不开,就没赶过来。钱大娇美美拿了"舞王",社区奖励了两桶油和一个迪士尼书包。唐小丽在这事上丢了面子,寻思着做点什么挽回些颜面,就偷偷去买了同款书包。

别看这烂大街的款式,还不便宜,399块,这可不能浪费,只能让虞南背了。

唐小丽越说越来气,把报纸往桌上一拍:"要不是你老虞,我能受这气?吃这哑巴亏?你等着瞧,她钱大娇今天不带着那书包过来炫耀,我就不信唐!"

虞有毅摇摇头,转过去对虞灿说:"你妈就是死要面子活受罪,你信不信,要是逛奢侈品店有导购看不起她,她能把肾卖了去买东西。"

"老虞你说我?"唐小丽拧他手臂,"上次你……"

两人正翻旧账时,门铃响了。钱大娇站在门口,笑容满面:"小丽,走啊,一起逛街去。"她手一抬,胳膊上挂着的赫然就是那个白雪公主书包。

虞灿看这架势,将面包叼在口里,起身拍拍虞南,把书包给他好好背上,好言相劝:"南哥,听我的,你先坚持几天,不然看样子他们能把你卖了。"

虞南扭过头:"我不上学了。"

虞灿"啧"了一声,全是死要面子的。

她走到门口换了鞋:"爸,妈,钱阿姨,我学校还有课,先走了,拜拜!"

遥城的五月已经是初夏,湛蓝的天空一碧如洗。道路宽阔,像是城市的脉络蜿蜒。四月开花,五月蝉鸣,遥城的热季快要来了。

大悦城的LED屏上循环播放着如今很火的女明星黎漫的代言广告。

虞灿担心自己会晚到，发消息给杨策尧：我可能晚点才能到，你要是有别的事可以先走，我们另外找个时间说。

杨策尧寡言少语，不喜交际，平时连电子产品都很少用，他们有什么事会直接见面说。说起来，今天是他俩网络聊天最多的一次。

没想到杨策尧秒回：我没别的事。紧接着又补了一句，没关系，我等你，慢慢来。

虞灿盯着这句"我等你"，不自觉笑了。

这时，唐微微又发消息过来了：我知道郭思月拿你包去干什么了。

虞灿回复：干什么？

唐微微发了张图片过来：图片色调昏暗，是在晚上拍的，郭思月对着镜头比剪刀手，她后面十多个人围着玩牌，男女都有，气氛还挺火热。旁边一个男生瘫坐在沙发角落，双手抱在胸前，长腿抬在另一边的扶手上。他没玩牌，心不在焉地望着天花板，眉眼锐利好看，货真价实的帅，街上遇到了会忍不住多看两眼，隔几天喝水的时候还突然想起的那种。

这是金融系有名的大帅哥，赵翊。哪怕虞灿这样跟他完全没交集的人也听过他的名字。整张图片除了郭思月，占镜头面积最大的就是赵翊，任谁看了都知道她心思在哪里。

唐微微寻思：她想追赵翊？

追？应该不至于，赵翊这种级别的，长得帅玩得开，郭思月多半是想炫耀一下，不会真的往火坑里跳。

其实关于这张照片，虞灿可知道太多内幕了，包括赵翊为什么一副焉焉的样子，但杨策尧还等着她，她只好长话短说：我有内幕。到操场了，等会儿说。

杨策尧立在操场边的凉亭里，亭内晨诵或路过的人很多，他丝毫不受影响，脊背挺得笔直，这种站法在现在的年轻人里很少见了。他从小就是这样，万安小区的小学究、老古板。

她越靠越近，想到唐微微说的"表白"和昨晚的那一个绵长的拥抱，有点紧张。他们这么多年，其实也算水到渠成。

"杨策尧！"虞灿拍他左肩，出现在他右边，"等这么久，你上午没课？"

他腼腆地笑了："没课，下午才有。"

"你说有重要的事是什么？"她问。

杨策尧张了张嘴，好像有点难以开口。

她找了个空石椅准备坐下，感觉以他这个腼腆的性格，说开得等到下午了，于是笑了："你昨晚干吗突然抱……"这句话来了个急刹车，因为她看见杨策尧从旁边拉过来一位女生。

"虞灿，给你介绍一下，这是我的女朋友，陈冬露，和我同专业的。"

"什……"字不多，但爆点足够大，虞灿实实在在被重击了，扶着红亭的木柱后退半步，好不容易缓过神来，"你女朋友？"

那女孩笑得眼睛弯弯的，伸出手："你好呀，我男朋友提过你很多次，你好漂亮。"

"是、是吗？"虞灿脑子发蒙，嘴巴已经自动说出来应付的话，"谢谢，你也很漂亮。"

篮球场上，一只篮球"砰"地砸在地上，又是一个"三不沾"。

胡嘉运捡了球运过去："翊哥，还在想昨晚的事？"

赵翊投了三个球一个都没进，心思明显不在这里。他没回答，脸上烦躁的表情摆明了：你还有脸问？

昨晚的事，也就是胡嘉运，换了别人他一点脸都不会给，直接就走人了。赵翊懒洋洋地捞起外套，拿了几瓶水给场上另外几个人扔过去，打招呼："先走了。"

"不打了？"

"下次。"

胡嘉运抓起外套跟上去，跳起来搭上赵翊的肩，讨好道："我也不想骗你，但他们给得太多了。"

"滚。"脏手搭人衣服上，赵翊就差给他一脚。

"我错了，我真的错了，大哥，原谅我这一次。"胡嘉运给赵翊递湿巾，"用这个擦，这个干净。"

赵翊擦手："哪儿来的？"胡嘉运这人出门从不带卫生纸，擦嘴都是靠蹭木头。

"刚球场边上一个黄头发女生给你送的，我替你收了，哎……"他话还没说完脸上就被捂上了湿纸巾，却仍然不知死活，"那矿泉水也是人家给的！"

"什么水？"

"你刚刚喝的！"胡嘉运就不信赵翊还能吐出来，"人家说对你一见钟情,非要送,我能有什么办法?"

赵翊差点吐出来,抓着他衣服帽子往下按。赵翊是最不可能相信一见钟情的,见一面能生出什么情?那不就是看脸?追他的那些女孩可能连他"赵翊"是哪个"翊"都不知道,这种感情太薄太快,他没兴趣。

"对对对,正经人谁信一见钟情啊。"胡嘉运把外套穿好,手反到后面捋帽子,边捋边说,"不过是贪恋咱们的美色罢了。"

凉亭里晨读的同学把书合上让同伴抽查,同伴走神,有一搭没一搭听旁边几个人闲聊。紫红月季花香四溢,花瓣上挂着昨夜的露珠。

郭思月去上课路过凉亭,看到虞灿和杨策尧,惊喜地停下来:"哈喽,虞灿!杨策尧,你过来找虞灿的吗?"

虞灿勉强挤出个笑。

杨策尧年初和虞灿宿舍的几位女生一起吃过饭,所以都认识,他老老实实回答:"你好,郭思月同学。"接着再介绍有点局促的陈冬露,"这是我的女朋友,陈冬露。"

陈冬露乖乖打招呼:"你好。"

郭思月用疑惑的目光来回看了他们几次,对杨策尧道:"你有女朋友啊?刚刚听说灿灿恋爱了,我还以为是和你呢。"

虞灿眼睛一抬,这人怎么知道?下一秒又想通了,可能是听到了她和唐微微的聊天语音。

郭思月说完才觉得这话有点不合适,赶紧转移话题:"恭喜你脱单!"

"你有男朋友了?"杨策尧问虞灿,表情震惊极了。

"当然了,灿灿早上说的,再说平时追我们灿灿的可是一大堆,她喜欢的肯定是大帅哥!"郭思月其实知道自己拿人家包包的事有错,但这会儿看到杨策尧把女朋友领过来,虞灿好像有点尴尬,就想着帮忙争回场面,反正以虞灿的姿色,找到的男朋友不可能差过他。

"你交男朋友了?什么时候的事?没听你提过。"杨策尧直接走过来。

如果虞家有传家宝,那一定是掉皮掉肉不能掉面子的钢铁意志。虞灿表演得大方自然,带着热恋期恰到好处的甜蜜:"嗯,我俩一见钟情,本来不准备谈的,可谁能拒绝命中注定?"

"我能问下是谁吗?"他喉结微动,明显有些激动。

郭思月说:"听说就在操场边上!我也很好奇。灿灿,你干脆介绍给我

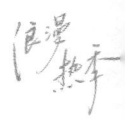

们认识一下怎么样？"

虞灿闭眼，现在只想掌她的嘴。

杨策尧跟着问："可以吗？"

现在是早上，操场上没几个人，虞灿余光扫了一眼，不到十个人，大半还是女生。

没人了，真的没别人了。

郭思月往她后面一瞥，突然眼睛一亮，打鸡血了一样激动："你说的男朋友不会是……赵翊吧？"

陈冬露却好像敏感地察觉到什么，小声对杨策尧说："咱们这里才算是在操场边上，她说的人不会是……"

"对！就是赵翊。"虞灿僵硬笑着抢话，"你怎么知道的？"

"翊哥，等下。"胡嘉运蹲下系鞋带，不经意往前一看，手上动作静止了，"我又……我又初恋了。"

"什么？"赵翊真受不了这人了，成事不足败事有余，系个鞋带也废话多。他捞起水瓶准备给这人一瓶子，手臂突然一重，被人给挽上了。

胡嘉运眼睁睁看着自己上一秒爱上的"初恋"美女挽上了自己的好兄弟。

赵翊还没看清是男是女，一把把人推开："你谁？"

"求你。"虞灿抓着他的袖子，整个人像只树獭又贴回去，急得要哭，"我知道我现在像疯子，但请装一下我男朋友，我真的求求你！"事已至此，如果今天同时在杨策尧和郭思月面前丢大脸，她真的会死。

赵翊不为所动，提起她的后衣领："我说放开……"

"我有黎漫的签名！"虞灿紧紧抓住他的胳膊仰头看他。

他不推了，打量起这女生，栗色微卷的长发披着，因为着急满脸通红。他再次发问："我问你是谁？"

虞灿："我昨天看到你追黎漫的车，鞋都追掉了还没追到是不是？"

赵翊微怔，然后气笑了，头偏向别处。

看来筹码还不够，横竖都是个死，她再加码："我让你亲眼见到她！"

他们背对着凉亭，期间虞灿还转头对凉亭里的那几位笑了笑，看上去俨然是一对推推拉拉调情的小情侣。

她昨天去给一个舞团化妆，那个舞团是黎漫的伴舞，后面机缘巧合她加了大明星的微信。更重要的是，那天商演结束后，她在黎漫的狂粉队伍里面看到了赵翊，他苦苦尝试靠近，但被保安给拦得死死的。他没追星成功，干什么都郁郁寡欢，所以他在照片里是郁郁寡欢的状态。这是她的理解。

赵翊问："跟她认识？"

"认、认识一点。"虞灿翻出自己的手机，"你看，我有她微信。你就帮我这个忙，不然我真的会死。"

赵翊认出这的确是黎漫的头像，眼皮动了下，朝还在地上系鞋带的胡嘉运说："你是手脚退化了吗？"接着，他又抬起头来，看了眼被她抓救命稻草一样抓着的胳膊，"我还没被人耍过，你最好别开这个头。"

现在时间就是生命，再浪费一分钟都可能被看破。虞灿知道这意思就是同意了，谢天谢地："那和我过去跟他们打个招呼行吗？"打个招呼就能糊弄过去。

赵翊下巴朝亭子那边一抬："就是那几位？"亭里，郭思月、杨策尧、陈冬露三个人巴巴地望着这边，一眼就能看出虞灿说的"他们"是指谁。

"啊，对。"

他越过她的肩膀，朝凉亭里的几个人象征性招手："打了。"

"啊？"虞灿心说要不要这么敷衍，做事得讲究按劳分配，弱弱道，"你这么做最多要个签名。"

"过去也不是不行，我明天就要见到黎漫。"赵翊提条件。

你追星不要太狂，大明星还得紧着你的时间？"你……"她打太极，"反正迟早会让你见的。"

"下午就要见到。"他说。

她呆住。

"走了。"他朝胡嘉运招手，直接转身就走。

"别别！"虞灿拽住赵翊的胳膊，又急又激动，慌不择言，"就下午，就下午！"

"成交。"

她看他抬脚要去凉亭那边，怕他说漏嘴，叮嘱："他们要是问咱俩怎么好的，你就说是一见钟情。"

"噗……哈哈哈。"胡嘉运听到这几个字差点笑倒，嘴里的水喷了一地。

"在这儿等着。"赵翊没搭理他，给虞灿甩了一句话就踏着大步子过去。

瘦高的个子，刚打了球没洗脸，鬓边盈着汗，手上提着棒球服外套和半瓶没喝完的纯净水，寸头干净利落，又帅又拽。不愧是遥大第一花心男。

008

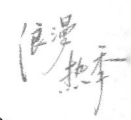

　　胡嘉运好不容易收住笑，虞灿回头看他，他又忍不住了，追赵翙的女孩多了去了，就这个女生的方法最离谱。

　　虞灿欲哭无泪："忘了今天的事好吗？"从早上出门到现在，她经历了人生的大喜大悲大起大落。

　　没等多大会儿，赵翙回来了："好了，我的事做完了。"

　　她连说了几句"谢谢"，是真的很感谢，转身准备走，却被赵翙拉住。

　　他伸着手机："微信。"

　　以为她没听清，他稍稍低头再次说："加我微信。"

　　"啊？"

　　"不然你怎么联系我去见黎漫的事？"

　　实在没法抵赖，虞灿磨磨蹭蹭扫了他主页二维码。

　　她刚到凉亭下，郭思月就兴奋地跑过来："我的天，灿灿，你真的追到了赵翙，那可是赵翙啊！他刚刚过来说他要去上课，以后有机会再见。他好喜欢你啊，你刚才要走他还拉你！好舍不得你！"

　　虞灿无言。

　　陈冬露也笑得甜甜的，非常羡慕："你们感情真好！"

　　虞灿眼角微抽，硬着头皮说："还行吧，我男朋友比较黏人。"

　　赵翙走在前面，刚刚打球的时候手腕用力过度，现在隐隐有点僵，他甩着手臂活动了一下。

　　胡嘉运被刚刚的场面雷住了，追上去不敢置信地说："翙哥，你这就答应当她对象了？"

　　"假的。"

　　"果然漂亮妹妹就是不一样。"胡嘉运一副看破不说破的样儿，"我把你微信给别人你还跟我急，你现在居然主动给人家。"

　　赵翙斜了他一眼："不然你当我嫂子？"黎漫跟他哥哥赵衡冷战，把他们两兄弟的联系方式都拉黑了，明天赵衡生日，他想让两个人关系缓和点。

　　"那也不是不行，只要你哥愿意，咱们就是一家人。"胡嘉运黏糊糊地往赵翙身上靠。

　　"你给我滚行不行？"赵翙把人扯开，第一下没拽动，拇指骨节还响了声，"你是铁皮做的？这么硬。"

　　"是，我没人家虞妹妹软。"

"你知道她？"

"虞灿啊，美术系花级别的，我就远远看过几眼，刚刚还没马上认出来。还记得前天跟我们一起打球的那个白衣服老哥吗？他在追人家。"

顿了顿，胡嘉运转念又说："不过没看出来呀，她什么时候看上你了？之前还听那老哥说她不准备恋爱，果然面对咱们的美色没人能拒绝。"

"假的"两个字赵翊不想说第二遍，他掀起眼皮："她哪个yú？"

"虞姬的虞。"胡嘉运凑过去，看到赵翊在给人敲备注：虞灿。

"我说了这么久，你给点反应。"胡嘉运说。

赵翊把手机放兜里，脸上写明了：你的屁话我一个字都不会信。

之前，这人知道他最近在找黎漫，瞎出主意说"这还不简单，搞到演出的票，然后再跟着黎漫去后台准保能见到"。结果他被一群女粉丝挤到内伤不说，还差点被当成私生饭挂到反黑站。

完事后，这人又说"对不住，兄弟，我给您订了高级餐厅赔礼道歉，给个机会"，结果又以他的名义叫来了一大票人在棋牌室玩翻天，他头都快被吵炸了。其中一个女生，具体也不知是谁，偷偷拍了他的照片发朋友圈，最后传到了宿管阿姨那里，阿姨情真意切地批评他夜不归宿、夜夜笙歌、纸醉金迷、"乱搞"男女关系。

胡嘉运知道自己玩过了，现在任打任骂绝无怨言，笑嘻嘻的："昨天我不也是想热闹热闹让你高兴，我要是不提你名字，哪能叫来那么多人。"

赵翊骂他骂倦了，衣服往身上一搭："那等我明天好好谢谢你全家。"其实他真要找黎漫用不着这么圈圈绕绕，可以直接去他爸公司让张秘书联系，但这样不知道会弄出什么麻烦事。

两人已经走到了校门口，右边金盏花丛里卧着的巨型黄蜡石上刻着"遥城大学"四个龙飞凤舞的大字。

赵翊掀起眼皮朝那边看了一眼，暖金色阳光倾泻而下，四个遒劲有力的字熠熠生辉，黄栌树上传来一声蝉鸣，路上行人来来往往。

"咱们上午没课，你去哪儿？"胡嘉运伸了个懒腰，"去宿舍还是酒店？"

"去你……"算了，不骂了，赵翊昨晚凌晨从牌局里出来后睡不着，做了通宵的股票分析研究，现在打了会儿球困意来了，"去睡觉。"

胡嘉运手背在背后："翊哥，不够意思。"现在去哪儿都不告诉他了。

赵翊笑了声："我怕狗。"狗东西的狗。

学校为了防止攀比，禁止学生开车进出，赵翊没开车过来，只好站在路边边打车边说话:"胡嘉运,你除了卖我就没别的事?"他在学校里的坏名声,有胡嘉运百分之九十的功劳。

成年的时候,他爸给他买了套公寓,后来他受不了他妈妈老是过来乱翻他东西,改去酒店长住,这事到了胡嘉运嘴里就变成了——

"翊哥在酒店呢,这几个月都在。"

"累?我感觉他每天都挺快乐的。跟你说也说不明白。"

…………

赵翊说累是因为从酒店到学校要多花半个小时,算起来每天少睡一个小时。

这么多年,赵翊能容下胡嘉运全凭一身正气。

不过确实也因为胡嘉运,他少了很多麻烦事。

司机大叔看赵翊是从遥城大学出来的,对他态度特好:"同学是在遥大读书?"

"嗯。"赵翊把安全带扣上。

"大几啦?"

"大三。"

今天天气好,司机接的单子多,心情也好,看他长得这模样,问:"是学表演的吧?"

"遥大没表演系。"没有表演系,但自己刚刚确实表演了一场戏,赵翊躺在椅背上,长腿放不开只好缩着,"我学金融的。"

"哎哟!"司机大叔乐了,众所周知,遥大的金融专业是全国一流的,录取分数也是让普通人可望而不可即的。

"大学霸,牛啊,我听的这个电台就是你们这个专业的专家讲的,也是遥大的呢,你听听!"

车载电台在播放一个金融犯罪的案例分析,一个中年男声在做科普:"这个呢就是我们在案件中提到频率比较高的一种犯罪,庞氏骗局,它是一种欺诈性的投资骗局,举个例子,有人给你一筐鸡蛋,只需要让你一个月后返他半筐鸡蛋,但……"

赵翊刚上车就注意到了,这声音太熟了——来自教他们投资学的曲致安教授。别看曲教授在节目里说话轻言轻语,带人做货币推理课题的时候,一滴唾沫星子能淹死一个人。

他没说自己认识，只笑答："讲得挺好。"

"是嘛，"司机说，"我天天都听，读过书的人说话就是不一样，三两句话就把一个概念讲得明明白白，我一下就懂了。现在很少有专家讲这样的白话啦！"很多专家就喜欢说点晦涩难懂的词，似乎这样就能表明自个儿学术水平多高，还美其名曰"行业黑话"。

"嘀——"赵翊手机屏幕亮了，虞灿的头像边冒出个新消息提示红点。他点开，消息内容是她简单讲了一下事情的原因。

简单来说，就是为了一个朋友，所以要让他假装一下男朋友。

而另一边，虞灿惊魂未定地跟唐微微讲了刚刚的事。

"什么，你说赵翊是你男朋友？"唐微微瞪大眼睛，压着声音说，"他那么花心的人你招惹他干吗？玩得过他吗？"

"玩什么，就是假装一下。"虞灿皱着眉，"我当时真是没办法了。"那会儿眼看着陈冬露就要怀疑她说的男朋友是杨策尧了。

想了想，她继续说："我觉得越花心越好。"但凡赵翊纯情一点，她就会觉得在这种事上利用了别人于心有愧。

唐微微开始怒骂杨策尧："他抱你干什么？真不是我说他……"

"不说这事了，可能我们都长大了。"虞灿说不下去了。她憋了一肚子气，杨策尧到底把她当什么，他有对象她可以理解，但为什么昨天晚上要做那些事情、说那些话？

"那现在怎么办？你下午真的要把黎漫请过来？"唐微微没想到赵翊看上去那么酷的一个人竟然会追星，还追得这么狂热，什么都不要，就要见女明星一面，还为了追星鞋都飞了，难怪他所有女朋友都不长久。

"怎么可能？"虞灿跟黎漫也就是很浅的缘分。那会儿她被一个舞蹈老师介绍过去给人化妆，有人在隔壁化妆间发脾气骂人摔东西，一问才知道原来黎漫说了不用别人用过的化妆品，化妆师谎称他的东西都是新的，可化到一半黎漫发现全是别人用过的，当即就开始骂人。

化妆师是个男的，不服，呛了她几句难听的话，什么"三流戏子挑什么""就是出来让人寻乐子的，别以为自己多高贵"。

黎漫差点跟他打起来，收拾东西就要走人。后来品牌方出来调解，虞灿拿了套新化妆品毛遂自荐给黎漫化妆，提醒刚刚有人录像。后来处理完了这件事，两人互加了微信。

虞灿手机振动，是赵翊回了消息。

他甩过来一个地址，附言：下午五点。

"要不把他拉黑得了。"唐微微倚在栏杆上，出主意，"反正他压根儿不知道你是谁，能联系你的只有微信，你就赖账怎么了？他还能去调监控查你不成？这不怪你，毕竟他这要求也不是正常人能办到的。"

"哎？"虞灿眯起眼睛，"微微，还得是你。"

他大三她大一，在昨天之前都没说过话，以后肯定也没什么交集，只要把这段时间躲过去就行了，说不定他就会忘了这事。

"等等，"唐微微捂住她的屏幕，"你真要拉黑他？"

这可是赵翊，花心是花心了点，但那张脸多帅，只听说有女孩想加他的，没听说有女孩拉黑他的。

虽然这事必须得拉黑，不过还是可惜。

虽然可惜，但必须得拉黑。

虞灿拉黑赵翊之前顿了一下，确实是很帅。她返回聊天框，给他转账两百块，备注"表演费"，然后准备点击"确定加入黑名单"。

别人问起来大不了就回答说他们已经分了。

这时好死不死，杨策尧的电话打过来了。

"喂，怎么了？"虞灿接通。

唐微微看到来电显示给她比口型：他还敢打来？

不知道他在哪里，那边传来风吹的声音，他缓了会儿才说话："虞灿，昨天晚上的事……"

"什么事？"

"我和你……那个拥抱，还有……"他支支吾吾的，语不成句子，"对不起，我当时喝了点酒，可能……"

他居然还好意思提？唐微微一个大喘气，伸手去拿手机："让我来跟他说，算什么男人！"

虞灿把唐微微的嘴巴捂住，换了一只手拿手机。喝了点酒？他难道以为自己会在意，现在还在以泪洗面，缺他这一句安慰？

她语气要多轻松有多轻松："哦，你说这事，我们都是成年人了，这算什么，我压根儿没放在心上，你不说我都忘了。"

"这样吗？"杨策尧默了默，"那，你真的喜欢赵翊吗？"

"当然！我们一见钟情，告诉过你的，不喜欢怎么会在一起呢？"

"那……"

"你……"

两个人同时出声，又同时停下，气氛陡然凝固。

过了会儿，杨策尧开口："明天晚上我和冬露想请你们吃晚餐，不知道你……你们有没有时间。"

虞灿手抓栏杆，心里堵着一口气："有，当然有。"

赵翊在公司会客厅敲演讲稿，转了转脖子，调出手机看，刚好是下午六点钟。

"外面好晒。"胡嘉运风风火火地赶过来，手上还提着两杯奶茶，"你今天怎么到这里来了？等你哥？"

这里是赵家的公司，赵衡在楼上上班。公司会客厅在二楼，三面围着单人沙发，中间放着大理石纹理的大茶几。

赵翊在胡嘉运眼里就是个实打实的兄控，小时候这人就爱黏着他哥，现在还黏着，一有空就跑过来。

"没。"赵翊瞥了眼胡嘉运推过来的奶茶，"拿走。"

"这是我买的，不是女生送的，放心喝，比爱情还甜。"胡嘉运稍微比赵翊矮一点，皮肤偏黑，说话的时候眉毛一挑一挑，贱兮兮的，非常讨打。

"谁买的我都不喝。"赵翊不喜欢喝甜滋滋的东西，腻人。他受赵衡影响，对茶倒是比较感兴趣。

"行，"胡嘉运吸了两口，意有所指地挑挑眉，"你有爱情就够了。"

"你又准备造什么谣？直接说，让我有个准备。"赵翊已经习以为常了。

"哈哈！"胡嘉运故意闹他，"就虞学妹，人家对你真用情不浅。"

赵翊就知道这人会抓着这件事，往楼上指了指，说："人家真把黎漫带过来了。"

"真的？她这么拼？"胡嘉运肃然起敬，"黎漫姐姐在楼上？"

"嗯，所以在你脑子里我是有多大的魅力？"赵翊敲着键盘，指节修长，手背上的青筋微动。

员工陆陆续续下班了，整栋楼热闹吵嚷起来，胡嘉运挨近赵翊坐。

"嚯，比脸和绩点我比不过你，但是比人缘我绝对胜过你。"胡嘉运就可劲吹，"那个陈冬露，哥们我刚好有她微信，大二的时候球赛联谊加的，

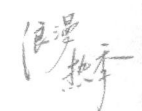

我问了她怎么回事，人说了就是帮班上的杨策尧同学装一下他女朋友。"

"还没听明白吗？救急是假的，套你是真的。咳咳咳……"胡嘉运吸了颗黑珍珠，差点一下冲到嗓子眼。这要不是他，赵翊就等着被人卖了还帮人数钱。

赵翊把电脑合上。想到上次他去电玩城，有个女孩说自己和好朋友走散了，问他能不能帮忙打个电话给自己朋友。他稍微犹豫，还是打了，于是那个女孩包里的手机响了。她一脸狡黠地笑，手背在背后："你有女朋友吗？我以后可以打给你吗？你的微信和电话是同一个吧？"

套路的确防不胜防。

"胡嘉运，你从哪里听来这么多废话？"

"这是陈冬露的微信，要不你亲自问问？"胡嘉运翻手机给他看，见他真探过头来看，又把手机关了，"这么好奇？得了，装什么，别以为我不知道你心里有多乐，我刚一提人家你敲字的手指头都不动了。"

再说了，赵翊能主动把微信给女生，他以前就没见过这个事。要不是看到这苗头他也不会费心思去问。

赵翊扫他一眼："你吃饱了撑的，有这观察技能，自己裤子拉链没拉都不知道？"

胡嘉运以为赵翊开玩笑，下意识一摸，还真开大门了："啊！我刚在街上走过来的！"

赵翊两手垫在后脑勺随意往后仰，正准备说什么来着，手机响了。

虞灿发了个跪了的表情过来。

虞灿：明天晚上能一起吃个饭吗？

虞灿：我那个朋友，说要请我们吃晚餐。

虞灿：帮帮忙，就这最后一次，真的。

"我就知道她肯定还会约你！"胡嘉运凑过来看，又被爱情的酸臭气给熏开，坐沙发上一瘫，"要是有女孩肯为我花这么多心思，别说房产证、户口本了，我身份证号码都直接改成她的！"

胡嘉运见赵翊看信息要笑不笑的，福至心灵："我看看，我看看。"

虞灿：你明天下午有时间没，我想提前跟你见一下，主要咱们得提前串一下词，怕露馅了，或者中午也行。

行行行，真行。旱的旱死，涝的涝死，为见赵翊用心良苦至此！

胡嘉运看完直接把手机丢了："这要是我，天上下刀子都去，腿断了坐轮椅也要去。"

"有点出息成吗？"赵翊接了点纯净水过来，先回复了消息，再将热水往茶壶里倒，倒着倒着也忍不住笑，"人家就是单纯让我帮个忙，别带入你那些弯弯绕绕。"

"去你的，要不是我帮你打听，你现在还蒙在鼓里。"

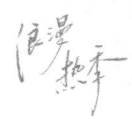

第 二 章

你想得倒挺美

"噔噔噔……"高跟鞋敲击地板的声音传来。

黎漫和赵衡谈完下楼,进门把口罩、墨镜全摘了,抹了把眼睛:"你哥不理我,都两个月了,他还不理我。"

"黎漫姐,"赵翊看这样子就知道大概的情况了,没跟胡嘉运闹了,递了盒抽纸过去,"他是全世界最想理你的人,你这两个月没过来,黄医生说他精神状态不好,老是头晕。你过来一趟,不知道他要开心多久。"

胡嘉运跟赵翊是亲到可以穿一条裤子的人,自然也知道他哥和黎漫的事:他俩都是真心爱对方,可赵衡腿上有残疾,觉得自己配不上黎漫,不想拖累她。前些日子黎漫为了气他,故意很久不联系他,大张旗鼓地把赵家两兄弟的联系方式都给拉黑了。

"哎哟,哎哟,黎姐姐,你这……"胡嘉运最见不得美女落泪,"快擦擦,这被拍到了怎么办?"

"拍就拍,我一天二十四小时有十二个小时都在镜头下,还怕这点黑料?"她本身就是黑红出道的,说着说着往旁边看了两圈,"虞灿呢,她走了?"

"我来的时候就没看见她。"赵翊说,"找她干什么?"

黎漫从包里拿出个盒子:"这是我送她的谢礼,刚刚忘了给她。你们不是认识嘛,正好帮我给一下。"之前化妆那件事,还好虞灿及时提醒,才没让偷拍的视频流出去。

"行!"胡嘉运飞快将盒子拿过来塞进赵翊怀里,"包在他身上。"

"什么情况？"黎漫擦着眼角，眼尾的眼线晕开了一点，"难不成，赵翊你跟她在交往？"

"哪能啊？"胡嘉运故意拿腔拖调，就差把"他俩处上了"写脸上，结果挨了赵翊一脚踹。

两个人把黎漫送到地下停车场，赵翊说："黎漫姐，我哥什么脾气你知道，一时半会儿急不得，别太担心。"

他这人，身边狐朋狗友一大堆，平时吊儿郎当爱开玩笑，但碰上正事拎得很清。

黎漫的美是那种没有攻击性的美，清纯白月光，会让人想到波光粼粼江面上的一轮弯月。

这张脸拍戏的时候在镜头底下无死角，可越是这样的人，但凡有一点放低姿态就越发让人心揪得慌。

她点头放低声音："阿衡为什么就没有你一半的勇气？"

胡嘉运听到这句话，赶紧掀起眼皮看向赵翊，好在他没什么反应。赵翊只笑了声："微信记得给我拉回去。"

赵衡的办公室里一片狼藉，书和文件满地都是，座椅四脚朝天，这都是黎漫为了逼他开口的杰作。

这两人，一个比一个犟。

赵翊敲了敲门，单手拿着水杯进去："哥。"他上身穿了件蓝色棒球服外套，休闲又舒适，浑身上下都散发着少年人的蓬勃锐气。

微风从窗外吹进，牵动着灰色窗帘，落地窗前的男人缓缓回过头。

赵衡皱着眉头，双手撑着办公椅艰难地换坐到轮椅上再滑过去，声音低沉沙哑："小翊，以后别让她过来了，我知道你为我着想，但我们不仅应该对自己的生命负责，也应该对别人的生命负责。"

"哦。"赵翊走了两步，倚着桌子，把水杯放桌上，手在胸前交叉，"现在不是我让不让黎漫姐过来的问题，而是她压根儿走不了，一群记者在楼下把她堵着。"

"什么？"赵衡脸上温和的表情瞬间消失，快速滑到电话旁边拨通秘书的外线。

"哈哈哈哈……"他电话还没拨通，赵翊就按下挂机键，笑得差点被水呛住。

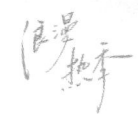

赵衡立马意识到自己被骗了,生气又无奈,揉着额心:"小翊!"

赵翊淡笑,应了声:"哥。"

第二天黄昏,落日熔金,斜阳向晚,榆林的长椅上蹿上来一只大胖橘猫。

赵翊和虞灿一起在路上走着。

该串的词已经串好了。

她昨天豁出去联系黎漫说了赵翊想见黎漫的事,本来做好了被拒绝的准备,结果没想到黎漫无比爽快地答应了。后来去赵衡办公楼的路上,她才了解到原来赵翊不是在追星。

赵翊兜里的手机消息提示音响个不停。

虞灿就这么听着,侧头望他:"你消息好像挺多的,不看看吗?"

不用看就知道是谁发的。

胡嘉运:你真的要去跟妹子吃晚饭?

胡嘉运:我就说你对人家有意思,你这人丢下我就不管了?

胡嘉运:你信我,虞妹子绝对是在套你,你要是对人家没意思就赶紧撤!

胡嘉运:听我一句劝,这个绝对是来势汹汹不是普通人,你但凡越点界就不好收场了。

赵翊正准备把这人设置免打扰,那边又发过来一句:我猜她今天肯定化妆了,打扮得特漂亮。

虞灿今天确实化妆了,她本就是明艳类型的美女,明眸皓齿,长睫鸦黑,栗色长发微卷,发质极好,在晚霞下映着光泽,身穿一套春装连衣裙,上边配了件皮夹克,又美又野,一看就是用心打扮了的。

赵翊把手机调了免打扰放兜里,在虞灿看过来之前收回了目光,轻描淡写地问:"哪个餐厅?"

"夏暮。"遥城一家小有名气的情侣餐厅。

闻言,他点头,顺手扶起一截差点戳到她头的榆树枝。

虞灿心里想着事有点出神,要不是前面光线一暗,都没注意到他这动作。

他什么也没说,把手揣兜里优哉游哉继续走。她微愣,落后半步,心道要不说花心男也得有花心男的本事呢,跟他同行这一会儿,他不随便开口问什么,言行举止进退有度,走起路来带着点懒洋洋的感觉,相处起来一点都不费力,周围萦绕着轻松愉快的气息。再突然给人来这么一下,但凡抵抗力低一点的人，心里就荡开涟漪了。

石板路旁种着几棵茶花树，正值花季，凉风清爽，送来阵阵幽香。

转过一个弯，几个穿着球服的男生勾肩搭背说说笑笑走过来。

"赵翊！"走在前面的那个男生看见是他，老远喊了一声，把手上的篮球扔过来。

赵翊反应很快，手一抬把球接住："比赛完了？"

虞灿往后退半步，那球来得出其不意，差点砸她头上。

"完了，奖金都打卡上了，哈哈哈！"几个男生跑过来。刚打完球，他们身上的篮球服还挂着汗，笑声洒脱不羁。

赵翊没把虞灿晾到一边，而是先转头朝她抬抬下巴："没看见这儿还有人，乱扔什么？"

"哎哟！"杜珧林看见有女生在，脸都快笑开花了，"我的错，我的错。我叫杜珧林，美女你是赵翊的……"那意思是问，你是赵翊的什么人。

赵翊在依次跟后面几个男生打招呼，他跟这几个人打过几次球，说不上关系多好，但基本都脸熟，只和杜珧林关系好点，两人虽然不同专业，却住同一个寝室。

"我叫虞灿，算是他……朋友吧。"虞灿找了个像样的词。她笑着，杏眼明亮，鬓边的碎发在细风中散开。

杜珧林来劲了，故意冲着赵翊的背影说："具体什么朋友啊？赵翊可没正经朋友。"惹得旁边一圈人大笑。

杜珧林是机电学院的，全年级就一个女生，他跟一群大老爷们相处习惯了，开起玩笑来没个正形。

赵翊把篮球砸过去："说话注意点。"女孩跟男孩不一样，敏感点的听到那话心里可能会觉得有点不尊重。

虞灿没在意，笑了笑，对杜珧林说："我觉得你就挺正经的。"

"哎哟！"他刚刚只想着跟赵翊开玩笑，说出那话也后知后觉不对，把胸口按住退后两步又上前去，激动得溢于言表，"虞灿，你怎么这么会说话，刚刚是我没注意，对不住，对不住。你是哪个专业的？大几？"

"我是学美术的，大一。"她说。

赵翊看她一眼，心想，还挺会来事的。

杜珧林像在思考什么："美院的啊？"

她点头："嗯，就画画儿的。"

赵翊看杜珧林又要问,打断说:"你有事没事?我和她还有事要办。"

那几个球友让杜珧林别磨蹭,不然等会儿食堂关门了,他便长话短说:"还有件事,这次的奖金多得烫手,给个机会让我明天请顿饭,虞美女也一起过来呗。"

杜珧林跑了两步又回头:"学妹也一起来啊!"

虞灿挺喜欢他这种洒脱随意的个性,对他招手,语气轻快道:"有机会一定。"

黄昏的微风习习,花坛里一大片金盏花摇晃。

"杜珧林说的什么竞赛?"她问赵翊。

"飞行器设计大赛。"

她小声惊叹了下:"金奖?"

"嗯。"赵翊看向虞灿,"对这个感兴趣?"

她摇头,这倒不是。杨策尧也参加了这个竞赛,决赛的时候没发挥好,最后一环的答辩一塌糊涂,也就因为这个,那晚喝了酒来找她。

不过这些话她不想提了,就没再说。

"夏暮"在三环外,虞灿到前台报了预定的桌号。

侍者小姐看到这对高颜值情侣笑得格外开心,伸出手臂:"这边请。"

一对热恋中的情侣挽着手臂从他们旁边过去。外面有对中年夫妻在庆祝纪念日,女人切开蛋糕,发现里面是一沓红钞票,高兴得抱着老公亲亲。大厅中的小提琴手闭眼沉醉地拉着暧昧的旋律。头顶的蓝粉灯光闪烁,天花板上全是爱心。

就这种环境,仇人进去一趟出来都会商量婚期了。

虞灿见赵翊走得那么自在,心道这人平时肯定没少来。想想也是,一周换三个女朋友的人,多半是这儿的常客。

赵翊回头见她还在原地:"愣着干什么?"

她伸出手:"我朋友他们估计已经在里面了,要不咱俩牵个手?"不然不像情侣。反正他这类人,牵手什么的,都是小意思吧?

牵手?你倒是想得美。赵翊张了张嘴,还没回答,她又说:"算了,不牵,这样显得我们有个性,不是黏糊糊的那种。"

他俩到了包厢门口,虞灿在侍者推开门前一秒拉起赵翊的手:"我还是觉得牵着像那么回事。"

出其不意，他躲都没机会躲。

这不在他接受的帮忙范围内，赵翊正准备抽回手，她就又已经放开了。

赵翊往包厢里看了一眼："他们人呢？"

四人包厢里空荡荡的，暖黄色调的灯光暧昧，落地星灯闪烁，墙上投屏放着经典爱情电影《全球热恋》。

杨策尧和陈冬露不在？

"祝二位用餐愉快！"侍者微笑着替他们关上门。

事情一目了然了，赵翊笑了声，胡嘉运也有不说鬼话的时候。

虞灿疑惑："怎么回事，都这么晚了他们还没到吗？赵翊你先坐，我打电话问问。"

别说，美院的人身上真的是有点艺术细胞的，至少演技是过关的。他摊手，无所谓："好，打吧。"好好问问。他还配合地把这块地方留给她，走到窗边。

"什么，你们迟点来？"虞灿惊讶的声音传过来。

赵翊看过去。虞灿见他看过来，使劲指手机，表示朋友们晚点才能到。他点头，想知道到底还能有多离谱。

电影里的男女主含情脉脉互诉衷肠，而后投影打出一行红字：内无监控，请君随意。

情侣餐厅，能随什么意？现在的商家怎么老搞些擦边的事？

虞灿瞟了眼，转到另一边，一边若无其事找遥控，一边对着手机说："怎么过了高峰期还这么堵？那你们尽量快点过来，行行行……"

这时，赵翊的手机也响了，是他母亲，孙淑华，他开门出去接电话。

赵翊刚出门，虞灿就迅速放下手机关掉投屏，然后打开微信。消息界面已经积累了来自唐微微的三十多条消息，她扫了眼，基本都是问跟赵翊相处的情况怎么样，顺带提一嘴跟杨策尧的战况如何。

虞灿按顺序先回赵翊相关的：帅是真的帅，花心也是真的花心，他手机从我俩见上到现在，新消息提示音没断过，这会儿出去打电话了。

赵翊在门外对着听筒："妈。"

孙淑华刚视察了两家线下门店，坐在房车上闭目养神："气消了吗？"

昨晚赵衡生日宴，她叫来傅家的女儿傅卿茹，大家都知道这是什么意思。傅小姐在席上明里暗里挑赵衡的刺，故意让他拿东西，然后停顿一下："哎，我忘了，你行动不方便。"。

赵衡向来与人为善，温和地说："抱歉。"

傅卿茹得寸进尺："确实该道歉，残疾不是你的问题，但肖想不该想的，让别人闹心，就是你的不对了。"

傅爸爸斥她别胡闹，她站起来指着赵衡："爸，你让我嫁给这种人难道不是胡闹吗？"

她后面的话被碗碎声盖过去，顿时鸦雀无声。

"手滑了，一把年纪还这么闹，挺没劲的。"赵翊站起来推他哥的轮椅，"哥，我们回去。"生日宴不欢而散。

这会儿孙淑华来问，赵翊知道她想听到什么，不想跟她没完没了，淡淡"嗯"了声。

"你是不是觉得自己挺威风的？"孙淑华的语气像十二月的冰碴儿，又冰又刺。

赵翊不答反问："你们凭什么替哥做决定？"控制他一个人还不够？从小到大他要干什么、学什么专业、过什么人生，包括娶什么人，他们都决定好了。

孙淑华说什么，他就必须得跟着做什么。他怎么样都无所谓，就是不能伤害他哥。她根本不关心他们两兄弟喜欢什么，想要什么。

"赵翊，我做的决定都是为了赵家，我打过来不是为了听你废话的，一点脾气都藏不住，白白辜负了我对你的期望。"

这就是她的逻辑——我把你当赵家接班人培养，我给你挑选的人生是最好的，对你的期望那么高，而你呢，就只需要按我教的做就是了，有什么难的，委屈你了？

赵翊知道孙淑华想听什么："我明天去见姓傅的。"

"去干什么？"她非得让他把那两个字说出来。

"道歉。"

"态度好点。"

赵翊五脏六腑都堵得慌，在外面待了会儿，才重新推开门进去。

桌上的菜已经上好了，投屏又被打开，虞灿不知在看什么，笑得喘不过气，她那件皮夹克放在靠背椅上，身上就一条连衣裙，细细的胳膊搭在透明的玻璃桌面上。

她说："打完了？杨策尧他们说学校里还有点事，让我们先吃。"

赵翊收拾好了情绪坐下来，漫不经心地往幕布扫了一眼，上面播着新闻：

男子为挽回前女友，雇人勾引前女友的现任，谁知雇到的竟是现任本人。

虞灿什么都能忍，就是忍不住笑，目光与他一对。

赵翊偏头看别处，舌尖顶了顶后槽牙，筷子撒手，环在胸前的手臂随着笑声微震。

虞灿笑得没力气："换一个，我换一个。"

情侣餐厅里，她怕播出什么奇怪的片段，于是想找个保险的。她按遥控，半天才从里面找到个相对正经的新闻：多年恩爱情侣反目成仇，现场血流成河，原因竟是！

事件当事人是在大学好上的，毕业后也恩爱如初，在别人看来感情如漆似胶为人艳羡，可实则男生极度没有安全感，要求女生每天汇报行程，不准跟异性接触说话。

女生多次对此表达过不满，男生每次的理由都是"我只是太爱你了，我这么爱你，我可以为你去死，为什么你连这点事情都不能满足我原谅我，你是不是已经爱上别人了……"

他怕女生离开太久，甚至以自杀为威胁不让她回自己家，让她辞掉工作陪在他身边，女生终于无法忍受愤然离开。

她下楼的那一秒，男生跳楼，当场去世。

半年后，女生不堪男子家人长期骚扰及内心折磨，也告别人间。

虞灿聚精会神地看完，心有戚戚。

这世上什么样的事都有，欢笑和幸福都是短暂的，从来没有无条件的付出，每一分好处背后都明码标着价，以爱为名的伤害更是，如同塑料薄膜一样将人包裹，说不出它在哪儿，但令人窒息。

赵翊早就明白这一点，拿起筷子："吃饭。"

楼外面有一小块露营地，吉他手放起摇滚音乐，电子烟花"噼里啪啦"，彩色光芒映照在天花板上。

虞灿沉浸在新闻里，夹起"夏暮"的招牌菜"一片真情"，闷闷道："爱难道是刀子吗？爱人家就希望完全按照他的意思活，这算什么爱？说是绑架都不够，根本是剥夺别人的人生。擅自付出、擅自决定别人的人生，是自私。"

人活一世，是为自己而活，这是生而为人最基本的权利，谁都无法干涉，哪怕是号称最爱你的人。

明白是一回事，接受又是另一回事，没有一只鸟不向往蓝天，低头看到

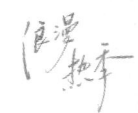

脚上的镣铐，于是只能在抬头时安慰自己，至少主人把自己的羽毛打理得真光泽。

赵翊的手顿了顿，内心在颓靡虚无的云海里颠簸，这是他第一次听见有人把他心里那种说不清道不明的感受说出来了。

冥冥之中有另一个人和你的思维有相似之处。没什么用，明天该去道歉还得道歉，但他听到了这句话，双脚踩到了实处。

虞灿要是男生，早点认识的话，可以当他兄弟。他漫不经心把一碟菜往她那边推过去，笑问："你朋友们怎么还没过来？"

推过来的那碟菜是她最爱吃的，她不过就是多夹了两次就被他看出来，还顶着这么帅的脸，一般人一不留神就成了他塘里的鱼。

"来不了，他说学校有事耽搁不能来了。"虞灿翻开手机看到杨策尧两分钟前发了这条信息：学校出了点事情，我们不来了。

来得了才奇怪了。

她再看了一遍，皱眉呢喃："他最近在搞什么……"

在搞什么你最明白。赵翊指节放在下巴上点了点，看破不说破："行了，吃吧。"

灯火尽职地为城市长明，月亮轻快地从云团中跳出，绿化草坪上睡着只花斑小奶狗。

赵翊和虞灿从"夏暮"出来后一起去地铁站。

晚风吹起她的裙边，现在才五月，没到穿裙子的时候，她今天因为来见杨策尧用力过猛了，还选了条腰线镂空设计的，夹克是短款的，腰那里露出了点。

对面过来的大妈打量了她一眼，那眼神就写着：穿这么薄啊？小姑娘要风度不要温度哦。

后面又遇到几个看她的人，她真想拉住别人好好解释一番，这样穿真的真的不冷，只是这个设计看着冷而已。

这么来来回回几次，她旁边传来一声笑。

"拿着。"赵翊把棒球服外套扔给她。

虞灿下意识接住："给我干什么？我不穿，我一点都不冷，只是你们看起来会觉得薄。"终于有解释的机会了。

赵翊："我没让你穿，让你拿着。"

她懒得跟他说了，把衣服抱在怀里遮住了腰线两边镂空的部分。果然没人再打量她了。

这人还真是高级玩家。

他身上剩下一件春款套头运动卫衣，脚上是双红黑球鞋，整个人精神挺拔，像刚从篮球场出来的高中生，意气风发，下一刻就会带球过人。

虞灿看见他突然加快步子，左脚先抬，在空中一跃，两手前推——真做了个三步上篮。

"你高中是在哪里上的？"虞灿问，"附中吗？"

遥城大学附中，遥城最好的高中之一，教育资源是全市顶级配置，还有教授带着做实验，能进去的学生大部分都是成绩顶尖的。

他家那样的条件，肯定是在附中。

赵翊瞥她一眼，打听得还挺清楚："嗯，你哪儿？"

他说话答话有种自己的味儿，特简短，但不会让人觉得敷衍，反而会有种他在把你当自己人的放松感。

"我三中，"估计他没听过，她补充，"东城那边。"

他其实是听过的："三中，你们那儿化学竞赛挺厉害的。"他专业里有个同学是三中化学竞赛保送的。

她干笑，三中艺体生多，化学竞赛是为数不多拿得出手的了："你们金融专业到了大三平时是不是挺忙的？"

走他俩前面的一对夫妻牵了只泰迪，泰迪老是转过来愣一下，好像能听懂他俩说话似的。

"还行，跟你们美院的差不多。"他手插兜里，朝又转过来的小狗打了个响指，"比你们还是好点，我们不用上山去写生。"

这句话在她心上一击。每次有人问她在哪里上学，她回答"遥城大学"，别人立马会说"牛"，再问"是哪个院系的"，她回答"美院"，对方眼色立马变了"美术生？学艺体的啊"。

好像美术生就可以不用考直接上大学，有手就行，笨蛋的代名词。

她热爱的东西廉价得不值一提，更别说跟遥大的王牌专业金融学相提并论。

虞灿脑子里浮现鱼被竿挂着的表情包，我也不想被钓啊，可是他说金融和美院的差不多哎。动心是不可能的，但跟他相处，动心的可能很大。

这个纨绔子弟，真的有纨绔子弟的本事。

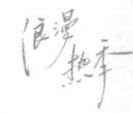

万安小区的青栾树整齐茂盛，石桌旁的藤萝开始攀附，节节向上。

虞灿回家刚打开门，虞南一下跳到她身上："姐！救命！"

唐小丽拿着一截棍子："你给我下来！"

元英小学的班主任老师打电话过来，语气温柔地询问："虞南妈妈，请问你们家里是有什么困难吗？"

唐小丽觉得奇怪，家里现在最大的困难就是她上周新长了条眼纹。她不确定地问："老师，你是指哪方面的？"

"是这样的呢，虞南同学最近上课没有精神，我问他他说自己没钱吃饭，书包都是捡的。"

"哦，这样，我等会儿问问虞南。"唐小丽起先以为他可能被高年级的同学给欺负了，或者钱弄丢了。

结果，虞南哭唧唧地从自个儿卧室里拿出一堆卡片。每袋干脆面里有一张卡片，集齐十三张卡片可以兑换游戏奖品，他把吃饭的钱全部拿去买了干脆面，吃得嘴皮都起泡了。

"你还敢说是背书背多了才嘴皮长泡！"唐小丽真以为他年纪轻轻就醒悟奋发图强，之前还非常欣慰地把他水杯里的水换成了牛奶。

虞南挨完揍坐在小板凳上，泪水鼻涕糊了满脸。

虞灿忍不住笑了一声，虞南咬牙瞪她。

"南哥，你干这点事都会被发现，好逊。"

"你不知道——"虞南怒气冲冲的语气拐了个大弯，"我的好姐姐。"

因为他看见她从口袋里拿出来个黑色书包，肯定是买给他的！

虞灿不紧不慢地说："说点好听的。"

他终于不用背白雪公主书包了，顿时喜极而泣，顾不得屁股上的疼，屁颠屁颠地把书包背在身上找镜子。

袋子里还有一只包装精美的手提袋，她从里面拿出个丝绒礼盒，里面是三支口红。

"你男朋友送的？"虞南非常快速地跑出来伸头问，大眼睛眨巴眨巴的。

"小屁孩，连慈公主送的。"连慈公主是黎漫在一个仙侠剧里扮演的角色，虞灿故意逗他，"姐牛不牛？"

虞南白她一眼："吹牛，肯定是男朋友送的，一般人谁送口红啊。"

虞灿对着镜子试色，思考着黎漫和赵衡的事，那天黎漫和她一起去赵家公司的路上，大概说了他们几个人之间的关系。黎漫和赵衡之间竟然有那么深那么坎坷的羁绊。

她抹匀口红，回头："南哥，你好懂哦。"

虞南神秘兮兮的，小声说："是不是尧哥哥？"

杨策尧……虞灿弹了下他的脑门："小屁孩管这么多。"

他生气地瞪她："喊！"

唐小丽端了盘水果进来看见这一幕，训斥虞南："瞪你姐干什么？"

虞南气呼呼地往嘴里塞了一大块黄桃，转头就走，这个家分明容不下他了。

"妈，我有个快递到了，下去取一趟。"虞灿拿了片橙子放进嘴里。

"天都黑了，我去帮你取。"唐小丽说。

"不用，我自己拿，马上回来！"

她下楼的时候给赵翊发消息：我有件稍微严肃的事情想问你。

赵翊这边有几个隔壁宿舍的人过来串门，所有人都知道他跟妹子约会去了，他一回来，大家调侃："情侣餐厅的菜啥味啊？甜的还是咸的？"

"情侣餐厅的门方的还是圆的，别是爱心的哟。"

胡嘉运坐着看书，抬头来一句："社会上的事，你们少打听。"

赵翊洗了个澡出来，串门的人已经走了。胡嘉运朝他喊："快快快，妹子发消息了，人家要问你一件严肃的事。"

赵翊身上就围了条浴巾，黑色短发上的水珠顺着肩胛骨流下，常年锻炼的手臂紧实有力，肌肉随着动作凸显移动。他没急着看手机信息，先找了件T恤套在身上，然后给了胡嘉运一巴掌："小声点能死了？"

胡嘉运躲开，还给了他一掌："藏着掖着干吗？别告诉我你对人家没意思，没意思你能在那儿吃完饭才回来？"

"你懂，你最懂。"赵翊点开信息界面又关了。

陈远莱和杜珧林没回来，赵翊随手扯了把椅子坐下，不避讳："说真的，我觉得她说话挺有意思。"

"哎哟，哎哟，"胡嘉运连连挑眉头，"不知道前几天是谁说'正经人谁信一见钟情'，这才几天，这才几天，你摸摸自己的脸，疼不疼？"

"不是一见钟情，就是那种感觉。"赵翊属于对待感情非常谨慎的那一类，不是到了百分之百确定非那个人不可的时候，不会流露情绪出来，或者

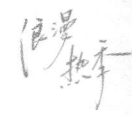

去主动做什么承诺。

说白了,他就是太看重感情,不会轻易去触碰,碰了就会负责到底。"有意思""有感觉",严格地说不能等同于爱。

"矫情,我说你就是被家里人给搞怕了,谈恋爱又不是前脚确认关系,后脚就得进民政局,你觉得有意思就试试呗。"胡嘉运斜眼睛,"那你现在这消息怎么回?"

人家大费周章让你当男朋友,情侣餐厅让你吃了,嫂子给你找了,现在人家女孩说"我有件严肃事情想问你",人家难道是问你"菜好吃吗,再来两顿"吗?用脚想想也知道,八成是要明说了。不明说,那就是催你说。懂的都懂。

胡嘉运:"人家要是表白,你直接放弃、回避?"

"她不是那种人。"虞灿表面上看着风风火火的,但赵翊觉得她是个心挺细的人,做事不会这么急。

也不能让人家等久了,赵翊一手拿毛巾擦着头发,一手操作手机回复:我刚洗澡出来,你问。

虞灿下楼走到栾树下,遇到了回来的杨策尧。他一身深灰色衣服,抬头也看见她。

短暂的沉默之后,她先开口:"你不是有事要忙吗,怎么回来了?"

杨策尧笑容里带着涩意:"刚忙完回来的,你要去哪里?"

"我去门口取快递。"

"哦,要我帮忙拿吗?"他咽了下口水,觉得"帮"这个字用得不好,改口说,"要我和你一起拿吗?如果多或者重的话,不重或者不多的话也可以……"

他知道她有个美妆博主账号,好几次拿的快递都是商家寄的样品,非常多,所以有时候会让他帮忙一起拿。

虞灿在做美妆博主这件事只告诉过他一个人。

他们是很好很好的朋友。

手机振动,赵翊给她回了消息。

"不用了,我拿得下。"她边说话边回复消息。

赵翊看到虞灿的回复,舌尖顶了顶腮。

她发的是：你有女朋友吗？

"哈哈哈！"胡嘉运拍手，"我说什么来着？"

传球，三步上篮，对方直接给出一个快攻。

第 三 章

相视一眼就想笑

"是赵翊的信息吗？"杨策尧低头问。

"啊，是，那我……"虞灿指指门口的方向，表示自己先过去了。

"虞灿，"他叫她的名字，然后低声问，"我们以后还是朋友吗？"杨策尧其实是情绪很不外露的人，从小到大喜欢什么讨厌什么都不会说，被小区的孩子欺负也会装作不在乎。他能问出这句话，说明他真的非常非常看重他们之间的友谊。

到底是一起长大的，虞灿心里的那点余气立马消了大半，问："你最近发生什么事情了吗？"连续放她两次鸽子，对她总是欲言又止。

他说："没、没有。"

她明白了，他们都长大了，有了各自的生活和秘密，不愿意说就不说："好吧，拜拜。"说完，她走了两步。

"虞灿！"他呆立了一会儿，追到岔路口，"你生气了吗？"

虞灿回头，看到杨策尧着急得脸色绯红。

"你是不是不想让我跟冬露交往？"

闻言，她不由得一惊："不是，当然不是。"

杨策尧站定，像是做了很大的内心斗争才说出来："冬露说，你可能对我……"

"完全没有，你放心。"都是女生，虞灿一听就知道陈冬露要说什么。说实在的，当时在凉亭知道他有女朋友，惊吓大于尴尬和生气，后来细想，唯独没有伤心。

他垂眸抿唇："那么，你和赵翊真的在一起了？"

"当然了。"她看别处，"你要是晚餐的时候来了，就知道我有多爱他了。"

"可是我听说他有很多不好的事。"依他看来，她不是会胡乱交往对象的人，所以他晚上请他们去情侣餐厅，可是真的到了餐厅，反倒不敢进去验证。

"心动了，有什么办法？"她破罐子破摔，只想快点结束这个话题，"喜欢上了就没办法了，我只想珍惜现在跟他在一起的每分每秒。"

他还想说什么，虞灿看了眼手机："我妈还在家等我，先走了，拜拜。"

手机振动，赵翊那边回了消息：没有。

她放心了，之前找上他十万火急，没考虑他可能是有女朋友的，而且以他的性格，有女朋友的可能性非常大。有女朋友了还找上他，那罪过真就大了，还好是他珍贵的空窗期。

物业处的保安大爷看见是虞灿，站起来，笑着说："拿快递啊？"

"嗯。"她把快递拆了，纸箱都留给大爷。

保安大爷拿了她的纸壳，高兴道："我帮你拿过去。"

"不用了，我能拿的。"

大爷坚持："那我给你送到楼下吧，就这一段路，反正我也闲着嘞。"

不想辜负大爷的心意，她说："好吧。"

杨策尧坐在暗处的石凳上看着他们，神色黯然。

明明知道不能越矩，可他还是越了。那个拥抱，是他十多年来唯一一次的失控。妄图得到更多，只会一无所有。

见赵翊在弄金融建模作业，胡嘉运笑道："等妹子的消息就别干这个了，刚刚我看就弄到这里了，现在还在这里。"

"看你自己的书成吗？"赵翊没分神，只是要用LDM模型，资料要从外网找，所以速度才慢了点，懒得跟这人说。

"什么妹子？什么妹子？"陈远莱和杜珧林回来了，听到"妹子"俩字都来了兴趣。杜珧林心道，不会是虞灿吧？之前遇到的那个美院的姑娘。

胡嘉运说："翊哥的妹子太多了，这一个你们叫她'严肃的问题'就成。"

玩笑归玩笑，他还是知道轻重的，赵翊倒是没什么，花心的名声已经板上钉钉了，但人家虞灿还是纯洁白纸一张，传来传去对女生影响大。

"狗嘴里吐不出象牙。"赵翊在胡嘉运背上用力拍了两下，"滚回自己桌子看书。"

"嘀，嘀嘀……"手机响了。两个大男人对视一眼。

——有本事你就别看。

——人给我发的，凭什么不看？

赵翊捞过来手机。

虞灿：我想问问，黎漫姐和你哥那天最后聊得怎么样？

他反应了一下，话题怎么从"女朋友"突然跳到了这里？

"你这样子，不会是在遗憾人家没告白吧？"胡嘉运幸灾乐祸，很久没看到能让赵翊打顿儿的人了。这妹子有戏，肯定有戏。所以说呢，追人这活儿还得有创意才行，虞灿的方法离谱是离谱了点，但自古真情留不住，唯有套路得人心。

赵翊在编辑短信，没理他，他继续自顾自分析："瞧瞧，这就叫段位，教科书式的欲擒故纵，你进我就退，感情极限拉扯，她肯定感觉到你不想走得太快了。"

"就聊了两句话，能从哪儿感觉？"

"语气、回消息的快慢、消息的长短，包括朋友圈，女生谈起恋爱都是福尔摩斯。"

见赵翊真的在思考，胡嘉运捂嘴大笑，冲陈远莱说："远莱兄，专业第一马上就是你的了，到时候罩着我！"他觉得赵翊要真谈上恋爱了，肯定是个恋爱脑。

又过了几天，早上七点半，朝阳从东方冒出大半，天边的红霞把云层拉成一组有层次感的线条。

图书馆前的人步履匆匆，虞灿和唐微微在旁边找了个相对人少的地方等人。

虞灿手上拿着要送给赵衡的礼物，她前几天跟赵翊聊天了解到那天黎漫姐和赵衡沟通得不是很愉快，而且她心里还憋着件事，那天她和黎漫上楼见赵衡，看到赵衡腿部残疾得很严重，她一时没有防备，露出了个"不可思议"的惊讶表情，刚好赵衡看过来了，并报以微微一笑。他那个笑容，仿佛早已习惯了别人异样的眼光,而且那天,是他的生日。

她真的越想越不是滋味,无比羞愧自己那天的行为。本来应该前几天就送的,但是最近一直有事耽搁了才拖到了今天。

"虞灿。"赵翊先看见她,他穿着休闲外套,衣袂轻扬,阳光在眉骨处投下阴影。

唐微微看着他走过来,没忍住激动地在虞灿耳边小声说道:"好帅。"

胡嘉运跟在赵翊后面,热情如火:"哈喽,美女们!"

几个人相互做了自我介绍。

虞灿把手提袋给赵翊:"帮我把这个给你哥。"

"我哥?"

"还有你的,两份。"她想过了,直接送赵衡东西的话,一是可能让黎漫姐觉得奇怪,二是可能给赵衡造成二次伤害。但两个都送的话,看着就像是顺便,这样赵衡应该也容易接受。

胡嘉运兀自摇头,拒绝不了,真拒绝不了。虞学妹的这套迂回组合拳打下来,就算是神仙来了都拒绝不了。他暗暗在赵翊背后来了一拳:你厉害,你了不起,美女为你费尽心思。

"你们什么时候过来的?"赵翊接过手提袋。

"就前几分钟吧。"这会儿过来的人变多了,老有人往这边看,虞灿回答得敷衍,只想快点走。

赵翊问:"你知道我要过来?"他是在路上收到她发的信息:到了图书馆告诉我,我有东西要给你。

胡嘉运又在后面给他来了一拳头,翻白眼:得得得,我知道人家为了你花时间下功夫了,臭显摆,非得让人家说"我专门打听过你的习惯",还非让我亲耳听到是吧?

"就,听了点励志故事。"虞灿是听唐微微说的,唐微微听郭思月说的,郭思月听别人说的。听说赵翊精力充沛,不管如何"夜夜笙歌",依旧早上八点之前到图书馆占位学习,风雨无阻。励志就励志在后面的反问三连:所以你呢?有几个女朋友还是有上亿家产?人家都在学习你还不学?

她没卖唐微微,挥手:"拜拜,那我们走了。"

唐微微跟着她,小声说:"我刚刚看到黄盈了。"黄盈也是美院的,学雕塑,挺厉害的一个学姐。

"怎么了？"

"她前两天来宿舍找过你，那时候你不在。我后面忘了告诉你了。"

"哦。"

"她刚刚路过的时候在看你。"

"估计是在看赵翊吧。"她俩准备去吃早饭，往校外走。

唐微微问："你送的是什么？"

虞灿一开始也不知道赵衡会喜欢什么，太名贵的自己不一定买得起，于是就想着能不能从赵翊那里找到点线索，于是打开他的朋友圈逛了逛，没想到他朋友圈里有一半的内容都是关于赵衡，一半里面的一半赵衡都在喝茶。赵衡肯定是喜欢才喝呗，温文尔雅，符合他的气质。

她回答："我送的茶叶。"

胡嘉运把赵翊手上的袋子勾开个角，探头看到里面的东西，闭上眼睛："翊哥，你真的，认栽吧。"这一招叫投其所好。要不是观察细到极致，谁知道你这假正经的老头子爱好。

赵翊拍他的手："拿开你的脏手。"

"六千啊六千，极品的雨前龙井，衡哥生日时我看过。"赵衡生日胡嘉运本来也打算送茶叶，就去了解了一下，这款是品质极佳，收藏起来可以升值的。

四楼是图书馆特设的讨论室，陈远莱和另一个组员已经在里面了。他俩进去："不好意思来晚了。"

一个组员打趣："碰到'严肃的问题'了？"

这几天胡嘉运没少提这个代号，大家都在猜这妹子是谁。

"碰到了，人等在图书馆门口。"

"这大早上的，追得真紧。"

"哎，你手上拿的什么？妹子的礼物？"

"你不是从来不收女孩的礼物？"

早餐店里稀稀拉拉坐着几个人。老板娘是个好动的四十多岁大姐，没结婚，人特有趣，别出心裁弄了个豆浆盲盒。

虞灿买了一盒，喝了一口差点被送走："玫瑰味的黑豆浆，能想象吗？"

唐微微在旁边笑："谁让你买盲盒的。"

没办法，她喜欢新鲜，猜到可能不好喝但还是想试，结果试试就"逝世"。

唐微微说："再吃点别的呗，你不是喜欢蒸饺？那儿还有。"刚出锅白白嫩嫩的蒸饺摆在桌面上，晶莹剔透，能看到里面诱人的馅。

"穷，不吃。"

"哇哦，"唐微微故作惊讶，"富婆也会叫穷？你买什么大件了？不会是那个茶叶吧？"

"不是，我报了个旅游团，贵死了。"

"玩这么嗨，你一个人？"唐微微做事大大咧咧的，长相却是可爱型，边吃酱饼边说话被呛住，脸呛得绯红，"咳咳咳……"

"零个人，"虞灿把热牛奶吸管插好推过去，"要退了。"

"那你之前准备和谁？杨策尧？咳咳咳……"

虞灿点头："你快喝点。"

"还真是他，"唐微微猛吸了一口牛奶，"心疼男人苦一生，给男人花钱倒霉一辈子，你就吸取教训吧。"

杨策尧前段时间一直很不对劲，后来情绪崩溃来找虞灿，她那晚回去后一激动报了双人旅游，想陪他到处走走散心。现在他有女朋友，这些事都不合适了。

"回家就退了。"为了不浪费，虞灿咬着吸管一点点地喝黑豆浆，拿出手机翻联系人。翻着翻着，她点进赵翊的主页，再次预备拉黑。

"你又要拉黑他？"唐微微第二次看她准备拉黑赵翊了。

"嗯啊。"

现在戏演完了，两人扯平。本来他们之前就没什么交集，这样才是回归正常。不然留着的结果只有两个：一、呼之就来，腻了之后被拉黑；二、呼之不来，于是被拉黑。

她又不可能主动，早拉黑，早省心。

"你是聋子？我说了是不小心的，不小心的听不懂吗？"

"你跟小孩子计较什么？"

门口传来激烈的吵架声音。一个小男孩抱着只狗坐在椅子上大声吆喝，男孩旁边的中年女人坐着瞪人，另一边的男人挺着大肚子站起来对老板娘怒吼："滚远点，我看你敢碰我一下！"

老板娘彪悍地拉他往屋里结账的地方走："非得让你把东西赔了。"

旁边有两个同学在议论，这对夫妻带孩子来吃早点，孩子要就着饭碗给宠物狗喂粥，老板娘看到了不让。争执中，那男人砸了几只碗，还把豆浆倒老板娘身上。

"什么人啊？"唐微微听完气愤极了。

"啊！"中年男人被拉到饭店中央，恼羞成怒地甩开老板娘，"疯女人！"

老板娘磕到桌角，疼得龇牙咧嘴。木质桌角与地板摩擦，发出尖锐刺耳的声音。

中年女人骂骂咧咧："你这卖的是什么东西，给我的狗吃我还不乐意。你看那个人，喝一口跟中了毒一样！"

虞灿正看着手机，感受到众人都朝她看来。她往窗外看了看，把嘴角的黑豆浆擦了。

"心黑人又坏，怪不得没男人要！"女人抱着哭得哇哇叫的熊孩子，"这辈子都没人要，活该在这里卖笑。"

有个女生小声说："这个人怎么能这么说话？"

小孩子不小了，看上去有十来岁，赖在妈妈怀里哭闹要给狗狗喂饭。

虞灿把老板娘扶起来，对那女人说："大妈你说得对，当然得有男人，不然哪能享受这么响亮的哭声。"

"我儿子怎么样用不着你插嘴，毛都没长齐的丫头！"

"也是，有你这个以身作则的母亲已经够他受用终身了。"虞灿赞同地点头，笑着说，"等会儿警察来了教也行。"

"你报警了？这点事你报警！"女人把孩子放下，随手捡起面前的一盏茶壶砸过去。

虞灿被人拉着胳膊往旁边一闪躲开了，狗却受惊跳上桌子，踩到粥里烫得乱窜。

"你倒是长齐了，满脸都是毛。"虞灿回嘴。

那男人迎面被狗扑倒在地上，脸上糊了一脸的热粥，眼睛都睁不开，滚来滚去，丑态毕露。

老板娘把收款码撑到他面前，死死拉住他："不赔别走！"

在这里就餐的学生们见状默默把门挡着，不让他们走。这家店在校门口开了多年，历届的学生都喜欢来这里吃，大家和老板都比较熟了，自然会帮一把。

那对夫妻看事情闹大了，只好把钱付了，嘴里嘟囔着脏话扯着孩子走了：

"没见过这么黑心的店,一群书读傻了的。"

虞灿这会儿才看清拽她的人是谁,但又有点不确定:"商饶?"

杜珧林从人缝里伸出手:"虞灿,学妹,哈喽。"

"杜珧林?"虞灿想起前几天和赵翊去餐厅吃饭的路上碰见他,当时两人有过短暂的交谈。

"啊对,我是。"旁边的商饶腼腆地笑,"以前没看出来,你真热心。"

商饶和杜珧林同专业,气质并不相同,文质彬彬的,打球喜欢穿白球服,追过虞灿一年,刚被拒绝。

虞灿指指他的眼镜:"差点没认出来,你也来吃早餐吗?"

商饶才意识到眼镜的存在,想起有人说过他戴眼镜不好看,连忙取下来:"哦,我、我不常戴的。"

"还挺好看的。"虞灿随口回答。

杜珧林捂着脚,龇牙咧嘴:"你俩也认识?"

商饶看她没有否定,才点头说:"认识。"

唐微微这时候也过来了,跟他们打了招呼:"嗨。"

虞灿目光下移,看到杜珧林冒烟的脚:"你脚,起火了?"

杜珧林昨天下楼梯脚滑摔了一跤,脚踝骨折,去医院打了石膏刚刚才返校,准备在这里吃顿饭就回,结果屁股还没坐热,就被那女人扔的热水壶里的水浇了一遍,这酸爽。

"一点……小伤。"

"小伤?"虞灿看着在冒烟的石膏愣了愣,"这得去医院换一下吧?"

"正有此意。"杜珧林疼得快翻白眼了,抓住商饶的袖子,"班长,你再看虞学妹一会儿,我这只脚就废了。"

"你、你说的什么,还是去四院吗?"商饶赶紧扶着他往外走,耳尖都红了。

"等等,我给你们打车。"虞灿用手机打车,"这样快点。"当时她躲开,那壶水才浇到杜珧林脚上。

"哎,好,那我们……"商饶拖着杜珧林都到了门口,听到这话快速把人拖回来,抬头不小心和虞灿对视上了,于是低头又拖着人到门口。

杜珧林紧闭眼睛,额头出汗:"班长,班长,停下来,求你。"

"抱歉,抱歉……"商饶慌乱又不好意思地回答。

唐微微搬了把椅子过去,笑着说:"你们先坐下。"

杜挑林那只脚完全不能碰地,商饶背不起他,最后虞灿和唐微微帮着一起抬他去了医院。

到医院没一会儿,虞灿又接到万明月的电话,说是工作室有事让她去帮忙。

从初中开始,她就在万明月开的舞蹈工作室学跳舞,现在两人都成朋友了。她给这边的人打了招呼,就匆匆赶去工作室那边了。

万明月穿着黑色舞蹈服,拿木棍帮小学员正形:"腰再弯一点,身体打开,打开。"

有几个学员跟虞灿比较熟悉,见她进来,笑着叫"姐姐"。

虞灿估摸着她是让自己来当免费劳动力示范动作,结果还真的是。

今天教的是流行舞,力量要求比较高,两个多小时过去,虞灿靠着墙汗流浃背:"不行了,跳不动了。"

万明月操着温柔的嗓音凉飕飕地说:"你上大学后退化得不止一点半点,我像你这个年龄,一天跳十个小时,转头还能跑楼梯上十八楼。"

"你是铁打的?吹牛之前打打草稿。"

万明月拍掌:"来来来,同学们,我们再复习一下最后这个动作,下腰和弹起的这个速度要快,我来给你们示范一下。"

大家停下动作,认真看老师。

下一秒,万明月躺在地板上尖叫:"啊!啊!腰,腰断了!"

虞灿左看右看,想伸手又怕伤到她:"怎么办,怎么办?"

"医院,快送我去医院!"

"不能动!"

"别废话啊,救命!"

虞灿扶起人往电梯的方向快走,叮嘱跟来的小孩在舞蹈室别走,等大人来接。

工作室在大商场里,她眼睫上的汗水还没完全干,往电梯跑的过程中竟然看到了赵翊。

赵翊在二楼对面休息区,他手上拿着支烟,吞云吐雾。

距离太远,虞灿没看清他的表情,电梯关上的最后一秒,她看到个女孩提着好几个购物袋从服装店里出来,手伸着,大概是要牵他。

真励志,早上还在图书馆,才出黄金屋便拥颜如玉,忙成那样还出来陪女孩逛街。

赵翊手插兜里,一点也没有要回应黄盈的意思。

僵持了一会儿,黄盈尴尬地把手收回来,小心翼翼地问:"到午饭时间了,你想吃什么呢?火锅怎么样,或者意面?"

赵翊在前面走,她跟着,提议:"上面有一家甜品店也不错,要不要去试试?"

"不试。"他干脆坐下来,"东西买完了?"

"嗯。"

赵翊随意跷着腿,懒懒散散的,带着点痞气,夹着烟的手指骨节分明,手背的浅色青筋铺散蔓延。

今天是黄盈的生日,也是她喜欢他的第六年。

她微笑着从腕间挑出个袋子:"这个是送你的。"Shannin(品牌名)的夏季新款,他经常穿这个牌子。

赵翊在看手机,闻言掀眼皮瞟了眼:"把心思花在自己身上,我穿什么用不着你买。"

那袋子变得烫人,她低声说:"赵翊。"

"没什么事我先走了。"他把手机放好,淡淡道,"以后这种事也别干了,你要是不喜欢人多,以后我也不会来了。"

他俩一个高中的,她过生日,说几个玩得好的高中同学都来,他推辞不了只好过来,结果现在就他一个人,问了才知道是她提前跟大家说要跟他单独过。

胡嘉运那个傻子竟然也瞒着不告诉他。现状就是手机信息响个不停,一群狐朋狗友的消息轰炸不停:我就知道你俩有猫腻。有情人终成眷属!

得,又给他安了个女朋友。

"赵翊,"黄盈抓住他的衣角,"其实,我……"告白的话在心里酝酿了千百回,却还是无法宣之于口。

她知道以他的个性,告白之后,连朋友都做不了了。

"你有喜欢的人了吗?"她低头,隐忍着泪音,"昨天我听说你和……"

赵翊把衣角抽回来,扫了她两眼,到底还是没说难听的话:"把心思放自己身上,别不听劝。"

医院里，万明月趴在病床上疼得跟生孩子一样。虞灿在旁边扒香蕉。

万老师本来是简单的肌肉拉伤，躺着休息就好，两人慌慌忙忙往医院跑造成二次伤害，现在成了腰椎滑脱，至少要住院十天。

她们听到医生说这话的时候都沉默了。两人对视，虞灿别过头："看我干什么，我说了不能动，你非得让我送你到医院。"

万明月没力气埋怨了，哭丧着脸："疼，疼死我了。"

"你是四十五岁不是十五岁，难为自己干什么？还下腰。"

谁说她年纪她就跟谁急："四十五岁就不能下腰了？我要是把这句话发到网上去你等着被骂。"

"怕死了。"虞灿把香蕉塞她嘴里，"吃点才有力气继续号。"

万明月的老公在南港出差，儿子在比利时当交换生，她自己在遥城有一间舞蹈工作室和咖啡厅。她嚼着香蕉翻手机找护工："工作室先关了，咖啡厅你帮我照看着。"

"热知识，学生是得上课的。"虞灿提醒。

万明月从小养尊处优，没有受过这种罪，疼得神智不清了："不上课？那正好。"

虞灿愣了愣：行吧，时间挤挤总是有的。

过了会儿，万明月的老公打视频过来。万明月的声音娇得能滴出水来："老公你什么时候回来嘛，人家真的痛死了。"

虞灿小声说："我有同学也在这家医院，我过去看看。"她依照唐微微发的地址，在医院外的一处饭店找到了他们几个。

唐微微和杜琉林两人就像没吃过饭一样，闷着头扒饭，菜一点没动。

虞灿夹起块沸腾鱼片："这菜不好吃还是有毒？"

杜琉林抬头想悄悄看唐微微，不巧唐微微也在看他。两人相视骤然脸红，双双低下头。

他又抬起头："唐同学，你吃菜，啊！"他站起来把菜推到唐微微面前，却忘了自己脚上有伤，一屁股跌坐回去。

"没事吧？"

"没事没事！"

慌乱之后，唐微微夹了一点菜放进碗里，小口吃掉："我饱了。"

虞灿看呆了："啊？"没听错？平时米饭能吃三碗的人，现在半碗都没吃干净。

唐微微面上保持着笑意，在桌子下用膝盖撞她——请闭嘴。

杜珧林笑得憨憨的："你吃得真少。"

"稍微打断一下，商饶呢？"虞灿问。商饶不是也在医院陪他们吗？

"我来了。"商饶跑前跑后挂号排队缴费，刚刚杜珧林又拜托他去买某个特定品牌的汽水，他跑了两条街才买到。

晚上有晚课，虞灿将近十点才到家。她家就在本地，平时想在学校住就在学校住，想回家住就回家住。

"灿灿回来了。"虞有毅在找东西，随口打了个招呼。

"爸。"

虞南本来准备睡了，但听到她的声音，揉着眼睛撑着睡意非要出来晃一圈找存在感。

虞灿没看他，直奔自己卧室找旅游报名票根。票根还没兑换，得趁早退了。

"不对，我放这里的茶叶去哪儿了？"虞灿听见爸爸在外面喊，"小丽，我放这里的茶叶你看到没？"

"没看到，谁知道你藏哪儿了。"唐小丽在主卧回答。

虞灿想到了什么，探出头："爸，是两盒龙井吗？"

"嗯啊，我明明放这里的。"怎么找都找不到。

"我喝了……"虞灿走出去。

"什么！"虞有毅钟爱收藏茶叶，有个收纳柜专门放收藏的茶叶。那两盒龙井是他托了苏州的熟人好不容易才买来的。

他痛心疾首，抱着一丝希望："两盒都……喝了？"

虞灿缓缓点头："嗯。那我再买两盒回来吧。"柜子里都是孤品，只有龙井有两盒一样的，所以她就挑了龙井。她送之前没想到父亲会这么看重那两盒茶叶。反正把旅游票退了又有钱了，买得起。

"买什么买，你放了满柜子十几大盒打算喝几辈子？"唐小丽穿着睡衣出来，"灿灿喝不得了？茶叶不喝拿来当传家宝？那到时候去旅游的时候你别去。"

"什么旅游？"虞灿心道，爸妈也准备了旅游？

"哎哟！"唐小丽意识到不小心说漏嘴了，赶紧捂嘴，"我本来想装不知道的，这一高兴给忘了。"她说完从电视柜里拿出两张票，虞灿看清那票，

顿时眼睛睁大。

"昨儿我打扫屋子，见着一张纸片掉在地上，还以为是什么呢，捡起来仔细一看，哈哈哈，刚好两张，你又没男朋友，那不就是送咱俩的？"

虞有毅嫌弃道："哎呀，你看你沉不住气的。"之前说好假装不知道，等灿灿自己宣布，这下什么惊喜感都没了。

"哈哈。"虞灿把票抽过来，票根没有兑换看不出是谁的，"这个……"我觉得你们不要冲动。

"曼谷哟，在泰国吧，我还没出过国呢。"唐小丽沉浸在幸福中，笑得像花儿一样，嘴角咧到耳朵。

三十分钟后，虞灿下单了两个同声传译器，老两口要玩就要放开了好好玩，不能让他们吃听不懂外语的亏。

就这样，她最后一滴血汗也被榨干了。

晚风把栾树红荚吹得沙沙作响，月光透过窗帘的缝隙落在床边的木地板上。

虞灿洗完澡后坐在书桌前打开电脑。唐微微在朋友圈晒了张图，图片里是夜灯下的操场，文案：散步。

她在下面点了个赞，不一会儿收到了唐微微的信息：好紧张。

虞灿福至心灵，又带着一丝不确定：不要告诉我你在和杜桃林散步。

唐微微：对啊。

虞灿把加湿器打开：他脚不是都冒烟了吗？

唐微微：他单脚跳。

虞灿看了几遍确认自己没看错，慢慢回复了两个字：顽强。

晚上十点还不是她的睡觉时间，她调出前几天录的美妆视频开始剪片子。剪着剪着，她突然想到上午在商场看到的那一幕，赵翊和杜桃林是朋友，物以类聚人以群分，杜桃林不会也花心吧？不排除这个嫌疑。

她给唐微微发信息：你别太上心，先看看他人品怎么样。

唐微微：完蛋，跟他在一块我手脚都不听使唤了。急求，散步应该先迈哪只脚？

虞灿无言以对。

黎漫的新电影前几天上映，观众反应不错，既叫好也叫座。

男主角那边的团队提出趁着热度炒一波CP吸粉，她不同意。男方那边想赶鸭子上架，直接发了暧昧微博@她，她没回，传着传着就演变成了她耍大牌，不配合宣传。键盘侠一翻嘲，挖黑料造谣，她本来就是黑红出圈的，黑料一挖一大把，黑粉撒黑料呼吁影视圈避雷她。

赵衡看到消息气得头疼，警告了好几个媒体公司撤掉负面言论，可仍旧无法堵住悠悠众口。赵翊这两天忙得脚不沾地，一边帮他哥处理黎漫的事，一边兼顾学校的一堆破事，很久没睡好，眼眶都青了。

学校操场里，空气并不燥热，阳光把球场上的人影拉长。赵翊和胡嘉运他们几个在打球，人不多，打的半场。

"你这样下去，我真怕你猝死了。"胡嘉运说。

赵翊从他手里把球抢了直接投篮："要死我也在你后面死。"

"我三餐规律天天锻炼，睡满八个小时，等你死了还能帮你照顾老婆。"

"滚。"赵翊带球过人，出三分线直接投球，跳起来的时候对面来人盖帽，那人冲过来太快了没稳住，手撑赵翊腰上，两人一起摔了，发出"砰"的一声。

"没事吧，没事吧？"大家都过来扶人。

撞赵翊那人外号"大壮"，又高又胖，一米八二，两百三十多斤，体型堪比日本相扑选手。

赵翊一阵晕眩，半天没缓过神，站起来后拉起裤管发现膝盖处生生翻起一大块皮，伤口不停渗血，在白皙的皮肤上看着尤为刺眼。

"送医务室吧，赶快送医务室。"

"胖子打球能不能注意点，十次有九次都在撞人！不知道自己什么形状？"胡嘉运极度不满。

大壮急忙道歉："不好意思，不好意思，我真的没看到，我刹不住……"

"刹不住你打什么？"

"行了。"赵翊提着裤腿站起来，"磨磨叽叽什么，多大点事，有纸没？"

大壮赶紧说："有有有。"

"那你们先打。"说完，赵翊来到观众台台阶上坐着。

大壮从外套里掏出大卷纸摊开，小心翼翼的："我手脏，你拿中间干净的。"

"脏什么，"赵翊随手扯了两张按在伤口上把血擦了，看大壮如临大敌那模样,"胳膊肘这儿擦不到,搭把手。"

球场里共有四个球场,3号场地清场,有个男生搬了块计分立牌过来:"机电学院VS土木工程学院。"遥大著名的两个和尚庙。虞灿和唐微微都被杨策尧和商饶邀请过来助阵,唐微微当啦啦队队员,虞灿翻计分牌。

虞灿穿粉色短款T恤配牛仔裤,两条腿被牛仔裤包裹得匀称细直。她怕晒黑,戴了顶粉色鸭舌帽,身材姣好,又甜又辣,非常吸睛。

机电学院的男生穿着白球服,比赛前开玩笑:"论颜值和气势咱们就已经赢了,对面的不要再做无谓的挣扎!"

土木工程学院的人穿黄色球服,他们本来皮肤已经够黑了,黄色把皮肤衬得更黑,像是刚从非洲回来的。他们从别的院借不来人,就从隔壁航天大学外国语学院借来了几个女生。

那几个女生连他们是哪个专业的都不知道,开头第一声:"外国语学院加油!"

全场突然安静,继而全场大笑。

虞灿大笑的声音,赵翊坐看台上都听到了,他把裤腿放下来,饶有趣味地看向那个方向。

杜珧林本来是中锋,奈何腿伤了只好坐在一边帮自己队布局战术。

胡嘉运过去凑了会儿热闹,跑回观众席去,往赵翊身边一坐:"哟,你看老珧那场子里有谁。"

赵翊手垫在脑后活动活动脖子,要是放在以前,这种问题他懒得回答,不过这会儿他心里痒似的,勉强说:"虞灿。"

"哈哈哈,谁说她了,"胡嘉运乐不可支,指了个方向,"我说的是,哎,这会儿运球那个看到没?那个。"

商饶拿到球轻松一跃传给队友,他皮肤白净,戴着一副蓝框眼镜,斯斯文文的气质在一众大汉里很显眼。队友把球回传给他,他直接上篮,球进了,球进之后第一眼看向虞灿。

都是男生,他什么意思一眼就看透了。赵翊别过头。

"我之前跟你说的追虞学妹那个兄弟就是他,不过听说被拒绝了。"胡嘉运就爱看赵翊吃瘪的样子,火上浇油,"怎么样,这兄弟帅吧?"

赵翊把用过的废纸揉作一团投进垃圾桶里:"没你帅。"打球就打球,到处乱看什么。

"谁让你端着,人家不联系你你就不联系人家,再这么下去'严肃的问题'真严肃了,你看人家理不理你。"

"你又懂了。"赵翊放下手,这段日子真的没时间。

胡嘉运:"现在摆在你面前的有两个选择,事业或者爱情,你最有竞争力的就是这张脸……"

"说上瘾了是吧?"赵翊眉峰皱了皱。

两个学院的比分咬得很紧,虞灿在翻计分牌,她刚好背对着赵翊。

他坐的这边观众席只有稀稀拉拉几个人,但凡她回头就能一眼看到他。可半场赛时过去了,她专心翻牌加油,硬是头都没偏过来半下。

赵翊把矿泉水提手里,外套往身上一搭,起身。

胡嘉运明知故问,大声喊:"翊哥,你去哪儿?咱在这里坐得好好的。"

赵翊回头砸了个篮球过去:"我去看看老珧。"

胡嘉运跟上,笑得露出大白牙:"你说说,这话你自己信吗?"还看看老珧,一个宿舍的天天看还看不够?

赵翊一瘸一拐地走到虞灿正对面的观众台上坐下。虞灿立马看见了他,他刚准备挥手回应,她的目光就飘走了。

她到底看没看见他?

下午的操场吹着微微的风,两边的啦啦队各自为自己这方加油,声浪一浪高过一浪,赛事激烈,来看球的人越来越多,场边围了里三层外三层。

杜珧林坐着轮椅声嘶力竭地呐喊指挥:"传球,传给张琦霖,老吴防人,把他给我防死!防死!"

"咻——"

裁判吹哨,上半场结束。

虞灿肩膀放松,终于能休息了。

赵翊站起来,刚准备过去。

"虞灿!"商饶先小跑过去把眼镜摘下,"我的眼镜老是掉,你能帮我用绳子固定一下吗,就这样拴在后面。"他用手比画动作。

"可以,你蹲下来点。"

他依言蹲下把绳子递给虞灿。

她手灵活,两下就绑好了,问道:"你看看松紧怎么样?"

"很合适,谢谢。"

赵翊转头问胡嘉运:"这人叫什么名字?"

胡嘉运认脸不记名,想了想真记不起来了:"不知道,你问老姚,是他专业的。不过叫名字多生分,直接叫情敌就行了。"

赵翊瞥了眼,声音微不可闻:"男狐狸精。"人女孩都拒绝了,还不知进退,那不是狐狸精是什么?

下半场换土木工程学院的人翻计分牌,虞灿终于得空到观众席休息。她正玩着手机,就听耳边有人来了句:"听说你前几天一挑三?"

赵翊坐她旁边,两条胳膊肘撑在上一级台阶上,人大刺刺地仰着偏头看她,长腿向前伸,嘴角带着漫不经心的笑意:"挺牛啊。"很帅很荡漾,一看就很花心的那种。

虞灿反应了一会儿才想起早餐店那一家三口的事,估摸着是杜姚林在他们宿舍里讲的。

"还行。"她转头对着手机回消息,语气冷淡。

赵翊反思自从她给自己送茶叶之后就没有联系过她,是挺冷漠的,女孩有点脾气也正常。

"那个,我这段时间有点事,一直在忙,很多事情就没顾上。"他话说得不顺,因为真的没跟哪个女孩这么温温柔柔解释过事情。都说这么明显了,她应该懂了吧?

虞灿其实没想到赵翊会过来找她聊天,不过既然他开口了,也不好不回应,含混道:"哦,我这段时间也忙。"

"知道。"

"你知道?"她惊讶。

既然没有找他,想也能想到,肯定是有事在忙。他点点头,正准备说话。

"哇哦!"机电这边又进球了,虞灿跟着欢呼鼓掌。

他舌尖顶了顶腮,硬生生把话咽回去。

赛事刺激,她看了很久,直到基本大局已定才坐下来:"不好意思,有点激动,你刚刚说什么?"

"我说……"

"咻——"

比赛结束,38:34,机电学院胜!

虞灿直接下观众台去庆祝了。

"机电！牛气！"

"机电！无敌！"

赵翊默默坐正，有这个时间回去睡一觉不好吗，非要在这儿给自己找憋屈。估计虞灿对他就是一时兴起，跟其他女生没什么不同，可能其他女生坚持得还久点，她就是纯粹玩玩。

他往远处望，看到胡嘉运快笑疯的模样，无言起身，但虞灿的手机和包还摆在这儿，他得看着，不能立马走，又忍着场下的鬼哭狼嚎坐下。

好不容易等他们庆祝完了，虞灿上台阶拿手机，他起身，半句话都没说就走了。

商饶跟他擦肩而过，走到虞灿面前，邀请道："虞灿，我们等会儿有个庆功宴，你也一起去吧。"

赵翊脚步停了，因为膝盖疼他没站直，即使这样，那男生还是没他高。

唐微微在下面喊："灿灿，来嘛来嘛，我们一起！人多热闹！"

"你们玩，我就不去了。"虞灿说。

赵翊舒坦了，接着又听她说："我等会儿要去做兼职，跟老板说好了的。"

兼职？他想到那盒茶叶，听胡嘉运说得值六千多。六千多对一个普通大学生来说是不小的一笔钱。

大家都走了，虞灿一抬头就看见赵翊还在："你还没走？"

"你兼职，因为那茶叶？"

"不全是。"虽然是拿茶叶引发的。

"行。"赵翊点了点头，往后退了两步，倚在围栏上，"给我画张画，画我。"

夕阳沉在他身后，榆树被风吹得招摇，细碎的金光透过树梢的间隙落在他的短发上。

万物都明朗，风翻起他的衣角，那双如漆点渲染的黑眸盯着一个人，嘴角勾起一点，要笑不笑，认真又不认真，正经又不正经，但实在是足够让任何一个少女心动，不能多看。

虞灿说："我画可不免费。"

"行啊，画好了你要多少我给多少，我有的是钱。"

她想起他在商场陪女孩逛街的事，心道他别是想拿钱追她，于是撇开他下台阶："让让，我跟其他女孩可不一样。"

赵翊自然而然地跟上，表示赞同："是有点不一样。"

从榆树林出来，对面就是大操场，不少人在里面沿跑道散步，虞灿看了下时间，现在六点四十分，她的工作就是晚上九点帮万明月看一下咖啡店，除此之外八点半约了人谈事情，现在还早，去了没事干。

她提议："要不要走两圈？"正好想问他一点关于黎漫的事。

"你不是要去做兼职？"

"时间还早。"

小样，还不是舍不得他。赵翊挑了挑眉，勉为其难："行，那走两圈。"

天边余晖已散，逛操场的情侣两两成对，她明显低估了初夏操场对情侣的吸引力，知道会有情侣，但没想到有这么多，心中微微惊讶。

赵翊这会儿注意力大半在腿上，表面像正常人一样走，实际裤子黏在了伤口上，一走一扯，极度酸爽。

"男狐狸精"投球三分，他起跳倒地弄一身伤，怎么就这么倒霉？好在裤子是黑的，看不出血。

"你手机又在响。"两人逛了没一会儿，他手机时不时就振动。

赵翊平时怕错过什么重要消息没开静音，只是把音量调到最小，他边掏手机边说："没什么大事，应该是家里的。"

他刚把手机掏出来，就听见一个女声传出来："赵翊，那天的事情的确是我不对，我以后不会再那样了，你能不能……"

对方没说完就被掐断了，他不咸不淡地说了句："误触了。"接着扫了眼屏幕，黄盈发了一大串超过六十秒的语音，让人头皮发紧。

虞灿点点头："哦，了解。"鱼塘之内，皆为家事。

赵翊把对话框直接删除，接她的话："你平时是不是不怎么用微信？"不然怎么没给他发过消息。

她正看着别处，没听清他说什么，随口答道："啊，是吧。"

赵翊顺着她的目光看过去，一对热恋的情侣正吻得难舍难分。

赵翊怔然，他以为这种事只有胡嘉运干得出来，把她的头给掰过来："瞎看什么。"

虞灿抿唇，两人对视一眼，都忍不住笑出来。

第 四 章

如果要疯狂一次

第二天一早,胡嘉运在遥大表白墙看到热乎的表白:"翊哥,来事了!"

投稿的人贴了张赵翊昨天下午打球的照片——黑色护腕,鼻梁英挺,起跳投篮,目光专注篮筐。配文:少年如风,自在飞扬。请问有人知道这个小哥哥是谁吗?下午去操场玩遇到的,真的一眼惊艳,想求一个联系方式,拜托拜托(如果有女朋友的话当我没发)。

图片没点开之前只能看到球服上印的数字"26"。

下面有人评论:

△没点开,26号,盲猜赵翊。

△点开了,颜值打9分,不乖乖过来当我男朋友扣一分。

△纯路人,这告诉我们看帅哥还得去篮球场。

△认真答题,赵翊,金融系大三,有女友,三天换一个,敢爱你就来。

△心不是钢铁做的别来。

△肚量没有太平洋宽广别来。

…………

"拿走。"赵翊没心情看这些,他昨天膝盖伤了一直不当回事没管,还和虞灿走了几圈操场,后来到了医务室发现裤子已经黏住伤口,黏得死紧,用药水软化也没用,最后直接被生生撕下来一块皮。现在自己正用药水一点点消毒。

胡嘉运坐回自己桌子前,在下面评论:统一回复,他有很多女朋友,不缺你一个。

这才是本世纪断人念头的最佳回复模板,他发完把手机一丢,事了拂身去,深藏功与名。

赵翊压根儿不在乎别人怎么说。这样无形之中回绝别人也挺好的,不伤害别人,一劳永逸。

杜珧林拄着拐杖回宿舍,身后还跟着个人。

大壮站在门口,提着一袋子药,小声说:"赵、赵翊,我在医务室买了些药,106块,我把东西放这里……"

胡嘉运听着前面部分还好好的,到后面他报金额的时候感觉就不对味了,弹起来不客气地喊:"不用,拿走!"

大壮低头重复:"可是我已经买了,106块。"

赵翊没说话。

胡嘉运火气上来了:"谁让你买了?人本来就是你撞的,还让翊哥给你钱是吧?"翊哥是钱多,那也不是风刮来的。球场碰撞情有可原,可买了药过来让别人给钱不是恶心人吗?

大壮的脸迅速变红,拿起东西:"对不起,对不起,我走了,我走了。"

"晦气玩意儿。"胡嘉运准备去关门,走到一半肩膀被拍了拍,听见赵翊轻声问:"气什么?"

赵翊说完从杜珧林那儿抢了拐杖拐过来把药拿起粗略看了看,挑出里面一瓶碘伏:"还行,刚好缺这个。"然后,他把钱转给大壮。

大壮落荒而逃。

胡嘉运把门一甩,震天响,怒道:"赵翊,你圣父啊?"

赵翊把碘伏放桌上,语无波澜:"我是你爹。"

杜珧林不知道状况,莫名其妙:"怎么了?你们跟周路遥有矛盾?不应该啊,他就是一讨好型人格,平时没什么人理他,别人说什么他做什么,听说之前,哈哈哈……"他提到这个就想笑,"之前他玩真心话大冒险输了,同宿舍那几个哥们写了张字条让他拿去厕所念一百遍,字条上的内容是'我要飞得更高',结果碰巧学校几个领导过来巡查,默默围着厕所听一个孩子歇斯底里叫'我要飞得更高',后来全年级的人都知道了,哈哈哈!"

胡嘉运笑出泪花了,可气还没消完:"可怜之人必有可恨之处。"有些人就是那样,欺负他的他怕,反倒帮他的他要得寸进尺。

"不过听说他要被劝退了,专业课挂了一半。"

"该！"

赵翊脑子里浮现着周路遥惊慌失措的困窘样子。赵衡截肢以后，生活里许多时候不方便，偶尔会露出类似的表情。关于赵衡，他心硬不起来。

赵翊把拐杖往杜珧林那边一扔："接着。"

杜珧林在看消息没注意，两米不到的距离连一根拐杖都没接住，"啪"地被砸了，可还像是吃了蜜似的笑。

"怎么了，出去一趟回来傻了？"胡嘉运说着凑了过去。

杜珧林迅速把手机往怀里收防止他偷看："社会上的事你少打听。"

胡嘉运扑了个空："老珧，别告诉我你搞对象了。"

"快了。"杜珧林心想，只要唐微微一句话，他人就是她的了。

那天在医院，护士给他拆绷带抹酒精涂消炎药，场面一度十分血腥，他怕血怕脓紧紧闭上眼睛抓住身边的东西，完了才发现抓的是唐微微的手。之后，他赶紧慌慌张张磕磕巴巴道歉不敢再看她一眼，连着手心烫了半天。

有时候，爱上就是一瞬间的事，没原因没来由，如一场炽烈的狂风，等反应过来的时候人已经在风中了。

昨儿在球场，唐微微和杜珧林的互动少，赵翊和胡嘉运都没注意到。

胡嘉运有些不敢置信："哪个女生瞎了眼睛看上你？咱们学校的？"

杜珧林羞涩点头。

"你们专业的？别卖关子了，说，是谁？"

杜珧林做了个封口的动作："不说。"一是他不确定唐微微的心意，万一人家只是单纯性格好，但对他没意思怎么办；二是一旦把她暴露出来，这群人免不了要开玩笑，万一女孩脸皮薄受不了怎么办；三是微微那么好，这几个傻子跟他抢怎么办；四是万一⋯⋯

胡嘉运看杜珧林严肃的样子："得了得了，你看你眉头都皱成什么样了，不知道的还以为我在逼供什么重大机密。你这兜里装的什么？鼓鼓囊囊又软又热乎，都烫我手了。"

杜珧林拉开外套拉链，掏出一袋冒热气的早餐。

胡嘉运接过，一样一样拿出来看，哈哈大笑："哟，老珧，整得挺精致，我看看这是啥，粉色甜甜圈，草莓泡芙，旺仔牛奶，这三明治上咋还画了个兔子？你一大男人吃这个，变态啊？"

一向安静不爱说话的陈远莱也凑过来看，然后默默笑着走开了。

赵翊盯着那袋子："你六点起床就是去买这个？"

"笑什么，那是我给……"杜桃林不想直接说唐微微，想了个代号，"给'landing gear'（飞机起落架）的，她不在学校没送出去，你们吃吧。"

胡嘉运连蹦带跳地把东西分了："远莱兄，你学习辛苦，吃这个最大的兔子三明治。"

陈远莱接过："谢谢，谢谢。"

今天是难得的周末空闲时光，大家都在宿舍一起吃粉嫩套餐。

杜桃林忙着回手机信息，赵翊觉得这会儿就算是把杜桃林手上的泡芙换成纸团他也会照样吃下去，说不定还斩钉截铁称赞好吃。没出息。

赵翊拿出本索罗斯的《金融炼金术》，读了会儿，他顶着一副不耐烦的表情打开QQ，点开某个最新添加联系人的对话框，发送：在干什么？

同一时间，虞家。

父母不在家，虞灿带唐微微来家里玩，两人谈论昨天晚上签约的事。

"那你最后没签约？"唐微微问。

虞灿的美妆账号运营了一年多，现在有五十多万粉丝。可其实她赚的钱很少很少，因为但凡质量差或试用效果不达预期的产品她都不会推荐，不会接这类广告，而且她没有公司团队，好的产品需要自掏腰包购买，好不容易赚的钱又搭回去了。

最近有好几家经纪公司的HR递来橄榄枝想签她。她挑了最合眼缘的一家见面谈，对方所有条件都给到了业内较优，五十万粉丝在整个行业内来说实在算不得什么，能给到这个条件已经是极有诚意。

可是有一条劝退了她：必须无条件配合司内合作方的产品宣传。也就是说，只要是公司合作方的产品一律只准说好用，推荐用。

这和她的原则相悖。可现实是基本所有公司都有类似的规定。

"没有，我本来也没准备签什么公司。"虽然签了公司后在资源和渠道方面会更上一层楼，虽然她真的真的非常想赚钱当富婆，一掷千金带着父母朋友环游世界。

她曾经有一段非常痛苦的时光，会抓起椅子不要命地朝墙上砸，走在路上突然掉眼泪……

精神和身体总要有一个是体面的，那些伤心绝望的时候，她认认真真给自己化个妆，面对镜子的那一刻觉得自己也没那么糟糕，然后告诉自己"悟已往之不谏，知来者之可追"，于是很多郁闷的日子慢慢过去了。

生命里总有一些东西是千金不换的，比如良知和热爱。

"不过，我现在有了一个新想法。"

唐微微好奇地问："什么？"

虞灿想了想，觉得自己有点异想天开："等我做成了再告诉你。"

唐微微等会儿要去和杜桄林约会，虞灿给她化妆，伸手："把粉饼给我。"天气已经热起来了，不好好定妆容易出现晕染脱妆的尴尬场面，定妆这一步很重要。

上完散粉后，虞灿用矿泉喷雾再给唐微微做了一次保湿，让妆面更自然持久。

"我的天，这还是我吗？"唐微微面对镜子震惊了。太神奇了，五官还是那些个五官，但是轮廓更清晰了，她觉得自己从来没这么美过。怎么形容呢，像是丛林深处走来的精灵。

"够迷死一百个杜桄林了。"虞灿得意地笑，把化妆刷放下，再给她补了点口红。

"不想出去了，我好美，谁都不配。"唐微微对着镜子翻来覆去看自己的脸，"太神奇了，我怎么以前没让你给我化过。"

"你跟他都聊一上午了，还说不去。"

唐微微笑道："我还没问你呢，你跟赵翊是怎么回事？我可看到昨天你跟他坐一块了。"

说到这个，虞灿手机的消息提示音刚好响起。她打开手机，看到赵翊发来的消息。

昨天他俩逛操场，赵翊问："你平时不用微信那用什么？"

她胡乱答了句："QQ吧。"

结果今天真收到了他的QQ消息：在干什么？

她回消息：在家里玩。

赵翊回：今天不忙了？

虞灿没回了，跟唐微微聊天："微微，你觉得纨绔子弟的感情能信吗？"

唐微微在试虞灿给她搭配的裙子："这难说，不过肯定是不缺人信的，就比如赵翊吧，他那个水平的，人帅又有钱，就算大家都知道他花心，还是会有很多人想跟他恋爱。我刚刚还在表白墙上看到有人跟他表白，不过也不能一棒子打死，因为不排除有可能浪子回头，要说能不能信，我也说不准。"

虞灿的裙子实在太小了，唐微微深吸一口气才慢慢穿进去："还是男人最了解男人，我问问杜姚林。"

杜姚林这边已经打扮好了，头上抹了半瓶发胶，衣服换成了西装，为了衣服不皱都没敢坐下，一直站着。

"纨绔子弟的感情能信吗？"他读出唐微微发过来的这段话。

"纨绔子弟的感情当然不能信了，那种人感情跟自来水似的，压根儿不值钱。"

他的桌子跟赵翊相邻，赵翊抬头看他一眼。

杜姚林寻找认同："赵翊，你说是吧？"

"让让，挡我光了。"赵翊看着他锲而不舍的目光，点头，"是。"

唐微微又发消息过来：那如果女方非常漂亮有魅力呢？不特指谁，我帮一个朋友问问。

"帮朋友问问啊？"杜姚林逐字逐字读出来，"那如果女方非常漂亮有魅力。"

他不解："既然女方条件都这么好了干吗还跟纨绔子弟耗，普度众生？"

"赵翊，你说是不是？"他说着说着又踱过去了。

"废话。"赵翊说，"这种事跟女生是什么人一点关系都没有，过错方不反思，受害人求完美，那不傻子吗？"

"等等！就是这个意思。"杜姚林打开备忘录，"最后一句经典，再说一遍，我记下来发过去。"

胡嘉运滑着椅子过来："老姚，你干脆把女朋友给翊哥，让翊哥帮你聊得了，明显翊哥比你聊着顺手。"

赵翊没参与他俩的吵吵，心里有种不耐烦的情绪蔓延，手撑着后脑勺往后一仰，看了眼屏幕。她怎么还没回复？

次日晚，赵翊和父亲赵鸿光参加完遥城市房地产商会，去了家茶馆。

"我最近总想起以前的事，"赵鸿光品着茶，"琢磨着要是衡儿的腿没事就好了。"

赵翊倒茶的手顿了顿。

"有你们两个在，我就能安心退休了，不过还好我让你学……"

"爸。"赵翊说，"不早了，我先送你回去。"

"不用，你先走，我在这儿空空脑子，想点事儿。"

赵翊以前很喜欢跟父亲撒娇，赵鸿光也吃他这一套，对小儿子有求必应。别的家是严父慈母，赵家是慈父严母。孙淑华经常是用一种类似厌烦的复杂眼光看赵翊。

赵翊五岁以后就被送去爷爷奶奶家。小时候因为身体好体育棒，他想当运动员拿金牌为国争光，晚上放学后围着大院跑很久，后来被告知已经错过最佳训练年纪，只得作罢。

他第二次有想做的事是学习地质专业，了解承载着世人的这颗星球。他没有高考，走的是物理竞赛保送这条路。这条路并不好走，赵翊很早就明白，但能做自己喜欢的事本来就是一种幸运，世上最美好的路，就是通往理想的路。高中有时候写着写着题天就亮了，所幸努力是不会骗人的，以他的成绩，上国内最好的地质院校都绰绰有余。

一切都准备得当，变故发生在那个寒假。

赵翊接到消息赶到医院的时候，赵衡正在手术室内做截肢手术，他怎么也想不通为什么会出这样的事。孙淑华哭着对他拳打脚踢："都是你害的你哥，我就不该生你！你给我滚，滚……"

赵鸿光坐在长椅上深埋着头，隐忍着泪，对他说出了所有事实。

他是最后一个进去看赵衡的。赵衡躺在床上望着天花板，看见他进来抽动嘴角笑了笑，被切割后的半截身体在床上挣扎想要坐起来，身上每一寸都是痛的。赵衡的每一声呼吸都是剜在赵翊心里的刀，他无比希望自己从来没出生过。

很长的一段时间里他都在想，他怎么还不死，直到现在这个想法还会时不时冒出来。

后来在某一个暗淡阴沉的下午，他无意间看到赵衡以前写的人生规划，从那以后，他的人生完全扭转，以赵衡的规划为航向。

赵翊打开车窗抽烟，烟草味雾气弥漫。烟瘾也是在那个时候染上的。

遥城的夜景很美，繁星漫城，灯光闪烁，车水马龙。

他开车到了校门口，心脏附近的血管像被什么缠住乱搅一样，实在没心情回宿舍，掉头顺着车流随便转。

"好，保持这个姿势别动，这个角度是最美的。"虞灿拿铅笔比了下距离，算好比例开始下笔。在家闲着也是没事，她干脆在长宁路支了个画架做街头速写。

这会儿画的是一对情侣。

街头速写精髓就在一个"速"字，十多分钟后，她把画纸用塑封装起来："好了，五十，扫码就行。"

"哇，很像哎。不过价格太贵了，能便宜点吗？"女生期待地说。

"你们是学生吗？"她看这两人都穿着校服。

"对对对！"

"那不行！"她大学都没男朋友，"下一位。"

她看着过来的人，微惊："你……"

"画啊，我就摆这个姿势。"赵翊坐在小板凳上，两手插兜里，长腿跷着，没个正形，又有种不羁的帅。

"好。"虞灿非常敬业，单眼用拇指比了下，"唰唰"两笔下去，"好了，给。"

赵翊慢条斯理地走过去，想看看她到底是有多鬼斧神工，不到一分钟就画好了。

"你这是画的什么？跟我有半点关系？"纸上就一朵漆黑的团子和几个龙飞凤舞的大字。

"是乌云，西画才讲究形似，我这是国画风，讲究神似，你脸上写着'烦心'两个字，跟乌云这个意象最像。"她学画七年，抓形不是白练的。

画速写时，人虽然坐在椅子上看上去相对静止，实则正常情况下会比平时有更多的小动作，比如嘴角的翕动、眼睛乱看。但赵翊刚刚往椅子上一坐，脸部表情没变过，眼球并未转动，双目无神。教科书式的颓丧范本。

"我说你……"赵翊把塑封卷成筒在虞灿右肩上一敲，读纸上的字，"悟已往之不谏，知来者之可追。"以往的好坏经历都不能再挽回，而未来还来得及。

这是她的座右铭，她颇有心得："不管在烦什么，反正都是过去的事了，不能改变。"但往后的时光是可追的。

一大男人独自忧郁还被发现挺掉面儿的。他低头扯了把椅子过来坐下，转念一想，也还行，会疼人，画也画得不错。

他刚坐下，后面一个奶奶拍拍他的肩，问道："小伙子，你到底画不画啊？不画就先让让。"

虞灿笑了："别打扰我做生意。"

奶奶还牵了个小男孩，小男孩鼓着一双大眼睛炯炯有神地看着赵翊。

赵翊无言地站起来，撞翻了她放笔的袋子，七零八碎长长短短二十来支笔，铺开一地。她看过来，他两手上举做了个投降的手势："我捡，我捡。"

"他为什么说自己贱？"小男孩藏在奶奶背后，指指他，小声说，"好可怕。"

"哈哈哈……"

赵翊看她："很好笑吗？"

虞灿抿嘴忍住。

他把笔放回去，蹲在小男孩面前。

虞灿在给奶奶速写，没听到赵翊说了什么，只看到没两下他就把孩子抛起来转圈，孩子咯咯地笑。春宁路人声鼎沸，小孩笑得喘不过气来，落地之后露出一排小米牙，撅起小屁股抱着他的大腿："哥哥，哥哥，再来一次，再来一次！"

奶奶拿到了画："朱朱过来，回家了。"

"想去兜风吗？"见后面没有排队的顾客了，他两手撑画架两边，头往旁边一偏，他车就停在旁边的临时停车场里。

"不去，我要赚钱。"虞灿抬头，"手拿开，架子给我撑歪了。"

赵翊稍稍后退一步，看着她后面，淡声提醒："城管来了。"

"你当我三岁小孩儿？"她话音刚落，就见旁边卖砂糖橘的大爷慌慌忙忙钻进破三轮："快走啊，城管来了！"

她赶紧收摊，把纸和画架往腰上一夹。

"我拿。"赵翊朝画架腿一抓，抓下来一根木棍，画架立马"啪嗒啪嗒"散架了。

虞灿一脸惊慌，赵翊眼疾手快地把她往旁边一拉。

城管瞥了他俩一眼："收拾好！"

夜风呼啸，赵翊开着摩托车，顾及后面坐了人只敢挂二挡。

他有两个职业赛车手朋友，开车非常疯狂，不知道要是那两人看到他开这么慢会露出什么不屑的表情。

"你行不行啊？开快点！"虞灿坐在后面，心道：机车是这么开的？

赵翊愣了愣："抓紧！别后悔！"他直接给到满挡。

车是临时租的，没有改装过，引擎声震天响。

虞灿死死拽住他，尖叫："啊！"

风驰电掣,刺激性不亚于半梦半醒时踩空跌入悬崖。

"爽了吗?别乱叫!"

疾风过耳,带走了大部分声音,他只听到了一声大叫的"妈"。

风不是吹在脸上,而是直接打在脸上,光被拉成一条直线,她的心脏在"咚咚咚"跳出嗓子眼儿和骤停之间反复横跳。

她迷恋这种感觉,但再多一秒就要吐了。

"松点手,腰断了!"赵翊减速。夏季穿得薄,她抱得死紧,整个身体都贴在他背上,心"咚咚"跳得就像装了弹簧。

车速减下来后,她问:"你说的店是哪里?我们这么晚过去会不会关门了?"

"不会。"

赵翊非要赔她一个画架,并且信誓旦旦说那家的画架是全遥城做工最好用得最顺手的。

车停在路边,他先揉了揉腰两边的皮肤。这人一找到机会就抱这么紧,净想着占便宜。

穿过两条巷子,他把人带到了一家木制品工艺店,店面面积非常大,门口悬着两把原木色吉他,店内陈列着大大小小的原木工艺品,木蚂蚱、薄如蝉翼的木纸鹤、木鸟……惟妙惟肖。

"小翊?"周良比着老花镜看了半天,"还真的是你哦!"

"爷爷。"说着,赵翊顺手把虞灿的头盔接过放桌上。

虞灿看过去,爷爷?

赵翊冲她侧下巴,解释:"这是周老板,我爷爷的朋友,平时也叫爷爷。"

"周老板你好,我叫虞灿。"

周良笑眯眯地道:"哎哟,这姑娘……"

赵翊没敢让他把话说完:"这是我一个朋友,我把人画架搞没了,带她来你这里看看有没有合适的。"

"有有有,多得是。"周良听赵翊说是朋友,直接带人去仓库挑好的。

仓库的面积是店面的五倍不止,工艺品种类更多,下至木碗上至龙舟。

虞灿怀疑周老板开店完全是为了兴趣消遣,而不是为了赚钱,就跟开劳斯莱斯去买菜的一样。事实确实也是。

到了画架区域,她提起一把画架往后顺的时候顶到赵翊的肚子,只听他"哒"了一声。

——这么虚？

她没说出来，但他看出来了。

"瞎想什么？"他揉着肚子，"不虚，硬的，全是腹肌，要看吗？"

"如果你愿意的话。"虞灿最近在练马甲线，除非刻意收腹，否则不成形，要是他真有腹肌，那不妨请教一下。

"这里有钉子。"赵翊心说：还真想看，美得你。

"哦。"她翻过来一看，碰到他的那块果然有颗钉子，"不好意思，那你往旁边让一让。"

赵翊转身看另一个架子上的东西，以前小的时候经常过来玩，现在还是这些小玩意儿。他看着看着，虞灿又探过头来："你真的有腹肌？"

他眼睛眯了眯："很难让人相信吗？"他看起来是肥宅？新鲜。

"几块？"她比了个"四"的手势，试探道，"有没有？"

赵翊没好气地说："谢谢你这么瞧不起我。"

"哇哦。"她就知道男生比女生练肌肉容易多了，"我又不会传出去，要不我给你看我的？"她打开手机找照片，一时找不到，直接撩起衣服。

夏天穿得薄，一层T恤之下就能看到白皙的皮肤。

赵翊眼疾手快制止她的动作："你搞什么？"

"想给你看。"

"不用，这种事情慢慢来的，按照进度一步步来。"

"我想快点。"她在网上找了什么三天、十天速成法练了都没什么用，"有没有什么方法能快点？"

赵翊斜她一眼，就知道她不老实，想走近路："没有，时机到了自然水到渠成。"

"你就是不想说。"

"你只要一直这样待下去，就成了。"他最多就透露这一句。

能再官方点吗？她张唇，想再追问。

"闭嘴。"赵翊转身往门口走去，脚步带着点慌乱。

周良拿着鸡毛掸子掸灰，刚走到这儿就看到他俩推推拉拉，赶紧转身往反方向走，过了会儿满脸堆笑地走到赵翊身边："小翊，这姑娘挺好啊。"

虞灿选好了画架在参观别的东西。

赵翊扔着手上的地球模型玩："是挺好的。"就是某些时候太直接了。

"说话好听，有礼貌，又高又瘦。"

"瘦？"赵翊背上还残留着某种难以言状的触感，瘦是瘦，但某些地方也不是太瘦。

虞灿转过来，笑着朝他举了举手上的木制张飞面具。

对视不过是一瞬。

赵翊倚着门框，偏头笑了，今天本来想死来着。

第 五 章

提前的生日礼物

今天上午满课,虞灿昨晚熬夜剪片子凌晨两点多才睡,这会儿困得要死,趁着课间休息时间,她跑去外面冲咖啡。

她正喝着咖啡,就听后面有人叫:"虞灿。"

黄盈跟她打招呼:"虞灿学妹你好。"声音轻柔,让人忍不住会亲近的那类。

虞灿听说过黄盈,也见过,但时间太久忘了模样没认出来,也怕认错,保守道:"你好,请问你是?"

"我是黄盈,雕塑专业的。"黄盈望着她,心中复杂,机电和土木工程打球那天,自己目睹赵翊跟在她后面有说有笑。

赵翊在所有人眼里似乎都是天之骄子的存在,做事情有始有终从不轻言放弃,高中的时候数学能拿满分,带领着全校同学百日誓师慷慨激昂……好像他在哪里光就在哪里。

黄盈喜欢赵翊,把他的每一个片段都小心记下,远远看他一眼就能充满力量。这样的人竟然也会跟在另一个人的后面。可是这个人知道什么?他们才认识多久?或许连赵翊为什么学金融都不知道。

"原来是黄盈学姐,有事吗?"虞灿笑着问道。

黄盈的雕塑作品获得过好几次省内金奖,尤其是其中之一的"光芒"。那个雕塑已经陈列在艺术大楼两年多了。虞灿佩服有实力的人,因此对她很有好感。

"再过两周就是校庆晚会,我们还缺位女主持,你可以过来当一下吗?"

黄盈说。黄盈断定虞灿一定会来的，认为至少要先和虞灿靠近，才能了解她和赵翊的情况。

"学姐，你之前来找我也是因为这件事吗？"虞灿算了算时间，有点遗憾，"不好意思，我好像没时间，你们缺人吗，要不我帮你问问别人？"

黄盈皱眉："为什么会没时间？"这么好的展示自己的机会，未免做事太分不清轻重缓急。

上课铃响了，虞灿没注意她的表情，往教室的方向走："真的不好意思了学姐，是点私事，回头我推荐一个人给你吧。"

虞灿想推荐的人是唐微微，唐微微听了差点画笔没拿稳："你想要我死有很多种方法，偏偏选择了最狠的。我又没主持过，上去讲笑话吗？不过奇怪，按理说不该缺人哪。"美院还缺主持人？播音和音乐系的不抢着去？

"那我等会儿再问问郭思月。"郭思月是她们的室友，虽然做事的时候没有边界感能把人气蒙，但她长相好看，性格外向，挺适合的。

唐微微问："你怎么不去？"刚上大学军训完的时候，虞灿参加才艺会演，扎着高马尾来了一段劲爆的热舞，辣死了，引得场下尖叫连连。那阵子每天都有人给她和虞灿送早餐，其中不乏帅哥，现在想想真是一段幸福时光，大饱眼福不说，还省了不少伙食费。

"你去嘛，你去嘛！"唐微微怂恿。

"不去。"虞灿那时候约了人。

她的美妆视频新开了一个系列：客座化妆。想要让她化妆的人可以在后台投稿，她筛选后会帮助投稿人化妆合拍。这个系列反响还不错，她昨天看了一眼，投稿的人很多，有即将结婚的新娘、得癌症的老人、企业高管、刚高考完想放纵一把的女孩……这样不仅能分享美妆知识，还能帮助到别人。

虞灿性格的最大特点，除了死要面子外，就是奉行理想主义。她的世界只有一个方向，那就是心之所向。

她热爱的东西不像别人那么高大上，像研究科学物理探索世界，或者当医生护士救死扶伤，"美妆"两个字渺小得不值一提，以后要是真做这一行，估计连她的父母都不支持。

辛辛苦苦查很久的资料，弄清每一种成分的效用，一个视频翻来覆去拍二十次都没有拍出她想要的效果，做梦还在剪片子，作品发到网上去后杠精键盘侠从来不会缺席，拒绝劣质商家的广告还被坑过钱……

虞灿有时候也烦，烦死了，伤心，伤心死了，想着要不放弃吧，遥大美院毕业的以后只要不往死里作,怎么都能找到一份不错的工作,然后结婚生子过一生,安稳不早死。

可是翻个身,她又想,若是到了垂暮之年,她真的能接受那样的自己吗?唯一的热爱未能坚持,过别人过烂了的人生,这真的算活过?总之,不管前一夜如何辗转反侧,第二天她又开始剪片子找配乐了。

因为潜意识已经替她做出了选择:为所爱之事献出心与灵魂。

万明月上次扭了腰,现在还在医院里躺着,伤筋动骨一百天。

虞灿隔几晚上都会帮她去看看咖啡厅,咖啡厅里有三个服务员和一个店长,倒是没什么需要她做的,就是打烊后看看厨房是否整理干净,厅内桌椅是否摆放整齐,有无损坏。

她今天下午下课早,五点多就过来了,点了杯咖啡,摸出本《世界平面设计史》看,书里对各个重要的艺术时期作了详尽的阐释。历史难看进去,但其中有几个代表人物的小传非常离奇有趣,她看得津津有味。直到服务员问她要不要来一份甜点,她才意识到已经到了六点多了:"不用,不用!"

她今天之所以提前出校是因为要去接虞南,都放学多久了,虞南怎么没打电话过来?再一看,原来手机没电了,难怪定的日程提醒没响。

希望那傻小孩别被拐跑了。

赵翊正在车里玩手游,见虞灿急匆匆跑出来,按了两下喇叭。

虞灿见到他,大喜:"是你的车吗?"

"嗯。"他打开车门准备下车。

她把他推回车上,钻进后座:"载我一程,拜托,拜托!"

"我……"

"给钱!"她迅速系好安全带,"拜托你,我有点急事!加钱!"

"算了。"他本来想说自己就是来接她的。昨天他跟胡嘉运分析了,他在这场感情里太被动了,花心思追人的是她,送东西的是她,他一个大老爷们,这方面做得实在不爷们。

感情这事他顺其自然。但和其他事情一样,顺其自然不是两手一摊全然不管,而是因上努力果上随缘。既然想清楚了喜欢人家,那也得做点事,于是,他打听了她在哪儿做兼职,且主动过来接。

但现在看来,她已经完全把这当成偶遇了,还给钱,还坐的后排。

"去哪儿?"赵翊问。

"元英小学!接我弟弟!"虞灿稍微坐起来了一点,"我回去再转给你行吗?这会儿手机没电了,真没电了。"

"行,怎么不行呢?"他故意拖长调子,哪有跟人坐车放着副驾驶不坐跑去后座的。

"嗯?这车里什么味道?"她嘀咕。

赵翊手上一紧,他就在车上抽过一次烟,就是跟他爸去茶馆回来那次。那天晚上怕她闻到烟味,车都没敢开,他去租了辆摩托。

"估计是胡……"他正准备甩锅给胡嘉运,虞灿开口:"是一种很特别的香味,好熟悉。"

懂了,他头发长长了点还没来得及去剪,所以……不是他想用,主要是杜珧林自己发胶弄多了,非得给他抹点,真不是他想用。

"估计是香薰吧。"他食指指节不自然地在方向盘上敲了敲。

"哦。"她往前看。赵翊今天穿了件灰色T恤,搭在方向盘上的手骨节分明,手指不是女性的那种白皙纤长类型,转方向盘的时候,小臂上的经络凸起,看着就很有力量感。以前学画,老师说这种是很难抓形的,因为哪怕画得像,也不一定能把男性的这种性感和骨骼的力量给表达出来。

窗外景色变化。车没开到学校,但虞灿已经看到虞南了,小屁孩闷着头屁颠屁颠走路。

"停一下车,我看到我弟了。"这小孩什么记性,在往家的反方向走。虞灿走近才发现不对,虞南怎么拎着两个书包?她第一反应是小屁孩不会被欺负了吧?

"怎么了?"赵翊见她不动。

虞南后面跟着个穿粉红裙子的小女孩,他拿的就是小女孩的书包。小小年纪就知道送女孩回家了。

赵翊也看到了,抿唇:"你弟挺牛。"看来这事是有家族基因的。

虞灿大喊:"虞南!"

虞南一抖,转身,被她吓得不轻。

她走过去,指指他手上的包,给了个眼神:怎么回事?

"姐,她是张笑芙,"虞南面红耳赤,不好意思地说,"她妈妈今天没有来接她。"所以他就充当护花使者了。

虞灿弄明白了原委,对小女孩温和地笑笑,问小女孩住在哪里,父母为什么没来，最后说："姐姐送你回去吧。"

小女孩穿得粉嘟嘟的，特别可爱，很有礼貌地竖起指头指了前方的一家餐厅："不用了，那里就是我的家，我家很近，所以妈妈没来接我。"她拿过书包对虞南道，"虞南同学，谢谢你送我，再见！"

虞南："再见！"

"哥哥、姐姐再见！"张笑芙对着虞灿和刚来的赵翊挥手。

虞灿目送她走入餐厅，嘟囔："真可爱。"

赵翊和虞南小朋友打了个招呼。虞南不知想到了什么，视线在他俩身上来回巡视。

学校附近的人流很多，不方便多停留。虞灿对赵翊说："今天谢谢你，给你添麻烦了。"她不好再麻烦他了，"我和虞南乘公交车回家就好了，回家等手机充上电再给你转钱可以吗？"

见赵翊没讲话，她当他同意了，牵着弟弟，挥手道："那我们走了？"

然而刚一转身，看到正跑来的人，她惊得一哆嗦。

杨策尧站在前面，喊道："虞灿！"

虞灿手机没电，虞南联系不上她，就给杨策尧打了电话。

"太好了，南南在这里，我还担心……"杨策尧是跑过来的，额头上有点汗，说话也急，说到一半才看到赵翊，恍惚迟疑道，"你和你男朋友一起过来的吗？"他看向赵翊。

"啊，哈哈对……吧？"虞灿强颜欢笑，在背后抓赵翊的衣服，示意他帮帮忙！

赵翊把她的手拿过来，别这么迫不及待。

"你是？"赵翊觉得这人有点眼熟，但记不起是哪位了。倒也不怪他，他跟杨策尧就见过一次，而且已经过去快两个月了。

杨策尧默了默，他知道自己不是能给人留下深刻印象的类型，可是这次心头别样酸涩。

"他是杨策尧，我朋友，你们上次见过面的。"虞灿提示，"就期许亭那次。"

赵翊记起来了："哦，不好意思，兄弟，我记性真的差。"他又想起情侣餐厅那次，唇间含了抹笑，用胳膊撞了下虞灿，"之前'夏暮'那次没吃上，要不今天咱们一起吃顿晚饭？"现在正是晚饭的时候。

虞南特开心:"好耶!好耶!"

几人去了一家大排档。

胡嘉运听说后哭唧唧地打电话说杜姚林跟 landing gear(起落架)约会去了,宿舍里就剩他和陈远莱,孤独寂寞空虚冷,求收留。

大排档天花板上铺了一层闪耀的星灯,音响里重金属和缠绵音乐交替,在啤酒的冲击下,冰块与玻璃杯壁相碰,辣菜下锅,一股火浪扑出来,照红了整面墙。

胡嘉运一来,场面自然嗨:"老板,麻辣小龙虾先来四斤,啤酒两打,烤鱼整两条……"他基本把菜单上的菜点了一半。

老板不确定,拿着记菜本:"这些全都要?吃得完?"

"不用担心,咱们这儿五个大男人呢!"赵翊请客,不吃白不吃。

虞南数了数人,发现"五个大男人"里面也包含自己,开心地跑过去找胡嘉运击掌:"欧耶,give me five(击掌)!"

赵翊也伸出手掌,陈远莱也伸,最后杨策尧也不得不伸出手。

有胡嘉运在,场子就不会凉,他抛出的话赵翊自然而然接上。虞灿本就爱笑,这会儿更是笑得歪来倒去。陈远莱偶尔来点冷幽默,她眼泪都笑出来了。

杨策尧一直强迫自己保持笑意,寻找他们讲话的规律,好几次准备讲话,但一点都插不进去,有两次他张嘴想说话被赵翊看到了。

赵翊笑问:"你说什么?"还凑过去点听他说话。偏偏杨策尧大脑一片空白,想说又怕说得不对,支支吾吾闹了个大红脸。

胡嘉运扔赵翊一个龙虾壳:"禽兽!"

赵翊说:"陈远莱,把他吃的给划出来,让他单独结账。"

陈远莱作势照做,胡嘉运按住他的手:"我错了,最近穷得没底了,今天出来内裤都没穿,要钱没有,要命一条!"

杨策尧觉得自己穿得太薄,感觉凉爽的风变得阴冷,背上冷汗一阵阵往外冒,心无端被揪起来,只想快速逃离这个愉快又沉重的氛围。

他摸着手机默默措辞:"不好意思,大家,我家里有点事情,想先回去……"本以为没人听到,他准备再说一遍。

虞灿问:"是杨阿姨有事吗?"

他的心一下放下来了:"不是,我妈她没什么事,我就是想早点回去。"

虞灿知道他不擅长和人相处,本以为交了女朋友会好很多,可好像还是没有变化。

赵翊也注意到这边了，起身："那我送你吧，正好没喝酒。"他平时懒懒散散的，不会主动管这种小事。但这人是虞灿的朋友，还是为了帮她追人搞那么大个局的朋友。

"不用，不用，我直接坐地铁回，更快点。"

"哦，那行。"赵翊转头叫老板，"老板，把还没上的几个菜都打包。"又对杨策尧说，"你好像没怎么吃，带点回去。"

杨策尧心想自己要是拒绝，他们可能会说些话来劝，万一自己不能回答上又是一通难缠："好吧，那我带一点，谢谢你们。"

"哈哈哈！"大家都笑了，"大家也谢谢你，不然我们肯定吃不完了，浪费可耻，罪孽深重。"

说到这儿，众人齐齐看向点菜的胡嘉运。

胡嘉运摸头："点多了，我的锅，我的锅。"

杨策尧站在原地局促不安，想让虞灿和自己一起回去，可又觉得没有立场开不了口，挨到最后也没有下文。

"还好吧？"虞灿拍拍他的手臂。

他呼吸顿时顺畅多了。

几个人一起把他送出门再回来。

胡嘉运酒过三巡，坏心思来了，老跳都约上会了，他怎么能忍受自己最好的哥们在宿舍望天——"她怎么没回我QQ？"

他拉开一听易拉罐，头重重一点，声音气破山河："嫂子！"

虞灿顺着他的目光看自己身后，后面一个妩媚女人正窝在花臂男怀里，见他看来，怒斥："谁是你嫂子？再乱叫老娘打断你的腿！"

"抱歉！"胡嘉运傻傻地笑，机械地转了个角度，正对虞灿，"嫂子！"

陈远莱正在给虞南剥虾，手一颤。

胡嘉运继续说："翊哥是我的哥，你就是我嫂子！""中二"得要命。

虞灿看他那红扑扑的脸颊，心道她跟赵翊就是逢场作戏而已，稍稍侧身对赵翊说："什么情况，你没跟他说？"

赵翊用"你明知故问吗"的眼神看她，优哉游哉道："说了。"但你那点心思太明显了，人家都知道了。

她还没等他回答，想到最初期许亭那次胡嘉运也在，应该是知道情况，猜测："他醉酒喜欢叫人嫂子？"这种癖好放到别人身上或许难以理解，但

放到赵翊的朋友身上完全顺理成章。

"嫂子，来，我敬你一杯，不，一易拉罐子！"胡嘉运喝酒容易红脸，但脑子可清醒了，今儿非帮翊哥加把劲儿不可。胡嘉运懂赵翊，别看他看上去挺猛挺会的，可从来都是女孩追着他跑，他没追过人，打死都说不出告白的话。就这么下去，等七老八十了，他估计还在守着QQ等消息。

胡嘉运和赵翊对视一眼，一切尽在不言中。

——成事之后一双球鞋，限量那款。

——差不多得了，别真让人喝。

"你少喝点。"虞灿笑了，准备说自己不喝酒。

陈远莱先动手了："哎呀，你怎么回事，别乱来。"他焦心地把啤酒罐拿开，心中叹道平时千杯不倒的人今天怎么一罐就醉了？赵翊喜欢的人是"严肃的问题"，胡嘉运这样只会让赵翊和虞同学两个人都尴尬！

"远莱兄，你放开，"胡嘉运非要给虞灿啤酒罐，"嫂子，你可以不喝，接了就成……唔唔！"

陈远莱把胡嘉运的嘴巴捂住，心叹胡嘉运哪里都好，就是太爱乱点鸳鸯了，总是无中生有破坏赵翊的形象，以前他没看到就算了，可是这次就在他眼前，能纠正一点是一点。他提醒："严肃的问题，严肃的问题。"赵翊心里已经有人了，你别乱来。

"严肃什么！"

"抱歉，虞同学。"陈远莱扶了扶眼镜，认真道，"他平时不这样，只是喝醉了，无心之失，请你不要见怪。"

虞灿剥盐煮花生吃："这有什么见怪的？"

胡嘉运还在挣扎："陈远莱，你给我放开，放开，乖。"

赵翊在桌子下面踢了陈远莱一脚。陈远莱不解，下巴朝旁边侧了侧，示意胡嘉运在那边。

赵翊摸着下巴，给陈远莱推过去一盘菜："你吃菜，多吃点。"

"好！"他喜笑颜开，捂胡嘉运捂得更用力，整个身体都快压上去了。

虞灿拿起一瓶易拉罐，她不是玩不起的人，被叫嫂子完全不影响心情，更别谈害羞，既然胡嘉运那么想让她喝，那就喝呗："那我喝点。"

赵翊按住易拉罐："你行不行，不爱喝别喝。"

"激将法是吧？"他那话听着像挑衅，她喝酒确实不行，三杯倒的那种，很有自知之明，"我就喝两口，偏不受你激。"

他失笑,搭在罐身的食指扣住拉环往回一拉,"噗"的一声,易拉罐开了,啤酒冒着细密的泡涌上来。他给她推过去:"就喝两口,我数着。"

"哇!好酷!"虞南吃饱喝足,看见赵翊单手开易拉罐,也去拿了一罐,然后跑过去,"怎么开的,教我教我,我也要学!"

"南哥,你过十年再学。"虞灿提着他后领子把他拽回来。

"赵翊哥哥!"被卡住命运喉咙的小朋友大叫求助。

过了会儿,赵翊和陈远莱聊上了,后者基本不说话,偶尔插两嘴,开口必定和学习有关,两人有一句没一句地讨论曲教授实操课的那个作业方案还得改改。

虞灿拿了颗草莓,一口咬下去,粉色果汁滴了两滴在领口。

"那你牛啊,那个我没选上。"赵翊在说话,头都没偏,却抽了一团纸巾放她手里。

热季的风撩过两人的肩。明明已经很克制了,最后还是失算,她酒量真的差,就抿着喝了半罐乌苏,放下没一会儿脑袋就发晕了,早知道就不碰了。好不容易等到大家都吃好喝好,打道回府,她站起来找虞南,发现地板竟然跟山丘一样是起伏的,一脚踩空,撞在旁边人身上。

赵翊先把躺怀里的人稳住,掂了掂她喝剩的易拉罐,发现里面至少还有半瓶。他无奈地一笑:"我说你……"要抱能不能提前说一声?

她属于看着很辣,玩得开的那一种,怎么都不像半瓶倒的人。

虞灿抬起头,脸上一片坨红,脑子里有根筋抽动着:"你说什么?"

"我说别担心,赵师傅送你回家。"

"那我给他钱,给钱。"

赵翊腹诽:你很有钱。

胡嘉运过来瞥了眼,拿腔拿调:"你啊你,啧啧啧。"

赵翊车开得非常平稳。虞灿被绑在副驾驶,睡得安稳。虞南在后座,抱着驾驶位的靠背玩,童音稚嫩:"赵翊哥哥,你是不是喜欢我姐?"

他懒懒回道:"南哥,你什么眼神?"明显是你姐更喜欢我。

正等着红灯,他搭在方向盘上的手敲了敲:"你姐,谈过恋爱吗?"毕竟这人追他追得有一阵没一阵的,偶尔喜欢爆了,偶尔消息都不会回,弄得他刚好就卡在那个点上,上不去下不来,心里发痒。

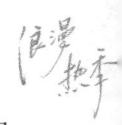

"没有呀！"虞南说，"谁会喜欢她啊！又凶又丑还大声说话。你敢相信吗，我妈打我她都不帮！"

"哈哈哈。"赵翊都能想象虞灿听到这话能气成什么样。

虞南拿出自己的手机："所以赵翊哥哥，你把电话号码告诉我吧，爸妈不在家，我怕她晚上发酒疯杀了我。"

赵翊好笑地看着旁边歪着脑袋睡觉的虞灿："你姐这么猛？"

"哎呀，其实我在家叫她巫婆啦！"

不知过了多久，虞灿迷迷糊糊醒来，听见车窗外一阵笑声……等等，她怎么在车里？

赵翊和虞南在玩游戏，虞南抱着他大腿："哥哥，哥哥，我还要玩！"

他又把人抓着向空中抛了一下，然后抓住两手甩了一圈。

"哦吼！"虞南玩得可开心了，龇着漏风的大白牙傻乐，好像正在度过人生中最幸福的一天。

见虞灿下车了，赵翊忙里抽闲赏她一眼："你怎么醒啦？"

她看了他一会儿，缓声："大概是因为我还没死吧。"

姐弟俩和赵翊告别后走楼梯上楼，虞南活力满满，一步跳两个梯坎："姐，我觉得赵翊哥哥好酷好帅，简直超棒，我好喜欢他啊！"

虞灿按指纹开门："那你嫁给他。"她想到自己刚刚在车上做的梦，在梦里，她竟然在跟赵翊告白，还好后来吓醒了。

遥大男生宿舍楼里。

"有没有一种可能，你说的虞同学就是'严肃的问题'？"自从陈远莱知道真相后，胡嘉运的这句话就不时在他脑子里回放。

他想到自己初来遥大的时候，身上就一条洗得发白的牛仔裤，非常羞怯于和大家相处，从不敢多说话，也不敢在宿舍里多待，下课后就藏进图书馆里。

记得那时候，杜珧林买了一袋杨桃给每人分一个，他刚好有点口渴，拿到后直接啃。

杜珧林奇怪地说道："你不削皮就吃了？"

陈远莱没吃过杨桃，看到是从保鲜袋里拿出来的，凭经验以为可以直接吃:"啊,要削皮要削皮,我正准备削……"最想隐藏的事被人公然说出来,杨桃简直要烫穿他的手心了。

"我还以为就我一个人不爱洗。"赵翙跷着腿把椅子转过来,咬了口杨桃,笑得很爽朗,"这东西不洗才带劲。"

后来还发生了很多事情,陈远莱才慢慢融入这个宿舍,甚至学校,也明白了其实别人也没他想的那么可怕。赵翙仗义细心,胡嘉运幽默护短,杜珧林大大咧咧心直口快。

只有他自己死脑筋一个,他昨晚上做了什么,赵翙好不容易真的有心动的人,那么好的时机,全被他这个死脑筋给毁了。

"赵翙,要不我去找虞同学解释?"他趴在浴室门上。

赵翙在里面穿衣服:"你解释得着吗?"

食堂里,他端着刚打的饭:"赵翙,要不我去跟虞同学好好聊聊?"

楼道里,他抓住赵翙:"赵翙,要不我去叫她嫂子吧?"

"赵翙,要不我……"

赵翙从厕所出来,实在受不了了:"大哥,能让我好好上个厕所吗?"

"赵翙……"

"闭嘴!"现在在上课。

虞灿前两天去公园给一位名叫"忍者神兔404"的网友化妆,去之前她们有过简单的沟通,知道对方是一位脑瘤晚期患者,对妆容唯一的要求是持久。

可见面后,虞灿发现这个人竟然才十七岁不到,花一样的年龄,脸庞却枯瘦干瘪。

公园的三色堇花团锦簇,神兔的妈妈在旁边录像:"谢谢你。"

"吓到你了是吗?哈哈哈……"神兔把假发拿掉方便虞灿上妆,"我经常看你发的视频,好羡慕你有好多化妆品,手很巧,我超想让你帮我化一次妆的,没想到成真了,嘻嘻。我的脸很丑,你不要嫌弃呀。"

"怎么会,很漂亮。"虞灿用的是中药化妆品,为了妆容能够持久,先把定妆喷雾喷在美妆蛋上,再薄薄铺开一层粉底液,面颊凹陷的地方打上高光,再用散粉遮一遮,这样可以使高光不突兀,让妆容看上去自然美观,符合神兔本身的气质。她每一步都小心翼翼,花的时间稍微长了点。

妆容完成后,神兔拍了很多照片,一张张查看,最后自言自语:"其实,

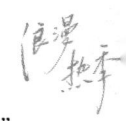

如果我健康的话,应该和这个样子差不多吧?这样看,我好像也没那么糟。"

阳光落在她的眼睫上,投下一片浅浅的阴影。世界如此糟糕,世事不如人意,可始终有人在努力让它变得美好,无论表面的,还是内里的。她们甚至不知道对方的真实姓名,但临近分离的时候已经互相笑着约定一起看明年六月的三色堇。那个时候,花开得最艳。

虞灿回到宿舍和唐微微聊起杜桃林:"所以,杜桃林还没跟你表白?"

"嗯。"唐微微抿唇点头,"不过我觉得他应该是喜欢我的。"

"他还隐藏你们之间的关系?"

"啊……"这也不能说隐藏吧,就是唐微微发现杜桃林跟朋友们讲话的时候总是刻意避开她的名字,叫什么"Landing gear"。

虞灿沉思:"那你们怎么相处的?"

"就……装淑女。"唐微微欲哭无泪,真的装得好累。每次跟他吃饭她只吃一小半饭和两口菜,说话细声细气,笑的时候捂着嘴巴。

"微微,你是唐微微哎。"虞灿恨铁不成钢。不过转念一想,这事还真说不准,要是别的男生她肯定劝唐微微拜拜就拜拜,可对象是杜桃林,她觉得这人大大咧咧、老老实实,应该不是那种花心的。但是转念再一想,跟赵翊走一块的人,还真不好说。

"那你……"虞灿想了想开口。

"算了。"唐微微把自己摔在床上。她也不想装,可是下意识觉得杜桃林会喜欢那种类型——说话的时候不大声,跑步的时候小步迈,接触要发乎情止乎礼,他送的礼物她从来不会轻易收下,收下后也会找个由头回赠,简直淑女极了。

"灿灿,我要是有你那么漂亮就好了。"漂亮一点,应该就不会焦虑这些事了。

此刻,虞灿上身穿了件彩色条纹吊带,细细的吊带挂在瘦削的肩上,后背的蝴蝶骨若隐若现,动静都好看。

"我还不如你好吧,你好歹有个杜桃林,我半个对象的影子都没有。"说着,虞灿的微信消息提醒响了。

唐微微问:"谁啊?"

虞灿看屏幕:"商饶。"

"这不就来了吗?"唐微微跳起来,"他找你干吗?他可是杜桃林班的班长，你好好说话。"

商饶：虞灿，我测绘课程老师让我们画图，我在图纸方面有点困难，可以向你请教一下吗？你有时间吗？

虞灿没吃过猪肉还能没见过猪跑？美术和测绘图纸纯粹就不是一回事。她不会给人多余的幻想：不好意思，我没有时间，也不是很懂这方面的东西，你问问别人吧！

唐微微摇头又躺下："可怜的商班长。"

"还不快收拾你的东西，走了。"

经济学院的期年湖每年这个时候荷花花开灼灼，美丽高洁，吸引了校内校外的许多游人。虞灿和唐微微立着画架在这里写生。

早上八点左右，不冷不热，凉风习习，背后的教学楼响起上课铃声，几个眼看就要迟到的人手提电脑，踩着初阳跑得飞快。鲜花、朝阳、年少，这个季节的风比黄金还珍贵。

虞灿画图的时候不喜欢出声，尽量全身心专注于笔头。写生是一件很费时间精力的事情，不知不觉就到了十一点多。她俩没带水粉颜料，上不了色，只好暂时把画架寄放到附近的保安室，到处走走踩景。经济学院被称为遥大的金花，从设备到教学资源全是顶配。

"不愧是咱们学校的金花，经济学院的装备比我们美院的好多了，花都开得艳一些。"

"品种也好多，那是不是茉莉？"

"虞灿，过来看这个！"致远大楼的LED屏里滚动播放"校百佳大学生"获得者，排头第一个就是赵翊的头像。

"哈哈，这是谁啊？"

这照片大概是赵翊高中时拍的，略微青涩，穿着天蓝色外套，那时候他还不是寸头，但也不算长，勉强遮住额头。虞灿点开，里面显示着他获得过的一连串荣誉。这个榜上的都是神仙打架，基本都有神技傍身，什么全额奖学金，这个奖那个奖都看厌了。她找到个感兴趣的点进去，是赵翊在大一入学典礼做的新生代表演讲视频。

他穿着正装站在烈日之下，手拿麦克风，五官立体，身姿挺拔。他的演讲主题不是感恩、勤奋、刻苦，而只关于两个字：勇气。

"勇气不是无所畏惧，而是心怀恐惧，仍然一往无前。

"在这里，我想借用孙先生的句子：吾心所向，一往无前，愈挫愈勇，

再接再厉。"

　　少年的话语字字铿锵，表情坚定，莫名让人有种信服的力量。台下坐着来自全国各地求学的学子，很多人不知道他的名字，但这种振奋的力量已经经由他的手，滋润在他们骨质之中。

　　"我的天！"虞灿发出一声惊叹。

　　唐微微笑了："是吧，我也觉得好帅！"

　　"谁说这个。"虞灿把唐微微的头扳到另一边，只见商饶信步走过来。

　　刚刚才说没时间，这会儿就遇到在闲逛，尴不尴尬？趁着商饶还没看到她们，两人迅速往楼上跑。

　　胡嘉运刚从教室里出来接水喝，看到她们："虞灿，唐同学，你们怎么过来了？"说完，他轻轻打了自己嘴巴一下，一副"懂了"的表情，朝旁边金融系占用的教室指了指，"202，就这间，进去吧。"

　　啧，这就来陪上课了，追得真猛。

　　唐微微往楼下看了眼，没见到商饶了："完了完了，估计已经上楼梯了，我们先进去再说。"

　　虞灿点头，急匆匆拉着她进了教室。

　　曲致安教授上过电视做过电台，是遥大的明星教授，课堂一座难求，有不少别院的学生过来蹭课。

　　虞灿生怕商饶也过来蹭课，正好碰上，坐下后不停地看前后门门口。

　　"不是吧，连你也走神？"曲致安教授身材短小精悍，说话风趣，喷人也能让人羞愤欲死。

　　等大家都被他这句话吸引过来，他才笑呵呵地点名："我的陈远莱同学，要是连你也走神不在意我，那我这课上得还有什么意思呢？我活着的意义是什么？"

　　陈远莱压下嗓子眼里的问题。

　　他旁边的赵翊若无其事地在电脑上敲笔记。

　　陈远莱本就脸皮薄，这会儿脸红得像要燃烧了。

　　"老师，我在，在……"

　　"在什么？"曲教授问。

　　"在……听。"

　　"哎，这就对了，同学们，后面来的女同志再好看能有我好看吗？能有我对你们的吸引力大吗？"

大家一听"女同志"，都齐刷刷往后看去。

虞灿和唐微微心中一紧，不过下一秒就松弛了。原来大家是看向窗户那侧，那儿有几对情侣共看一本书上课，估计是女朋友来陪本院男朋友上课的。还好她俩没打扰人家的课堂。

"老师，他们虐狗，虐咱们单身狗！"

"忌妒，赤裸裸的忌妒。"情侣区的男生反击。

这年头，来陪另一方上课的小情侣还挺多的，大家都习惯了，恨只恨自己没有那个她，不能享受风花雪月。众人笑说几句后，课堂又恢复了轻松愉快的氛围。

虞灿看得很清楚，教授说"女同志"时，只有陈远莱和赵翊不为所动。陈远莱是脸烫得不敢动了，赵翊是专注于自己的事。

这节课估计是在讲股票市场分析，电脑里的红绿曲线起伏弯绕。她俩坐在那儿听了两耳朵金融名词"做多""做空""牛市""涨停板""护盘""洗盘"……云里雾里的。

没一会儿就下课了，胡嘉运跑过来找她俩玩："这课上得怎么样？老曲帅不帅？"他坐的后排，没跟赵翊他们坐一块。

"帅。"虞灿喜欢这种专业能力强，有自己上课风格的老师。

"确实，我偶像，帅是真的帅，野也是真的野，每年被他挂的人从这儿排到期年湖。卢齐你知道吗？他……"胡嘉运打开话匣子就停不下来。

学生走了大半，曲致安胳膊夹着资料，手上拿着茶杯，老干部形象，走到赵翊旁边单独跟他讲话。赵翊一旦开始做什么，注意力非常集中，旁边敲锣打鼓都不会去看一眼，自然也没有看向后面。他们俩对着电脑边比画边讨论什么，你一言我一语说得很热烈。

窗外传来淡淡的茉莉清香，虞灿突然想起陈列在展馆的雕塑"光芒"，理解了雕塑主人翁的头颅为何向上。

历史是个别的真实，而艺术是共通的情感，那些姑娘喜欢赵翊未必全是因为他的皮相。她想听听这个有趣的老头在说什么，说不定还能偷师，于是凑近了点。

"还有件事，你小子有福气，那边有个女同志时不时就瞄你。哎哟，到你后面咯。"曲教授笑得眼睛眯成一条缝，拿出胳膊下夹着的资料拍了拍赵翊。

赵翊转身，看清人："虞灿？"

曲致安见他俩认识，握着书本笑呵呵地走了。

虞灿若无其事地打招呼："哈喽，你们老师挺幽默的。那个，我刚刚……"曲教授看上去也就是开个玩笑而已，她解释反倒显得心虚，说完又觉得应该解释下的，误会了怎么办？

"懂。"赵翊看她这副别扭不好意思的模样，低声笑了下，站起来收拾东西。

人都追到这里来了我还有什么不懂？急是急了点，但勇于表达情感这一点，值得欣赏。

虞灿表情变了变："懂？"

"下次过来的时候先告诉我一声。"都到这份上了，反正你情我愿的，坐他旁边也成。他把包放肩上，斜斜倚着桌边："一起吃饭？"这会儿刚好是饭点。

胡嘉运两眼放光："好啊，翊哥请客。"

虞灿不敢转身，因为她发现陈远莱正在用一种近乎炽烈的目光看她。这该死的魅力，真不知道怎么才能收敛一点。

"好，大家一起去，我请客。"她说。

前几天赵翊送她去接虞南又送他俩回家，本来说好了给钱，结果她发起的转账他一个没收。那就用请吃饭来还好了。

"我请客，我请客！"陈远莱站出来期待地看着她，"虞同学你喜欢上次那家大排档吗？要不我们还是去那家吧！"他向来沉默，这次积极得过了头。

她后退一步，斟酌道："喜欢倒是喜欢，但有些事情吧……"不能勉强。

"远莱兄，你请什么请？"胡嘉运把他给拉回去，"虞灿是想感谢翊哥，你凑什么热闹？"

陈远莱吸取上次的经验，不轻易反驳他了，顺着他的话说："啊，对对对，我等会儿还得去还书，就不去了，虞同学你和赵翊去吧。"

胡嘉运玩归玩闹归闹，关键时刻非常懂眼色："我还有昨晚剩的两个大馒头，不能浪费了，就不陪你们了。"

虞灿疑惑："你们别这样，一起来，人多才热闹。哎，你们……"她还没说完，那两人已经跑得没影了。算了，等会儿让赵翊给他俩打包回去。

她继续说："好吧，赵翊、微微，咱们三个去，你们想吃什么？"

唐微微戳戳她，指指自己的手机，示意杜珧林约她一起吃饭。

虞灿秒懂："好吧。"

"嘻嘻，拜拜。"

"拜拜。"

这下只剩她和赵翊两个人了。

遥城的夏天尤其炎热，大道上车水马龙，升起一股股翻腾的热浪。虞灿撑着小伞，再三问："赵翊，你要不要过来一起撑？"

赵翊跟个没事人一样："不用，真男人从不撑伞。"烈日灼人，把他的五官照得立体硬朗。他本人是白皮，不过反倒喜欢偏黑点的肤色，那种肤色会让人看上去更有力量，所以夏季不撑伞不防晒。但是干不过基因，他的肤色还是偏白的那类。

她笑了，来了坏心思，说着说着，蓦然举起伞把他框里面："那你当假男人吧。"不怕晒黑也得怕热吧，再猛的男人考试的时候不还得用 0.5mm 的笔芯？

她穿的是露腰的短上衣，他没站稳，冷不防手背碰到了一下，瞬间想剁手的心都有了。偏她没意识到，只顾自己笑，她还问他："哎，你晒傻了？"

赵翊看别处，把伞拿过去，微微不耐烦："我给你撑，我给你撑。"他现在就一个想法，距今为止，这段感情的所有掌控权都在虞灿手里，进退都由她，反正现在自己是被她吃得死死的了。算什么男人？

她说："你怎么不反驳我？"说假男人都能忍？

他看她一眼，反驳什么反驳，他这会儿就是案板上的鱼。

虞灿带着赵翊去了一家日料店，她最近有点拮据，这是能力范围内能提供的最好的了。餐厅安静，空调孜孜不倦地往室内送着凉风。点完单后，她惊喜地发现他俩竟然口味差不多，都是偏清淡的那种。

服务员送来发圈，她抓起头发系成马尾，用手扇风："好热。"头发扎起之后露出纤细白皙的脖颈，额前的碎发透过缕缕光线。

赵翊在摆弄茶具，纤长的手指骨节分明，筋脉沿着小臂向上，脉络清晰。

她的眼睛神采奕奕："没告诉你，我一直觉得你手好好看，我们画室的手模都没你手好看。"

他手一抖，总不能一直任人宰割："你很喜欢画画？"

"当然，小学就在学了。"

"那真好。"他说真的。其实孙淑华以前也是学画的，家里到处挂着她的作品，每两年就会开一次画展，那时候他小，孙淑华非常感激小儿子的出生，以他为模特画了很多画，她的作品集就是他的成长记录，他总坐不住，孙淑华脾气不好，但哄他的时候却极有耐心。

现在想想，自从五岁那件事以后，她有十多年没有动笔了。

"不是每个人都有机会坚持自己喜欢的事。"他把茶给虞灿。

"我猜你喜欢的不是金融。"

"怎么看出来的？"

"你不是保送的吗，可以随便选专业，那干吗不选自己喜欢的？"

闻言，他眉峰轻挑，连他是保送的都知道。

虞灿说完后知后觉意识到这样的情况估计就是家里的原因了，他家开那么大的公司，强制让他学金融也是有可能的，这么想着她就顺嘴问了句："因为家里的原因？你要是不想说就不用说。"

赵翊轻笑一声，抿了点茶："猜得对，这有什么不能说的。"

事实上，这些话他和胡嘉运都很少说，或多或少会觉得两个大男人说这些矫里矫情，以至于忘了情绪是需要说出口的。很多事情憋在心里会反复溃烂，烂成一个洞。

"那你抗争过吗？我是指告诉你爸妈，你真正喜欢的是什么。"

"没有。"也没必要抗争。当他在病房看到赵衡残肢的那一刻，他就已经决定过什么样的人生。

"那你喜欢什么呢？"

"地质，偶像是李四光。"

虞灿微愣，想到他现在读的是金融，缓缓道："那可真是完全不相关。"

赵翊没说话，看了眼窗外，绿萝在空中摇摆枝叶。

她推过去一袋纸巾，询问："你要哭一下吗？"

赵翊偏头，被她给气笑了："你倒是会安慰人。"

吃完饭后，赵翊回到宿舍。

"翊哥，我的好哥哥。"胡嘉运在"闺房"中望眼欲穿，肚子都饿扁了，看到赵翊进宿舍赶紧起床，"你终于回来了。"昨晚上的两个馒头已经饿了，他看了一中午的书汲取知识的营养，仍旧不能果腹。

"这是什么？"他围着赵翊绕了一圈，只见赵翊提着一只盒子，没见着饭哪。

赵翊把盒子规规矩矩放桌上,下巴一扬:"微波炉里,自己拿去。"学校为了方便大家加热食物,在学生宿舍每层楼中央都放了微波炉,他回来的时候顺手把饭放里面加热了。

他把盒子包装打开,里面是一个玻璃罩,罩里面放着个地球仪。他回想起刚刚饭快吃完的时候——

虞灿说:"我有点事要出去,你在这里等我一下。"

"不是逃单?"

她迟疑道:"应该,不是吧。"

大概十来分钟后,她带着这个东西回来。

外面热,烈日炙烤着地面,她额头上冒出绵密的细汗:"这个送你,提前的生日礼物。

"梦想可能会给现实让位,但它不灭,永远是心里的远方。

"赵翊,你很优秀,做什么都能做好,很多人都羡慕你。

"还有,我挺会安慰人的。"

胡嘉运和陈远莱分好饭,拿着海苔饭团吃,眼睁睁看着赵翊无缘无故笑了。胡嘉运用膝盖顶赵翊一下:"傻了?"

他嘴里的饭粒子差点蹦到玻璃罩上,赵翊给他一脚,指着地球仪:"这是什么?"

胡嘉运纳闷:"地球仪嘛。"

"再猜。"

"带了玻璃罩的地球仪?"就是地球仪啊。

"是世界。"赵翊坐在滑行椅上,有一下没一下地滑动着。

胡嘉运懂了:"虞灿送的?"

陈远莱也凑过来看:"虞同学送的?"

"如你所见。"赵翊起身坐桌子上,正经道,"老跳在哪儿?"

"不知道,实验室吧。"

"叫回来,叫回来看看世界。"

胡嘉运坐在自个儿位子上,嘴巴忘了嚼,半天才出声:"翊哥,你别这样,我害怕。"

赵翊怕把地球仪放宿舍被那帮人给弄坏了,载着"世界"准备放回家里,

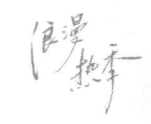

顺道去看看赵衡。

赵衡最近身体状况不错,又恢复了每天正常的工作。

他办公室门没关,赵翊刚靠近就听到熟悉的声音:"这个口红一点都不拔干,闻起来香香的……"

"小翊……"赵衡看见赵翊,随后把手机给关了,"你你你,进来怎么不敲门?"

"哥哥,你可别冤枉我,我还没进来。"他站在门口笑道,"在看黎漫姐直播?"

听声音估计是黎漫去了哪个网红直播间在选品,正推荐口红。

他乐了:"哥最近喜欢口红?不拔干的,香香的?"

赵衡经不起逗,耳尖慢慢变红了,嘴上还在逞强,故作严肃:"妈妈的公司明天要办活动,我想了解这方面的,就……"

"就什么?"赵翊学黎漫的声音,嗓音柔柔的,"就这个口红一点也不拔干,还香香的。"

"小翊!"赵衡脖子也变红了,他这个弟弟时而成熟,时而又太过顽劣,真是"没大没小"。

"哥。"赵翊扯了把椅子坐赵衡对面,从笔筒里抽出一支签字笔敲了下桌面,笑道,"我要谈恋爱了。"他一脸笑容,补充,"可能。"

赵衡惊讶,随后福至心灵:"和谁?是上次和漫漫过来的那个女孩?"

"好记性。"赵翊拿签字笔转着玩,"人刚刚才送了我一个世界。"

没办法,追得太紧,还把他生日都记得那么清楚,提前送礼物。

虞灿把自己所有的皮夹包包都翻遍,搜出来的钱凑不够一顿早饭钱。

那个地球仪榨干了她最后一滴血汗,上午她在那个LED屏幕上看到了他的出生日期,七月三日,没几天了,就当最后送他的礼物,毕竟前些日子多亏有他,她才没有特别丢脸。

唐微微不在,她独自在宿舍的阳台吹风,在她心里,赵翊就像一件上乘的艺术品,为了避免这种危险的想法蔓延,以后还是尽量少跟他接触。这件事不难,本来他们就不怎么会遇到。

至于杨策尧那边,她决定暑假坦白地告诉他,他们之间本来就没有男女的感情,只是纯粹的友情,当时不只是他没有处理好问题,她也没处理好。他们的关系不该是现在这样的。

接下来是六月末的魔鬼考试周,大家开始忙忙碌碌地复习,图书馆每天都是爆满,宿舍的台灯通宵达旦地开着。

今年暑假放得早,东城新开了一家游乐园,虞灿跟唐微微约好一起抢开业首日票,可惜没抢着。可恨的是,隔天唐微微告诉她:"那个票,杜珧林抢到了两张,想约我一起去玩。"

虞灿咬牙切齿:"祝你们幸福。"

赵翊考完《货币学》,从教学楼出来的时候遇到了黄盈。准确来说,是她在等他。那么她怎么知道他今天在这儿考试的。他看了眼旁边的胡嘉运。

胡嘉运摸后脑勺:"哎,我跟人约了唱歌,先走了,有话好好说哈。"他比较念旧,又心软,黄盈一拜托他,说两句好话,他就没辙了。

赵翊掀起眼皮,倒也没说什么,一是早已经被这人卖习惯了,二是同学一场,再跟她好好说一遍也行。

"赵翊。"黄盈轻声喊道。自从她上次在商场半袒露地表明了自己的感情,他们已经很久没见了。见大榕树下有一排长椅,她提议,"我们过去说好吗?"

"不用了。"赵翊没有要坐的意思,"你有什么要说的,长话短说。"

"赵翊,我这几天很想你,我……"

"我的态度还是和上次一样。"赵翊眉头皱了皱,没让她把表白的话说出来,"黄盈,别不听劝。"说完就走了。

他穿着黑色T恤,身材瘦而不单薄,天热没什么耐心,背影看着疏懒闲散。感情这个东西,没感觉就是没感觉,说多了都是抱歉,他情愿她讨厌他。他回宿舍,准备看会儿书,走到楼梯拐角,听见上面一片哄闹声,抬眸一看。

周路遥提着两包大行李,艰难地移动着。

杜珧林之前提了句大壮周路遥要被劝退了,看这样子,八成是真的要走了。因为狭缝效应,楼道里的风比外面速度快,也更阴凉。

周路遥拉着一只行李箱,背着旅行包,还拖着一个大口袋,口袋里掉出来件衣服。他后面的两个同学把衣服捡起来,举起展开,见衣服很宽很肥大,嬉笑道:"壮,你这一件抵别人两件啊。"

"长得真划算,一件衣服的钱买两件衣服的料子,薅羊毛啊你。"

周路遥洗了都不敢展开晾晒的衣服,被他们那样明晃晃地拿起来调侃。他在梯坎上,行李箱也在梯坎上,一松手就会翻下去,他没办法去抢,小声

恳求:"你们别这样,拿来,拿来……"

"哎哟,宝贝得,给你。"那两人把衣服扔给他,闹道,"你跟裴韵搭讪的时候是不是就是穿的这衣服?人家有没有夸你持家呀?"

周路遥两手都不空,那衣服搭在袋子边上,大剌剌地袒露着,他艰难地往下移动,想迅速冲下去把衣服藏起来。刚移动了没两步,他看见一只手把那件衣服拿起来,顺着手,他看到了赵翊。

赵翊身上还带着从外面回来的热气,脸上没什么表情,把衣服对折了两下,放进袋子里,没往楼上走。

那两人认识他,知道自己玩笑开过了,交换了个眼神,掉头走了。

"往哪儿搬?"赵翊漫不经心地问道。

"赵翊,谢谢你,谢谢……"周路遥手足无措,因为之前送药那件事羞愧难当。

赵翊已经把箱子提起来了,直接往楼下走。周路遥急急忙忙赶下去,看到赵翊已经把箱子放到了大门口。

"谢谢,谢谢……"还不等他去买瓶汽水表示感谢,赵翊已经若无其事地上楼了,擦肩而过的时候还拍了拍他的肩,似鼓励,似祝福。

周路遥在原地守着那只箱子呆立了很久。赵翊可能永远都不会知道,这个看似平凡而微小的动作,对他的影响有多大。

如果他也可以像赵翊那样。如果有万分之一的可能。

第 六 章

以为我单恋你？

虞灿拖着自己的化妆箱去见约好的客座化妆网友"夜露无斯 yews"，一个四十六岁的公司女高管。化妆箱是她自己用废旧行李箱改造的，看上去古朴又有艺术感，并且非常符合她自己的使用习惯。

这次的场合是夜露所属公司的媒体发布会，很正式的场合，虞灿去得早，在大厅里等夜露联系她。

"叮咚！叮咚……"手机响了。

陈远莱：虞同学，你明天有时间吗？

她想到他上次炙热的眼神，心中一紧，决定暂时按兵不动。

陈远莱：可以约你一起去东乐谷吗？

东乐谷就是城东新开的那家游乐园，开馆首日的主题是情侣游。

虞灿再看了一遍，确定那个表情真的是吐舌头的可爱脸。

陈远莱：我知道这很突兀，你要是不知道说什么可以不用回复。

还挺体贴。

陈远莱：我已经买好了门票，明天见面谈好吗？

下一秒，他甩来一张电子门票链接，温柔中带着一丝不容拒绝。

虞灿沉默了一会儿，编辑了两行文字，然后垂下手，算了，这事得见面说清楚。

夜露的皮肤最大的问题就是干燥，虞灿给她涂了两层护肤乳，再用手掌轻微发力，以提拉的方式反复按摩面部，帮助皮肤对水分的吸收。

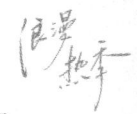

化妆间进来了个披着绸缎丝巾的女人，见虞灿是个新面孔，在门口怔了下，问道："吴斯，怎么没用公司的化妆师？"仿佛就是随口一问，问完并不在乎回应，坐到旁边的摇椅上闭目养神。

夜露说："嗯，偶尔换换样子。"

紧接着，又进来位员工汇报工作："科普类视频播放量一直趋于下降趋势，我们分析了近三年数据，大众对母婴和美妆类视频关注明显攀高，不过同时，这两个品类的同质化现象也越来越严重……"

闭目养神的女人眉头轻皱，有一丝不耐烦，打断道："停，你什么时候升的部长？"

员工如实回答："上周。"

"再回去锻炼锻炼。"言下之意，部长别当了。

员工自然也听出来了，急忙解释道："老板，为什么？这个文件是Lina做的，我只是照她写的念，难道你听出什么问题了？我去把她给你找来……"

"小杨，今天咱们推的就是科普类博主。"夜露提醒。

小杨立刻露出一副如遭雷击的样子，解释："老板，最近几天我在南港出差，今天六点多才回来，以后我一定……"

公司里新签了几位科普类博主，今天一起做官方宣传。传媒公司和娱乐公司是最讲究玄学和兆头的，小杨这无异于唱衰。

"我要休息了。"

虞灿心中惺惺然，手上的动作却没放慢，定好妆容之后站起来："怎么样？你看看。"

"很好很好。"夜露照了会儿镜子，笑着说，"但看着不够年轻，我想这边再上一点腮红，年纪大了，总是想向你们年轻人靠齐。"

虞灿抬着她的下巴端详了一会儿，腮红确实显幼态，不过却不适宜，她眼下黑眼圈太重，不得不用遮瑕膏遮住，正因如此，眼部粉质感较重，如果再用腮红，就会把脸部视觉重心上移，暴露出眼部的缺点，导致整张脸看上去僵硬不自然。

"如果我加腮红的话，会让你看上去妆感过重，不自然。"

夜露又照了照镜子："也行，我这会儿又觉得这样更好看，有一种比我自己更像自己的感觉。"

"是吧，你这样刚刚好，有自己的特色。"虞灿笑着说。

这就是她的风格，化妆不是为了把一个人换成完全不相关的另一张脸，而是尽量提取优点，并放大加重这些优点。

毕竟绝对否定原脸的背后是对其自身的不接纳，这不是一种健康的思想，美应该以健康为前提。

摇椅上的女人瞥过来一眼，草草扫过夜露的脸庞，挑剔道："好什么好，皱纹都没遮住。"

"你好，皱纹毕竟是纹理，不可能全部遮完，我只能用高光和阴影尽量减轻它的存在感。"虞灿想了想，把化妆蛋放进包里，"就算能，我也不会过度去遮，因为年龄与妆容本来就应该互相匹配。"

"我不喜欢。"

"没问题，你可以否定它，而我的风格是接受它，不过我不会否定你的观点，美本来就不是统一的。"

"你的风格？客户不喜欢就要改。"那个女人拿了件披肩披上，讥讽道，"客户说什么就是什么。能力不行，花言巧语小心思倒是多，幸好你不是我的员工。"

夜露不语，淡淡笑着隔岸观火。

虞灿心里窝火，但面上还是有条不紊地收拾化妆箱："我也不会选择你这样的老板。另外，她不是我的顾客。"夜露并非她的顾客，所有的客座化妆对象她都一分钱没收。她又不是真的专门给人化妆的。

那女人轻声道："那么，记住你现在的态度，我会让你为你的天真付出代价。"她是传媒公司的老板，要在这方面使点小绊子很容易。

虞灿："我记性差，记不住。"

"再给你一次机会，改吗？"

"不改。"虞灿斩钉截铁。

气氛忽然紧张起来，空气静了一瞬。那女人却突然浅笑一声，起身从自己包里拿出名片递给虞灿："记性差没事，脑子有主意才是女孩一生的依仗。接下来有时间吗？我想跟你聊聊。"

同质化严重，市场总要注入新鲜血液的，眼前这个姑娘，她不抓住，别人就会抓住。

两人聊了些相关方面的东西。

虞灿走了以后，吴斯笑着对那女人说："你这样，但凡胆子小点的就被你给吓走了。"

第二天。

赵翊坐在东乐谷对面的咖啡厅里，心中复杂。昨天考完最后一门通识课，他去了赵衡那里睡。晚上在床上收到陈远莱的消息，他反复看了几遍，确定真的是他发的。

陈远莱：赵翊，明天有时间吗？

陈远莱：可以约你一起去东乐谷吗？

陈远莱：我知道这很突兀，你要是不知道说什么，可以不用回复。

陈远莱：我已经买好了门票，明天见面谈好吗？

最后是门票已购链接。

东乐谷是鸿远旗下的产业，这块地从规划建设到落成前后花了五年多的时间。

这么重点建设的项目首日开馆自然是铺天盖地地宣传，加上开馆首日主题定位是情侣游，又炒了一波噱头，门票预售那天#难抢#直接冲上热搜。

情侣游，情侣游，情侣游！

赵翊很少不知道该怎么接话，但陈远莱那几条消息到现在他都还没回复。当时看完以后，他起床抽了支烟，双手支着后脑勺折腾到凌晨才合上眼。这都什么事！

他现在上身一件从墙缝搜刮出来的肥T恤，下身一条中年人穿的花短裤，胡子没刮，头发没剪，眼下青黑，夹床被子就能去天桥下抢桥洞子睡觉了。看吧，我就是一傻子，喜欢谁不比喜欢我好？

正烦躁时，他的手机响了，是陈远莱打来的。

"赵翊，你到了吗？"陈远莱的声音小心翼翼的，听着让人心生不忍。

赵翊语无波澜："到了，在东乐谷对面的咖啡厅，现在准备出来了。"

陈远莱试探地问："可以先准备一枝玫瑰吗？"东乐谷开业，外面聚集了许多卖鲜花、雨伞、蛋糕的小贩，很容易就能买到。

赵翊舌尖顶了顶后槽牙："你先过来。"然后忍无可忍把电话挂了。

陈远莱这边因为没做过这么布局缜密的事，紧张得满头大汗。他擦了擦手上的汗，拨通另一个号码："我在对面的咖啡馆，现在出来了。"

虞灿："好。"

挂掉电话后，他如释重负地笑了，深吸一口气。不枉调了半夜零点的闹钟抢票，终于可以彻底弥补上次的失误了。

虞灿拿着手机走过去，在店外找了一圈没找到，怕找错了地方，恰好有

087

人出来，于是上去问："你好，我想问下这里除了这家咖啡厅还有别的咖……赵翊？"她看着这个衣衫褴褛的人，五官没错，确实就是赵翊。金融专业的考试周这么魔鬼，把好好的一个人折磨成这样？

赵翊完全没想到会在这里碰到虞灿，心里一串脏话闪过，电光石火间的第一个想法是还好没穿拖鞋过来，他本来准备穿拖鞋的。

他把脸偏到另一边，理智告诉他这样根本没用，人家都把你看完了，于是又转回来，认命了："你也来这边玩？"这段时间是考试周，他怕打扰她复习，忍着没联系她，刚刚开车过来的路上还在想，既然考完了，得找个时间去见她。

"对。"虞灿向来穿着大胆，上身一件无袖彩色条纹紧身衣，下身一条A字裙，把身体包裹得玲珑有致，非常美丽吸睛，头发也做了护理，在阳光下蓬松有光泽，举手投足顾盼生辉。

赵翊自动站到旁边给她挡太阳，听她问："你有看到陈远莱吗？你们是不是一起过来的？"

"陈远莱？他约你的？"

"对，他说他在咖啡馆来着，不知道是不是这个。"

原来是这样，原来是这样。赵翊顿时全明白了，低笑了声。

虞灿脸颊有一点露在阳光下没挡到。他知道她特怕晒黑，举起一只手让阴影覆盖住那块，另一只手单手操作手机，边给她看陈远莱发的消息，边讲事情的原委。

她逐字逐字看完，又在脑子里过了一遍，睁大眼睛："所以他是想撮合咱俩？"

咱俩咱俩的，还挺耐听。他看她那惊喜的样，说："这不明摆着，我昨天还……"

"先生，你的玫瑰来了！"一个中年妇女笑呵呵地过来，看见虞灿这么漂亮的女孩，自动代入了猜想，"哟，我拿来晚了是不是？女朋友都过来了。小姐，你不知道嘞，你男朋友提早就给你订玫瑰啦，刚刚那几枝不行，我拿去换了，所以这会儿才拿过来！"

虞灿笑道："阿姨，这玫瑰可不是给我的。"接着，她又对生无可恋的赵某人说，"你是给陈远莱订的吧？我是不是打扰你俩了？"

赵翊不想说话了。他当时只想着等会儿见了免不了要拒绝，说伤人的话，但人家陈远莱又没做过什么对不起他的事，要一朵玫瑰而已，给就是了。

"你看到是我是不是特失望？我的错，我的错，不该打扰你俩。"她笑得停不下来，"你现在的表情好像很恨我？"

卖花的女人摸不着头脑。

赵翊把花插在虞灿随手提的包里："走了，免费的票不去白不去。"

虞灿大大方方跟上，虽然被乱点了鸳鸯谱，但反正赵翊都不介意她介意什么，票买都买了，不去就浪费了。

入园以后，人山人海，最不起眼的旋转木马游乐点都排了四五百人的大长队。赵翊远远看了眼，让虞灿先坐着，然后去旁边打了个电话，没多久，来了位穿西装的工作人员恭敬地领着他俩去了VIP通道。

她见识了一把金钱的力量，连"啧"了两声："沾光了，沾光了。"

他轻笑："想玩哪个项目？"

"过山车，跳楼机，飞椅！"既然来了，那就得玩刺激的。

看她这么兴致盎然的样子，他说："还挺厉害。"很多女孩都怕这几个玩意儿。

一趟过山车下来，虞灿刷新了对自己的认知，她竟然是个战五渣，全程不敢睁开眼，下车之后每一脚都像踩在云上，腿打着战。

"你以前没玩过？"

她说："还真没有，我童年很没意思的。"

赵翊看她一副摇摇欲坠、急需人搀扶的样子，想扶着她点，稍稍落后半步伸出手在她背后试探了半天，始终没放下去，感觉碰哪儿都不对。

迎面来了个年轻姑娘，和虞灿擦肩而过的时候，压低声音提醒："小心背后，有'咸猪手'。"

赵翊闭了下眼睛，立在原地垂手无言。

虞灿回答："谢谢。"等那女孩走了立马笑得不行。

他俩上午就玩了个过山车，虞灿是腿软了，赵翊是心累了。

东乐谷美食开发这一块做得很好，连虞灿小时候最爱吃但长大后就再也没见过的蘑菇糖都有卖。她买了一些，赵翊跟着吃了一块，皱紧眉头。只能说市场法则从不骗人，某些东西被淘汰有被淘汰的道理，蘑菇糖就是蘑菇烤干之后外面糊上一层糖浆，味道让人望而却步。偏她吃得津津有味，她还劝道："这个只是第一口难吃，多吃几次就会觉得好吃了。真的，你再尝尝。"

赵翊不理解："第一口难吃还继续吃，上赶着难为自己？"

下一个是七彩泡泡小云吞，这个味道好，商家没有虚假宣传，真的有七种颜色。老板端上来的时候就像一碗浮动的彩虹，和虞灿衣服的颜色特别衬。她吃不完，让服务员拿了个碗来，分给了赵翊一大半。

这会儿卖棉花糖的门店人少，虞灿和老板商量了后自己动手做。她手巧，给自己做了一只狗头，又继续做第二个。赵翊在旁边给她帮忙。

她问："你猜我做的什么？"

他看了看："猪头？"

虞灿做五角星的手抖了抖："猪头？"

结果因为那一抖，五角星的角没处理好，团成了个圆，最后只好抢救成了一个爱心。她往他面前一放："给你，早日收。"

她把心形棉花糖举了两下示意"早日收心，回头是岸"，问："懂？"

赵翊拿过来咬了一块，偏头笑够了再转回来，平时锋利的眉眼现在笑得轮廓都快没了，敷衍道："懂懂懂。"

心都给他了。有时候太直白了真的招架不住。

吃吃喝喝之后，虞灿觉得自己又行了，听见远处坐在大摆锤上的人发出阵阵尖叫，跃跃欲试："坐不坐大摆锤？"

"你不是怕？"赵翊捧着一大朵粉色棉花糖回答她。

"说不定我刚刚只是因为过山车太高了，这个又不高。"她辩解。

"行。"他很快把棉花糖吃了。

她手上还剩一朵巨大的棉花糖，吃不完，模样特好看又舍不得扔，抬头看赵翊。

他看了她两眼，面不改色地用竹签挑走一大半："吃吧。"整个棉花糖就剩不到拳头大一块了，帮她分担了。

"你……"算了，她本来是想问问能不能放在外面，等会儿玩完了出来再吃，没想到他这么爱吃甜食。

赵翊快被齁死了，这辈子吃的糖加起来都没有今天多。他锁了锁额头才挺过这阵子甜意。

一趟大摆锤下来之后，虞灿直接眼冒金星看不清路了。赵翊为了防止又被人认作咸猪手，伸出胳膊叫她："抓着。"

她撑着腿站起来，天旋地转："这是人玩的东西？谋财害命吧？"她一边抱怨，一边拽着他的胳膊，借力站好。她的手又白又细，力气却不小，赵翊的衣服都快被她扯下来了。

"刚刚不是还挺能的？"他逗她，单手拽着她胳膊把人给带起来。

虞灿蓦然抬头，突然不动了，聚精会神地盯着前方。赵翊顺着她的视线看过去，暮色迷离之下，一对恋人正吻得热烈忘我。

赵翊愣了愣，路看不清，这个倒是看得清。他熟练地抬手覆盖她的眼睛，长睫划过他的手心，痒痒的。

彼时夕阳落在她的身后，耳边是各种吵杂却愉快的声音，两米远的地方有情侣在挂许愿牌。女生问男朋友："你明天还会不会爱我？"

不确定的感情才会让人反复询问，如果是虞灿，他不会让她有这样的顾虑。这个想法刚产生的那一秒，一种疯狂悸动的想法在他的胸腔蔓延。

既然爱了，那么……

他说："虞……"

虞灿拿开他的手，径直走到那对亲吻的情侣面前，把他们分开。

陈冬露、陈冬露的男朋友、虞灿和赵翊四个人在附近的一个公园里。

"事情就是这样，我就是顺手帮杨策尧一个忙而已。"陈冬露说了将近半个小时，从五月份杨策尧找到她，很奇怪他让她帮忙假装一下他女朋友，而她念及都是同学就帮了，一直说到她和男朋友好不容易抢到东乐谷门票，然后在黄昏浪漫的气氛里有个吻不得不接，却被人给分开。

最后，陈冬露坚定道："我和杨策尧不是真的在交往，我真的没劈腿！"

虞灿听完，从一开始以为杨策尧被绿了的气愤，到现在愣在原地。赵翊在遇到虞灿的第二天，胡嘉运就告诉了他陈冬露和杨策尧是假装的，没真交往，也正因为这个，他被胡嘉运的一套"虞灿找人演了一大出戏就是为了套你"的理论说服了。

他惊讶而缓慢地开口："你不知道？"

虞灿更惊讶："你知道？"

赵翊："你真不知道？"

两人四目相对，大眼瞪大眼。中央广场的大妈在跳广场舞，音响声量拉满，撕心裂肺。

"那、那就是……"话都是中国话，放到一起怎么这么难以理解？

突然，远处传来一声："虞灿！"

杨策尧收到陈冬露半个小时前发的短信马上就赶过来了，他没有解释这是怎么回事，脸上流露出显而易见的喜悦之情。他谁也没看，几步走到虞灿的身边:"所以,你并没有和赵翊交往,对吗?"

这会儿没必要再瞒下去了,也没什么尴尬了,她点头:"对。"

那他俩这小半年一直在为根本不存在的事别扭?他笑了。

陈冬露怀疑自己看错了,同班几年,她印象里,杨策尧一直是一副面无表情的脸,脊背挺得笔直,话少得要死,他竟然也能做出这么复杂的表情,明明在笑,可却一副悲壮的样子,肩膀稍稍颤抖着。

虞灿说:"其实我准备最近几天就告诉你的。"

陈冬露和她男朋友接受了他们的歉意,然后相携离去。

赵翊也不见了。

遥城的夏季炎热,晚风中带着热气,可有个人的心却是凉的。

赵翊开车回酒店反复冲了几次冷水澡,花洒对着脸直接冲,完了腰上系了条浴巾,打电话给胡嘉运:"过来。"今天这样的局面,这人有一半的功劳。

胡嘉运正闲着没事,接到他的电话非常开心:"好嘞!"

"带点酒。"赵翊有气无力的。

胡嘉运贴心道:"再整点串吗?"

赵翊没说话,挂了电话。

落地窗下的城市金碧辉煌,快乐是他们的,赵翊什么也没有。这场感情里,只有他一个人自导自演,人家虞灿真的只是让他帮个忙。

他坐在躺椅上,两手在脑后交叉,垫着还在流水的湿发,闭眼。丢人,真的丢人。

胡嘉运来了酒店,听说了事情全过程,笑疯了,然后被赵翊两脚给踹出门了。

临了,胡嘉运还扒着门框:"翊哥,说不定这是一场更大的局,你信我!"

"滚!"

"你信我,她绝对……"

"滚!"

接下来几天,赵翊都没出过门,更不敢去他哥那儿,一切都保持着从那天回来的原样,胡子没刮,眼窝凹陷,生无可恋。

几个以前经常打球的人问起来:"怎么最近老不见赵翊?"

以前赵翊忙狠了，半夜十一点都会组局让人出来打球。

胡嘉运乐得不行，笑嘻嘻道："翊哥在酒店忙着呢。"

大家都起哄，发出一阵阵坏笑。

陈远莱扶扶眼镜，他现在心里非常愧疚，本以为自己准备的那个惊喜会让赵翊和虞同学度过美好的一天，弥补自己之前的过失，可没想到给人家造成了那么大的伤害。

他不喜欢胡嘉运老是败坏赵翊的名声，走到胡嘉运身边小声说："你别这样说，赵翊明明是因为伤心才在酒店的。"

这群人的兴趣一下被调动起来了："赵翊伤心？"

"他伤哪门子心？"

"有人能让他伤心？"

"哈哈哈，赵翊伤心，哈哈哈！"

陈远莱无奈："你们不要再笑了，赵翊只是误以为虞……"

胡嘉运捂住陈远莱的嘴："打球，打球，大家打球。"

他笑得不行，翊哥估计情愿挨一刀，也不愿意这件事传出去。

酒店里，赵翊发烧了，头晕目眩，浑身发冷，出气也不顺。

他点开外卖随便买了点药。等药送来后，他一个人坐在沙发上边发抖边吃药，本以为最糟糕也不过就这样了，结果他翻到杜珧林发的官宣女友朋友圈。

文字：My landing gear.

配图是杜珧林跟他女朋友的合照。

杜珧林生怕别人理解不了他的浪漫，自己在评论里解释：我是学飞行器制造的，landing gear 是飞机起落架。老师大一的时候说：前程一路山高水远，但总有一天你会遇到一个承载你所有，并且你们可以一起飞翔的人。那个人之于你，就如同飞机之于 landing gear。

这堆酸话都不要紧，重要的是他女朋友。没看错的话，这个女生应该是唐微微，跟虞灿关系最好的那个。

杜珧林之前在宿舍里说，他女朋友问"帮朋友问一下，纨绔子弟的感情能信吗"。

这个朋友指谁？纨绔子弟指谁？现在答案很清楚了。他记得自己当时的评价的——"那不傻子吗？"

那不傻子吗？呵呵，可不吗？

赵翊抬头看了会儿天花板，然后福至心灵点开微信，打开虞灿的对话框，试探性地发了个问号。

果然看到了巨大的红色感叹号，消息已发出，但被对方拒收了。

之前他还奇怪她为什么不喜欢用微信，转账用QQ，平时不喜欢回消息。他单方面找理由替她规避：她们那种搞艺术的，怀旧、复古，不喜欢电子设备很正常。

难怪没给他发微信，都拉黑了还发啥？她不是不喜欢聊天，是不喜欢跟他聊天。

暑期如约而至，学校陆陆续续都放假了，虞有毅也闲下来，唐小丽向街道办请了假，两口子一起去曼谷旅游了。唐小丽基本每天发个朋友圈，分享自己吃了什么好吃的，玩了什么好玩的，忙得不亦乐乎。

虞灿这几天在家也没闲着，早上八点送虞南去少年宫，接着就是拖着化妆箱去见客座化妆的对象，录制视频，然后下午接虞南回家，接着就是剪片子。

不是每个对象的上妆录像都能用，和前几期相比，同质没有特点的也就没有观看价值，只能删掉。所以越到后面同质的越多，能用的素材越少。所幸的是，这个贴近生活和大众的系列非常成功，前天还上了视频平台的热搜，她的账号粉丝数达到了九十多万。

许多人给她留言，说自己特别喜欢这个系列。其中有一个留言她印象很深：谢谢Gorilla（大猩猩），追你的视频直到现在，我最大的感受是：美妆的本质就是认真对待自己。认真搭配衣服，认真吃饭，认真在乎自己的感受，认可自己。

Gorilla是她的ID昵称，意思是大猩猩。猩猩看着愚笨，智商却很高，有种大智若愚的意思，她喜欢这个寓意。

今天天气不错，湛蓝的天空一碧如洗，绿道氤氲着淡淡的花香。

之前给夜露化妆的时候认识的传媒公司老板孙秋澜今天约她喝咖啡。正好，她忙了一天很疲倦。

"秋澜姐。"虞灿打招呼，之前她们也约了几次，所以现在并不陌生。

她发现孙秋澜这人表面上看着冷冰冰的，爱拿话吓人，其实很好相处，

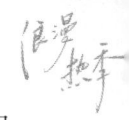

不过也有可能是因为她们之间没有利益或者上下级关系。孙秋澜说自己的目的是想签她，不过她隐约感觉不止这样，孙秋澜对她在美妆、画画这些方面的爱好都很感兴趣，有次看到她画画还认真提了几个意见，并且提意见的时候态度很好，一点也不强硬。

虞灿有时候看她说得起劲，让她画着试试，她又不肯画。

总之，孙秋澜就是个冷冰冰又很别扭的人，亲近人的时候反而会让人觉得好笑。她俩今天东拉西扯聊的时间久了点，虞灿去少年宫接虞南的时候，被告知小孩已经被接走了。

老师说："他自己打电话叫来的人，是个男生，年纪不大，开着黑色的车。"

"好，老师，我知道了。"说完，她打电话给虞南。

虞南正在用赵翊的手机打游戏，玩得手舞足蹈。

赵翊看到小孩手机的来电显示"姐姐"两个字心不自觉颤了下："你姐电话。"

虞南接起来。

赵翊心虚，挪远了点，不敢听她的声音。

虞南："我已经回来了，在家门口，和赵翊哥哥在一起。"

"还不是都怪你不早点来接我，我还小哎，怎么可能认识路！"

"好吧，那我和赵翊哥哥在这里等你。"

虞南挂电话之后，赵翊估摸着从少年宫到万安小区的路程时间，换了三种坐姿，把车内温度调低又调高。

"南哥。"他最后还是开口，手撑车窗上，跟小孩打商量，"要不我给你找个凉快的地方待着，我先走一步？"

"赵翊哥哥，我还是小孩，等会儿有坏人来把我骗走怎么办？"

"行。"他揉虞南的头发，"在少年宫学什么？说说。"

"快板！"虞南说到这个非常兴奋，从自己的大书包里掏出快板，摇头晃脑有模有样耍宝，"快板这么一打呀别的咱不夸，咱今天就来说一说……"

赵翊的车是一辆带立标的奔驰，非常好认。虞灿刚走近，虞南就从窗口冒出头，撒欢叫："姐！"

"南哥你今天怎么回事，这么热情？"她招招手，"下来。"

"好！"虞南手脚麻利地下车。

车门开着，赵翊戴着墨镜正襟危坐。

虞灿递了瓶葡萄汽水给他："冰的，很解暑，谢了，不过他要是再打给你你就别理他了，他纯粹就是想跟你玩。"

路上挺热的，她喝了一大口汽水，又问："要不要上楼去休息一下？"她的栗色头发微卷，扎成高马尾，张扬活力，生机勃勃。

虞南在后面蹦跶："赵翊哥哥你上楼玩嘛，我还会吉他、尤克里里，上去弹给你听。"

赵翊大手覆在汽水瓶身上，慢慢旋开盖子，墨镜后的眼睛略显期冀，她这么一如既往若无其事，说不定事情没他想的那么糟。

没头没尾的，他问了句："你还不知道？"

虞灿一愣："知道什么？"

"没什么，就……"他咽下汽水，喉结滚动，心想不知道最好。

虞灿恍然大悟："哦，你以为我一直单恋你？"

黑色奔驰风驰电掣地开走了。

虞灿笑着又喝了口汽水。这事胡嘉运告诉了她一点，陈远莱又说了一点，她自己再串了一下，明白了个大概。虞南不明所以，气愤地说："姐，你还好意思笑，赵翊哥哥都被你吓跑了！"

"虞灿！"杨策尧走过来，见真的是虞灿，展开笑颜，"南南，你们刚回来吗？"

"尧哥哥！"

虞灿跟他打招呼："对，才接了这小鬼回家。"

"胡说，我明明是跟赵翊哥哥一起回家的。"

杨策尧听到赵翊的名字时顿了顿。

"那我是不是去了少年宫，走了接你的路？"虞灿把包包挂在虞南身上，"害我白跑一趟，背着。"说完又对杨策尧道，"杨阿姨好点了吗？"

杨策尧的妈妈杨月华素来体弱多病，前几天中暑引起并发症后被送到医院，他每天都会去医院照顾。

"好很多了，估计再过两天就能出院了。"

"好呀，那到时候你提前告诉我，我跟你一块儿去接她。"

他笑了："嗯，好。"

"好热呀，我们回家说话嘛！"虞南抱怨。

杨策尧晃了晃手上刚买的菜："伯父伯母不在家，你们又不会做饭，不如我给你们做吧，刚好今天有时间。"

"好耶！好耶！"虞南非常开心。

三个人一块儿上楼，虞南一步两个台阶，蹦蹦跳跳，虞灿和杨策尧在后面有说有笑，气氛欢乐极了。

这画面赵翊坐在车里看得一清二楚。他半路上发现虞南的手机落在车上了，于是厚着脸皮回来准备把手机还她，结果人家已经和另一个男人聊得笑开花了。和谁都能聊，就是和他不能聊。他把手机放到保安室，然后拍照用QQ发给她。还成，能发出去，QQ还没删他，大恩大德。

虞灿不会做饭，在旁边走来走去给杨策尧打下手。

"那个青菜，青菜给我一下。"

闻言，她把菜递过去。

虞灿不爱吃菜茎，杨策尧把叶片和菜茎分开。

云霞落在厨房的窗台上，铺开一层层金橘色调。

她拆着菜，想起什么，蓦然问："杨策尧，你是不是特怕我当你女朋友？"毕竟抱了一下后，第二天生怕她找他负责，赶紧找了个女朋友顶包，生怕她缠上是吧？

他顿了一下，而后认真回答："不是，只是觉得比起恋人，朋友间的感情会更加稳固。"

她想了想："确实也是。"

赵翊一直在下面等着，大概两个多小时后杨策尧下了楼，他才离开。

现实不是电影，没那么多巧合。遥城明明不大，可两个人要是不刻意见面，就真的遇不到了。

赵翊那次送虞南回家后就再没跟虞灿见过。他偶尔失眠的时候，给她发条微信，那条又粗又长的红色感叹号就会把他打得更清醒。他有意让自己忙起来，好在"忙"这事从来不难。

鸿远在橡树广场完工了一栋商场，商场进入招商阶段，从项目书到见客户谈判，他全程参与，每一件事都耗心耗力。除此之外，他挤出时间飞了趟澳门，拜访一位腿部手术名医。

每到酷暑时期，赵衡腿部截肢的地方奇痒和异痛交杂，偏他还忍着不说。赵衡不方便移动，要做手术的话只能请医生来遥城。

栾树上的知了聒噪不止，灼人的烈日升升落落，转眼间，八月已经过了一半。

商场的事也暂告一段落，赵翊联系好的那位澳门医生给赵衡做了手术，赵衡在床上躺了十多天，孙淑华片刻不离地照顾着，今天才离开。

赵翊处理完手头的事，推赵衡去外面乘凉，两人聊起了虞灿。

赵衡提了几句，见弟弟有一句没一句地应，心里有了判断，垂眸笑了笑，然后把手机拿出来给他看虞灿的视频："她应该是个比较有想法的女孩，很值得欣赏，之前漫漫被抨击的时候，她转发了漫漫的澄清，还说了很多好话，我随手翻到的。"

赵翊本身不看短视频，听了赵衡的话后，立马下载了一个短视频软件搜索她的主页。头像是她自己，戴着护目镜对着镜头比"耶"，背景是滑雪场。

ID：Gorilla。

主页介绍：为所爱之事献出心与灵魂。

赵翊花了一个晚上的时间看完她所有的视频，从最开始两位数的点赞，到后面上万的点赞数；看着她对着镜头打招呼"哈喽大家好，我是gorilla"；看着她在街头给人上妆，帮助患癌少女重新认识自己，鼓励异地恋的女人穿上婚纱翻山越岭向男友求婚……

他忽然发现以前看到的她好像只是冰山的小小一角。

胡嘉运被投资学的老师介绍去金融城做股票分析师助理，刚发了工资，非要请赵翊搓一顿。他俩忙着各自的事，有段时间没见面了。两人在沿江的一家露天烧烤摊撸串。赵翊给胡嘉运开了瓶酒，胡嘉运连连摆手，用公鸭嗓沧桑道："不行了，不行了，再喝嗓子就废了。"胡嘉运的工作就是天天给人打电话推荐理财产品，嗓子快说废了。虽然快废了，但拿到钱了就乐意。这人别看平时嘻嘻哈哈的，其实心里非常有主见，老早就清楚自己的志向在哪里。现在苦点累点都不觉得什么，年轻的时候，能体会人生学到东西就行。

赵翊笑了下："你真像个鸭子。"

月光洒在江面上，波光粼粼。

胡嘉运知道怎么打趣他："我说，你跟虞灿真的完了，没下文了？"不是他非得八卦，而是以前赵翊忙归忙，再出现又是一副精神奕奕的帅样子，哪里这么持续萎靡过，连笑容都透露着一股肌肉萎缩的无力。

赵翊抱着手靠椅背上，腿朝前伸，懒洋洋地回道："有什么办法，人家不想跟我有下文。"都删干净了，他又不是死缠烂打的人。第一次动心就动

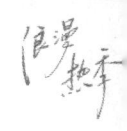

在刀刃上了。

胡嘉运欲言又止，"嘿嘿"笑了两声。要他说，赵翊就是被自个儿爸妈压抑得太厉害，习惯性封闭自己的喜好，碰到真的喜欢的人或事，都不敢轻易去追了。

"吃菜，吃菜。"他巴不得以后他结婚了赵翊还孤孤单单凄凄凉凉，然后他带着爱妻疯狂在老光棍面前秀恩爱，然后把赵翊羡慕忌妒恨的不甘眼神尽收眼底，再说一句"翊哥，别急，好的都在后面"，以此弥补这么多年被这老光棍各方面碾压的凄惨。

赵翊看他那一脸奸笑就知道他没想什么好事。

晚上，虞南起床上厕所回来，拉窗帘的时候看到楼下有辆很眼熟的车，好像是赵翊哥哥的车。

他跑去虞灿的房间，想让她看看是不是，结果发现她趴在书桌上睡着了，旁边的电脑屏幕还亮着，电脑开着分屏，一边是唐微微姐姐的聊天窗口，另一边是剪视频的窗口，于是他轻手轻脚拿来一床毯子盖在她身上。有他这样的弟弟真是她八百年修来的福分。

虞灿发现自己连头带身体被闷在一团不明物体里，差点窒息，赶紧扒开。姐弟俩四目相对。

虞灿："你就这么恨我？"

虞南看她醒了，也不废话，干脆把她推到窗边："你快看，赵翊哥哥的车好像在下面。"

"哪儿有车？"

虞南一看，车的位置已经空了："明明刚刚还在的。"

"你把我床单抽了？"她就说看这毯子怎么这么眼熟，直到看到自己床上光秃秃一片，枕头被子都被掀到床下才醒过神来。

"那我还不是为了给你盖！"虞南说完，一溜烟儿跑回自己房间，把门给反锁了。

"滚出来。"

"我傻吗？"

"不傻吗？"

第 七 章

关于我喜欢她这件事情

夏季的好天气需要加引号,特指有凉爽的风的阴天。今天就是这样的天气。

万安小区的合欢花絮飞舞,赵翊骑着单车过来,篮子里装着便当。山不来就我,我便去就山。山只是不喜欢他,又没拒绝他。

昨晚和胡嘉运散伙的时候,老板送了他一袋水煮花生,他不爱吃这东西,懒得剥,费劲,但想起虞灿喜欢吃。凭着心中那一种热烈激动的劲头,他骑车到她家楼下。

月明星稀,风灌进衣袖,心中有想见的人,靠近的过程都是一种幸福。

后来他仔细想了一下,如果当时老板没有送他盐煮花生,几天后等他心里那股别扭的感觉过去了,照样会出现在这里。因为爱本身就是动机。

他看上的人,绝不会就这么算了。他来之前让杜珧林问了唐微微,知道虞灿今天一天都待在家里,并且她不会做饭,天天点外卖。

保安见过赵翊好多次,就没拦他。树荫下的石凳附近聚集了很多人,好像在争吵着什么,说话声交杂在一起。

虞灿在给大家发纸巾。

唐小丽拿着本子按在石桌上记录:"你们都别急,一个个慢慢说!"

万安路出了好几起事故,唐小丽被连夜召回。

钱大娇一把鼻涕一把泪:"韦广他明明对我们那么好,每次放假都来看我们,还给我们带补药,洋参鹿茸片大包大包送。老钱上个月的药酒,就朱姐都说好的那个,那就是他送我们的啊,他怕我们以后退休了没钱,还给我

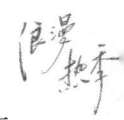

们做了投资规划，亲儿子都没他好啊。可是从上周开始，他电话不接短信不回，也不来看我们了，他是不是出什么事了？可他走前又叮嘱过让我们不能报警，我真不知道该怎么办才好！"

"钱阿姨，你别哭。"虞灿抽了张纸给她。

赵翊拍拍虞灿的肩。

她看到他，微惊："你怎么来了？"但没来得及听他回答，她就被另一个人拽走了。

他没过去打扰，左右扫了一眼，发现旁边有个腿脚不好的大爷，问大爷要不要过去坐。大爷摇头，说自己怕石凳凉。他从饭盒底下抽出本书垫在上面。大爷连连道谢："小伙子，那我可就坐咯。"

白菊安是个四十来岁的丧夫女人，拍着虞灿的手垂泪："从没有人对我那么好过，小卢听说我胃不好，每天早上给我送白粥水煮蛋，开始我不信他，以为他只是玩玩而已，可他竟然坚持了两个多月，我没忍住和他在一起了。他认真规划我们的将来，还写了计划书给我看，以后生活怎么安排都写到了，可我现在一点都联系不上他了，到现在三个月了，这可让我怎么活？怎么活啊！"

后面有人又说了一个，总结起来基本都是枕边人或者对自己特别好的胜似家人的朋友不告而别，大家都只能在街道办这里说一说，争取一起想个法子。

唐小丽觉得这件事明显有蹊跷："那你们说说各自的想法。"

"我在想，会不会这一带出现了团伙人贩子什么的？"

"现在都21世纪了，怎么可能？我觉得……"说话人又开始低眸垂泪，"可能是我无意中做了什么太让他失望，他不想再继续，只是没说出来，想给我留点体面。"

这话一出，空气沉默了，大家的神态好似反思自己的过错。

"三位。"赵翊抽了两张纸递给哭泣的人，他刚听到就清楚到底怎么回事了，不过一直没说，等大家倾诉完，"其实这事很简单，我遇到过很多次这样的事，你们被骗了。"

"骗？他可什么都没骗我，不仅没骗我，还带我赚了八千多！"

"我也是，他真的在为我们的未来打算，是我太没用了。"

赵翊没有打断说话的几位，等她们说完了才慢慢道："这就是陷阱所在，我猜，你们所谓的'他'带你们赚到第一桶金之后，又带你们做了更大的投资,并且现在还没有回报,是不是?"

"这倒……"钱大娇说到一半,改口,"当然没有。"

另外两个也低头说:"没有,没有,他怎么可能用我们的钱……"

"真的没有?"赵翊皮肤白,却并不是粉面小生的长相,尤其是那双剑眉之下的黑眸,不笑的时候很有威慑力。

从公安局出来之后已经是傍晚了,三位被骗的人神色恍惚,仍然不敢相信自己被骗了,对自己那么好的人竟然从一开始就在做盘害她们。

不过好在警方查明这三位诈骗犯属同一团伙,锁定了他们的账户,有望很快就能将骗款追回。

万安小区今儿热闹极了,大妈们广场舞都没跳,凑在一起嗑瓜子聊天。

"我就知道她们几个肯定是被骗了,哪里有人无缘无故对你好,是吧?这不,被骗了这个数。"说话人竖起两根指头。

"这么多?"

"你怎么看?"

"我觉得今天出来说话那小伙长得是真俊。"

"什么小伙,人家是金融专家,一听她们说两句就明白了,正儿八经真才实学。"阿姨竖起拇指,信誓旦旦地摆了摆头。

"这得是博士级别的吧?"

"这个金融大鳄是老虞家女儿男朋友吧?"

"两人这关系瞅着估计都要商量结婚了,一般人哪能往家里带,看到好的,肯定要抓住的啊。"

"《华尔街之狼》看过没,那就是搞金融的圈子,翻手为云覆手为雨,纸醉金迷。"

一个老大爷站起身,拿出屁股底下的《十年华尔街》:"那大鳄给的,有十年经验,老狼了。"

"我的天,虞家不得了了,爸是校长,妈是公务员,女儿在遥城大学读书,女婿是大鳄。"

"今天小伙子就是来见丈母娘的吧,我看他一直提着礼物。"

虞灿和赵翊沿着江边护栏散步:"你说你问他们有没有二次更大的投资的时候,他们明明都有,为什么不承认?"

"她们不想承认对方是骗子,换句话说,不想接受这个现实。"那些感情是真的。

绿化带上有一猫一狗在追逐,黄栌树的叶子伴着黄昏落下,临江波光粼粼,流浪歌手闭眼扫弦唱着令人放松的民谣。他俩撑着艺术护栏看江景。

"你今天怎么过来了?"虞灿指着包装袋,"这是什么,你提了一天?"

赵翊勾唇推过去:"你自己看看。"

她打开:"饭?你提着这东西做什么?"

"饭当然是用来吃的,不过这一份不是,这个是用来……"他单手撑着看她,下巴一抬,"先猜猜看。"气氛兀自变得暧昧。

她转身面向马路那边,调侃:"你上次跑什么,还戴着墨镜?"

他发现她的小动作:"之前脑子轴了,以为你喜欢我,现在脑子清醒了,发现……"

"发现什么?"她笑了。

她笑,他也就想笑。

两道被夕阳拉长的影子笑得一颤一颤的。

"虞灿,别逼我说得那么清楚行吗?之前已经够丢脸了。"他提了提饭盒,"我亲手做的,懂了?"他还没亲手做饭给女孩吃过。

"这会儿不觉得丢脸了?"

"欺负人是吧?"他站到她对面,微俯身,"追求喜欢的人或事,不丢人。"

那眼神写着:我要追你,懂了?

她晃了下神,睨他一眼:"你喜欢的人那么多,这话熟得都能倒背了吧?"

他微一偏头,气笑了,手撑在她旁边:"这话我就对你一个人说过,不熟。"

"得了。"她又想转身,面对江那边。

他把她肩膀摁住,不让她逃,她觉得痒,两人又笑成一团,笑得胸腔发震,掩住了心如擂鼓。

虞灿回家,唐小丽给她拿绿豆汤喝,笑意盈盈地问:"你跟那个金融专家是怎么认识的?"

"什么金融专家?"

"就上午那个。"赵翊在万安小区一战成名,被打上了专家、大博士、金融大鳄、华尔街之狼各种夸张标签。

正巧这会儿虞有毅开门回来了,他一脸的莫名其妙:"听说咱们家来了匹饿狼?"

"是鳄和狼吧?"

赵翊回到家里,把前几天刚收起来的地球仪又摆了出来。

孙淑华在客厅看书,听到他的声音抬头看了他一眼,又低下头,不会多看他一眼,连打声招呼都觉得多余。

他也没说话,给她倒了杯热水放桌上,正准备回屋。她起身把水杯砸在垃圾桶里,洗手之后给自己重新倒了杯水。

她已经很久没这么毫不遮掩刻薄地对待过赵翊了。他知道原因,最近赵衡因为腿伤的事做了手术。

"妈,早点睡。"

他把地球仪裹进外套去了酒店,在阳台抽完烟后,将玻璃罩取出来一点点擦干净灰尘。凉风习习地吹着。

干完这一切已经是晚上十点多,他给虞灿发消息:晚安。

虞灿刚喝了绿豆汤,在和家人一起看电视剧。虞父是教政治的,对这类片子很是钟情。电视里炸得"噼里啪啦"的,她回房间和唐微微聊天。

她还没聊两句,唐小丽端着水果盘进屋:"给你送点水果。"

"放那里吧,我等会儿吃。"

唐小丽一点要走的意思都没有,笑眼直勾勾地看她:"你聊什么呢,直接打电话呗。对了,让他来家里吃饭,人家忙前忙后帮了我们一天,我还没谢谢他。"

"哎,妈,"虞灿明白了,"这不是赵翊,是唐微微,我朋友。"

唐小丽更开心了:"那你打给小翊不就好了?快打,现在就打,妈妈欠了人家人情,心里很不安的,晚上睡不着觉,让他明天来家里吃饭。"这次处理金融诈骗的事多亏了小翊。

"妈,说不定人家都睡了,十点多了。"

"那行,你给人家发个感谢信,短信总可以吧?等他醒了就能看。"

"发什么,我跟他很少聊天。"

"嘀嘀——"虞灿手机振动。她俩都看到了短信提醒的内容。

虞灿无奈:"好,那你说,我帮你打字。"

"谁要你帮,我来打。"唐小丽把手机拿过去,一会儿皱眉,一会儿笑,一会儿看远处思考仔细回忆什么,编辑了将近三十多分钟。

赵翊发消息过去后,发现那边一直是正在输入状态,他设置了强提醒,等了三十多分钟终于看到了短信内容:赵翊,你好哟,我是虞灿的妈妈唐阿姨,谢谢你今天为万安小区处理问题还有之前接南南回家哟。我们全家为你准备了感谢晚餐,你明天有没有时间呢?我以前拿过我们单位的厨师之星哟。灿灿今晚上在家里说了好多关于你的事,你是个很棒的孩子哟。我们灿灿也很棒哟,虽然文化课方面有所欠缺,但是智商是绝对没有问题的。而且她画画很好哟,小学的时候折纸也厉害哟,拿过两朵小红花,跳舞也会一点哟,初中的时候当过五四青年节闭幕式的独舞哟,每次过年的节目都是她给我们演。我们灿灿还会通下水道,你家要是下水道堵了,可以找她帮忙哟,你们年轻人要多多联系交流哟!

虞灿两眼一抹黑:"妈!"

第二天下午,唐小丽下了班就叫上钱大娇一起去买菜,虞南开心地拖地整理东西,家里平白生出一种要过年的气息。

下午六点多,虞灿在门口接赵翊。

赵翊见了她第一句就说:"你小时候挺牛。"

"那当然,喝红牛长大的。"她给他拿拖鞋,"进来吧。"

"赵翊哥哥!"虞南冲进他的怀抱,"好想你呀。"

唐小丽和虞有毅从厨房里探出头:"小翊呀!快快快,快坐,累了吧?渴了吧?我给你倒茶,你先坐沙发上跟灿灿聊天。"

虞灿头皮发麻:"我爸妈比较热情,弄得跟过年似的,你别介意。"

赵翊笑了:"不像过年,你都没表演节目。"

"差不多得了。"虞灿真想揪他。

八菜两汤,桌上摆满。

虞有毅不知道母女俩之间发生的事,单纯以为这顿饭是对这小伙子的感谢,态度还算几个人里比较平淡的。但自打碰杯的时候赵翊说以茶代酒,他眼睛一亮:"你也喜欢喝茶?对茶有讲究?"

他问什么赵翊都能答出来,明前龙井要清明前两天采为宜,普洱开盖泡,二十到三十秒左右出汤,铁观音和紫砂壶密不可分……

虞有毅喜笑颜开,拉着赵翊分享自己的茶叶收藏柜。

吃完饭后,唐小丽让虞灿送赵翊。

两人停在人行道旁。

"所以,"他看天,想着那两盒雨前龙井,"那茶叶是你在家随便拿的?"

"是……"她看他脸色不好,改口,"我是认真在那个收藏柜里挑的。"

赵翊愣了愣,亏他还以为她为了那东西都出去打工了。

"不过说真的,没想到你竟然也懂茶。"虞灿觉得一般都是年龄大点的人才会喜欢品鉴茶类。

"我哥喜欢,耳濡目染。"

"厉害,我这么多年了都没耳濡目染上。"

他笑了:"你会唱歌跳舞通下水道,够了。"

"不准再说这个了。"到了万安小区公交站,她指指站牌,"我就送你到这里了。"一想起昨晚那个短信她就尴尬得要命,现在只想快点回去。

赵翊跟着她又往回走。

"你干吗?"

"我开车过来的。"不用在这里等公交车。

"那你怎么不早说?"

"想跟你多待会儿。"

有的话第一次说说不出口,后面再说就信手拈来了。他俩都穿着白衣服,风过树梢,影影绰绰,界限暧昧。

他用肩膀撞她:"怎么不说话,嗯?我今天表现得好不好?"

虞灿回撞他。

等虞灿再撞的时候,他一侧身,虞灿一不留神撞到他胸口,揉着头倒吸一口凉气:"哟——"

赵翊看了她一会儿,笑了,笑得懒洋洋的,却很舒心,让人想起晨起在阳光下伸的第一个懒腰。

赵翊好心抬手帮她揉了下,然后两手抱着靠在路灯柱上,伸腿挡在她前面:"虞灿。"

"说。"她抬眸。

他顿了顿:"这段时间,你就对我一点感觉都没有?"

路灯投下暖黄的光芒,他鼻梁投下的阴影遮住了微牵起的嘴角,那双黑眸坦荡直接地盯着她。

虞灿把耳发顺到脑后,踢他挡路的脚:"起开。"

"一丁点总有吧?"

她抬头看他:"你猜?"

"我猜你上辈子是唐僧。"他懂了,别问,问就是自取其辱。

风轻轻地吹,掀起夏季薄薄的衣角。他上车后掉头,手伸出车窗挥了挥:"晚安。"

虞灿从唐微微和杜珧林那儿弄清楚了,之前花心、花花公子什么的都是胡嘉运坑赵翊的,商场那个女孩是黄盈,单相思。

"那你还犹豫什么,那可是赵翊,赵翊哎,要脸有脸要身材有身材要钱有钱。"唐微微和虞灿发语音,激动地说,"你上辈子不会真是唐僧吧,七情六欲全割舍了,你真对赵翊没感觉?"

虞灿怎么可能真没感觉,赵翊在她心里就像是一件上乘的艺术品,见过观赏过就好了,不一定非得带回家里。我领略过你的美丽,你不必属于我,直白点就是:"好感归好感,但还没到要恋爱负责的那种程度。"做朋友可以,谈恋爱差点意思。

唐微微沉默了下,过了会儿笑答:"灿,够渣,我喜欢。"

虞灿洗完澡后收到了赵翊的QQ消息:把我的微信从黑名单里拉出来。

推开窗户是万家灯火,合上窗帘是一个人的宇宙。她还有个重要的原因没说,说真的,赵翊现在说喜欢她,又能喜欢多久。玩玩,她倒是也能陪,但没那必要,她现在有自己喜欢的事,只想好好读完大学,继续自己喜欢的事业。

她花了很长的时间成为现在的虞灿,不想其他的事破坏这种平衡。就算真的要破坏,那也得考究考究吧。

九月初开学,刚开学没什么事情,虞灿和唐微微一起去公园写生,公园里有一株历史悠久的金合欢,枝繁叶茂,绿浪滚滚。

她俩搭好画架画了个把小时,听见附近有打球的声音。唐微微停笔,笑容满面地说:"我去看看。"穿过一道文化长廊,再走几级台阶就可以看到篮球场。

赵翙把球传给胡嘉运，擦了把额前的汗，看见了台阶上的唐微微。他下意识一笑，跑位给胡嘉运使眼色，胡嘉运也看到了她。

杜姚林从赵翙手里轻而易举截走球，大步上篮毫无阻碍，出线投三分一击即中。他觉着自己这会儿简直如有神助，喜笑颜开地开始吹牛："哥们牛不牛？"

"牛爆了。"

"确实，我做梦都想跟你一样。"

"希望我下辈子能有你一半猛。"

杜姚林乐开花了，说："低调低调，我女朋友陪我练的，各位，别忌妒别灰心，找个女朋友，不说能像我这么牛，再差也差不到哪儿去。"

赵翙把球捞过来："这么酸，不怕把你的起落架腐蚀了？"自从杜姚林发朋友圈官宣"landing gear"，关系近的这伙人说起唐微微就是一口一个起落架。

"微微甜着呢，我俩是酸甜可口。"杜姚林尾巴快翘到天上去了。

赵翙本来还想故意引他说点矫情话，胡嘉运先忍不住破功了，笑得上气不接下气，冲台阶上的人喊："唐学妹，听到了吧？"

杜姚林回头一看，发现唐微微站在对面。他那张肤色偏黑的脸瞬间爆红到脖子根，活像张飞："你们这群畜生……"接着羞答答地走过去接她。

虞灿上完颜料唐微微还没回来，拍拍手准备过去，穿过长廊，就看见了篮球场。

一群人笑得正欢，胡嘉运和另一个朋友在学杜姚林走路的姿势，扭着腰小步小步走："微微，你来啦？"

"你那学得不像，我来一遍。"说话的这个男生叉腰，走得更加羞答答，夹着嗓子说，"微微，你来怎么不告诉人家了啦。"

杜姚林咬牙切齿，拿球砸他："不想死就给我闭嘴！"

一群人哄堂大笑。

众人的注意都在唐微微和杜姚林身上。

赵翙第一个看到了虞灿，拍着球走到她面前，看到她手腕上粘的彩色颜料，抬眸："你们过来写生？"

"对，你们在这儿打球？"

"巧了不是？"他俩一起往球场走。

这可不巧，她终于知道唐微微坚持要到这个公园写生的原因。

虞灿穿着条墨绿色泡泡袖裙子，把本就白皙的皮肤衬得更是宛若发光，裙摆及膝，清纯可爱，又因着明艳的五官给气质添了一抹灵动。赵翊身上就一套简单的黑色球服，印着大大的"26"，跟她说话的时候稍稍侧点身，唇边不自觉含着笑。两人站在阳光下，像从最美好的青春影片里走出的主角。

"他们在干什么？"她看杜珧林和唐微微两人低着头说话，一个比一个脸红，两人明明在一起将近一个月了，还总是不熟害羞的样子。

"他俩商量结婚办几桌。"他习惯性地把篮球扔起来，用食指去接，篮球乖乖在指尖高速旋转。

虞灿笑，眼睛盯着篮球看。唐小丽那条短信里没写到，其实她还会打篮球，高中的时候加入校队打过市里女子组的联赛。她自认手巧，却一直没学会过转球，每次看到别人轻而易举转起来都觉得挺牛的。

他也发现她的目光，因为她之前说过他的手好看，以为她在看自己的手，于是就那么一直保持着没动，直到她惊讶地道："你能转这么久，有什么诀窍吗？"

赵翊有点蒙，真的不能以普通脑回路去思考她的行为。

"手伸出来。"他抬了抬下巴。

她按他说的做，伸出食指向上。他把球旋起来，靠近她的指尖，过渡给她。

"哎！转了，转了！"球在她手指上旋转，"我也能有今天，赵翊你站远点，帮我拍个照！"

他拍照没什么技巧，完全是直男风格，让拍篮球就真的只拍了篮球，没有把她拍进去。

"重新拍，重拍一张，我这样，你这样……"

胡嘉运跟另一个男生本来还在学杜珧林的动作，学得不亦乐乎。这会儿看看杜珧林那一对，再转头看看赵翊这一对，逐渐想明白了什么，笑容减小了，笑声消失了。

胡嘉运抱着手，在太阳底下像只狗："到底谁是畜生？"

赵翊给唐微微和虞灿找了块阴凉地方，公园的长椅很久没人坐，座位积了些灰尘。他从自己包里抽出两本专业书扔过去。

虞灿给他扔回去："不用，擦擦就能坐了。"专业书可是很重要的。

"那行，你先在这儿坐着，我去陪他们打打球，十分钟就过来。"

"打你的球，我又没让你陪我。"

他拍着球往后退，笑容灿烂："那有人想陪，不行吗？"

"你快走吧。"

层层叠叠的绿叶遮住了阳光，坐在这里一点也不担心会晒到太阳，只可惜是背对着篮球场。

唐微微一分钟之内要转过去看三次篮球场，就为看杜姚林一眼。

她以前是最喜欢看帅哥的，对全院甚至全校顶级的帅哥了如指掌，就连虞灿最先听到"赵翊"这个名字都是受她的普及，但现在她眼里就只装得下杜姚林一个，把以前"泡遍天下帅哥"的豪言壮语都忘了个干净。

在她又一次转回去的时候，虞灿喃喃："杜姚林。"

"杜姚林怎么了？他怎么了？"

闻言，虞灿抿嘴，然后笑了。

唐微微意识到自己被捉弄了，打她肩膀："你哦！"

"我哦！你都为男生打我了哦！"虞灿学她的南方口音。

唐微微说："我刚刚看杜姚林的时候，看到赵翊往这边看了。哎，你什么想法？"

虞灿拿着画笔在速写纸上涂涂画画："扛一扛，再扛一扛。"什么想法？刚刚他拿指尖给她过球的时候差点心动死了。

"这你都能扛？怎么扛的？"

就，硬扛。

中午，唐微微和杜姚林请大家吃烤肉。胡嘉运悲伤的心稍微得到了一点缓解。加上一起打球的一共有七八个人，坐满了整整一间包厢。

另外两个打球的男生分别叫徐志和路岐宇，前者是杜姚林同专业的，后者是赵翊的高中同学。徐志和杜姚林同班，班长都是商饶，而且他跟商饶关系还不错，知道商饶在追虞灿的事。

他之前一直好奇传说中的虞灿到底是什么样的人，让商饶那么念念不忘，没想到今天就见上了。而且听说赵翊也在追她，心里莫名对这女生肃然起敬，老忍不住多看她两眼，结果目光被赵翊抓到五六次。赵翊倒没表现出什么，还对他笑了笑，但他自己莫名一阵心虚。

唐微微和杜姚林自然而然地坐在一块儿，虞灿挨着唐微微坐，赵翊挨着虞灿坐。

胡嘉运准备挨着赵翊坐，赵翊说："滚。"胡嘉运吃烤肉老爱吃重口味，

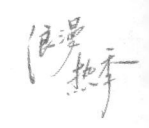

什么酸笋、臭豆腐这些奇奇怪怪臭了吧唧的东西，赵翊烦他得很。

胡嘉运刚缓解的伤又开始痛了，摇摇头，和虞灿说："看到没，无情无义的人就这样，只闻新人笑，哪听旧人哭。这种男人要不得。"

赵翊用膝盖顶他一下："滚远点。"

胡嘉运挪到赵翊对面，路岐宇坐赵翊旁边。桌上的男人多，免不了话题被他们主导。

他们聊他们的，虞灿和唐微微聊她俩的话题，说暑假干了些什么。唐微微给她看自己暑假接的商稿。虞灿没投商稿，投了一些竞赛的稿子，现在还没回响，不过很替唐微微高兴："可以啊，这种水平都可以画漫画了。"

她边翻看边吃东西，没注意吃了块蘸有辣椒的和牛，捂着嘴巴咳了声，忽然手里被塞了杯凉茶。

赵翊仍在跟人说话，眼睛都没看她，但他感觉到她没接，又往她手里塞了塞。

虞灿接过来喝了口凉茶，继续跟微微说："我还怕你谈恋爱玩嗨了。"

"我是那种没轻重的人吗？"唐微微得意地笑，又说，"不过还是你牛，这么短的时间更了那么多视频，涨那么多粉丝。"

粉丝多了，遇到的杠精自然也就多了，唐微微暑假没事的时候就会翻翻虞灿发的视频，看到尬嘲的、故意讽刺挑事的，就会说回去。她开始先讲道理，讲不通的就骂，遇到特别过分的就拉私信直接对线。

虞灿最开始的时候对恶评非常畏惧，哪怕一百条里面只有一条，但那一条就深深地打在她的脑海里，挥之不去，想起来都会打一个寒战。现在好很多了，虽然还会在意，但不会再为哪一条评论辗转反侧睡不着觉。而且现在评论区维护她的人也变多了。

赵翊他们这学期已经大四了，免不得聊起毕业后的路。

杜珧林来自小县城，家庭条件一般，父母想让他规规矩矩上完学尽早赚钱，但他想考本校研究生。在他的计划里，他读完研究生，唐微微也正好毕业，两人可以一块儿商量以后的路。

胡嘉运想创业，开自己的公司，做互联网这块的业务。他举着烤五花肉说："等我以后成了互联网巨头，问问化腾啥时候把天美工作室注销。"

赵翊说："别光喝酒，吃点菜，以后跟老马应酬吃不了这么地道的遥城铁板烤肉。"

路岐宇没想好要做什么，稀里糊涂加入考研大军，摸着脑袋说："反正不管干啥，学历高点总没错。"

徐志想成为大国工匠，造飞机："等哥们儿牛了，说不定你们以后坐的飞机就是我造的。"

"你喝酒都漏，造的飞机别也漏风！"

…………

虞灿再吃烤和牛的时候，发现面前的辣椒酱已经换成了果酱，牛肉裹着酸甜的果酱出乎意料的好吃。她吃了个半饱，想去上趟卫生间，但位置在里面没法直接出去，只好拍赵翊的胳膊指指外面，示意让一下，她要出去。

他没听清她说话，以为她要吃什么东西够不到，靠过来，问道："要哪个，嗯？"

胡嘉运就坐在他俩对面，看得一清二楚，夹了一筷子菜放嘴巴里，边笑边嚼，酝酿温柔的状态，预备要演。

"让让，我出去。"

"哦。"赵翊起来把椅子给挪开，"陪你？"

"我说，你……"消停点行吗？他就是故意的。

大家不约而同夹了菜放嘴里，边嚼边笑。

路岐宇没吃菜，在心底里惊了一下，他跟赵翊是高中同学，一直以来追赵翊的女孩不少，没见赵翊对谁心动在意过，就以前有个黄盈还稍微算特殊点，但也基本是清汤寡水，没什么实质性的进展。所以路岐宇以为赵翊性子里对恋爱这件事冷淡没兴趣，没想到，也有这么主动的时候。

"差不多行了。"赵翊看着路岐宇一直盯着虞灿的背影，给他倒了杯决明子茶，"喝吧，我怕你眼睛看得花。"

路岐宇捂脸："我在想正事，真的。"

"我知道，喝吧。"

走廊上吹着凉凉的带着花香的风，虞灿到洗手间上了个厕所出来，听到外面忽然响起一阵吵架声，这声音听着还有点熟悉。她从门缝看出去，果然是郭思月，她室友，还是关系不太好的室友。

郭思月和她男朋友发生了很大的矛盾，吵得很大声。男生一身杀马特造型，语气非常不耐烦，还用恶毒不堪的语言贬低她，她居然苦苦挽留。

虞灿听不下去了，但也不能贸然出头。郭思月和唐微微之间有矛盾，谁也看不惯谁，连带着也不怎么理她。她要是出去"噼里啪啦"说一顿，说不

定人家还怪她狗拿耗子多管闲事。

清水流过手背,虞灿扯了张纸巾擦手。

郭思月蓦然冲进厕所,两手按在洗手台上,肩膀一耸一耸地抽泣,突然看到玻璃镜里的虞灿,怔住了:"你、你怎么在这里?"

"我跟朋友来这里吃饭。"虞灿若无其事。

"你都听到了?"郭思月伤心都顾不上了。她在大家面前一直都是幸福被宠的形象,早上离开宿舍的时候还开心地说谢成华要带她去逛街。

"你说呢?那么大声,我又不是聋子。"

郭思月有气没地方发,抓起洗手液狠狠一摔。

虞灿表情淡然,觉得这没什么,爱面子而已。要是自己被人看到这么丢脸的事,估计这会儿已经在跟人说好话或者谈条件让那人别说出去了。她拿出带着果香的护手霜涂手上,揉来揉去,最终还是忍不住说:"我觉得吧……"

"少自以为是地劝我!"

看来没被人少劝。

"我不劝你。"虞灿的手涂了护手霜,白皙又滑嫩,"只是可怜那些曾经被你拒绝过的人,好歹你以前也是把赵翊当过目标的,那么高的标准,现在降得这么低,不知道他们该有多怀疑人生。"你也是别人眼里珍视的人,犯不着低三下四。

赵翊发现虞灿出去很久了还没回,怕她发生了什么状况就过来看看,刚一靠近洗手间就听到了这句话。

他在她心里就是高标准。

不知道她在跟谁讲话,他没继续听,去了男士卫生间,卫生间里有个杀马特嬉皮笑脸地跟人打电话。

"我真的烦死她了,作得要死。"

"那你分呗。"

"分了你给我买鞋买衣服,吃饭你掏钱?免费饭票不要白不要。"

赵翊瞟了那人一眼,那人知道自己说的不是什么好话,含含混混让这个话题过去了。

虞灿回座后,赵翊盯着她笑。也不知是不是她的错觉,她总觉得那个荡漾的笑别有意味,还伴随一些迷惑行为。

比如他给她递来一碟烤羊柳:"尝尝,这个标准高吗?"又递来一碟果盘,"新疆空运过来的哈密瓜,这个标准高。"

她依次都尝了点:"一般。"就普通味道。

"哦,那你标准真的高,除了天花板,其他都入不了眼。"

"你笑什么?"

"就是觉得你眼光挺挑。"他食指蹭了蹭下巴,若有所指。

"那是。"她答。

"等会儿给我画张画。"

"我只给狗画。"

"给你汪一个?"

她咬了口哈蜜瓜:"那你汪一个?"

"你还真想上了。"

第 八 章

那可真是浪漫第一名

虞灿这学期选修了壁画，为了这门课网购了巨大无比的画布画架。遥大的快递点在校外，不送到校内。她排了半天长队从快递站里拖出包裹，心力交瘁，想过重没想过会这么重，估计得有十多二十斤，真应该等晚上和微微一起来拿。

"虞灿？"商饶远远地看到她，小跑过来。

她抬头看到他，打招呼："嗨。"

商饶穿着白色衬衫，轻轻微笑，看到她拿着这么重的东西连忙说："这是什么，我来帮你拿吧。"

"是我买的画布和画架，画壁画用的。不用了，不用了，我拿得动，你也过来拿快递吗，不耽搁你的时间了。"虞灿把东西提起来。虽然真的重，但还不至于拿不起。

"没关系，我刚好顺路，反正也刚好要去那边。"商饶说。

虞灿心想自己压根儿还没说要拿到哪儿去，怎么就顺路了："真的不用了，我能拿。"她吃力地把东西抱在怀里往前走，"先走了，拜拜。"

商饶本来就有点腼腆，被拒绝了两次心里尴尬，如果是平常他一定不会再跟上去了，但这次，他想了想还是觉得要跟上去。那么大的东西女生一个人拿明显很困难，她现在不需要他帮忙，但说不定半路上需要。果然，她没走两步就脚步不稳，包裹眼看着马上就要滑到地上，他快步上前替她扶住："要不还是我来吧。"

"谢谢，谢谢。"她没再逞强了，抬起包裹的两个角，"那一起。"

商饶看着文质彬彬，但总归是男生，力气很大，提起包裹把重量压向自己这边。虞灿只是接触着，可手上压根儿没有重量了。

　　画室的门没有开放，她决定先拿回宿舍放着。宿舍大门前有一段藤萝架走廊，周围的花正开得芳香馥郁。虞灿让商饶坐在这里，然后去附近的冰饮店里买了杯金橘柠檬过来："给你，谢谢你。"

　　他心里略一叹气，前两天他买了金橘柠檬托人给她，她现在又给他买了这个，不知道算是送他还是还他。

　　"谢谢，我不需要，还是你喝吧。"他觉得女孩会更喜欢这些酸甜的饮料。

　　"为什么不需要？你喝。"她举着，一杯冰饮而已，还谦让起来了。

　　他只好接过来，补充说："那我下次再买给你，昨天我在万科路那边看到了一家果茶店也有卖这个，但味道应该略有不同，它里面加了沙棘，说不定你会喜欢。"

　　"我给你买是感谢你，你给我买干什么？"她用手扇风，笑说。

　　"我这是……"他想说因为喜欢她，可是自己已经被拒绝一次了，她现在处处都在避着他，再说岂不是……

　　她忽然说："商饶，你喜欢扶桑花吗？"长廊附近有一小片扶桑花开得正盛，硕大的花朵在空中点头，清香阵阵。

　　看样子她很喜欢这个花，他想尽量多夸几个优点："喜欢，它很好，很香，红色非常鲜艳，花名也很好听。"他恼火自己是工科男，夸花的词汇实在太少了。

　　"哎，你这么喜欢扶桑啊，但我喜欢玫瑰一点，各花入各眼，如果赏花的人喜欢玫瑰，扶桑花开得再好，赏花人也心无波澜。"她给商饶扇风，"不是扶桑花不好，所以，你知道了吗？"

　　他紧张地咽了咽口水，略带窘迫。

　　她抱起包裹："谢谢你，我先回宿舍了。"

　　"虞灿。"他站起来。她说得这么明白，他还有什么不懂。其实就算她不说，他也明白的。

　　他从杜姚林那里知道了赵翊最近在追她，本来就被拒绝过一次了，一和那个人对比起来更没什么胜算。可是他总控制不住想对她好，看到她在朋友圈发没胃口，就想送一点酸甜开胃的东西给她，看到她拿重东西就想帮她，看她聊起花就恨不得用上所有美好的词汇夸那朵花。

　　他从小生活寡淡，长相一般运气一般，高考很努力才考上遥城大学。每

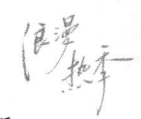

天的生活四点一线，枯燥无味，食堂、宿舍、教室、图书馆，性格也不是所谓"玩得开"的人。回首四年的大学生活，好像只有喜欢她这一件事稍微超出他的人生意料。他这样循规蹈矩的人，竟然会当众表白，甚至在被拒绝后不放弃，哪怕笨拙不会讲话、不风趣、给她发消息都会犹豫很久，可是，他依然豁出去了。

"我下周就回南广那边了，估计等到明年毕业答辩的时候才会回来，我想说……"那不是我的月亮，可的确有一刻光芒照到了我的身上。

"好，你说吧。"虞灿笑容明艳，一副你讲我认真听的样子。

"你是一个很有魅力的人，我不是单指外貌，希望你永远记得——"希望你永远保持初心，永远按自己的想法生活。

"永远笑容明媚。"

他明明平时对她说几句话都结结巴巴，可这几句说得非常流畅，脸也没红，眉眼带着舒畅真诚的笑意。

虞灿："谢谢，这些话对我很重要，也祝你前程似锦。"

天空一碧如洗，万里无云，地上流转着枝丫漏下的光斑。商饶走出藤萝长廊，青春时的这段浓墨重彩的爱恋结束了。

虽然此刻轻松，可偶尔想起的时候还是会遗憾心痛。虽然偶尔想起的时候还是会遗憾心痛，但是此刻真的很轻松。

世上没有一段感情是浪费的，有的催你长大，有的护你纯真。

郭思月下晚课回来谁也没理，捂着被子小声呜咽，看样子是分了，不算无药可救。后面回来的三人心照不宣地没出声打扰她，搬着凳子去阳台。唐微微在食堂打包了一大份烧烤摊在空桌子上，遗憾地说："哎呀，可惜没有啤酒。"阳台侧面是操场，路灯明亮，穿着迷彩服的大一学弟学妹们围成一个大圈，盘腿坐在地上拉歌，稚嫩兴奋的声音传得很远。

"我们唱歌数一流，对面的想学学不够，哥哥复员返乡走，弟弟快来学几首，嘿嘿！学几首！"

"东风吹，战鼓擂，咱们大队会怕谁？嘿嘿！谁怕谁来谁怕谁！"

"对面是咱老大哥，欢迎他们唱支歌，革命歌曲多又多，你们唱歌我们学，嘿嘿！我们学！"

她们想起自己军训那会儿，立着军姿看晚霞，最期待的就是晚上的拉歌阶段，不晒不热，还能看帅哥美女秀才艺。不一会儿，楼下也响起了阵阵响亮的红歌。

虞灿翻出大一时拍的照片和视频,这让她想起了她跟唐微微是怎么认识的。当时唐微微齐步走老是同手同脚,把教官给气笑了。虞灿因为本身有舞蹈功底协调能力不错,在方阵里当标兵,教官让她出列,贴身教唐微微,两人一来二去就熟了。

唐微微把虞灿的手机屏幕遮住:"不准看这个,不准看这个,你怎么还没删?现在就删!"

"好好好,你手拿开,拿开我就删。"她挑衅,"删了我还有备份。"

唐微微去掐她:"备份也删掉!"

她躲,对旁边另一个女孩说:"刘远昕,快,拍照发给她男朋友。"

宿舍里有四个女孩,虞灿、唐微微、郭思月、刘远昕。

刘远昕是一个长发飘飘,很有个性和思想力的女孩,爱画如命,不喜言语,总是淡淡微笑着不动,沉浸在自己的世界里思考点与线的表达特征。

她们几个闹了一会儿,"啪嗒"一声,阳台的门开了。郭思月眼睛红彤彤的,默默把椅子搭在空地上,一屁股坐下来,拿桌上的烧烤吃。

"哎,"唐微微提醒,"那是我的。"

"我知道是你买的。"郭思月麻木地咬了一口,"明天我买了还你。"

她都这样了,吃一根串还不给吗?不管以前有多大的矛盾,现在还是室友,吃一根烧烤都不行?

虞灿提醒:"她的意思是,你手上那根是她吃过的。"

郭思月立刻冲进厕所:"呕!"

唐微微补充:"而且是因为肉好像不怎么熟我才放那里的。"

虞灿边笑边看她俩,手机振动了下。

赵翊发来信息:晚安。

阳台上吵吵闹闹,郭思月在厕所吐完后下楼买了几罐啤酒。唐微微再订了一袋烧烤。虞灿买了一堆花生瓜子零食。

刘远昕摆好桌子,拿了筒礼花:"社团迎新会剩的。"说着,她把底部一按,彩色纸条在空中漫开。

郭思月已经哭湿半包抽纸了,边哭边骂:"我对他那么好,他就那么对我!喝,喝,你们都陪我喝,求求了。"

"行行行,你哭什么,亏的是他。"大家安慰。

虞灿翻了下消息记录，发现赵翊每天晚上都会给她发晚安。

除此之外，他还会给她分享当天发生了什么新鲜事。

他又发消息过来：要睡了？

虞灿抬头看了眼，唐微微加入了吐槽队伍："我男朋友之前给我说过一句话，纨绔子弟的感情就像自来水，不值钱的，这事跟你一点关系都没有，观世音来了他照样不会变。"

郭思月泪流满面："我就醉这一次，醒了又是、又是全新的我。"

唐微微被她感染了，抱起一罐啤酒："喝！我陪你！"

虞灿回复赵翊：还没睡。

那边顺着问：在干什么？

她说：骂臭男人。

赵翊看到这个信息，直觉有点不对：嗯？

她回：不是你。

他放心了。

旁边，杜珧林突然哀号："微微，你别喝酒。"

"喝酒？"赵翊转头问杜珧林。

杜珧林说："你让虞灿别给唐微微酒喝，她要是喝了不舒服怎么办？"

骂臭男人，喝酒助兴。赵翊把信息略略一综合，弄明白了，问虞灿：在喝酒？

虞灿那边，唐微微已经把酒放她手上了："灿灿，你也喝一个，杜珧林越管我我越想喝。"

虞灿：嗯。

赵翊：那我过来送点解酒药给你，方便下楼吗？

他这个回复让虞灿有些意外，以她的经验来说，追女孩对女孩示好的基本都会说少喝点或别喝了之类的，似乎越管显得越在意，而且她酒量还那么差。

虞灿：你不说少喝点之类的？

赵翊：这取决于你自己，你不想喝的话自然会少喝。

虞灿就是虞灿，赵翊只希望她一直做虞灿。他永远都不会以"我是为你好"来思考问题，而是尊重她的选择，哪怕是喝不喝酒这样微小的决定。不劝她少喝，但可以为她准备解酒药。

她还在晃神，他的对话框已经跳出来两张图片，是两种品牌的解酒药，一种是口服液,一种是胶囊。他雷厉风行地问:你习惯哪种?

他这点真的很戳她,爱或许会在时间的长河里消失,但尊重不会,尊重是一个人刻在骨子里的修养。

虞灿知道自己半杯就倒,醒了还会头痛,影响明天上课。还有一个很重要的原因,喝酒后第二天,脸会肿,肿了就丑:不用,我不喝。

唐微微酒量很大,根本不拿啤酒当回事。郭思月本来就想自己醉一场,也不把酒当回事。刘远昕观察着她们喝酒的神态。虞灿怀疑这会儿要是有画布刘远昕已经开始挥笔作画了。

第二天早上,赵翊还是买了解酒药,虞灿没说习惯哪种,他就两样都买了。两人在食堂门口碰面。

"两种都有,你留着备用。"他给她装着药的袋子。

"什么!"这导致虞灿要给他转两份钱,不得不气,"买两份干吗?这不是浪费吗?"

"就你那个酒量,浪费不了。"

他不说这药多少钱,她就上网搜,看到价格后,心道:这药黄金做的?死贵死贵的。好在现在的她通过暑假勤勤恳恳做视频,小有存款。

赵翊带了早饭给她:"高标准早餐。"

这人现在有事没事就说什么高标准。她打开牛皮纸包装袋,里面是一条粽子。

之所以是"一条粽子",是因为这个粽子是七星连珠粽,里面有七颗咸蛋黄,粽身做得很长。

"你在哪里买的?"她就记得以前跟他聊天的时候提过一句,都不确定这个东西现实有没有卖。

"路上捡的。"他送她去画室。说晚安,买早餐,送她上课,约会,送礼物,告白,融入她的生活。他没追过女孩,也是真不了解怎么追,但人家有的,她也不能少。先这样爱,俗气又热烈。

"多少钱?"她边吃边问。他俩的相处从一开始就很坦然,一点也不避讳,想说什么就直接说,完全不会拐弯抹角。

"你问扔的人。"

"下次别捡了。"她翻白眼,估计是甜品店订做的,那只能给他买一件价格相同的东西回送了。

见路边有人骑自行车冲过来，赵翊顺手把虞灿往里带了点："看心情。"

粽子实在撑肚子，她吃不完，放进包装袋里，拿了点纸擦嘴。

赵翊表面上风轻云淡的，做什么都游刃有余，实际上刚刚顺手拉她那一下，碰到她胳膊的手烫得慌。

朝阳在他们的脚底慢慢铺开红黄的光辉，麦冬草的第一滴温润晨露从草尖滑下。

他的思想左跑右跑，最后问了句："你怎么不问问我最近在干什么？"语调轻松，带着点戏谑，好像只是漫不经心随口说说似的。

他看到虞灿给胡嘉运点赞，那她肯定也看到了胡嘉运说他在忙的事，他想着她可能会在聊天的时候问一句，于是真的认真组织好了语言，让人一听就懂，结果她一句也没提。他老想知道她在做什么，她怎么就不想知道他的？

感情的事，想起来难免计较，但他不会表现出来。她有她的事要忙，而且他俩现在什么关系都没有。

思想跑完这一圈，赵翊不动声色地揭过这个话题："你中午在哪儿吃饭？跟唐微微一起？"

虞灿把擦嘴的纸巾扔垃圾桶里，完全不知道他刚刚想了什么东西，随口答道："我中午有点事，不和她一块，去校外。"

"不吃饭？"

天气转凉了，她食欲很好："吃啊，约了人。"

"哦。"他舌尖顶了顶腮。

"对了，你刚刚说最近在忙什么？"

赵翊腰板直了："在准备毕业项目，农村金融方面的，这个项目我想做很久了。"他看着前面的路，说得很认真，"以后读研，估计也是这个方向。"少年意气，哪个心底没有一番豪言壮志，希望弱水留痕，世界有自己的一席之地。哪怕为现实所阻，仍想为理想留下只言片语。

赵翊心里一直有种想为国争光的热切愿望，想当运动员拿奖，想学地理了解脚下的星球，想搞地质凿石油。如今年长一些少了英雄崇拜，多了对普通生活的感慨，一粥一饭，才是民之根本，如果他可以献出自己的绵薄之力，如果有这样的机会，他真的很想试试。

虞灿默了默，本以为赵翊这样的条件，肯定会朝着一线城市发展，说不定以后真的会成为华尔街之狼，像电影里那样翻手为云覆手为雨的大佬，但他竟然把研究定在这个方向。

她想起了她爸说过的一句话——"不是所有人都为名利驱使，这个国家的每一寸土地都有人惦念。"

"傻了？"赵翊看虞灿不说话。

这事仁者见仁智者见智，觉得好的人会觉得好，趋利的人会觉得疯狂。反正，赵翊知道他爸妈铁定是反对的。

他看着远处的洋槐，带着点笑意："还没告诉过你，我小时候想当运动员，为了训练自己，背板砖上课，牛吗？"

"牛，又牛又红。"她比大拇指，没笑，很正经，"赵翊，你真的很优秀。"

他抿唇，从兜里掏出瓶鲜奶，怕凉一直揣兜里，本来想在她来之前掏出来，但偏偏她突然出现，他没来得及掏，想着自己在她面前掏多少有点傻，于是一直捂在兜里。但现在，不用装了。他看向别处，把玻璃瓶递过去："给，热的。"

"哎，你从裤子里拿出来的？"

"衣服里，衣服里。"他把外套拉开，给她看衣服内袋，"这个包里！"他晃了下牛奶，笑容肆意，"优秀的人给你的。"

"谢谢。"她趁热喝了两口，拧上盖子，"我写个喝后感给你。"

"画幅画给我。"他搞不懂她怎么就不愿意给他画。

"送一座金山给你。"

"画幅画给我。"

"送自由给你。"

"直说，你是不是不会画？"

到了画室，虞灿放下东西去上厕所，没想到路过阳台的时候碰到了黄盈，黄盈也看到了她。因为之前的几面之交，她微笑示意，继续往前走。

"虞灿。"黄盈叫住了她。

从黄盈站着的角度，还能看到赵翊离开的背影。他赶着回去上自己的课，扫了辆共享单车，依旧是利落的短发，身量很高，瘦却并不单薄。他骑车穿过绿林小道，风把外套吹得鼓起。少年如风，意气满身。

那黄盈肯定也看到了赵翊送虞灿过来上课。

前段时间美院出了件非常轰动的事情，有人出价十二万买黄盈的雕塑《光芒》，她拒绝了，然后那人继续加价到十五万，她依然没有卖。黄盈的专业老师是个大喇叭，开口闭口都是这件事，喜滋滋宣传自己的得意门生，到现在，基本全院的老师学生都知道这件事了。遥大作为国内顶尖大学，美院组织一次毕业校拍，总拍额也不过才十五万左右。黄盈还没毕业，作品能卖到这个价格，除了让大家艳羡不已，前途更是可以预见的一片光明。

"学姐。"虞灿打心底里喜欢有能力的人，所以对黄盈的态度比较好，温和地笑着说，"有什么事吗？"

黄盈问："你在和赵翊交往吗？"

虞灿想过她会问，但没想过她会问得这么直接。

胡嘉运之前给虞灿说过黄盈，言语之间带着点偏袒，说她人很好，就是性格比较犟，喜欢赵翊有段时间了，为他做了很多事。

其中有件事虞灿印象很深，黄盈为了攒钱送赵翊一件詹姆斯亲签球衣，很久没吃午饭，上体育课晕倒了。

黄盈见虞灿没回答，又问了一遍："在和他交往吗？"声音很冷。

虞灿想，如果别人这种态度问她，她理都不会理，但这会儿她心里一点气都没有，毕竟如果她是黄盈，如果真的有那么喜欢一个人的话，未必不会想知道一个答案，未必不会为自己争取。

"没交往。"

"你爱……"

"学姐，"虞灿打断了黄盈，她自认不是圣母，如果对方不知进退，那她也没法一直保持宽容，"不好意思，快上课了，我先去下卫生间。"

"虞灿，我告诉你，他曾经也对我很好，甚至好过对你。"

见虞灿回头，黄盈拉住她："你以为他真的很喜欢你吗？还要我说得更多吗？高中的时候我和他……"

"学姐。"她把黄盈搭在她胳膊上的手扯下来，带着怒意，"如果我想知道，会自己问他。"

虞灿整个上午就画了一幅画，线条不流畅，越修改越没有想要的感觉，效率奇低。她转头看了眼唐微微，状态竟然比她还糟糕，一幅画还没画完。再看刘远昕，速写狂人竟然也是一幅画都没画出来，在不断地换纸、削笔。

倒是郭思月奋笔疾书，已经画第三幅了。

老师走到她身后，发出两声"啧啧"赞叹，惊奇道："思月，你这几张都画得很有感觉嘛，看着比以前有灵气多了，最近没少练吧？"

郭思月连连点头："灵感上来了，挡不住。"

唐微微压低声音："心中无男人，拔剑自然神。"成神第一步，先斩意中人。

刚巧下课了，虞灿和唐微微收拾东西出教室。

唐微微叹了口气，问："灿灿，你以后考研吗？"

"现在还说不定，你想考？"

"没，就是觉得备考很辛苦，替杜姚林着急。"

"替他急什么，说不定能保研呢。"机电和经济学院每年的保研名额非常多。

"轮不上他。"杜姚林上大学后忙着各种竞赛，又比较叛逆，不在乎成绩绩点，现在自知保研无望，每天钻进图书馆学习，同班的同学已经开始找工作，再加上他家里又在催，压力很大。连带着唐微微也不开心。

虞灿的客座美妆系列视频还在继续，她中午约了一位无国界医生付绮，网络ID名为"付绮绮要健康"。她到了约定的酒店，付绮在门口接她。付绮一头齐耳短发，脚上穿着短皮靴，又酷又飒。

在来之前，虞灿和付绮已经在线上进行过简单的交流，知道对方的基本情况。今天是付绮的婚礼，她因为工作的原因很少在国内，和老公的婚礼拖了多年还没办，可把两方的父母给急坏了。八月份，付妈妈检查出了慢性病，勒令两人今年必须得办完婚礼，放话说不然死不瞑目。

两方的父母为了这场婚礼忙前忙后，却开心幸福得很，给虞灿拿水果、拿烤肉、拿牛排、拿饮料："师傅还没吃饭吧，先吃点饭化妆才有劲儿！"

师傅？这是把她当成化妆师了，她哭笑不得。

付绮把几个老人家推出去："亲爱的爸妈们，等化完了再进来，OK？"

"你先生呢？"好像一直没见到新郎，虞灿抖了下散粉刷，问道。

"他学校还有堂课，我让他上完了再回来，"付绮看了下手机，"四点多才回来吧，我俩的婚礼在晚上，赶得及。"

两人边化妆边聊天。付绮给虞灿看自己在孟加拉国出任务的时候拍的照片和视频，其中一段视频里，小孩从泥地里捡到半包饼干，舍不得直接吃，揉碎成粉末往舌尖倒一点，慢慢品尝。

"我们过去的时候，他们可能不知道我们是谁，但看到我们身上穿的衣服就笑了。"付绮说，"到时候能在你的视频里帮我们宣传一下吗？"这个时代，多一份关注就多一份力量。

"当然可以。"

"那可就太好了。"付绮笑了,这才是她找网络红人最大的原因。

虞灿录完视频出门,正赶上付绮丈夫到酒店,他在门口遇到了付家父母,一家几口去看新娘子,不知道说到了什么,她听那男人笑答:"办婚礼多累,小绮好不容易回来,我情愿她多休息几个小时。"

付妈妈拍他的肩,嗔怪:"你就惯着她吧。"

这个世界并不完美,但有人一直尝试将它变得美好,天涯海角,每一块土地都有人惦念。很幸运的,惦念别人的人也在被人热切地爱着。真好,真好。真幸运,她有这个梦想,真幸运,她坚持了自己的梦想。

付爸爸在虞灿上车之前追过来,给她塞了一个大大的红包:"小姑娘,喜头,图个喜头。"

她把红包对着天空拍了张照片,打开赵翊的对话框想发过去,犹豫了下退出,发了条朋友圈。

这学期金融学的课程依旧很多,预计要等到十月以后课程才会减少。

赵翊和胡嘉运下课后一块儿去吃饭。食堂人不多,胡嘉运夹起一片牛肉,依依不舍:"三块钱一份的牛肉,吃一次少一次。"

赵翊没动筷子,向后靠着,有些不悦:"你真看到黄盈找她了?"

"嗯啊。"黄盈请胡嘉运帮她搬东西,他把东西拿到楼下再上楼,就看到黄盈把虞灿叫住,她们说话声音小,"我没听清她俩说啥。"

赵翊翻到了虞灿发的朋友圈,一个印着早生贵子的红包,文案:沾沾喜气。

原来是参加别人的婚礼去了。

胡嘉运瞟了眼,笑得不行:"翊哥,你还搁这儿担心,人家说不定以为你有人接手了,欢喜着呢。"

"屁多了别从嘴里放。"赵翊懒得跟他说,虞灿早上才指名道姓说他是个优秀的人。

胡嘉运笑够了正经起来:"不过我看虞灿当时笑着,问题应该不大,她俩一个院的嘛,说不定就是同学之间单纯聊聊天,黄盈也不是不分轻重的人。"

赵翊表情缓和了点,塞了团米饭吃。

"噢哟!"胡嘉运拆葡萄吃,发现里面有两颗葡萄是长在一起的,稀奇地拿起来给赵翊看,"我最近肯定有好事。"

"别动。"赵翊让他拿好,拍了个照发给虞灿。

"翊哥,你完了。"

一个人遇到点鸡毛蒜皮的事都想让对方知道的话,那个人就真的完了。赵翊在跟虞灿发消息没理他。

胡嘉运开玩笑:"你看你给人家发,你看人家理你吗?翊哥,咱烟可以抽酒可以喝,但有一条千万不能碰,绝不能上赶着去贴人家!"

胡嘉运这句话刚落脚,虞灿就回了:666,吃这种葡萄划算,剥一次皮吃两颗。

赵翊黑色眉峰挑了挑,把手机拿回来,无声胜有声:看到了?我都懒得理你。

"行行行,你牛,你了不起。"

晚上,黄盈在和妈妈打电话。她妈妈知道了雕像报价的事,怒道:"心比天高命比纸薄,人家拿十五万买你一坨泥,你还不乐意,上了两天大学,你以为你几斤几两,以后进了社会……"

"我的东西想卖就卖,不想卖就不卖!"黄盈和母亲激烈争吵一阵之后,"啪"的一声挂了电话。她家并不富裕,父亲早亡,母亲刻薄,只知道从她这儿套钱。

天上繁星闪烁,夜风灌进出租房。

她把泪擦了,洗漱完上床睡觉。床头柜上放着一本笔记本,那本笔记本是赵翊专门写给她的。窗外是星光,她的脑袋陷入柔软的枕头。不知过了多久,一条丝巾在空中飘啊飘,轻轻碰到她的脸,柔软、温暖。赵翊站在前方,给她一盏灯笼:"要一起走走吗?"

那是她极度痛苦又甜蜜的一段时光,哥哥创业小有成就,她因为美术很好考进了遥大附中。

她剪着很短很短的头发,在班上老是做什么都跟不上节奏,别人讨论题目她深深埋着头,下课恨不得贴着墙走,路过阳台别人一哄而笑,她总疑心是不是在笑她,上讲台擦黑板感觉如芒在背,她努力为班级做贡献,积极倒垃圾,积极扫地……可是,只有副作用。

好像,走路都是战战兢兢的。到底应该怎样才能不讨人厌,才能让别人喜欢她一点?应该怎样才能过得像个普通人,摆脱蛆虫一般的生活?

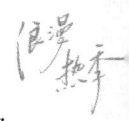

一天，班级里扣了卫生分，劳动委员找到她："你怎么回事，没打扫干净？"

她低着头，碎发扎进眼睛里："本来就不是我打扫。"

本来该打扫的那个人不乐意了："你每天不都扫那块吗？今天不扫了，针对我呢？不扫之前吱一声啊，搞成这样你自己去跟老班说。"

劳动委员也觉得是她的错："你至少先说一声，让人家有个准备。"

黄盈也觉得自己错了，低头："对不起，对不起。"明明是很小很小的事情，可她觉得天都要塌了。

"服了，什么人，不扫一开始就别插手啊……"

"吵什么，吵什么。"赵翊因为身高的原因坐在后排，转头扫了眼。那是清晨，天光从他的背后铺开，透过黑色短发，困倦的眉眼也挡不住整个人的熠熠生辉。

黄盈知道他，初升高成绩排名第一，入学典礼代表全体新生演讲，名字很好听，长相很好看，脾气不好。这是她第一次看他的正面，如果要形容他，那么最好的形容是，他是这辈子都不会跟她产生关系的存在。

黄盈也坐在后排，因为心理压力太大，主动请求调的位置。赵翊坐在靠窗最后一排。他俩都是单人桌，中间隔了条过道。

赵翊脾气和长相都不温和，平时只跟班里几个比较熟的人有交流。他爱打篮球。夏天非常热，到了傍晚才凉快，有段时间他和胡嘉运、路岐宇几个人晚上不吃饭去篮球场打球。

晚自习快要打上课铃了，胡嘉运给赵翊扔了个面包。赵翊拎着包装袋在光线下照了照，眼睛往旁边一瞥，黄盈没来得及收回自己的目光，跟他碰个正着。

她慌慌张张收回目光看自己的书。

赵翊比了个撕开的动作："不介意吧？"多少会有食物的气味。这是他对她说的第一句话。

她的内心极度紧张，嘴巴几乎瞬间僵硬，花了很长的时间才琢磨清楚他说的是什么意思。等到能开口的时候，赵翊已经收好东西开始做题了——他没吃面包。

那个时候班上有人吃辣条，有人吃油条，有人吃话梅，各种味道混杂在一起，她回家后哥哥经常在家里抽烟，从没有人会为了这么一个小小的事情问她。

就这样一个小小的事情，在她的心中不着痕迹而又猛烈地生根发芽。每日清晨的阳光从窗外照进，赵翊的影子投在她课桌的一角，那是她一天之中最开心最珍惜的时间。

依旧是清晨的阳光落下。

躺在床上的黄盈慢慢睁开眼睛，重新打开手机，谁的消息都没看，直接打开虞灿的对话框，勾选了九张图片点击发送。

虞灿昨晚熬夜剪完片子，看了眼自己的主页，上个视频她用了首英文歌曲做背景音乐，评论里有人说：博主，没必要这么崇洋媚外吧？

这让她想起自己第一次发视频做自我介绍。

有人评论：

△才十九岁就想做网红，小小年纪懂什么？脑袋空空多念两年书再来。

好像念书就只能念书，得天天把书看着，什么别的事都不能做。

△什么……美院的？脑子不好使吧？

实际上发这条评论的人可能一辈子连遥城大学分数线的边都碰不到。想杠的人，各有各的杠法，有的人杠得搞笑，有的人杠得可爱，有的人杠得实打实能一口气把人噎死。她昨晚上差点被噎死。

有个网友评论：

△化妆就是21世纪最大的谎言，将真实二字抛诸脑后，自己骗自己还不够，还要骗家人骗朋友骗男友骗老公，Gorilla你就是在误导大众。快把所有美妆博主封杀吧！

虞灿怀着复杂的心情打开评论下的回复。

△非杠，礼貌提醒，化妆起源于公元前4世纪，21世纪不背这个锅。

△也就是说，我们几千年以来一直生活在谎言之中。谢谢楼主提醒，不然我一直被蒙在鼓里。

△看到楼主这条评论，我连夜收拾好了行李，逃离这个谎言密布的地球。

△楼主说的罪行至少够判无期了，希望有生之年还能再见Gorilla。

…………

她笑得晚上两点多才睡着，这会儿眼睛都是花的，打开手机，发现黄盈给她发了好几条消息，不过又都撤回了。

她没管，翻了翻朋友圈，看到付绮分享了一张图片。付绮身穿白色医生

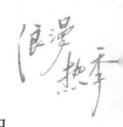

制服，头发又短了点，精神抖擞，背景是湛蓝的天空，定位在孟加拉国，配文只有四个字：落地平安。

虞灿昨晚已经把关于付琦的视频上传，并且为了丰富内容，又查了很多资料放上去，反响非常不错。

现在看到这条朋友圈，她心中有种没有辜负付绮，献出一份绵薄之力的欣慰感。

下午的课是壁画课，她穿着防护衣画到晚上，两只手臂累得快抬不起来了，脖子仰得疼。初学壁画没有做好准备，老师又非常严厉，不敢懈怠，下课后感觉像是不分昼夜打了三天羽毛球。她晚上回宿舍后一直躺着缓解。

赵翊给她发消息：弄点水热敷一下，亲测有效。

他做股票分析的时候经常在电脑面前一坐就是半天，坐久了起身动一下脖子"咔咔"地响。

她躺在床上，知道方法也不想弄：哦，等会儿试试。

过了会儿，赵翊问：试了吗？

她正玩着贪吃蛇，脸不红心不跳地回复：正在试，水温高了有点烫，不过效果还可以。

然后，她面无表情地继续玩贪吃蛇。

赵翊：这种时候后颈供血不足，温度低于90℃是不会感觉到烫的，你放的是开水？

虞灿演到底：刚刚看了下，还真的是哎。

赵翊知道她压根儿没热敷，供血不足理论是他瞎编的，真用开水热敷的话，现在她已经熟了。不过这人又把面子看得比命重要，拆穿不得。

到了十点多，宿舍里还是没有人回来，虞灿只好先收拾东西去洗澡。

宿舍安静，落针可闻。她百无聊赖地想，这种情形在电影里一般都是要出事的前奏。好的不灵坏的灵，她刚全身抹了沐浴露，突然停电了，整栋宿舍的女生同时发出尖叫，继而一片骚乱。遥大宿舍楼的热水和电关联，现在热水也没了，身上滑溜溜的全是泡泡，又不能穿衣服。

无语了，人为什么会这么倒霉？只能等了，应该不会停电太久。月光透过百叶窗照进浴室，外面吵吵闹闹的说话声不时传来。

"天啊，食堂着火了，把总闸烧坏了。"

"消防员来了，至少得等到明天才能抢修了吧？"

"没什么大事，房子没烧，人也没事，我刚从那边过来，看见消防员从里面捞出几只烤熟的鸭子。"

"我刚刚还准备洗澡,还好没洗。"

"这会儿洗澡的人好倒霉,哈哈哈。"

看样子短时间内是不会来电了,虞灿手放在水龙头上一压,冷水从头顶淋下来,冰凉刺骨,咬着牙把泡泡洗完。她特别怕冷,情愿在40℃的三伏天热死也不想有一点点冷。她洗好后颤颤巍巍地围着浴巾摸黑走到自己的座位,手机竟然没电自动关机了,现在没法充电。

电脑倒是能打开,但因为停电连不了网,什么都干不了,脖子又疼得慌,头要掉了。可以预见,明天肯定是要感冒一场的。过了晚上十一点,宿舍大门已经宵禁,不能再出门,想去找个酒店睡也不行。人不可能一直倒霉吧?

"咚咚咚!"门外响起敲门声,应该是唐微微她们回来了。她摸黑过去打开门,看见宿管阿姨对着门牌号问:"516是吧?谁叫虞灿?你就是?哦,有个男生给你带的东西。"阿姨的口音稍微带着点方言。

"谁啊?"

"叫赵一还是刘一……你看了应该就知道。"宿管阿姨塞给她一只黑色手提袋,顺嘴提了句,"别慌,这电停不了多久,最迟明天就来了,晚上好好睡觉哈。"

是赵翊。虞灿道了谢,拿着袋子在电脑的微弱光线下打开,里面是充电宝和台灯,还有一个电热护颈枕。她热泪盈眶。

她充上电打开手机才看到宿舍群里发的消息。刘远昕和郭思月在东郊采风,说是不回来了。唐微微和杜姚林在看演唱会,估计也不回来了。

赵翊当时没拆穿虞灿,然后下单了一个电热护颈枕的同城送。

食堂起火这么大的事,学校都传遍了,她又一直没回他消息,估计是手机没电了,总不可能又是不想理他。

赵翊送完东西回去的路上,收到了她的消息:谢谢,头差点疼掉了。

赵翊:头是个好东西,尽量别掉。

他本来准备骑单车回宿舍,但为了空着手回她消息,没骑,走路回去的。

头顶繁星闪烁,他穿着件黑色外套,眉眼锐利帅气。没头怎么行,八十岁还要和你一起看风景。听夏季的第一声蝉鸣。九寨沟得去吧?洱海得去吧?长城不看看?头是个好东西,能不掉尽量不掉。

他怕她觉得肉麻,于是只捡了心里想的最后一句。

她发了一张戴着护颈枕的图片：你怎么做到让宿管送东西的？

要知道宿管平时管得特严格，连寄存点东西都不让，更别说让送东西了。

赵翊：我在宿管圈子里有人。

虞灿：谢谢，刚接上的头又笑掉了。

赵翊到了宿舍大门前，门已经关了。他非常有经验地找了个位置翻墙进去，落地的时候没注意，踩在一堆塑料上，发出"啪啪啪"一阵声音。

宿管打开门拿着手电筒照："谁！谁在那儿？"

黄桷树后的赵翊若无其事地拍拍灰尘，准备走出去，忽然一个人冲出来急急地喊："是我，是我！"

赵翊往那边看过去。

宿管阿姨把手电筒光照在一个高壮的男生脸上："大晚上不睡，在这儿翻什么墙？跑得还挺快，怎么回事？过来！"

周路遥闷着头过去。

"阿姨，是我是我。"赵翊远远地过去，"今天回来晚了，不想惊动你休息，搞了个自助开门。"

"不是！"周路遥急红了脸，"阿姨，刚刚真的是我。"

晚归翻墙要登记名字，累计三次要给处分，保研的结果马上要下来了，赵翊非常有希望拿到名额，但万一因为这件事……

宿管阿姨皱眉，干了半辈子这活儿还没见过抢着认错的。

赵翊拍拍周路遥的肩，笑道："是你什么是你？"然后对着宿管说，"陈姨，我是赵翊，金融（2）班，你登记吧。"登记也没事，他就这一次违纪。

"赵翊？"宿管阿姨拿手电筒照他的脸，认出来，"哟，还真是你嘞。"

"阿姨，"周路遥还想再争取，"真的是我，阿姨你记我的名字，周路遥！"

他这个急于想要处分的样子把宿管整糊涂了："到底怎么回事？"

"没事，没事！"胡嘉运也跑下来了，手上拿着几件衣服，"陈姐姐，风把衣服吹掉了，挂到这下面，他俩来捡衣服，捡完了我们就走！"那意思是您就当没人晚归。

"等等，"宿管阿姨在值班室拿了盒饺子出来给赵翊，"要毕业了吧？我这刚好多煮了点饺子，赵翊你拿去分了，今天我就当没看见，再有下次我可就真记了。"

"要毕业喽，谢谢姐姐，谢谢姐姐！"胡嘉运高高兴兴拿上饺子拽上赵翊就跑。

赵翊转头笑:"谢谢陈阿姨。"这个宿管姓陈,之前赵翊被胡嘉运坑去搞了个什么聚会,郭思月拍了张他的照片传到朋友圈,不知怎么搞的传到了陈姨手里。她在朋友圈公开发了段小作文,严厉地批评他乱搞男女关系,后来知道自己批评错了,脸色一阵青一阵白地给他道歉。

赵翊没当回事,笑着说"没事,陈姨你说得好,比教授讲的还有道理,我受益匪浅醍醐灌顶"。

后来这个宿管每次看到他都笑,学院里要突击检查宿舍什么的都会提前告诉他,他们宿舍什么灯坏了啊,热水不热了啊,报修都是最快的。

胡嘉运和赵翊吊儿郎当地往回走,快上楼的时候周路遥追上来,急急忙忙喊道:"赵翊!"

胡嘉运拐了下赵翊:"这谁?"

赵翊:"周路遥。"他刚刚本来想问问这人为什么要替自己认错,上赶着找罚,结果被胡嘉运拽走,转头发现人不见了,这会儿又突然出现。

周路遥累得喘着粗气,从背后拿出106块现金,这是他刚刚飞奔回宿舍拿的,一张100块,一张5块,一张1块。夜里周围静悄悄的,纸币展开的声音清晰可闻。

"你这是?"

"你能收下吗?"周路遥眼睛朝赵翊的腿看了一眼,局促不安,"我那时候给你送药,说药106块,只是想表达那是好药,不是、不是要让你给我钱……"

他的表达能力太差,加上紧张,这段本来悄悄练习了很多次的话说出来还是结结巴巴的。他怕网络转钱的步骤多,也怕别人不想跟他有牵扯,专程准备了纸币。这三张薄薄的纸币,在他的枕头底下压了很久。

周路遥好多次看着赵翊的背影,想冲过去把钱还给他,可是怎么都迈不开腿,今天他在阳台上看到赵翊翻墙被发现,立马跑了下去。

"我真的、真的不是想让你给我钱,还有上次,谢谢你……"

"哦——"赵翊模模糊糊记得好像是有这么个事。他看了眼周路遥,发觉这人比以前瘦了不少,衣服和肉之间都有缝了。

这钱得收。他接下钱,没说"多大点事,不用在意"这种话,而是说:"我说呢,那碘伏药劲够大,用了没两天就好了,谢了啊。"他手臂靠着墙,拍了下大腿,笑道,"现在又是一条美腿。"

胡嘉运笑着给了他一拳。

周路遥听到这句话,放松了很多,用力想挤出一丝自然的笑容,圆脸上露出一对酒窝:"那、那我不打扰你们,你们快休息,我走了。"做了这件事,没有人能体会这一刻他是多么如释重负。

胡嘉运:"你不进去?你真退学了?"

大四、大三、大二的都住这栋楼,周路遥既然出现,说明没有被劝退。

周路遥说:"不是,我现在不住这栋宿舍,我转了专业,降级转专业,现在大一。"将近二十二岁,重读大一,毕业大概就二十六岁了。

很难以启齿,他生怕赵翊和胡嘉运看不起他,垂着头赶紧补充:"但是我现在学的才是我真正喜欢的专业,虽然时间浪费了很多,我过两个月就二十二了,但我比以前开心多了,一点都不后悔,而且后面我会兼职赚钱,不用家里出学费。"

"嗯,"赵翊点头,很赞同他,"周路遥,做喜欢的事,什么时候开始都不晚。"

周路遥抬眼看他,目光里充满了感激之情。

赵翊笑说:"要是以后有什么困难可以随时来找我,帮得上的我一定帮。"他说着抬了下手机,示意手机找他也行。

胡嘉运被这气氛感染,摸着脑袋上前半步:"找我也行。"

他想起之前因为一百零几块钱骂人家的事,大大方方道歉:"之前那事,是我的错,误解你意思了,别介意……呸,使劲介意。"

他说完跟周路遥碰了下肩膀,又睁大眼睛道:"别真使劲介意啊,不介意吧?"

"不,不,是我、是我没表达清楚。"

"哈哈哈,不介意就好,翊哥神龙见首不见尾的,你要真有事还得是找我,知道我的名字吧?"

"胡嘉运……"

"哈哈哈。"

周路遥抬头看了他们两人一眼,低头跟他们一起笑了。

几个人都笑得肩颤。

少年人,笑一笑,一笑泯恩仇。

回宿舍后,胡嘉运问了几个熟人,凑到赵翊那边去:"你猜周路遥转哪个专业去了?"周路遥以前是化学专业的。

赵翊忙着查文献:"要说赶紧说。"

"你好歹装个好奇的样子配合我一下,金融。"胡嘉运拿出老油条的姿态,咬笔杆,"现在成咱们学弟了,不过我怎么觉得他可能是受你影响呢?"

"你是不是受我影响?"

"我肯定不是啊,我是受钱影响。"

"那就你能主动喜欢金融,不准别人主动喜欢?"

"你现在是在为了另一个男人撑我?"

"想我踹你?"

胡嘉运手枕着摇摇椅看赵翊敲提纲,余光瞟到了他桌上放的那106块钱,琢磨了半晌,有一搭没一搭地咬嘴巴上的死皮:"赵翊,你以后肯定是驾驭人心的一把好手。"

时间一眨眼到了十月,月初国庆,放假七天,举国欢腾,大街小巷全是一片喜庆。

放假第一天,虞灿本来和唐微微约定好了逛街看电影吃韩料。临出门前,微微接了通电话,抱歉地看着她:"灿灿,我可能去不了了。"

虞灿:"杜珧林?"她现在已经有经验了。

"嗯嗯嗯。"唐微微非常不好意思,"他说他心情有点不好,想让我过去陪陪他。你知道的,他要考研,压力很大,而且考研有一部分也是因为我,唉。"

"去吧,下次再敢放我鸽子,直接杀了你。"虞灿其实还想说,有没有她,杜珧林都会活下去,不吃考研的苦也会吃工作的苦,别把他的苦往自己身上揽,但看他俩如胶似漆的,就没多说。

虞灿回家过节,虞有毅在学校值班,唐小丽拉着她买菜去,虞南穿着直排轮滑鞋一阵风似的一会飘这儿一会飘那儿,拉风得很,跑在最前面朝她俩喊:"你们快点,拜托!"

"你别得意,迟早摔泥塘里。"

虞南绕着她滑了一圈,对唐小丽说:"妈,你告诉她我的技术!"自从他有了轮滑鞋,这几个周末家里买的菜都是他踩着轮滑鞋抱在手里运回家的,小孩子精力无穷,跑多少趟都不嫌累,不让他运他还生气。

虞灿早就听说了:"南哥,你好棒哦。"

他得意地大笑。

她招招手:"你过来点,你脸上有东西,我给你擦了。"

他刚靠近,她就把买菜的袋子和包包全挂在他身上,再跑开:"能者多劳,能者多劳。"

"巫婆!"

唐小丽笑着拽住他,不让他追虞灿:"做弟弟的帮姐姐拿东西是天经地义!"

他咬牙切齿。

赵翊发消息问虞灿在干什么,她恶趣味地拍了张虞南的照片发过去:欺负弟弟。

虞南扑过来:"你拍我,你拍我!删掉!"他比大姑娘还在意形象。

赵翊:帮我给南哥说句加油。

她抬头:"你赵翊哥哥让我给你说句加油。"

虞南立马反应过来,愤怒:"你把我照片发给赵翊哥哥啦?"

"也不完全是。"见虞南刚松了口气,她语调一转,"毕竟图片丑得我不说他认不出来是你。"

"巫婆!"一路上,虞南一直哇哇叫,要求她拍一张他好看的图片发过去。

"行吧,那你摆个动作。"

他穿轮滑倒立、摆奥特曼姿势、摆超人姿势……每一次快门键按下都留下一段黑历史,但他自以为酷极了,小帅脸笑得开花。

唐小丽买的菜一大半是虞灿爱吃的。虞南没兴趣看吃的,在菜市场外面跟人玩弹珠、扔飞镖。虞灿跟着妈妈买菜,过一会儿,虞南在后面悄悄拉拉她的手。

"怎么了?"她问。

他把手上赢的两只小红旗送给她:"那个……"

她懂:"惹事了?"

他点头。

"妈,我和南哥去外边看看。"

唐小丽正挑选青菜:"哦,行。"

虞南跑来跑去把人家装水产鲫鱼的桶给撞翻了,小鲫鱼满地跳。他拉着她过去,赔了两百块。江湖规矩,这种事不告诉爸妈。回家的时候,他规规矩矩，帮姐姐背包、提菜、拿外套、递纸巾。

唐小丽奇怪："哟，虞南你顿悟了？"

虞灿咳两声："嗓子干，有点渴了。"

虞南恭敬举起瓶矿泉水："姐姐，请。"

这种优哉游哉的状态一直持续到路过小区凉亭。

她跟赵翊聊天说买了鱼和红糖，准备试做一下糖醋鱼。赵翊知道她完全没做过菜：一上来就弄这么难？

虞灿：我看了几次做菜视频，感觉也不是很难。

赵翊语音回复："那你别一个人弄，让唐阿姨跟你一起。"

她也直接用语音回复："别看不起人，我等会儿做了拍给你看。"今天还非得做出来。

虞南一阵风似的跑过来："我也有话要跟赵翊哥哥说。"

"灿灿回来啦？"钱大娇挎着包，打扮得珠光宝气，前段时间出去旅游了一趟，一改被骗的颓靡，现在整个人都喜气洋洋的。她和唐小丽冤家路窄，两人平时就特别爱相互比较。

"钱阿姨，刚回来？"虞灿打招呼。

"对啊，你和赵翊商量的什么时候结婚？"她偏偏头，"就上次那个专家，金融大鳄呀。"小区里都传遍了呀。

虞灿愣怔的瞬间，听见"嗖"的一声。

虞南正准备跟赵翊发语音，听到钱阿姨的前半句话吓得把语音键松了。他仰起头："姐，你要跟赵翊哥哥结婚？"

她看着那条发出去的时长三秒的语音，意识到了什么，把手机抢回来，快速长按，点撤回，但还没点下去，对面弹来一行字：在你那边我们进度这么快？

钱大娇见虞灿低头，更是笑得脸上都起褶子了，年轻人嘛，害羞："我之前看到那小子来你们家吃饭，你现在还没毕业，看到好的抓住是对的啦，可以先订婚。"

虞灿偏头听了遍虞南发出去的那条语音，钱大娇独特的声线喜滋滋的："你和赵翊商量的什么时候结婚？"

"你猜钱大娇去的哪儿旅游？呵呵，曼谷！你说她不就是想跟我比，但是，哎，我比她先去。"唐小丽在家边择菜边数落钱大娇，话锋一转，"不过你钱阿姨有句话是对的，在大学可以谈恋爱了，不然以后好的都被人挑走了。"

虞灿充耳不闻，把手机放到一边，不愿再面对赵翊发来的消息。

唐小丽继续说："赵翊这孩子呢，我看着挺不错，但谈恋爱嘛也不一定找他，趁着年轻多看几个帅哥，多谈几次恋爱，以后看人眼光才准。"

唐小丽知道虞灿没那么容易接受别人，她小时候内向又别扭，整个中学时代一直孤孤单单没什么朋友，可以把自己关在屋里面对画架待上整整一天，情愿跟狗说话也不跟人说话。

唐小丽和虞有毅一直只希望她能平安长大，从没指望过她能成材。她上大学后情况看着好很多了，不过也不知道是真的好了还是假的好了。唐小丽现在这么说也只是希望她能多跟人相处，多交点朋友。当然，能交到男朋友就更好。找不到男朋友，能练练手也是好的。

唐小丽想到这些，探头道："一定得找帅的啊，最好年龄比你大点，会照顾人，小点也行，别小太多。"

虞灿把手机放在桌子上，在厨房洗一个甜椒洗了快十分钟，还没想出给赵翊发点什么才能扳回一局。

"灿灿！"唐小丽路过餐桌看见她手机一直在响，"你手机来信息了。"

虞灿不想碰手机："帮我看看。"

唐小丽放下菜，在围裙上擦擦水，点开屏幕，新消息对话框里全是一连串赵翊的照片。

"哎哟！"她满脸笑地把手机给虞灿，"自己看自己看。"

虞灿接过手机，皱眉，竟然是黄盈的对话页面。她发来的全是赵翊的照片，打球的、趴桌子上睡觉的、参加集体活动的、在台上演讲的、笑的、面无表情的、不耐烦的……

虞灿正看着，黄盈又发过来一波。这次是雕塑，有三张明显是未完成的残次品，一张是现在还摆在学校展馆的《光芒》，后面几张是手稿记录和灵感来源，手稿上面明明白白写着：原型：赵翊。

赵家别墅内，一家人正在吃晚餐。

"你想做的？"孙淑华听赵翊说完话，把筷子重重一摔，"研究农村金融？"

赵翙若无其事地吃饭："嗯。"他预料到会是这样的状况，如果是以前，他不会提的，可是如今突然想着要不试试，总得试试。

孙淑华把他的碗抛开："你多高尚啊，有理想有抱负，想做什么做什么，你哥呢？他难道没有想做的？他能做吗？"

赵鸿远坐在沙发上揉着太阳穴："小翙，你确实太过火了。"

赵翙往后靠着椅背。读完研，只占人生的三年时间，这三年做他想做的事，三年一过，照旧接受他们的安排。可即便是这样也不能。这就是他的生活，一分一毫都是由别人掌控，有时候他甚至会怀疑自己到底来没来过这个世界，或者是不是只是替别人活了一遭。

孙淑华只要搬出赵衡，他没有一次不妥协的。

窗外下起了小雨，住惯了酒店反倒觉得家里不自在。赵翙在出租车上打开虞灿的主页，再看到那句话：*为所爱之事献出心与灵魂。*

她又更新了视频。这世上真的有人活得自由自在。她站在光口，让昏暗洞穴里习惯躲避的人生出一丝希望，让洞底的人想：要不我也试试，万一呢？或者，我也应该试试。

半夜一点多，孙淑华通知赵翙下楼。

街上人烟稀少，他们在一家二十四小时便利店里。孙淑华穿着长裙，披了件西装，端庄得体。她给他带了家里阿姨做的饭菜，说："我今天说的都是气话。"

赵翙一点都不饿，但还是三两下打开保温盒吃了个干净，轻描淡写地说："知道，我没放心上。"这个家里总要有一个情绪的出口。

相顾无言，等他吃完了饭，孙淑华拿着包起身："你别怪我。"

"妈，我记得你以前经常画画。"他淡笑，"好多年没见你画过了。"

四下寂静，平时繁忙的街道现在只有形单影只的几辆车在慢慢行驶，灯光也慢慢暗下来。

"你想说什么？"她问。

"想知道，你有没有后悔。"他说的不只是画画这一件事，他们心知肚明。

"如果我后悔，根本都不会有你的存在。等你到了我这个年龄，就知道理想这个东西分文不值，我后悔没早点放弃。"

国庆假期又过了几天，胡嘉运准备了个大聚会庆祝陈远莱和赵翙成功保研。

陈远莱看了眼露天大圆桌，费劲分开两只塑料椅子："这就是大聚会？"

"做人嘛，最重要的就是开心啦。"胡嘉运把他分好的椅子自己抢过来坐，"庆祝嘛，最重要的就是心意嘛。"他每次点菜都很豪爽，"四斤麻辣小龙虾，两扎啤酒，大份牛肉炒河粉，羊肉串先上二十串……"

黄昏朦胧，江边起了雾气，夕阳余晖笼罩下的街道熠熠生辉，流淌的水声压不住酒杯相撞响叮当。赵翊坐姿慵懒，带着点颓丧，单手拿着手机，心不在焉地翻着什么。

这会儿是用餐高峰期，他们的菜至少再等半个小时才能上。陈远莱扶扶眼镜框，左右看了一圈："杜姚林没有来吗？好几天没看到他了。"

胡嘉运："我叫他了，估计有事耽搁了吧。"

"哦。"陈远莱给大家分西瓜，"你们接下来准备干什么？"他从上大学以来一直刻苦学习，现在一朝保研，反倒不知道接下来该做点什么好了。

赵翊在走神没听到。胡嘉运意味不明地笑笑，他前两天从赵翊后面走过，真不是他想看，就不小心瞄了一眼，结果发现赵翊在看美妆视频！差点把他眼睛辣瞎。他当时就打了一马虎眼，没看清博主是谁。

他勾唇让陈远莱看赵翊出神的模样，意有所指。饶是陈远莱迟钝，也能明白他的调侃，陷入爱情的男人，可真魂不守舍。陈远莱忽然想到：胡嘉运作为交际花，好像没见过他跟哪个女孩有过什么苗头，再说他分明长得不差，就是黑了点，于是问道："你有过喜欢的人吗？"

"当然有，"胡嘉运来劲了，把凳子摆正，"那叫一个轰轰烈烈，我为了追她还去做医美，只是现在爷被伤透了，封心锁爱了。"

陈远莱很感兴趣，问："你被拒绝了？那女孩是谁？"他怎么没听说过这段事。

胡嘉运连喝了三杯水，咳了一下，眼底泪花盈盈，不知是被呛的还是激动的："社会上的事你少打听。"

赵翊拍拍胡嘉运的脑袋，忍笑："出息。"

胡嘉运瞥他一眼："你就笑吧，你早晚也有那么一天。你跟虞灿处得怎么样了？"当初他偷了他妈妈的卡跑到美容院，还是被赵翊找到给拎回去的。

赵翊就着手机在桌面磕了磕，一副"我没想炫耀，但你偏要问，那我就勉强说说"的表情："我就这么说吧，她家那边在问我俩婚期了。"他笑声爽朗，鼻梁投下的一片阴影显得五官更加立体，讨打的时候也很帅。

胡嘉运突然站起来挥手，喊道："虞灿，这儿！"

虞灿穿了件很吃身材的黄色开衫，脚上一双黑色短靴，又甜又酷。她的棕色瞳孔神采奕奕，身后是暮色千里。

赵翊站起来，不自觉低头一笑，优哉游哉地去接她："来怎么不说一声？"还以为今天就他们三个人。

胡嘉运说："桌子有四个边，我们怎么可能三缺一？翊哥你说惊喜不惊喜？"他特意请的虞灿。

虞灿来刚好赶上上菜，赵翊抬手："老板，再要一份盐煮花生。"

虞灿问："谁吃？"

赵翊："你说呢？"

胡嘉运插科打诨："我吃，我吃，翊哥给我点的，难为你了，还悄悄记下我的喜好。"

陈远莱不明所以，以为胡嘉运真的喜欢吃花生："那我再给你点一份，赵翊应该是给虞灿点的，他们俩都订婚了，你别添乱。"

"啊！"赵翊和陈远莱同时叫了一声。赵翊是被虞灿打了一拳，陈远莱是被胡嘉运在桌子底下踢了一脚。

虞灿回忆起上次的乌龙，咬牙问："你跟他们说了？"

"开玩笑，开玩笑。"赵翊就装这一回，刚好碰上猪队友。

陈远莱现在反应快了一点，被胡嘉运一踢就反应过来自己说太过了，立马纠正："虞灿，赵翊只是说你那边在商量婚期，他这边没有商量，所以你们不算订婚，我刚刚说错了。"

虞灿脸色更狠了，剜了赵翊一眼，然后去吧台问老板能不能给手机充会儿电。

胡嘉运剥了一把生菜塞陈远莱嘴里："远莱兄，你多吃菜，少说话，祝贺你保研快乐。"

陈远莱把菜都拿出来，不觉得有什么问题，正经道："可是这很好，如果我喜欢的人商量我们的婚事，我也会忍不住给全世界炫耀。"

胡嘉运刚松了口气，勉强算句人话。陈远莱又说："胡嘉运，你应该是最有体会的，毕竟你能为了喜欢的人去美容院，如果那个女孩跟你商量结婚的事，你会不会高兴得……高兴得，再去一次美容院？"

胡嘉运放弃抵抗了，捡了个麻辣小龙虾塞嘴里："有点辣。"

虞灿回来刚好听到这一茬，兴致勃勃地问："胡嘉运，你为了女孩美过容？什么时候？"

胡嘉运："没这回事。"

赵翊抱着手："问我。"

胡嘉运不愿看他卖友求荣："虞灿，你们女生是不是都喜欢白的？"

她正儿八经想了想。正当胡嘉运以为她会说点安慰的话，比如"当然不是，白的黑的都好看，都有人喜欢"，结果她来了句："所以你美白了？"既然他都这么问了，说明那女孩肯定喜欢白的。

胡嘉运愣住了，之前翊哥说她脑回路清奇他还不信。他一头栽在桌子上，没脸见人了。

陈远莱面露嫌弃，但还是拍拍他，安慰道："也有女孩喜欢黑皮肤的。"

胡嘉运坐直，抓狂，这里到底有没有人脑回路是正常的！

"没关系。"虞灿单手撑着下巴，"我觉得你还蛮酷的。"能够勇敢追求所爱，无论是事还是人都很酷。

胡嘉运手盖着额头："哎，都过去多久了，早忘了。"

陈远莱突然觉得虞灿和赵翊很像，在很多方面，他们似乎都会做出一样的回答和选择。他们的灵魂是共鸣的。

赵翊眼底有一丝不明的情绪，他剥了一碟盐煮花生给她，没见她吃一颗："怎么不吃？"

她指自己的腮："一直吃花生，咬肌会变大，脸会跟着变大。"所以她刚刚问谁吃，反正她不吃了。

胡嘉运今晚吃得特别少。陈远莱问他怎么了，他淡淡地说："少男心事，懂吗？"

陈远莱："你说了我可能就懂了。"

胡嘉运："我说了你也不一定懂。"

陈远莱："你不说我怎么会懂？"

胡嘉运："我说了你也不会懂。"

陈远莱："说。"

胡嘉运闷着头说完了整个过程，虞灿听得津津有味。

饭后，大家一致同意去江边走走消食。胡嘉运和陈远莱在探讨说话的艺术，陈远莱坚持真实为上，胡嘉运叫苦不迭："你老人家放我一马。"

江风徐徐，流浪歌手抱着吉他沉醉地歌唱《云烟成雨》："你的晚安是下意识的恻隐，我留至夜深治疗失眠梦呓，我多想再见你，哪怕匆匆一眼就别离……"

一群小孩蹲在地上跟着哼,路灯上挂着的灯笼摇摇晃晃。

赵翊和虞灿走在一块,他问:"那天做的糖醋鱼怎么没拍照给我?"

"中间有点事耽搁了。"虞灿说。

他笑了:"做得怎么样?"

她拿出手机给他看拍的图片。

"木炭?"他问。

"这次用的油不行,我下次用橄榄油试试。"她有点不自然,把屏幕关了,"你最近在干什么?"

赵翊:"看了点小视频。"

她眼睛一亮,饶有兴趣:"哪种小视频?"

他回答:"网上找的教程类的,挺有意思。"

"哦。"她兴趣小了大半。以前在杨策尧那儿吃过类似的亏,理工男觉得有趣的多半是"如何三条直线连接九个点""喜马拉雅山脉升高的极限预测"……

他俩并肩走着,路灯落在她栗色的发丝上,铺上一层细碎的光辉。他记得他俩第一次在晚上同行是从情侣餐厅出来,那时候才五月,穿裙子有点冷。

"看看?"他调出视频,只要点一下就会立即播放。

来了来了,她才不想看,加快脚步小跑两步:"不喜欢教程,暂时没什么想学的。"

赵翊稍稍落后半步,喊:"你看看我的微信签名。"

"什么?"她依言点开他的主页看了看——为所爱之事献出心与灵魂。

她顿步,跑回来:"你刷到我的视频了?"

他懒懒点头:"等你自己发现太慢了。"这个签名都换上一周了。

"所以你说的小视频是……"是她的视频?她去拿他手机,他把手机举起来,她跳了两下没抢到,狠狠往他脚上一踩。

赵翊预判她的动作,敏捷地避开。她又踩,他又避。

他边往后退边说:"虞灿,我第一次看到是暑假的时候,那会儿我以为你看上我了,后来我和胡嘉运一块儿吃饭,老板送了份盐煮花生,我想到你,开着车在你家楼下待了很久,那时候又想你出来,又怕你出来,像傻子。再后来看到你写的那句话和拍的视频,我整个人……"

虞灿踩不着他脚,就往上一跳,落下的时候没站稳,手掌撑在他的胸

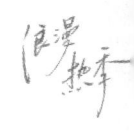

膛上。

话题戛然而止,心跳却加快,年轻的身体滚烫。民谣一曲方休,许多小孩围着歌手鼓掌。

赵翊后面是一个大花坛,退无可退也就没退了。他低沉地笑了声,两手张开,眉峰微动:"要抱一个吗?我一直挺想抱你的。"

见虞灿久久不回答,他俯身扶着她的腰,一把将人给捞过来:"说了那么多,其实我就一句,山不来就我,我就来就山,你不来抱我,我只好抱你了。"他笑着,带着点无赖意思。怪他平时故作姿态太多,让人忘了他是个抽烟喝酒玩牌一样不落的人。

虞灿手抵在他肩上把人推开:"你给我放开。"她把黄盈的对话框打开撑到他面前,对话框显示着那些照片和手稿图。他敛了笑,大体扫了眼内容,看到对话已经是两天前了,问:"你当时怎么没问我?"

"有什么好问的。"她把手机收回来。

他把人拽着:"我是怎样的人你不知道?"

"我从哪儿知道?"她算了算,"从五月到现在十月,我们也才认识五个月不到。"

他无语了:"我要是个花心的,现在孩子和你一样高了,懂吗?"

"我怎么知道你没孩子?"角度清奇。

赵翊抱着手:"懂了。"她这样子显然并不严肃,说明没真的把他当渣男,只是不想听他的告白,不想和他拥抱。

"我哪儿让你不满意,说来听听。"他面上轻松,实则心里在发酸。难怪当年胡嘉运偷美容卡去美白,原来不被喜欢的人喜欢,这事真的难受。

江边的歌谣仍在继续。

"等等。"

虞灿手机来了电话,是唐小丽打来的,她往后退了半步接通电话。

"灿灿,上次我跟你说的多看看帅哥,忘了叮嘱……"

她心想不妙,握着手机:"妈,妈,我这里……"有人。

"忘了叮嘱你,不能比你小太多,小太多的绝不能碰,人家父母现在都找上门来了,你快回来!"电话挂了,那边好像很急。

虞灿抬头,与赵翊四目相对。

赵翊靠着围栏两手抄在胸前。

她摸了摸耳朵,别过头开口:"那我先回去看看?"

他俩火急火燎赶到万安小区。人家父母确实找上门来了，不过不是找上虞灿家的门，而是她家小区里一户姓侯的女士的门。有位比侯女士小九岁的小年轻猛烈地追求她，她委婉地拒绝了几次，小年轻依旧不放弃，非要纠缠。哪知今天那小年轻的父母竟然找上门来，在侯女士门前怒骂她老狐狸精，勾引自家儿子，侯女士恼火又无奈地站在一旁。

楼下围了许多看热闹的人，邻居们也都是明事理的，全都在说小年轻的家人不对。

唐小丽让虞灿回家看着虞南，她是街道办做调解的，过去拉那小年轻的父母："你们讲点道理，有什么话好好说，不然我们只有报警处理了。"

那对父母拿定主意要给侯女士点颜色看看，非但没有消停，反而气焰更胜，出口成脏，恶俗的话一句连着一句。

虞灿回家后忍不住好奇，发信息给留在楼下的赵翊：怎么样了？

赵翊实时给她播报状况。

唐小丽怎么劝都没用，只好报了警，最后警车来了，一大群人全被请去局子里喝茶。唐小丽去做笔录，虞有毅陪着妻子一块儿去。

小区重新恢复安静已经是晚上八九点了。赵翊还在她家楼下没走：下来聊天。

虞灿：困了，有事以后再说。

得，估计还在意江边的事。这事不能留着，留着成了疙瘩，她躲着他怎么办？

赵翊：不告白。

虞灿这次倒很爽快：等我换件衣服就来。

他没脾气了，找了个地儿坐下，细想下，她说得也没错，他俩确实才认识五个月，其中有三个多月他在唱独角戏，论起正儿八经追人家也才一个多月。不过她弄错了一件事，他真没有赶鸭子上架逼她的意思，没想硬要她一个承诺、一个身份，纯粹就是氛围到了那个地步，想抱一个。仅此而已。

十月的晚上有点冷，虞灿换了一套舒适的风衣："你要聊什么？"

"过来。"赵翊半坐在石桌上，长腿一前一后随意摆着，"黄盈的事，我给你讲讲。"

她在他对面的石凳坐下："不用，我有自己的判断。"她有自己的判断，不会因为黄盈暗示他三心二意就真的觉得他花心，也不会因为他说自己不花心就觉得他不花心。

"这么相信我？"他笑起来，"但我还是说说。"相不相信是她的选择，但他还是得掰扯清楚自己的态度，"在你出现之前，我真不知道她对我有那方面的意思。"

另一边，黄盈投了很多简历，在此之前，学院教授为她推荐过几个工作，但资薪方面都达不到她想要的标准，她需要钱，很多很多钱。她从钱夹里取出一张证件照，蓝底，白衫，黑色短发。好多个深夜里，她都曾看着这张照片。那时候班上来了一位转校生，女生，叫夏淇，剪着一头男士齐耳的短发。

"大家好，我叫夏淇，以后请多多关照。"

每个转学生刚来都免不了轰动一番，胡嘉运带头起哄开玩笑：

"下棋？下的什么棋，国际象棋还是五子棋？"

"Chess（国际象棋）？我还 play basketball（打篮球）呢！"

"同学，现在下什么棋都不流行了，你改名叫 basketball 吧，哈哈。"

他们这群人成绩好人缘好，开玩笑的时候老师同学都会宽容几分。

当时只有赵翊和黄盈旁边有空位，夏淇选择坐她旁边。她庆幸又恼火，庆幸赵翊旁边没有女生，烦恼她和他之间本就隔了一条过道，现在又多了一个人。

夏淇的性格像男孩，直爽不拘小节，见不得人阴阳怪气，也受不了闷气。她去教室前面给课代表交作业，在过道跟胡嘉运碰上了，两人一时都往左相视一眼又都往右，谁也没走成。

胡嘉运抬眸"啧"了声："Chess 你让让，我急着有事。"

夏淇把习题册往桌子上重重一放，砸得震天响，撩起袖子："什么 chess，有种你再说一遍！"夏淇一米七六，胡嘉运那时候还没现在高，说话的时候需要稍稍仰视她。但是无关身高，那一刻他真的被这女生的气势给震住了。她往前面走，戳他胸口推他："说啊！"

胸口被她戳得疼，他茫然后退了两步，再一脸蒙地给她让开路，脑子里只有两个字，害怕。从那以后，他经常去后排赵翊的位置玩，瞎扯一通玩笑，再自以为隐秘地瞄夏淇两眼，带着满满的敬畏之心。

夏淇烦死了，跟赵翊说："哎，能不能让你那个小朋友别偷看我了？"

赵翊耸耸肩："管不着。"一来二去，他们熟了。

赵翊、胡嘉运、路岐宇、夏淇，他们几个经常一起打球、翘音乐课、班会课、骑单车……

黄盈是夏淇在班上难得的女生朋友,她隐藏在夏淇的光辉之下,有了更多借口和赵翊说话,有了机会靠近他们几个人的圈子,慢慢地再也没有人故意排挤她。赵翊生日,她很久没吃午饭攒钱买了一件詹姆斯亲签球衣,小心翼翼把球衣放进大家一起准备的礼物箱里。

后来她低血糖晕倒,攒钱买球衣的事暴露,她一口咬定说只是看大家送的礼物都很贵重,不想落下风。

那件球衣赵翊一次都没有穿过。

班上刮起一阵追星风,同学们相互传看明星偶像的海报相片。夏淇从别人那里捞了一本,看得喜笑颜开,点评这个眼睛大,那个鼻子挺、笑起来有梨涡,各有各的帅法,美滋滋的。

胡嘉运在旁边喝水,顺嘴问:"你怎么也搞这一套?娘们唧唧的。"

夏淇给了个白眼:"我不就是个女的?"

"哈哈哈,是是是。"他差点笑喷了,脱口而出,"那你觉得我怎么样?"

"哎哟,神奇,"夏淇从上到下扫他一眼,笑着说,"木炭竟然会说话。"

那时候是夏天,胡嘉运本就黑的皮肤晒得更黑,"木炭"两个字就像变成了实物猛地戳到他心窝子里。

一天,他撑防晒伞戴墨镜来学校上课,赵翊摸他额头:"发烧了?今天是阴天。"

胡嘉运一反常态,痴痴地看着赵翊:"为什么你这么白?"

后来赵翊保送遥大,回教室搬东西,书太多不想搬,说谁需要就来拿,大家一哄而上,一会儿就瓜分完了。夏淇近水楼台先得月,抢了两本笔记本,一本化学和一本数学,分了黄盈一本。

虞有毅和唐小丽从警局回来后在客厅聊天,同情侯女士的遭遇,吐槽那小年轻一家子。

虞灿在卧室戴着白色挂式耳机听音乐,翻前几年的画稿和日记。她那时候不怎么爱跟人交流,和唐小丽也不亲近,只喜欢跟纸质的东西打交道,各种画稿、本子存了好几大箱。

她把耳机取下来,发信息问赵翊:到家了没?

赵翊:刚到。

赵翊回了信息,刷卡进门,胡嘉运跟在后面。

两人进门后坐在沙发上,胡嘉运不怎么愉快,因为今天提到了夏淇,好

久都没有想过这个人了,很难得的,他心里觉得有点沉。

本来是胡嘉运情伤抱怨的主场,三言两语之间,话语主导权转到了赵翊这里。他大概说了下现在和虞灿的情况,胡嘉运听他说完,自己的情感固然很伤,兄弟的情伤则令人神清气爽,低落一扫而空:"也就是说这小半年里,你俩一直没牵过手,没抱过没亲过?"

"哟,柏拉图来了都得给你俩递烟叫大哥。"

赵翊瞥他一眼。

"不应该啊,兄弟,你这条件,长得多帅,有鼻子有眼睛的,还有钱。"胡嘉运平时调侃归调侃,实际打心底觉得就没有赵翊追不到的人。

不过他转念又一想:"人家虞灿长得那模样,爸爸还是校长,纯纯白富美,肯定从小就有很多人追,难追嘛,也正常,这也说明你眼光好。"

胡嘉运自己封心锁爱,给别人指点迷津倒是滔滔不绝,正反面反复论证:"不过对象是你哎,我真看不懂虞灿。"

"她是你能随便看懂的?"赵翊在心里分析了下,虞灿可能是比较偏传统的人,对恋爱很谨慎。

很多人精神世界和表面并不一致,像他自己,表面上看着自由自在要什么有什么,其实就是一个连自己的人生都无法左右的废物。虞灿表面上开朗,行事大胆,但可能内心比较传统。

他给虞灿发消息:你怎么看柏拉图?

她很有梗地回道:你怎么看待油价走势?

赵翊:隔着屏幕看。

虞灿那边正洗完脸,准备护肤:我敷着面膜看。

胡嘉运听说后来劲了,非让赵翊问她是什么面膜,能不能美白,怎样才能美白。赵翊便把虞灿的美妆账号推给了他。

"我说你怎么看起了美妆视频,有这种好东西不早点拿出来。"胡嘉运非常惊喜,熬了大半夜把视频看完,认真做笔记。

虞灿也熬了大半夜,边听音乐边出神。当时赵翊在楼下解释完黄盈的事,总结说:"事情就是这样,黄盈跟夏淇是朋友,胡嘉运的面子我不可能不看,一直当她是朋友,直到她今年过生日,那天就叫了我一个人,我才慢慢反应过来。我又不是自恋狂,哪能想到她以前对我有那方面意思。"

虞灿看他一眼:"不自恋?"

"那当然,"他神态自若,"你是个例外,我看岔了。"喜欢他的人他没看出来，不喜欢他的人他以为喜欢他。

月亮挂在天上，栾树的叶子掉了一地。月光下的男人坦荡又直接，真诚又无愧，那双黑眸看着她，钉在她心里。

"所以你呢？"他伸出一条腿挡住她，用鞋撞了下她的脚尖，似漫不经心又似期待，"对我真的就一点感觉都没有？别看叶子，看我。"

她转头，刚想张口，赵翊叹了口气："算了，你别说。"就她这个冷冰冰的态度，不说他还能留个念想，说了念想都没了。

他站直，往外走了两步："我就问问，没逼你的意思。走了，你上楼。快上去，我在这里看着。"他手揣兜里，下巴朝楼上抬了抬。

这一晚，赵翊也熬了大半夜，双手交叉支在后脑勺，睁眼看着天花板。如果她当时回答了，会回答什么？真的就一点感觉都没有？

胡嘉运写着美白笔记，几次抬起头来看见他那副模样，心里狂笑，最后终于忍不住讨骂，故作姿态连叹几声："男人，就该像我这样干点实事提升自己，而不是整天纠结一个女人爱不爱你。"

赵翊抓起旁边的一个抱枕砸过去："想睡外面就滚。"

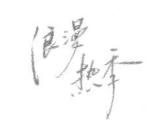

第 九 章

微风吹开童话书页

孙秋澜和虞灿在谈合作，两人已经谈了两个多小时。孙秋澜说："现在先别急着答复，我给你三个月的时间想清楚。"

"好。"吴斯也在办公室里，虞灿把拟的合同书收起来，对她俩说了再见就走了。

孙秋澜的传媒公司成立将近四年，算是业内比较年轻的血液，公司准备明年推一批美妆博主。同质普通的博主要有，最大程度网罗路人盘；有个性特色的也要有，这样公司才不至于湮灭。虞灿被划定在个性特色那一栏。她的合约是最为宽松的，视频内容和方向几乎没有限制，也没有划定必须推某个公司的品牌。

吴斯笑着说："你这么喜欢这姑娘？"

孙秋澜揉揉太阳穴："谁能给公司赚钱我就喜欢谁。"

她睁开眼睛看到抽屉里摆的画，这张画是虞灿暑假的时候送她的。

虞灿去律所让人看了合同，待遇分成是真的比较优越，就是更新数量这一块有固定指标，她不确定自己能不能完成。她回了宿舍，唐微微在睡午觉，听到开门声音拉开床帘，迷迷糊糊："灿灿。"

"吵到你了？"

"没，反正也到该醒的时候了。"唐微微翻身下床，剥了个橘子吃。

因为上午要聊工作，虞灿穿的正装，回宿舍后立马把西服脱了换日常便装。秋末的衣服不太好搭配，多穿一点就显得臃肿，少穿一点别人又会觉得你冷。这个时候卫衣和棒球服的优越性尽显。不过如果只穿这两样又太单调，

149

她拿了件云纹镂空针织衫叠穿在酒红色卫衣里,增加层次感,下身搭一条黑色修身长裤,最后在球鞋和高帮帆布鞋中选择了高帮帆布鞋。很抓眼,人群中一眼就能看到。

唐微微目光追着她的动作,支着下巴:"哇哦,好看。"其实她觉得穿搭什么的本质还是看脸,灿灿套麻袋都好看。

虞灿吃了瓣橘子:"过来,我给你也搭一套。"唐微微也有很多好看的衣服,可她平时基本都是哪件干净穿哪件,舒服方便就行。虞灿给她搭了一套简约运动风,盖住腿略弯的缺点,拉长身材比例,青春可爱有活力。

"哇!"唐微微睁大眼睛看镜子里的美女,"呜呜,其实我本来很郁闷的,躺一上午了。"这会儿看到自己这么美,腿这么长,郁闷烟消云散。

虞灿问:"郁闷什么?"

"无语花说我色彩不过关,没他想要的感觉,我重画了十多次,真的要吐了。"

吴玉华是这学期给她们授课的新老师,嘴毒高要求,说人的时候句句往人肺管子上插,大家都叫他"无语花",据说曾有学长从他办公室出来,直接泪流满面哭诉"我活着是不是就是一个错误"!

虞灿安慰:"你这还算好的了,我听说有人已经提交了二十多次,现在都还在补。"

"愿天堂没有无语花。"唐微微刚坐下,手一拍,"哎呀,差点忘了告诉你,黄盈昨晚上来找过你。她怎么老缠着你?不会对你做什么吧?"

虞灿皱眉,因为黄盈发照片硌硬人,她把这人给拉黑了,竟然还敢找来:"担心我哦?"

唐微微中午没吃饭,这会儿有点饿,拆了包薯片吃:"我是担心她哦。"

唐微微想了想,又说:"但我觉得你还是小心点,万一黄盈来点什么阴的,我感觉她行事老是鬼鬼祟祟的。"

虞灿笑道:"哈哈哈,行,快收拾东西,等会儿是无语花的课,我们抢个离她远的位置。"

"好好好。"唐微微问,"你下午准备干什么?"

"去图书馆提升文化素质。"虞灿准备十二月把英语六级给过了,"你去吗?"

"呜,不去,衣服白穿了,我还想着跟你去拍照。"

"走啦。"

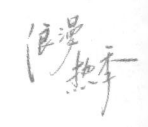

刚到艺术楼，她俩就遇到了黄盈，准确地说，是黄盈在这里等虞灿。

"虞灿，我们可以谈谈吗？"

虞灿还没说话，唐微微就护在她前面，话说得有点结巴，表情却很坚决："学姐，你、你要是和我们交流美术，我们很欢迎，现在就可以跟你一起去画室里谈。你要是说别的事，那我们没得谈，你要是不想在毕业之前留个处分……最好还是让让。"

虞灿本来心想的是谈谈说清楚也好，但唐微微都这么说了，肯定不能打她的脸。

"虞灿。"黄盈只看虞灿。

虞灿下巴朝唐微微一抬："她说的你没听到吗？"本来她对黄盈很有好感，但自从照片事件后，那点好感全没了，现在更烦。

擦肩而过的时候，黄盈用只有虞灿能听到的声音说："你别逼我。"

虞灿回头看了眼，但终归还是什么都没说就走了。

唐微微这节课上得战战兢兢，生怕吴玉华过来拿起她的画，然后堂而皇之地在全班面前批得一文不值。这是吴玉华能干出来的事。好的不灵坏的灵，她们正画画，吴玉华手背后面到处转着走，走到唐微微后面停下来。

唐微微看到画架上投来一片人形阴影，阴影越来越大。吴玉华伸出一只手马上就要敲她的画架，生死一线时，虞灿出声："老师。"

吴玉华看向虞灿，眉头皱得死紧，不耐烦："怎么了？"

虞灿硬着头皮说："我这里上色拿不准，你能帮我看看吗？"

吴玉华背着手过去了，唐微微差点喜极而泣。

吴玉华背着手"噼里啪啦"说了整整一节课，从上色扩展到了人生哲理："一生二二生三，三生万物，万物都是相生相克，所以必须讲究平衡，平衡就是自然，自然的不一定是好的，但好的一定是自然的，别问我上什么色，自己的作品只有自己知道。"

虞灿无话可说，乍一听是废话，略微一想好像又有点道理，仔细想想还是废话。

下午四点零五分下课。遥大建校历史悠久，图书馆区域全是仿古建筑，红桌木椅，古色古香。窗外云蒸霞蔚，天边拖开一条长长的线条，了无止境。

赵翊预约了双人桌，和虞灿对面而坐。她做英语听力，他看自由贸易论。

她英语笔试部分很拿手,听力部分不怎么行,皱着眉头做完一套题,自我校正完发现错了九道。什么鬼,一共才二十五道。想到赵翊在对面,她不动声色盖住题面。

赵翊把书斜斜靠着桌沿,单手一页页缓慢地翻动,初秋的霞光透过窗户落在他的侧脸。他头发短,额面没什么遮挡,干净清爽,长睫下的眼睛聚精会神,目光只落在书页上。坐在这样的人身边很容易感受到一种关于专注和忍耐的力量,使躁动和怨心羞愧。

虞灿又做了两套题,她发现哪怕是同样的水平,更加专注和心无旁骛能使准确率提高不少。距离吃饭还剩十五分钟,她考虑要不要再写一套题,宿舍群里跳出郭思月的消息:上次跟你们说的那个男生,他约我看电影,你们说我去不去?

郭思月上次没听大家的分析,遇到了人品差的不自知,于是这次吸取教训从那个男生第一次见面加她的微信,第一次请求吃饭到现在约看电影都一一发到群里问大家。这种八卦消息向来是宿舍里关注度最高的。

唐微微第一个发言:去,正好可以看看他的人品。

虞灿表示同意:+1。

唐微微:账单AA,千万别给他花钱。

虞灿:也别让他动手动脚。

郭思月:@刘远昕@刘远昕@刘远昕你是最理智的,你觉得呢?

刘远昕:你先观察他是不是穿的白袜子。

唐微微、郭思月、虞灿都说:高手。

虞灿和赵翊学习完毕跟着人流走出图书馆,他问:"你刚刚笑什么?"

她说:"室友问我们要不要跟一个人去看电影。"

"不跟人看跟狗看?"

树荫下的棕色田园犬懒懒地朝天打了个哈欠,她白他一眼:"那人在追她,我们提了些意见,有的意见比较搞笑。"

"去看吗?"男生只关注结果。

"去吧,可以看看那个男生人品。"

"翊哥!"树荫底下除了有只狗,还有胡嘉运,他头戴鸭舌帽,眼架墨镜,手拿保温杯,面目慈祥,声如洪钟。虞灿的视频已经彻底将他折服了,因为方法真的很实用,不笼统,有具体的做法,可操作性还强。他按照笔记

坚持了几天，这几天追着问赵翊他白了没有，事实上，他真的白了一点。

"虞总，虞总，"胡嘉运上了几天班，已经被资本主义荼毒了，点头哈腰笑盈盈的，"你有这么好的方法不早说，拿我当外人呢，还有没有针对我这种能更快变白的方法？"

赵翊说："涂一壶白漆，立竿见影。"

虞灿盯着胡嘉运仔细看了会儿："还真有。"

胡嘉运眼睛亮了。

她说："补肾。"

胡嘉运如遭雷击："玩呢？"

赵翊笑了，用胳膊碰了下她的肩："别理他。"

不过虞灿的话是有依据的："肾不好容易皮肤暗沉，补肾立竿见影。"

赵翊第一次庆幸自己长得白。

胡嘉运看出赵翊在庆幸什么，呵呵道："就你白，你最白，白龙马都没你白。"

之后，他俩去打台球。虞灿去参加社团活动，创新创业社团，参加这个社团的人各个院系都有，基本都是跃跃欲试冲创新创业大赛的。这个大赛在大学里属于"三高"之一：高学分，高格调，高奖金。尤其是高奖金，曾有33个项目分享605万奖金的先例。会长在群聊里说这次是培训会，务必带上纸笔。

参加这个活动的人特多，虞灿去买个笔记本的工夫，教室就挤满人了，只剩最后两排。她找了个位置坐下，打眼一看没一个认识的。会长和教授在讲台上调试PPT，教室里的人打得火热。虞灿长相明艳漂亮，穿着光鲜，涂了薄薄的口红，一进来就有很多人注意到她。她放下手机，前面一个女孩转过头对她笑："同学，你是哪个学院的？"

"美院的。"她笑了下，"你呢？"

吴茉莉支着脑袋，笑得非常可爱："русский язык。"

"俄语专业？"虞灿很喜欢俄语歌，所以听懂了一点。

吴茉莉说："哇，能听出来，看来我口语也不是很差嘛，哈哈。"

女孩比男孩更喜欢美女，她俩笑容满面地聊了几句，大概知道了对方的基本情况，都大二，而且竟然住同一栋宿舍，只是楼层不同。

"哎呀，那我竟然没见到过你，你这么漂亮我见到了一定会有印象的！"吴茉莉笑得可爱又真诚，眼睛里都快冒星星了，"我刚开始还以为你很高冷呢。"她的经验：红唇的美女都很高冷。

"你也很漂亮。"虞灿心道这女孩嘴太甜了。

智慧教育系统出了点问题，助教通知："现在出了点小状况，等会儿有小组讨论流程，大家可以先自行组队。"

教室瞬间热闹起来，同学们都开始和周围的人熟络攀谈。

虞灿就近和周围的四个人组队。他们五个人互相做了自我介绍，三男两女。两个人工智能专业，一个金融，一个俄语，一个美术。大家都比较开朗，平时5G冲浪，开玩笑能立马懂对方的梗。只有金融专业的那位同学稍显腼腆："你们好，我叫周路遥，金融专业，不过是从化学专业大四降转的……"

他很胖，一个人几乎要占掉两个人的位置，看得出来在克制了，但说话的时候仍然眼神飘忽，脸颊从腮边红到额头。

吴茉莉刚准备问为什么从大四降到大一，虞灿说："牛啊，金融专业哎，直接带飞我。"金融专业在创业大赛里的优势非常明显。

大家一想也是，都没有再惊讶他从大四降到大一，或者好奇转专业的原因，而是笑着拍他肩膀："高人不露像啊，兄弟。"

"以后靠你了。"

"求带飞！"

周路遥抓在课桌底下的手慢慢地松开，不好意思得脸更红了："没有，没有。"

教授分享了往届创意中的一些小玩意儿："你们不妨也试着搞一搞类似这样的作品，先不要追求高难度，就这样简简单单的也很好，不过注意不能无用，必须保证有实用性，能售卖。"

他们小组商量了一下，决定做可以唱中俄双语歌的智能八音盒。

虞灿说："那我做上面那个人。"想了想更正为，"上面那个跳舞的人。"人工智能专业的两位同学负责组装电力马达，让八音盒转起来。吴茉莉负责录歌。周路遥负责分析市场，写策划。他们拉了个群，方便接下来沟通。培训持续了将近两个小时后解散。

虞灿去便利店买了雕刻刀，她在网上看了点简易的教程，准备自己找点素材亲手雕刻一个舞女。买完从便利店出来碰见个熟悉的背影。

唐微微一手拿着手机，一手拿着快递，歪头打电话："我要送你一件东西。"

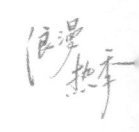

"不能退了哦，我已经签收了，现在就在我手上。"

"快到宿舍了，你先挂。"

"嗯不，你先。"

虽然听不到对方的声音，但一猜就知道是谁。

唐微微刚挂电话，就被一双手捂住眼睛，惊呼："啊！"

不过她摸到那双手后立马安静下来："虞灿，放开。"

虞灿大笑，看她手上那大箱子，故意道："哇哦。"千叮咛万嘱咐别人不要给男人花钱的唐某手上拿的是什么？不会是给男人的礼物吧？

唐微微："你干吗？"

虞灿一副认真的样子："肯定不是送杜姚林的吧？"

"哎呀，我自己穿的。"到了宿舍，唐微微蹲在地上把快递拆开，是一双红白球鞋。

虞灿支着下巴感叹："几个小时不见，你已经穿42码的鞋了。"

两人都笑了。

吴茉莉在群里找到虞灿的联系方式，单独添加了她的微信，刚通过就发来一连串的表情包，然后又发来一张图片，是校门口一家烧烤店的菜单。

吴茉莉：虞灿你吃夜宵吗？我给你捎过来。小吴为你服务！

言语可见她充沛到快溢出来的喜悦和热情。

虞灿开始以为她是有什么社团的事要商量，回消息说：不吃。

吴茉莉：那我等会儿能过来找你聊天吗？

虞灿向来与人交好，但很难接受别人的过分靠近，她身边就唐微微一个正儿八经的朋友。她也很喜欢吴茉莉，但就是社团事务之内的喜欢，不想把这份感情带到社团之外，于是回复：估计不行哦，我有点困，马上要睡了，社团有什么事可以再找我哦。

吴茉莉有点失望，发了个兔子表情包卖萌：好吧！

第二天，虞灿一大早陪着唐微微给杜姚林送礼物，再急匆匆赶回去上课。这节是《形势与政策》，三个不同专业的人一起上。老师是马克思主义学院的，环形阶梯教室坐了很多人。虞灿打开册子看了会儿，眼前被一片阴影笼罩，旁边坐下个人。她转头一看，惊道："赵翊？"

赵翊戴了个黑色口罩，星眉剑目，乍一看有种让人眼前一亮的帅。

"嗯。"他放了本书在桌子上。

"你来这儿干什么？"他不可能上这个课吧？

"帮一个朋友点到。"他说着说着，提起两杯奶茶，顺过去，"给。"

虞灿左边坐着唐微微，右边坐着赵翊。唐微微跟他打了个招呼，接过奶茶，不好意思地说："我也有啊？谢谢，谢谢。"早上能喝到免费热奶茶真的幸福死。她和虞灿一人一杯。赵翊在做人做事这方面真的没话说。

唐微微喝人嘴软，碰了几下虞灿，压低声音："好男人，好男人。"

虞灿铺开写笔记的册子："你自己没有吗？"她记得赵翊挺喜欢吃甜的来着，把自己面前还没开封的奶茶给他，"你喝吧。"

"我不喜欢甜。"

"啊？"她不信，之前一起玩的时候，她做的棉花糖他明明吃完了。

他解了口罩放到一边，牵起一边的嘴角："现在知道我对你多特殊了？"

"挑食就是你不对。"她看黑板，抄笔记，"你帮谁点到？"

他说："你猜。"

老师翻页太快了，她写不及，举着手机一张张拍，先拍下来再捡重点抄，边抄边回答："我猜你无中生友。"

他以前提过一次，说在这学校认识的最低年级的人就是她和唐微微。那说明根本没那个朋友嘛，肯定是专门来陪她上课。

"哈哈。"他浅笑了两声，提醒，"好好上课。""好好上课"这几个字从他口里说出来特别有感觉，好像老师就站在旁边。他把桌面的本子翻开，另一边放着手机，低头写着什么，认真得好像他才是来上课的人。虞灿不好直接去看，用余光注意了一下，有点像长公式，又有点像文献目录。

她也专心致志起来，笔记写得飞快。这堂课九十分钟，四十五分钟之后有五分钟休息时间，她和唐微微去了趟厕所。回来的路上，唐微微问她："你俩不熟？怎么都不说话。"

她回答："好好学习。"

唐微微感叹："赵翊竟然有一天也会来陪人上课，那个人竟然还是我朋友。"想想还真是魔幻。

她俩重新坐好后，老师撑着讲台说："这节课我们来点下名。"

台下一片哗然，有人幸灾乐祸地叫好，有人立马给走了的朋友发紧急召回短信，有人帽子一戴，做好了帮别人点到的伪装。

"助教，你来点。"老师拿着点名册，朝后面喊了一声，"我来看看有哪些人想蒙混过关，帮别人答到。"讲台上除了老师没别人，那么助教应该

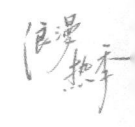

在后面。

虞灿正往后看助教是谁，旁边蓦然一空，赵翊起身走向讲台。他穿着棒球服外套配运动裤，眉眼锋利，下颌骨利落，脚步从容。

老师把名单交给他。他接过来，开始点名。老师手背在背后巡逻："答到的时候顺便举个手，让我看看在哪里。往桌下藏的那个！你准备跑哪里去？站起来，想换位子帮别人答到是吧？活雷锋啊！"

"哈哈哈。"一阵笑。

那个企图走位的人只好灰溜溜回到自己的座位，捂住脸。

虞灿往后一仰，原来赵翊说的"帮人点到"是他别人，那她还自作多情。她正想着，蓦然听到自己的名字，马上举手："到。"

老师给赵翊指："她在那儿，这个学生是来了的。"

"看到了。"赵翊笑了，在虞灿名字后面打了个勾。每个人名字后面都有这学期的表现状况，他扫了眼她的，还不错。

点完到继续上课，老师说："我这门虽然不是专业课，但对于咱们人生的长期发展是很有意义的，别以为点完到就可以不认真听了，助教那里有册子记录你们的课堂表现，这个表现分跟你们的期末得分息息相关。"

虞灿当旁边的人不存在，若无其事继续狂写笔记，写了大半节课，手都酸了。她甩甩手，面前突然推来一张字条，字形张扬遒劲：早上吃的什么？

她推回去：举报助教上课违纪。

他又把字条原封不动地推回来。做这些动作的时候，他没去瞟老师，也没看她，仍旧一副规规矩矩认真专注的样子。

她写：豆浆油条。

他又问：中午准备吃什么？

她回：没想好。

没想好就是没安排。两人的动作幅度很小，她如常写笔记，抬头拍PPT，没有一个人看到他俩的小动作。只有他们两个心知肚明。

他写：那别想了。

老师讲完了课，把书往腋下一夹："剩下的时间大家整理一下笔记吧。"

众人细碎的讨论声响起，虞灿抬头放松颈部，无意间跟老师对视了一眼。怕传字条被抓到，她写道：别写了。

赵翊戳她搭在桌下的手臂，她把字条接过来，小声说："不是说别……"

见他摊手，她展开字条，确实没写，里面是一张卷起来的电影票，《漫野》一小时后的场次。

唐微微发现旁边的人有点不对劲，凑过来看，结合电影票和赵翊的表情，立马明白了。

她捂住胸口凑虞灿耳边惊道："这你都扛得住？"

虞灿只微怔一瞬，还是硬抗。

见她张了张嘴，赵翊先断了她的借口："别说没时间，我刚看了你下节没课。"

"不是，我等会儿……"

"推了。"

虞灿愣了愣。

他骨节分明的手指转着签字笔，唇间含着一抹笑："交往前看看我人品怎么样。"

虞灿很难在这样的情况下保持理智。

下课后，他们直接去了电影院，电影院不远，他俩骑单车去的。

印花本子和书页在共享单车篮子里被吹开，露出橙色的勾画圈线。他们的外套衣角翻起，一路迎风，阳光满身。最美好的风景，也不过如此了。

"你给我课堂表现记了几分？"虞灿问。

"3分。"赵翊随口编了个数字，那些玩意儿都是老师吓唬人的，他那里压根儿没有打分的表格。

"嚯，总分100分你给我3分？"是恨惨了她吧？

"开始是3分，后来看你面子，打了103分。"他大言不惭，"这人情你记着，以后要还的。"

她知道自己被骗了，继续蹬车："你怎么当上助教了？"一般是研究生才有这个资格。

"帮一个朋友。"本来今天应该来的助教是一个研二的朋友，结果这个朋友要考普通话等级考试，时间上冲突了，问赵翊能不能帮忙代一下，就一节课。他反正没事就答应了，后来看了名单才知道她也上这堂课。从绿荫长道出来豁然开朗，晨光明媚，把行人的影子拉得很长。

他想到点名单上老师写的关于她的课堂表现记录，不自觉笑了笑。

"笑什么？"她往后看了看，发现他落后许多，嘲道，"能不能行？快点。"

"我留点劲儿追你。"赵翊追上来，摇摇晃晃跟她并排，"尊贵的主动答题十二次同学。"

"闭嘴。"她皱眉拧铃铛。这会儿正是中学午休放学回家的时间,穿蓝白校服的中学生一拥而出,岔路口川流不息。他俩下车推着自行车一起过斑马线。

赵翊明天就正式进公司实习了,实习了跟虞灿见面的机会就少了,所以今天约她出来看电影。

电影名叫《荒野》,由黎漫主演。黎漫今年上了好几部电影,一直无缝进组,粉丝笑称她劳模,调侃她是不是准备今年把一辈子的戏都演完。

灯光乍暗,清新绵长的背景音乐响起。

男女主都习惯在市图书馆固定位置看书,他们的座位相邻,久而久之相识。女主是一名备受压力的城市漂泊者,起先男主拒绝了她分享的话梅糖,导致女主一直觉得他很冷漠。通过一段时间的接触,她发现他并非如初识的冷漠,相反,他温润儒雅、博学多识、极其富有耐心,和他相处让人如沐春风。他们交换了联系方式,在短信里畅聊趣事、烦恼,还有被这个城市所禁锢的理想。

每天晚上的七点到九点半,他们一起在图书馆讨论哲学、时事新闻、交换对方的书单。三层靠窗的位置,是他们心中的秘密基地。她九点半就不得不离开,可他会一直待到闭馆。三个月后,她鼓起勇气,决定听从内心的指引:我好像爱上你了。不,我确信我爱上你了,虽然我还不知道你的名字。

童话书页被撕碎,男主再也没有出现过,女主疯狂地找了他很久,没有任何线索,失意了,回老家做了一名教师。

镜头切到男主这边。他是一位聋哑程序员,生活从不顺意。在她离开后,他把自己的绝大部分积蓄都捐到了她的学校。他没说过爱她,不能说爱她,也不能让她知道曾付出感情给一个残败的人。

男主去银行寄完钱后躺回简陋的木板床,蜷缩起身体。

两年后,他接到一个电话,来自她的城市,可他既听不到对方说什么也无法给出回应,悲伤至极。他绝望而愤怒,砸掉手机,想到那边可能会发来短信,又赶紧跪在地上捡起手机开机。可能的,可能会的。

信箱里没有任何短信进入。他想有可能是电话卡摔坏了,匆匆拿着电话卡去营业厅修复,仍旧没有任何信息。

寒来暑往,芭蕉叶绿了又黄。男主把枯黄的笔记本摊开,出现一行字:懦夫连幸福都惧怕,碰到棉花也会受伤。

虞灿看到这里实在看不下去了,小声说:"我去趟洗手间。"

赵翊听出她带着鼻音,心里微惊,点点头,跟着她一块儿出去。他看电影偏向于科幻和悬疑,很少看爱情片,有点没懂这剧情,男主那么爱女主为什么非要离开?为什么不能皆大欢喜,少走几十年弯路?

虞灿过了很久才出来,眼里有点红:"你怎么在这儿?走,进去吧。"

"哎。"他拍她的肩,"我觉得这片子挺无聊的,咱们不看了,下次看个别的。"

"好。"

两人在商场里找了家餐厅。虞灿吃午饭的时候有点心不在焉,提不起食欲。他真没想到她竟然这么感性,不过又想了想,她喝酒半杯倒,坐过山车能吐出来,看电影能伤心大半天,毕竟,她才十九岁。

"你干吗一直看着我?"她懒懒地问。

"没。"他吃菜,心道只是觉得自己多了解了她一点,而且这一"点"跟别的爱吃什么喝什么那些性质不一样。

虞灿已经调节得差不多了,叹道:"有时候真想大醉一场。"

"你大醉一场还不容易,半瓶啤酒就醉了。"

"嘿……你!"她正准备回击,突然停下动作,面色瞬间变白,往外走了几步。

赵翊注意到她的动作,在身后问道:"怎么,看到认识的人了?"

她刚刚晃眼好像看到了一个熟人,但仔细一看人又没了,她怀疑自己眼花了,或者只是相似,定下神来,回答说:"嗯,但好像认错了。"

另一边,一个短发面露凶相的女人转着钥匙扣玩,下楼转了个弯钻进一家饺子店,朝椅子上一仰。她跷着二郎腿,因为在网吧连续熬了两个通宵哈欠连连。

黄盈坐在她对面,说了许多话,见她一直打哈欠,神情嫌弃但还是耐着性子:"张晶,请问我说话你在听吗?"

"听了听了,多大点事,没想到现在我还能靠她赚一笔。"叫张晶的女人把钥匙圈收起来,"这事包在我身上,钱记得转我账上。"

黄盈点头,不放心地叮嘱:"你别做得太过。"

"哟,你还挺善良,哈哈。"张晶干笑两声,掏掏耳朵,"我再确认一下,拿钱让我弄她的人是你吧?"

黄盈眼睛盯着前方,明明虞灿比她更不堪,她只是想把事情掰回正轨:

"你按我说的去做就可以了。"

赵翊和虞灿吃好后,她付了饭钱,把手机放包里:"你觉得味道怎么样?辣不辣?"

赵翊说:"不辣,挺好的,就是饭太软,我怕闪舌头。"

他们吃完饭去了家陶艺 DIY 店,她想着八音盒的事,准备捏个舞女。他决定做花瓶,最简单入门级的。工作人员在旁边指导,奈何他对这方面的东西一窍不通,花瓶做了三次都是歪脖子,第四次瓶身薄如蝉翼,直接从中间漏个洞。

指导的阿姨在旁边笑得合不拢嘴:"小伙子,长得这么帅,也要有门手艺才行啊。"

赵翊挑眉笑了笑,继续做。

有个跟着大人来捏陶土的圆滚滚男孩站旁边看了他很久,然后上前给他看自己的奥特曼,炫耀道:"哥哥,看,这是我捏的!"

赵翊作势要抢,小男孩立马哈哈笑着跑掉,过了会儿又拉着自己的妹妹来看。

妹妹穿着一身小洋装,盯着赵翊的脸看了许久,奶声奶气摇头晃脑:"哥哥,要不要我来帮你呀?"

男孩特生气,揪她鼻子:"不是让你犯花痴啦!这个哥哥很笨哪!"

工作人员和旁边的大人都哈哈大笑。

赵翊擦了擦手,抓住男孩衣领后的帽子:"谁很笨?"

虞灿抬头看了眼,正好看见这一幕。他在的地方总是热热闹闹,而且他对小孩真的很有一套。

男孩跑不了了,对妹妹说:"笨蛋,快救我。"

妹妹眨眨眼睛:"才不救呢。"

赵翊去虞灿那儿,看到她已经做了三个姿态各异的唐宫仕女。他又看了看自己的破洞花瓶,只能叹术业有专攻,天赋各不同。

她看他那表情,得意地说:"厉不厉害?我今天第一次做。"

"厉害!"男孩抢先回答,还跳起来拍手称赞,"姐姐好厉害!"

赵翊面无表情跟着拍掌:"姐姐好厉害。"

她白他一眼:"别乱叫。"

他开始下套:"人家能叫我不能叫?"

"人家弟弟比我小。"

"那你比我小，没听你叫哥哥。"他拿着个陶胚研究，那样子看上去还挺正经的。

小男孩好奇地仰头看他们，真诚发问："哥哥姐姐，你们是兄妹呀？"

她拍拍小男孩："这位哥哥发病了，别跟他一般见识。"

"叫了。"赵翊淡淡说。

虞灿蒙了。

后面他们又做了些简单的小装饰品，月亮托笔、兔子……虞灿在网上看了两遍教程立马开始照着做，惟妙惟肖，但赵翊看了五六遍教程死活捏不像样，全是歪脖子，小兄妹捂着嘴巴在旁边笑。这一趟本来他是准备让她调节心情，结果没料到把自己弄郁闷了。

坐公交车回学校的路上，虞灿憋笑安慰："没关系，歪脖子也很可爱。"

赵翊彻底不想说话了。

"哎呀，我说真的。"陶胚过几天才能取，现在没有实物，她把拍的照片给他看，"你看，虽然你做的这个兔子耳朵长到了嘴巴上，而且只有三只腿，眼睛还一只大一只小，但是，处处体现着生命的顽强，直接拔高艺术层次。"

他盯着她笑得开心的样子，缓缓道："你实在不想安慰可以不安慰。"

"我真的……哈哈哈……真的觉得……哈哈……挺好看。"阳光透过车窗落在她的侧脸，灿烂可爱。

他往后一仰，行吧，笑吧。

虞灿和赵翊一块儿吃了晚餐。她晚上有课，回了宿舍。赵翊则在学校附近找了家咖啡厅看文献，看的都是近三年的，观点基本大同小异。

晚上八点多，他遇到了一个人。彼时他正看着电脑，张晶背着手，笑容满面地坐到他对面："你是赵翊吗？"

她下午睡了会儿觉补充精神，脸上化着淡淡的妆容，光鲜亮丽。

他掀起眼皮："你是？"

"我是虞灿的朋友，叫张晶，有点关于她的事情想和你谈谈，可以吗？"说着，她抽出一张照片。

照片上是这个女人和虞灿的合照，估计是中学时代，两人穿着蓝白校服，面容稚嫩。

"我还有好多哦。"她拿出一沓照片，"我们关系可好了呢。"

"要喝点什么？"赵翊把电脑合上，叫来服务员。

张晶在社会上混久了，看两眼就知道这个人有点东西，衣服是品牌的，电脑看着也价值不菲，长得也真的帅。可惜，这么好的人被虞灿给缠上了。

她点了个最贵的饮品后，问："你在追她吗？"

"嗯。"赵翊面露淡淡笑意，把照片拍了照保存到手机里。那时的虞灿比现在黑一点，看着镜头怯怯的。

张晶："她竟然能搭上你，你知道她是怎么样的人吗？"

见赵翊停下动作，她继续说："我和她是初中认识的，别看她现在这么会装，那些丰功伟绩的事我都替她记着呢，你不知道吧，她现在的妈根本不是她亲妈，她自己也是个瘟神，整天畏畏缩缩跟个哑巴似的，被人打一巴掌从头上倒水只敢低着头哭，节目表演跳舞神经兮兮跳到一半说不跳就不跳了，就我愿意跟她说两句话，让她干什么她就干什么，人笨得要死什么都不会，考试的时候让她去偷个答案都偷不利索，那个便宜妈来学校哭哭啼啼求别开除她。不知道她后来走了什么大运考到遥大，也就是她现在会装才有你这种冤大头接盘！"

早上十一点多，灿阳洒在教室的白墙上，斑斑驳驳。

"四合院"小组开了个会。虞灿参加的这个创新创业社团小组由于五个人来自四个不同的学院，于是起名为"四合院"，他们讨论了部件的参数、风格和功能，再细化了成员分工。虞灿发现之前做的陶塑过重不能使用，还是得用木雕才行。

散会后，吴茉莉抱着书包追过来："虞灿，虞灿，一起吃午饭吗？"吴茉莉大概身高一米五五，小小的一只，社交方面很吃得开，热情洋溢自来熟，喜欢谁会直接大胆地表现出来。

虞灿估计她社交软件里肯定加了很多美女，因为经常看到她朋友圈发跟不同美女的合照。一起吃饭可以倒是可以，可是她今天约了唐微微一起吃饭，唐微微不喜欢有不认识的人。她笑笑，不好意思道："我约了人，下次再一起吧。"

吴茉莉叹气："你上次也这样说。不过好吧，美女总是很忙，那我预约你的下一次哦！"

真的太可爱，虞灿拿起手机，说："我可以和你拍张照吗？"

"咦！"吴茉莉眼前一亮，"那可真是太可以了，好好好！"

虞灿面对镜头自信大方，直接捧脸也毫不在意。吴茉莉拍了很多："呜呜呜，虞灿你是仙女吧，360度无死角哎，这两张简直是我的镇圈之宝。对了，我可以发朋友圈吗？"

　　"发吧发吧。"

　　虞灿和唐微微虽然同专业，选修课却不同，前者选的壁画，后者选的动漫，所以上课不在同一时间段。她等唐微微下课一块儿去食堂吃饭。

　　遥城的雾气总是很重，即使到了中午，麦冬草上仍滚着露珠。

　　下课后，她们走小道去食堂，唐微微边走边说："我们快点，不然等会儿蒸蛋又没了。"

　　虞灿口味偏清淡，不喜欢重油重盐的东西，食堂的酱油蒸蛋是少有的合她胃口的菜之一，但是很抢手，去晚了就没了。

　　"好好好。"她俩象征性加快脚步走了一阵儿，还没从亭子一边走到另一边就慢下来。

　　"算了，累。"

　　"我也是。"

　　"我那个动漫你看到老师是谁没有？"

　　"谁？"

　　"墙上写着嘛，卢斯然。"

　　"她是，无语花的老婆。"

　　"吴玉华的老婆？"

　　…………

　　走这段路比吃饭有意思，她俩边说边笑了一路。虞灿以前因为母亲的原因，沉默寡言，后来又遇见不是很好的人，于是一度抗拒和陌生人接触，更加不愿意和别人交流。整个中学时代荒谬而荒芜，走了很长的弯路，做了很多无用功，用了很长的时间调整自己，尝试接纳别人。

　　和唐微微成为朋友后她才知道，原来真正的友情不用以自己难以启齿的秘密来做交换，不用靠帮另一方做事来维持，不用卑躬屈膝地讨好，更不用承受辱骂和刁难。

　　郭思月乱借她的包，唐微微比她还生气；唐微微记得她喜欢的菜；黄盈来找她的时候，唐微微明明胆子不大却还是挡在她前面；她在做视频账号，唐微微从未觉得她异想天开痴心妄想；她被骂的时候，唐微微半夜两点跟四十多个网友同时对线……

教学楼最近新添了两盏路灯，由著名设计师 vivi 设计并免费赠予母校。灯杆之上是一本对半翻开的书形灯罩，光芒透过书形灯罩散发出来，寓意书本如同光芒，亮万物而无声，非常美丽有设计感。

虞灿晚自习下课走在路上，胳膊突然被人拉了一下，吓了一大跳。抬头看到是赵翊，她拍拍胸口：“你干什么，吓死我了。”

他真的气到没气了：“我在你旁边至少五分钟了。”

"啊？"她转了个头看看周围，"路上人太多了，人挤人我没注意。"主要是她一直没抬头过。

"你在想什么，这么入迷？"他低笑一声，算这事过去了，毕竟在她这儿碰壁太多，鼻子都快碰烂了。

虞灿明天要去见一个化妆对象，在想怎么安排时间："做视频方面的事，你不是最近去实习了吗，怎么来学校了？"他俩两天没见了。

"就几十分钟的车程，想来就来了。"他们在人流里并排走着。赵翊比她高出许多，稍一偏头就能看到她的发旋。

天上洒下星光，花坛里新移栽的兰花冒了个白尖。这两天他知道了很多关于她的事，母亲去世，十二岁才来到遥城。也终于明白了她当初为什么会决绝地拉黑他，后来一再忽视他的告白。

在她的世界里，接受另一个人的确需要更大的勇气、更长的时间、更慎重的选择，他对此并不感到灰心。

她在那样小的年龄独自走过崎岖的夜路，如今比绝大多数人都更加坚韧地追求热爱之事。如果他们身份互换，他不会做得比她更好。他比之前的任何时间都更加欣赏她，钦佩她。他说：“这是我第一次送你回宿舍。”

虞灿：“谁要你送，我又不是不认识路。”女生宿舍门口聚集了一大批正抱得难舍难分的情侣。情侣们似乎都认为明天就是世界末日，不知道太阳升起之后是否还能再见，拥抱在一起拧成整齐的麻花。

"好了，"离门口还有一段距离，虞灿挥挥手，"你回去吧，路上慢点。"

他胳膊撞了她一下，她回头："怎么了？"

赵翊手插在外套口袋里，胳膊朝外展开，说话没头没尾，语气带着点不正经的闲散："要不要抱一个？不恋爱也能抱。"为什么他们没有早一点认识？他只遗憾自己没能在她痛苦愤怒的时候抱紧她。

毕竟这世上有人可以相爱一生，却不知彼此姓名。看了一眼的电影，竟然在两天后的夜晚突然明白了其中一句台词的意思。

虞灿疑惑:"你发疯了?"

他笑了,破功地收回胳膊:"我明早去南港,估计会待半个月。"他要去南港的一家风投公司工作至少半个月才能拿实习证明。

"工作上的事?"

他点头。

虞灿说:"那祝你工作顺利。"

"虞灿。"他又把人胳膊给抓住拉回来。

"啧,"不是她说,他今晚这个状态真的有点黏糊糊的,"你在撒娇吗?"

"那你看我娇吗?"他直起腰来,看着她,"我一米八六,不吃甜,头发从没超过五厘米,骑单车都是把坐垫调到最高,三岁后就没戴过花,娇不娇我不知道,但我确信一件事。"

她抿着唇,心头泛起一种难以言明的情绪:"确信什么?"

喜欢你。他略一低头,然后缓缓往下走了个台阶,模样带着点漫不经心,抬头跟她平视:"咱俩的事,没完。"

夜里的风吹了又吹,氛围既不紧迫也不压抑,甚至可以说得上是愉快。

"虞灿,你听好,这话我只说一次,多久都作数。"他的声音逆着风,"你慢慢来,九十岁我都等得起。"

晚归的人三三两两从门前路过,没人看见树梢掩盖下的这一角落,及踝的地灯在地面投射着白光。

"哦。"她的音色如常,"那你……"

准备好的玩笑话没来得及说出口,她转身的一瞬间,鼻尖发酸,很怕说出的话带着鼻音。

有很多人曾经焦急地抓着她问——

"你到底怎么了,别人都不像你这样,你到底要怎样才能像个正常人?"

"走路都不会吗?要死不活的!没人有工夫一直迁就你。"

"别人怎么不欺负其他人就欺负你一个?"

"谁有工夫跟你耗?"

虞灿走出一段距离,没回头,朝后面招招手,笑着喊:"那你路上小心!"

虞灿的内心何其敏感,他可能知道了,很大的可能。

第 十 章

致过去和往后的时光

东城商场一二楼正在办画展，虞灿有张画得了铜奖，也在展览之列。这幅画是她暑假投的稿子，本以为已经石沉大海，没想到前几天接到主办方的电话，告知获奖并询问授权事宜。主办方送了三张票，恰逢周末，她准备和父母一起去看，但街道办最近在搞文化评比，唐小丽走不开，余出一张票，她发短信问孙秋澜要不要看画展。

孙秋澜拒绝了，理由是没空。

虞有毅在家没事干，和女儿一起去看。画展以油画为主题，场馆摆放了很多文艺复兴时期的经典之作复本镇场，比如波提切利的《维纳斯的诞生》《牧场圣母》《春》……风格奔放大胆，多以裸体为关键元素。

虞灿和爸爸来之前完全不知道有这些。她倒是没什么，完全能够做到理性地欣赏。虞父如果单独来，肯定也能做到理性欣赏。但是他们两人一起来就不是那么回事了。两人并排走着，虞灿眼睛不敢乱看，但是在画展里一直目不斜视低头看路也不像回事，她硬着头皮指了个色彩鲜艳的："爸，你看那个，那个不错。"

虞有毅抬头去看，那幅画旁边就是一幅半裸圣母画："确实，还可以。"他生硬地回答完后生硬地转移话题，"最近的课程学到第几单元了？"

"就是学一些色彩、美术史、理论之类的。"提问和回答牛头不对马嘴。

"哦，那很不错嘛。"

她余光看到了一块纯净之地，带着爸爸往那边去。这面墙上挂着一幅《蒙娜丽莎》，优雅端庄。两人对着这面墙看了十来分钟，分析来分析去。

虞灿:"这个画得多传神。"

虞有毅:"确实。"

"要不怎么说经典。"

"确实。"虞有毅背着手点头,"你的画在哪儿?我们去看看。"

虞灿也不知道在哪儿,于是两人又继续转悠找画,终于尴尬地浏览完一楼的油画后,上二楼找到了她的画。她这幅画以《乱世佳人》中斯嘉丽为灵感,用了大篇幅的绿色。

虞有毅打开携带的相机拍了又拍,各个角度拍:"这个画得好啊。"

虞灿故意问:"哪里好?"

"第一,它这个绿色就符合人体构造和需求,绿色对眼睛好嘛;第二,你看这个人,她没有脸,是虚无的状态,这就预示着每个人都可以成为她,或者她不是人,而是代表一种精神状态,艺术嘛;第三,……"虞有毅笑得脸上的皱纹都加深了,他很少说这么多话。毫无疑问,就算这里挂了一团废纸,但只要署的是虞灿的名字,他就能夸出个一二三来。

她憋着笑:"爸,我没想那么多,你才是给了我新灵感,回头我照你的评论重画一幅。"

"对,"他一本正经,"画画、学习、生活都不能一个人闷着,需要和别人沟通交流,或许突然间就能找到新的灵感。"

"嗯,对对。"她看了下手表,说,"我去上个洗手间,你先在附近看看别的。"

"好。"

展馆的结构复杂,就像个八阵图一样,看得见空中地标,但就是没法过去,转着转着又回到了原地。虞灿走了半天然后问服务员才知道卫生间在一楼。她下一楼去,路过油画区的时候竟然看到了孙秋澜。

孙秋澜穿着薄款风衣,手提高奢定制款包包,优雅从容,看到了她,一点也不因为自己出尔反尔而窘迫,摘下墨镜打招呼:"虞灿。"

"澜姐,你来了。"

孙秋澜要求的,在不是她员工之前别叫"孙总"。

"嗯,刚好路过。"

虞灿点点头,怎么可能是路过,没提前买票是进不来的。虞灿忽然觉得她这样事业有成的人,偶尔在某方面别扭起来竟然有种可爱。虞灿不好直接走,见她看的是达·芬奇《最后的晚餐》,也看了一会儿。这幅画在虞灿的专业书里出现过。她刚刚和父亲一块看，没有仔细地观赏。

教授以前上课的时候曾精讲过这幅画，说达·芬奇打造它足足用了三年，场面宏大，每位人物神态各异，心里都有自己的算盘。然而在教材中见到和在展馆巨幅中观赏，心中所得到的感悟和震撼大为不同。

孙秋澜沿画廊走了两步，轻声道："展来展去都是几百年前的画，近代的一张也没有。"

虞灿说："二楼有新的，你可以去看看，还有国画。"

"看过了。"她没回头，看另一幅画，"也看到你的画了，铜奖。"

"还行吗？"

"颜色处理得不错，有点灵气，但画面太空，禁不起细看。"

虞灿知道自己确实有这方面的短板。孙秋澜看着是一身铜臭的资本家，实则对美术颇有研究，说起来头头是道；有时候她又像金庸先生笔下的王语嫣，熟知所有武林秘籍，但不会一招半式。

"好，我争取改进。"虞灿指指洗手间的方向，示意自己先去上洗手间。

孙秋澜道："画了就不要放弃，是一辈子的事。"

"好呀。"她随口回答，怎料孙秋澜却深深看着她，面部表情很有严肃的意味。

她正觉得奇怪，想开口问问，却听孙秋澜再次开口："虞灿，你很有天赋，绝对不要浪费它，不然你会后悔一辈子。"

"好。"她也郑重地回答。她喜欢的事情不多，喜欢了就会坚持。

人这一生什么都可能失去，但只要有热爱之心，生活之火就会熊熊燃烧。如果衣衫褴褛无处可依，那片光亮照亮的地方就是你栖息的精神家园。即便前路荆棘，也只欣喜有路可行。只要还在热爱，生命就永远有前进的方向。

吴斯从贩卖机上买了两瓶矿泉水过来时，虞灿已经走了，没看见她俩的交流。孙秋澜接过水拧开喝了一口："吴斯，你有什么想做但没做成的事吗？"

"你竟然会问这种问题。肯定是有的，谁没有，年轻的时候没有好好争取，现在后悔也没用了。"吴斯惊讶于向来雷厉风行的孙总竟然也会伤春悲秋，她把瓶盖拧好，抱起手臂多说了两句，"上学那会儿我想拍电影，后来没那个天赋放弃了。不过还好没天赋，要是有这个天赋还是放弃，肯定比现在难受多了。我外甥女现在在伦敦念电影学院，学费都是我掏的，当作奖励她，看着她就像是看我未完成的梦，也算是一种年轻时梦想的延续吧。"

169

"梦想延续……"孙秋澜看着面前的油画重复喃喃着这几个字，沉默片刻，又问，"如果有天赋，重来一次，你会选拍电影还是现在的工作？"

吴斯想了想："那可能……选了电影吧，就算真有天赋也不知道能不能干好，毕竟不是说有天赋就能干好，但不选吧，又后悔没有为自己拼一把。这事说不清楚，怎么选都有遗憾，不过想这些都是虚的，我现在就想踏踏实实把手里的事干好。"

虞灿上完洗手间回去的路上，接到一个电话，是画展工作人员打来的。

"你好，虞女士，有人想要购买您的画作，我们这边想问问您是否有意向呢？"

她心中喜悦，立刻回答："有意向。"迄今为止，她只给亲戚朋友送过画，还没有真正卖出去过，虽然大概率卖不了多少钱，但是这种被认可的成就感是无与伦比的。

工作人员问："那么请问您的预期报价是多少呢？"

她没卖过画不懂行情："你们有参考价吗？这个我不清楚。"

"好的，那我先询问一下对方报价。"

她听见话筒挪开的声音，只剩下不甚清晰的声音："虞先生，您好，是可以售卖的，请问您的理想价位是多少呢？"

虞有毅凝神思考了两秒，正准备开口报价，就听工作人员的话筒里传来一声："爸。"

工作人员疑惑地停下动作。

虞灿到大厅找到虞有毅，他不好意思地给自己找补："他们只说卖不卖需要内部商量一下，我哪里知道要给你打电话。"

她笑了很久："爸，你要是想要，我随时都可以给你再画一幅，花这个冤枉钱干什么？"

"那怎么一样？"虞有毅教书半辈子，一肚子墨水，注重这样的象征性和仪式感。他今天看女儿的画展开心，话说得多了点。平时他的话并不多，也不太热衷于直接表达自己的感情，更多的是像买画这件事一样，在背后默默地、偷偷地、悄悄地付出，被发现了还不好意思。有好几年的时光，他们势同水火，互相梗着脖子歇斯底里吼叫，毫不犹豫地恶语相向，很难有这样和平相处的时光。

出展馆的时候，天上下起了小雨，虞有毅说："看样子等会儿要下大雨，我去买把伞。"

两人撑伞去昨天商量好的一家餐厅吃烤肉。

虞灿问："爸，你上周说牙疼，现在还疼没？"

"都多久的事了，早好了。"

"不是因为不想拔牙吧？"

"你妈说的？别听她胡说。"

临时买的雨伞比较小，伞身偏向她，她把伞拨正："爸，伞斜了。"

"斜点才看得清路，不然挡眼睛。"虞有毅的胳膊弯落了很多雨水。

她低头无奈地笑。

又是一天黄昏，天边铺满了橘色的晚霞。西校门往前走一点有块草坪，这里平时来往的人非常少，唐微微带了A3的速写本在这里画画，虞灿扛了一大包东西过来做木雕。一整个下午的时间过去了，她手上戳了两个洞，终于做成两个木雕。

唐微微凑过来看："这个狗雕得不错哟，卷毛犬？"

"狗？"虞灿做了个深呼吸，"你再仔细看看，有没有可能是个人？"

"我再看看啊。"唐微微认真地辨认。

"算了算了。"虞灿把木屑收进纸袋里，还好这里人少没人看见。做木雕真不是想的那么简单，画个草图对着雕就是了，还得手劲到位。总之，她是没这个手劲也没这个技术。之前她还嘲笑赵翊手笨，真是风水轮流转。

现在下午五点半，赵翊应该也快下班了，她发消息问：之前你带我去买画架的那个店叫什么名字？

上半年他把她的画架弄散架，他带着她去买了个新的，那个店里有各种各样的木制手工艺品，应该也有小人偶什么的。

她发完把对话框往上拉了一截，看到他们的聊天记录停留在昨晚。赵翊给她发了张照片，照片里各种茶点、虾饺蛋挞、生煎、烧麦摆了一桌子。他一本正经地发了句：饿。

虞灿：你认真的？

他发了段语音解释，桌上那堆是其他几个同事吃的。南港菜总体偏甜，他吃不惯，但又不想矫情搞特殊，大家吃什么他也吃什么，不过吃得很少，用他自己的话来说就是：吊住命就得了。

她心想反正现在有求于他，于是给他点了当地评分高的遥城风味菜外卖，然后把手机装包里，和唐微微一起收拾东西准备回去。

日暮西沉，斜阳草树，秋季的太阳并不刺眼，一群飞鸟起飞，黑色电缆线左右摇晃，天边辽阔。她拿起手机拍了个照。手机振了两下，赵翊回了她消息：周良的店，店名就叫这个，店主叫周良，报我名字打八折。

她不自觉笑了：你们感情很好？

上次听他叫爷爷。

赵翊：他跟我爷爷是战友，我小时候没少往那里跑，亲爷爷一样亲。你画架又散了？

虞灿：没有，是想买别的。你吃饭了没？

赵翊：在去吃的路上。

虞灿：那先别去。

赵翊：等会儿直接去帮人刷碗？

虞灿和唐微微走出草坪，看到有个人在这里跑步，是周路遥。这儿常年没什么人来，也就失于管理，道路歪歪扭扭，路上散了不少碎石子。极少有人会选择在这里跑步，除非是不想让别人看见。

周路遥穿着贴身的暴汗服，脚踝处很细，大腿却敌过正常人的腰围，下巴层叠的肉随着步伐颤动，样子丑陋，姿态滑稽。他汗如雨下，眉头紧紧皱着，痛苦不堪的样子，独自跑在这条人迹罕至的路上。

这世上除了热爱之事，还有要做之事。虞灿拉着唐微微等他跑远了才重新往外走。

她看着他的背影，心想这样的背影是美的，从心脉到骨骼都体现着坚毅的美感。

唐微微中午提了一句说晚上要和杜姚林吃麻辣烫。

虞灿问："你等会儿要和杜姚林吃饭？"

"嗯。"唐微微费力地把速写本合上，买的时候没看好，挑了个五十页的，拿着非常笨重。她们的宿舍楼在东边，几乎沿着学校走半圈才能回。

"那我帮你带回去。"虞灿伸手，示意她把本子递过来，"你直接过去找他吧。"

"真的？太好了！"唐微微直接从西门跑了，她现在基本每天没晚课的时候都会去陪杜姚林，两人吃完饭后一起去图书馆学习。

虞灿对杜桄林的第一印象是老实、踏实，但后面没有和他怎么接触了。从微微口中可以归纳出他老实真诚、偶尔木纳偶尔有趣、自尊心很强，除了有时控制不住脾气，其他各方面都挺好。

与此同时，赵翊知道那句"先别去"是什么意思了。

虞灿不仅给他点了餐，还给其他几个同事也点了。赵翊一直故意瞒着自己的家庭环境，外卖都没点过一次，大家都当他是个帅了点的小实习生。

办公室里六个人，这会儿是休息时间，围着张桌子边吃边闹他："赵翊，你可以啊，我都工作了两三年了还没女朋友。"

"难怪你小子谁都看不上，找了个富婆哦！"

"哈哈哈！"

"女朋友买的饭就是香，帮我们给人道个谢。"

"弟妹长什么样，跟你一个大学的？"

赵翊被闹得不行了，也笑得不行了，把手机放桌上，拍拍旁边人的肩膀，走去吧台："我去倒点水。"

大伙儿笑他："哈哈，跑什么？"

他放在桌面上的手机响了，页面跳出来新消息提醒。

虞灿：味道怎么样？

众人一看就知道这个肯定是弟妹了。

"哎哟，置顶消息。"都是一群工作没多久的人，年轻、热烈、爱起哄，也爱热闹。

其中一个人按语音回复："谢谢弟妹，味道好极了，吃了还想吃，这简直是我吃过最好吃的遥城菜。赵翊装姑娘，藏着去了……我吃第一口的时候已经想好辞职去店家做学徒了。弟妹，放心，我们不白吃，一定帮你看着他，绝不让他随便拈花惹草。"

赵翊见那人手按在语音键上还没松开，摸着玻璃杯道："说什么呢，我俩还没交往。"

"都这样了还没交往？拿我们当外人？"

"又不是办公室恋情，藏什么？"

"这个妹子我们替你认定了。"

他看那段语音发过去了，笑着看别处，他反正是解释过了。

高大的写字楼之外鸣笛声阵阵，江面航道繁忙，船只陆续始发。

虞灿收到一波语音，她依次听完，最后是赵翊拍的照片，还是那张桌子，上面摆满了遥城菜。她睡觉前玩手机，发现他用这张图发了条朋友圈，没有配任何文字。

胡嘉运非常积极地在下面评论：这你也要抢先？

没一会儿，胡嘉运也用这张图片发了个朋友圈，配文：有人在我之前吃上了软饭。

又过了几天，到了周四。虞灿下课后匆匆在食堂吃了碗面条，去图书馆做了两套六级听力，然后坐地铁去周良的木工店。刚到店门口，她收到了赵翊发的消息：晚上晚点睡。

晚点？

虞灿：生怕我休息好了是吧？

她刚回完消息，周良就出来了。老人七十多岁了，满头银发，眼睛却很清明，一眼就看见了她："是虞灿同学吧？"

她微惊讶，当初只是见了一面，现在竟然还能认出她。

"我在侦查营那几年，天上飞的地上爬的水里游的，凡是在我面前晃一眼，就没有记不住的！"周良说起年轻时候的事来，眼角眉梢都挂着喜悦和得意。

"姑娘，你别听他胡说八道。"今天周良的妻子也在，老妇人脖子上挂了个电动按摩仪，眉目温婉慈祥，笑意盈盈的，"小翊前阵子给我们发过你的照片，哎哟，跟本人一样俊呢。"

赵翊去南港之前来和他们一起吃了顿饭，老两口像以往一样打趣他："小翊啊，你今年都二十一了，有没有看对眼的人哪？我有个牌友的女儿可不错，人家从德国留学回来的呢……"

以往他要么一脸无奈地给他们夹菜，要么往后一仰，没想到这次，他喝了口茶，笑得大大方方道："有，有喜欢的，正追着，人家答不答应还是一回事。"

老人行动略微迟缓，挪动着步伐去拿手机给虞灿看。

她接过来看，还好还好，图不算太丑。背景是东乐谷游乐园，赵翊那个时候偷拍的？

"小翊小时候啊，可爱来我们这里玩了，他爷爷是个老古板，死板得很，他经常跑过来看我们做木工，他也上手做，手上破了几道大口子还嚷嚷着要

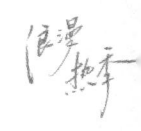

学,哈哈哈,我们一直担心他脑瓜子不灵光。"

虞灿听到这里,把自己同样受伤的手往后藏了藏,苦涩地附和:"是吗?哈哈。"

老妇人唠唠叨叨,高兴起来嘴就停不下来:"没想到他脑瓜子聪明着呢,上学后每次都是拿前几名,心里的主意也多,张罗自己的事有条有理,一点没让我们担心过。"

周良找来了虞灿想要的小人偶:"你看看这个成不成?"

虞灿接过来,这个小人偶是卡通人物,风格不符合他们小组所预期的。

周良见她犹疑,笑眯眯拿出另一个:"那这个怎么样?"

这个更……看不出是男是女,只能看得出来是一个人,短头发,五官一片混乱,眼睛的尾部开到了脑后,嘴角开到了头顶。很难想象这个"怪兽"跟着《鲁冰花》音乐翩翩起舞是什么魔鬼场面。

"哈哈哈……"周良童心未泯地大笑。

"你拿这个做什么?"妇人佯装埋怨丈夫一下,把木雕取来,"这是小翊小时候做的他自己。"

他自己?虞灿心道他对自己还挺心狠的。

最后实在没有合适的,周良让虞灿留一张画稿和尺寸,两天之内给她做出来。

"真的吗?那太好了。"

她问需要付多少定金,周良连连摆手:"我们不差这点钱,就当送你个小玩意儿。开这店子也就是找点事做,图个开心,一个小玩偶而已嘛。"

最后推来推去,两位老人犟不过她,只好象征性地收了几十块钱。她一边画图,一边听妇人讲话。妇人讲的大多都是赵翊小时候的事:跟着周爷爷去爬山,遇到蛇以为是蚯蚓,跑着去追;因为错过了最佳训练年龄进不了体训队,在家捏着拳头哭了三天,谁劝都没用……随便拎一条出来都够嘲笑他好多遍。

虞灿:"他还哭啊?"

"哎呀,是啊,他小时候可爱哭了,一点事情都要红眼睛,想他妈了也哭,他一受委屈啊,我那个心啊就揪得慌。"讲了会儿,妇人又觉得不对劲,更正道,"但是小翊呢,也不能说爱哭,就是真诚地流露。他上学以后可就厉害了,年年拿第一,奖状屋里都放不下了,而且这脸呢,越长大越帅气,高中的时候,好多小姑娘喜欢他,他一个都没喜欢的。"

"哇哦。"虞灿捧场得很。

妇人喜欢爱笑的人，也打心底觉得这个女孩真俊，比那个牌友的女儿俊多了，寻思着问点什么多了解一下，但又怕惹人反感，小声道："姑娘，听口音你不是遥城本地人吧？"

"嗯，算是吧。"虞灿把垂在耳侧的碎发别到肩后，这个动作有种宁静温婉的美感。画好了，她把笔收起来。

"姑娘，你有喜欢的明星没有？"旁敲侧击。

"奶奶，你好潮。"虞灿想了想，"暂时没有，但我喜欢比较硬气点的那类。"

"硬气啊，我再给你讲件事儿。"妇人指指外面的路，"那时候小翎的亲奶奶还在，腿脚不好，他那时读初二，每天放学后把奶奶从楼上背下来放在轮椅上，我们三个一起散步，晚上他再背回楼上去，整整半年，一直到人走了。"老一辈对硬气的理解并非多大力气多么勇猛，而是责任与担当。

虞灿心道，他家那么有钱，为什么不请陪护不送去医院："他的爸妈不管吗？"

"一来老人家自由自在惯了，不想去医院待这最后一程；二来嘛，这就说来话长了……"妇人正准备从头说起，虞灿的电话响起，她做了个手势，示意要接下电话。

她走到一旁去："喂，你好？"

"你好，请问是虞女士吗？这里是遥城市东城区公安局，有件案件需要你的配合，请问现在是否有时间过来一趟？"

天空下起了小雨，公安局门前的白色瓷砖被淋洗得干净。路上的行人打着伞，步履匆忙面容忧愁。初中的时候，地理老师说一场秋雨一场寒。

虞灿见到了一个许久未见的熟人。张晶。她一身颓败，脸上的浓妆糊成一团，脸庞上挂着两排被眼线污染过的黑泪，脚上的人字拖在逃避抓捕时丢了一只。她身后还跟了两个人，大概是她的跟班，都知道自己要完了，面如死灰。她们被羁押送走。

虞灿与张晶擦肩而过，无数种激烈的情绪涌上心头。

"我们发现她们这几个人多次敲诈勒索未成年人钱财，以此作为自己出入网吧及夜店等娱乐会所的费用。"警察通报。旁边站着几个同样被传召来的人，大多都是学生。

"那么……"虞灿问,"需要我做什么?"

穿着制服的民警收拾着手边的资料:"虞女士吗,我们这里有记录,你也曾和她们有过纠纷,先去那边做个笔录。"

"好。"虞灿点点头。

网吧老板也在那边,这次张晶被抓就是他报的警:"那个女生呀在我那网吧至少有半年了,基本那个包厢就是她包了的,我也不知道她干什么的,经常过来通宵,要么就去酒吧,她自己说的。我开门做生意啦,当然不管她做什么,哪怕她包场都没事,但是勒索人家那我可就忍不了了,当然得报警,交给你们来处理。"

虞灿坐在一旁低着头,默默听着他们讲话。

警察说:"我们调查到她们其中有一位有吸毒嫌疑……"

"什么?"老板惊恐地瞪大眼睛,竟然有这种事,那他的网吧岂不是有被查封的危险?

警察明白他的担忧:"放心,这个行为发生现场并非你名下的网吧,除此之外,我们还在嫌疑人身上发现了管制刀具,幸亏你报警时间早,否则受害人可能会有生命危险。"

老板听得冷汗涔涔,脸上表情僵硬。

"鉴于情节严重,我们需要尽可能了解更多的细节,请问除了你刚刚提到的事件,还有没有其他细节补充?"老实说,敲诈一点钱这种事在一般的网吧还挺常见的,网管们为了生意基本都是睁一只眼闭一只眼,而被敲诈的一般是学生,年纪小不好意思或者不敢告诉家长。张晶更是惯犯,勒索欺压人早就不是一两天的事了,怎么偏偏这次被人报警抓了?

"还有一个人,"老板咽了下口水,"半个多月前,一个男生来我的店里,给了我两千块钱,让我多注意这个女生,一旦看到她勒索欺压人就立马报警。"老板心里叫苦不迭,要是知道会沾上这档子事,无论那人给多少钱都不会报警的。

警察抓住线索:"那个人叫什么名字?你还记得他长什么样子吗?"

"叫什么名字我忘了,看样子挺年轻的,很高,有一米八几。"老板思索着,"好像姓赵,我店里有录像,你们可以去调来看。"

虞灿盯着地面,背脊僵直。

张晶有那样的技能,在所有吵闹的人里发现最孤独最受排挤的那一个。一开始时,张晶对虞灿确实很好,是班上第一个愿意和她平静地说话、主动与她一起吃饭的人。虞灿那时矫情、别扭、拧巴，和家人的关系势同水火，就算是死在外面也不会回家吭一句。她珍惜这份友谊，珍惜这个可以分享心里话的朋友，哪怕张晶要求得越来越多。

她花了很长的时间与自己和解，即使是现在，仍然无法坦然地面对，努力回避，只字不提。但是有人知道这段时光，并且无声替她收尾。

晚上十一点五十分，雨已经停了，黄栌树落了许多叶子。虞灿的头发上带着水雾，颈上皮肤白皙。她拨通赵翊的视频，对面接得很快。

南港天气很好，灯火通明，他穿着薄薄的黑衬衫，手肘上搭了件外套，背后是证券交易所，看样子刚下班，嘴角带着舒懒放松的笑："怎么了？"这人主动给他打电话可是头一遭，他抬了下手臂活动关节。

"你现在才下班？"虞灿语气如常。

"嗯。"搞风投的都是精细活，有时候上手了就停不下来。他在一家户外咖啡厅坐下来，跟服务员点了杯热美式。

"你明天，能回来吗？"

"想见我？"他把手机支在桌面上，拿着外套抖了抖往身上一披，几分调侃几分认真，"是不是想见我？"

"上你的班吧。"

"想见我我就回来。"

"你能把外套穿好吗？"

"你先别说话。"赵翊顿了一秒，他把手机挪了下，镜头正对着咖啡厅硕大的时钟，时针、分针、秒针重叠在一起，"虞灿二十岁生日快乐。"10月28日，00：00。

"其实刚刚是骗你的，我早下班了，一直等着这一刻。"

虞灿把手机镜头盖住，抬头看着天空笑，以前总觉得晚上没星星不好看，现在发现月亮真亮。难怪叫月亮，难怪他说今晚晚点睡。很多年以后，虞灿试图回忆那段不太好的时光，却只记得所有的事情收尾时，那晚的月亮很漂亮。

赵翊神采飞扬："我是不是今年第一个祝福你的？"

她不回答，用指甲在屏幕上点了点那个钟："怎么这里刚好有钟？"悬挂的钟是中式风格，祥云锦鹤花样繁复，美丽异常。

"你以为我下班这么久还在路上是白跑的？"赵翊把镜头转回来，眉峰

一挑,带着股得意的劲儿,"全南港数这个钟最好看。"毕竟她是那么爱美的人。

"你明明是刚刚才到的,指不定是随便找了个地方,刚好有钟。"

"你看你没良心的那样,我本来想的是等会儿给你打,哪知道你会提前给我打,我早在这里等着了,就去对面买了包纸巾的工夫,回来人家还把咖啡收走了,我刚刚还重点了一份。"他把西装外套的衣领翻正,竖起手腕一颗颗扣腕上的纽扣,"看到了?衣冠不整地为你卡时间。"

"哈哈哈。"她撑着下巴,"等等,等等,你刚刚那个动作有点帅。"

赵翊手指纤长骨节分明,系扣子的时候用了点力,青筋突出。他动作放慢了点,这不是她第一次说他好看了,早习惯了:"我脱了再来一次?"

"你要是愿意的话。"虞灿满脸期待。

"你倒是想得美。"他把最后一颗扣子扣上,两手抄在胸前往后一仰,懒懒散散没个正形,"想看也不是不行……"

"不看了,不看了。"

他偏头一笑,已经被她撑习惯了,想要个出卖身体的机会都没有。

路上车辆川流不息,鸣笛声阵阵,高楼里的热流涌动,巨幅广告牌播放着这年爆火的TVB明星视频,灯光如昼。一条二哈猛然扑到路人身上摇尾巴,狗主人吓得拼命拉绳子:"回来!回来!"

他那边的声音不断传来,虞灿说:"你那边好热闹。"

"喜欢热闹?"

"嗯。"她翘起尾音。谁会真的不爱花团锦簇人声鼎沸,她可以自己不热闹,但身边一定要热闹。

远处有老式汽车驶来,赵翊把手机往外一拿,震耳欲聋的喇叭声通过声筒传来。

虞灿缩了下脖子,皱眉:"哗——"

"热闹分你一半。"

"毛病。"

"有求必应的毛病。"

她撑着下巴,弯唇:"谢谢你,赵翊。"骄傲让她无法把许多事情开诚布公,但模模糊糊的意思有人会懂。

他指节敲着桌面:"虞灿,你二十岁的第一个小时是和我一起过的,你得记得。"

她看着他正经的表情,随口问了句:"这很重要吗?"遥城的习俗并不讲究卡点什么的,生日当天才叫作真正过生日。

"当然,这很重要。"他坐正。

第二天如常上课。

唐微微一直担心的事发生了,她和虞灿的作品因为上色问题被吴玉华拿出来当作反面教材,找各种瑕疵,说了将近四十分钟。两人都遭殃,连个救场的人都没有。虞灿还好,勉强撑得住,面不改色,就跟被说的人不是她一样。唐微微全身血液从脚底板倒流到后脑勺,差点气疯了,她画这张画可是花了一周的时间。

吴老师评完之后,说:"至于这画是谁交的我就不多说了,唐微微和虞灿下课来办公室找我一下。"

大家哄堂大笑,这跟说了是谁有什么区别?

吴玉华本来都出教室了,听到笑声又回来,板着脸:"笑什么?她俩这次的画是整个画室画得最好的,画得差的我根本不会花时间去分析!"

大家顿时哑口无言了。

下课后,教室里的人都慢慢走完了。

唐微微缓过神来,磨磨蹭蹭收拾东西,缓缓道:"灿灿,我怎么觉得吴玉华老师今天的发型还挺好看的,领带打得多整齐。"

虞灿点头:"禁欲系老帅哥。"

下午没课,宿舍里四个女生一起去东湖公园拍摄影课的作业,顺便野餐。抽签分配组员,虞灿和刘远昕一组,郭思月和唐微微一组。郭思月和虞灿身材相对高挑,她们俩当人物模特。

东湖公园四季常青,风景美不胜收,在外省都很有名,这也导致了人流量很大,很难在公园里找到既好看又没人的地方。可出片好看得分才高。

她们逛了几圈,花了三个小时选景,最后选定在一棵大榕树下,五点多正式开拍。

虞灿脱掉外穿的米色风衣,就剩一件吊带长裙,露出大片白皙皮肤,锁骨突出,柔顺的头发自然地下垂,很有王家卫式文艺破碎风的味道。美是真的美,冷也是真的冷。

刘远昕拍摄非常认真,几近苛求,一张照片拍不出想要的感觉会反复重

来:"虞灿,还行吗?"

虞灿牙齿打着战:"还行,没死,刚刚那个构图怎么样?"

"构图还行,明暗不理想。再来!"

"好。"

郭思月和唐微微那组坐在野餐垫上抱着腿,你看我我看你,后者说:"这个蓝莓干你要不要?"

郭思月:"你能不能先别吃,我们一张都还没拍出来,主题你想好了没?"

唐微微打开保温杯喝了口奶茶:"我倒是想拍,你站起来啊,不然我拍空气?"

"你不能先想好拍什么主题吗?想好了我自然会配合你。"

唐微微脾气算好的,平时对谁都和和气气,唯独跟郭思月天生气场不合:"那你不能想?我放这儿的半边梅呢?"

"我吃了,瞪我干什么?"

"跟你一组算我倒霉。"唐微微往嘴里扔了颗巧克力豆。

"呵呵呵……"郭思月嗤笑,撕开一袋薯片,"谁想跟你同一组。"

她俩叽叽咕咕斗嘴半天,站起来拍了不到十分钟,郭思月把衣服穿上不干了:"你到底会不会拍?那样拍有故事性吗?有深度吗?"

"你行你来!"唐微微把单反扔地上。

"我来就我来。虞灿,刘远昕,我们去别的地方看看!"

她俩互换衣服,去找别的拍摄地点。

"好,别走远了。"虞灿回答。

昨夜下过雨的地面还有些许潮湿,刘远昕趴在地上拍照,胳膊上湿了一大片,膝盖上沾了不少杂草和泥:"笑一下,别笑得太大,嘴角轻轻弯一点就行。眼神空一点,看远处。"

已经黄昏,天边散开晚霞,虞灿仰着头,一缕发丝拂过额头。刘远昕把她的脸放置在屏幕中央,肩与榕树枝齐平:"绝了,你以后直接模特出道。"

拍完之后,她俩开始选照片。没过多久,虞灿接到电话。唐微微和郭思月去了一家中餐厅取景,在那里打起来了,谁也不让谁,打得头破血流,把餐厅的桌椅板凳摔了一地,服务员拉不住,只好报了警。

现在唐微微和郭思月各自的男朋友都到场了。

虞灿和刘远昕立马打车赶过去。

夜色朦胧。中餐厅在二楼,楼下停了几辆车,一进门,空调的热气袭来。

包厢的实木红门关着，里面闹哄哄的。

虞灿按住把手用力推开："到底……"

"啪！"礼花从房间正中央落下，满屋子心形气球升起。房间里开着几盏落地灯，每一个角落都摆满了鲜花，蛋糕上的烛光映照在大家的脸庞上。

好多人，赵翊、胡嘉运、陈远莱、吴茉莉、郭思月、唐微微、杜珧林……全部都喜笑颜开。

"生日快乐，祝你生日快乐。"

"Happy birthday to you."

"祝你生日快乐！"

虞灿木然，愣得发不出一个音节，眼眶瞬间一热。

"你们这是干吗？"她微抿唇把泪花收回去，用手扇风，哭笑不得，"搞得我，我真的是……"

刘远昕跟着在后面笑，把她推到中央。

唐微微把生日帽给她戴上，小学生似的边拍手边笑着说："灿灿，生日快乐。"

郭思月："虞灿，生日快乐。"

胡嘉运："虞总，生日快乐。"

所有人都依次说了祝福，吴茉莉还格外软萌地要了个抱抱。

赵翊拿着蛋糕，蛋糕上的烛光跳动，果酱做的萌体"虞灿"两个字熠熠生辉。两人对视，同时偏头一笑。

"不过来许个愿吗？"赵翊眉眼带笑，让人心头泛起涟漪。

空调高频地往房间内送着热风，虞灿把外套脱下挂在后面。十二岁之前，她没有过过一次生日，对生日没有任何概念，后来被接回虞家，因为她的敏感、偏执和别扭，每次都不欢而散，久而久之，再没有庆祝过，至多是家人间简单说几句祝福的话。

"好了。"她许完愿吹灭蜡烛，"你们不去情报局真的屈才了，我刚刚还真以为你们出事了。"

唐微微笑嘻嘻的："你要怪就怪胡嘉运，他指使的。"

胡嘉运举起手，指赵翊："他指使的。"

虞灿抬头看赵翊。他两手抱臂，靠着椅背，长腿随意前伸，那双好看的黑眸笑黔黔地盯着她，指向性太明显，不用开口她都知道他要说什么，这是一种只有他们两人知道的默契。热闹吗？热不热闹？

一根装着蜜糖的长针钻入她心脏，短暂、刺激、强效。

侍者开始往雕栏圆桌上摆放各种精致好看的菜品，中央却摆着一盘盐煮花生。赵翊起身把花生端过来，往虞灿面前一放。

她别过头："脸大，吃多了脸大。"

郭思月和唐微微拌嘴："你演戏演得这么像，要是下次拍照的时候也用点心就好了。"

"我这会儿懒得跟你吵，让开点。"

"多高尚哦，多了不起，跟你吵架还得拿号？"

"你怎么回来了？"虞灿和赵翊坐一起，"不上班了？"他的实习期为十五天，算算日子应该今天晚上才结束。

他一副正经模样，语无波澜道："多年前有个人非要今天出生，我能怎么办？"

"工作结束了？"

"嗯，实习证明在里面。"他下巴朝门口抬了抬，那儿放着他的行李，"提前结束了，牛不牛？"一般人可是不延迟就不错了。

她忍笑转过头，故意指他的衣服："你这穿的什么？"大家基本都一身休闲装，就赵翊一身西装，全场最突出，也最帅。剪裁得当的西装包裹着他修长的肢体，领口处的黑色领带松松垮垮。

"又没良心是不是？"他订了南港飞遥城最早一班的机票，落地后行李都没放直接到这里来布置场地、联系人，所以现在身上还穿着工作服，"这是工作装，我下飞机直接来这里了。"

"哦，我又没说你什么，就是觉得你穿这个好帅。"虞灿剥了颗盐煮花生，放到他的餐碟里，"但也有可能是你长得帅，所以穿什么都帅。"

赵翊跷着腿，舌头顶了顶腮："你说什么，再说一遍。"

吴茉莉是唐微微邀请来的，她和胡嘉运都是社交达人，早在几个小时前布置场地的时候就和大家玩熟了。她瞄了虞灿那边一眼，问："他们在恋爱？"

赵翊怕虞灿心里有压力，叮嘱过别乱开他俩的玩笑。胡嘉运回答："不是，他们就普通朋友。"

"普通朋友？"眉来眼去的，不普通吧？

"对，大家都是特别好的朋友。"

吴茉莉八卦道："我觉得肯定有猫腻，你就没怀疑过他俩？"

胡嘉运把话题扔给陈远莱："远莱兄，你怎么看？"

陈远莱鉴于前几次不管说真话假话结果都成了好心办坏事的经历，细细思考之下，慢慢说："我不知道，但看法和你一样。"

胡嘉运久久凝视他："远莱兄，你不捍卫真实了？终究是被社会磨平了棱角。"

"反正只要有你在，"陈远莱吃菜，"我说什么都是错。"

吴茉莉一头雾水。

赵翊挑了颗花生扔嘴里，盐渍有味，带劲。

虞灿继续给他剥，说："再说一百次都可以，我就是觉得你帅。"

赵翊耳边痒酥酥的，抬头隔空和胡嘉运对视了一眼。

胡嘉运眼神询问：喝多了？都上脸了。

赵翊大概知道自己现在的样子了，换了个姿势，一只手搭腿上，另一只手搭在虞灿椅子后背："想看我现在扣扣子？"

"不只是脸好看，手也好看。"她靠近，手从桌子底下伸过去勾他的手指。陌生的皮肤相触，在桌子下，有难言的刺激。

赵翊抿着唇，眼里闪过一丝惊讶，而后迅速将手收紧，勾住她的手，低声问："那好摸吗？嗯？"

陈远莱看到胡嘉运在看赵翊，他也跟着看："赵翊，你醉了吗？"

大家的目光顿时集中向他们，桌下的手瞬间松开。赵翊笑着倒了杯茶，拿起来抿了点。虞灿的手搭在他腿上。

"你们俩笑什么？"杜珧林站起来，"怎么这就喝醉了，蛋糕都还没吃呢。"

刘远昕提议说："刚好这里有相机，我们一起拍张合照吧。"

"好呀好呀！"大家一起附和。

虞灿再次被簇拥到中央，赵翊站在她旁边，唐微微、吴茉莉和郭思月站前排，男生们都站后排。

"一，二，三！茄子！"拍完之后，虞灿切蛋糕分给大家。众人当场组建了个群聊，刘远昕把拍的照片发到群里。

郭思月兴奋不已："远昕，你运镜好稳，把每个人都拍得好好看！"

唐微微脚步一顿，回头看了她一眼！她摊手："实话实说咯。"

"你什么意思，讽刺我不稳？"

杜珧林无奈："你们别真吵上了。"

"怎么会呢，我们可是好朋友。"唐微微过去捧起郭思月的脸，"月月，

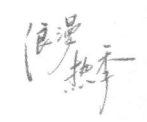

你这里有块脏东西,别动,我帮你抹掉。"

郭思月惊恐得忘了躲避,纳闷道:"你在搞什么?"直到觉得脸上冰冰凉凉的才反应过来,唐微微在往她脸上抹奶油。她转头抓了一团奶油要抹回去,唐微微就近往虞灿后面躲:"灿灿救命!"

虞灿一惊,一把把赵翊推到前面去。赵翊随手把旁边衣帽架一拽挡在前面,郭思月没收住手,一巴掌按在衣帽架的衣服上。弄脏的衣服是虞灿的外套。餐厅有一处专门处理衣服的房间,房间里有张洗手台。

赵翊拿着那件衣服在灯光下照了照,确认沾奶油的地方都擦干净了。洗手台上巨大的镜子照着他们的一举一动。虞灿从镜子里看他,忽然问:"你昨天说生日的第一个小时很重要,为什么?"她第一次听到这种说法,在网上搜也没搜到相关的解释。

中餐厅装修风格仿古,朱红色调,精细繁复的雕栏细纹从墙角攀附至腰间的高度,洗手台上挂着熏香。

赵翊把衣服挂胳膊上,瞧见她吊带有一边滑下去了点,转了个身倚着洗手台,单腿屈起,没急着回答,先盯着她笑了会儿:"虞灿,我怎么觉得你今天有点,喜欢我?"他把外套挂在胳膊上,那外套衣领上坠着的一段松紧绳左右摇晃,在两人的腿之间来回碰撞。

"没有。"她看了眼他的领带,"你还没说为什么生日的第一个小时很重要。"

他说:"那你还没回答好摸吗?"桌子底下,摸了就不认账是吧?玩赖的是吧?

"哎,你……"她看着别处笑,明眸剔透。

"今天是不是喜欢我?"

她盯着他,状似想了想:"不是。"

两人的距离很近,他脚往前撞了下她的脚尖,目光却没离开她的眼睛:"嘴硬。"一阵暖风拂过他们的衣摆,带来的古典檀香味既不寡淡也不过分浓烈,但暧昧得明目张胆。

她低头笑了下。

他学她的语气:"哎你,哎你,哎什么你……"话还没说完,蓦然被迫往后一仰。她突然向前抵着他的肩膀压在他的胸膛上,咬了一下他的唇瓣,一触即离。赵翊还没反应过来,她就已经退开了,唇上残留着糯湿和痛觉。

她的唇瓣上泛着水渍:"硬吗?"

窗外的风声呼啸,眼前天旋地转,隔壁传来烈酒瓶被敲开的声音。

"不硬,软的。"赵翙手向前一捞,扶着虞灿的腰把人给拽回来,重新压着吻了上去。虞灿仰着头,紧紧环抱着他的腰,隔着薄薄的衬衫感受到年轻的身体滚烫的体温和胸腔脉搏猛烈的跳动。

两人呼吸急促,没个章法。

他低着头,一只手按在她的腰上,另一只手慢慢向上,拉起她滑下的肩带,随后插进她的发间。因为仰着头,她的长发不再平铺于肩头,而是如瀑般自然垂散在空中。

狭小的空间里只有他们两人意乱情迷的细碎的换气声、舔舐声、心跳声。从舌尖到脖颈,炽热又绵长。

吴茉莉、胡嘉运、陈远莱在研究合照。吴茉莉说:"你们不觉得奇怪吗?赵翙和虞灿中间这只手都没在前面,而且看这个弯曲的弧度,我觉得他们可能在拉手。"

胡嘉运一喝酒就红脸,腮边红扑扑的:"你别觉得,觉得什么?他俩要是真在后面牵着手,那翙哥不得癫了,还能藏着掖着?肯定第一个宣布。你不知道以前,虞总送了个地球仪,他还专程让老跳从实验室回来看,就差没满世界通知了。"

陈远莱不敢多说话:"是啊是啊。"

"你是不知道,他俩是真的纯洁,没抱过没亲过,小手都没拉过!"胡嘉运想起前阵子赵翙在酒店那样就想笑。喜欢别人有什么好的,翙哥现在是不撞南墙不回头,等到了他这个阶段自然会想明白。

"是啊是啊。"陈远莱附和。

"反正现在就是普通朋友。"

"是啊是啊。"

吴茉莉用俄语说了句"好吧"。看来还真的是她多想了,这样也就放心了,因为她希望美女最好一辈子不谈恋爱,有钱有颜搞事业。

胡嘉运问:"你真的会说俄语?那你知道'下棋'用俄语怎么说?"

"Играть в шахматы。"吴茉莉轻松回答。

"游泳呢?"

"плавать。"

"爷爷呢?"

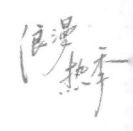

"дедушка。"

"哎。"胡嘉运应道,"乖孙女儿。"

陈远莱扑哧笑出声。

"胡嘉运你个瓜娃子。"吴茉莉推了胡嘉运一把。

他筷子一抖,一块红烧肉掉在衣服上,油渍迅速漫开:"吴茉莉,你……"

"完了完了,我才是个瓜娃子。"吴茉莉赶紧拿纸巾把那块地方擦了,"要不要去处理一下?"

胡嘉运走在前面,吊儿郎当笑呵呵的,边走边说:"没事,不怪你,毕竟我这件衣服只要998,当时买的时候只吃了两个月土,你别觉得不好意思。"

吴茉莉在后面小心翼翼地跟着:"真的不好意思。"

餐厅的服务设施齐全,没走几步就到了处理衣服的房间。胡嘉运正逗着吴茉莉,笑着往半掩的门内一看,勾起的嘴角瞬间僵硬了——虞灿正坐在赵翊腿上,两人吻得热情投入。

胡嘉运迅速转身拦住吴茉莉:"别进去了,我们回去,我们回去。"

吴茉莉不明所以:"怎么了?"

他回想了一秒:"不干净。"

吴茉莉不明白:"这种公用的地方一般都不怎么干净,你不想进去的话就脱下来,我帮你把那里处理一下。"

他扯上她的帽子,带人走:"不用,我喜欢脏的。"

她流露出惊讶的表情:"啊?"

"新三年旧三年,缝缝补补又三年,没点油渍我不穿。"

路上的凉风一阵接着一阵,吹得行道树沙沙作响,街上热热闹闹,车辆川流不息。大家吃饱喝足玩够了,各回各家。虞灿回万安小区,赵翊回酒店,其他几人同行回学校。

繁星明亮,人声鼎沸。出租车等在旁边,大家分了几队按顺序上车。

其他几个女生都有男朋友照顾,赵翊叮嘱胡嘉运照看下吴茉莉和刘远昕,别把人弄丢了。胡嘉运嘴角一歪,一副不想理人的样子。

赵翊给了他一拳:"羊痫风?"

"赵翊,狗还是你狗。"他说完这句话,头也不回地上了出租车。

陈远莱规规矩矩招手:"虞灿,赵翊,拜拜。"

"大家拜拜,回宿舍后在群里发个消息。"赵翊说。

这会儿才晚上九点多，霓虹灯闪烁，城市喧嚣，广场上的大妈们跳广场舞的动作整齐划一。只剩虞灿和赵翊了，她问："你去哪儿，我帮你打车吧。"

他斜她一眼，意思不言而喻："这么大半夜，我会先走，留你一个人？"

她指指他背后那一串行李："不方便吧？"

"我觉得挺方便。"

十分钟后，行李箱和背包被塞进后备厢，出租车司机坐在前面播放北美电音流行曲，节奏动感强烈。他们一起坐在后排，眼睛都看着窗外。小车沿着江边行驶，窗外的景物一晃而过。赵翊一只手搭在车窗上，另一只手拍了拍身边人的腿，手掌闭合又张开。

虞灿把手放上去，喉咙里发出闷闷的笑声，心照不宣。

江面流光溢彩，有家火锅店开业请来了铜锣乐队，吹拉弹唱喜气洋洋。

唐小丽发短信问虞灿想吃什么夜宵，她有点撑，不过还是回复：汤圆吧，少煮点。

秋季是栾树的最佳观赏季节，万安小区的栾树林丹果坠枝叶片鲜黄，地上铺了一层薄薄的落叶，路灯柔柔照着，朦朦胧胧，美得如同千挑万选的电影取景地。赵翊半坐在拉杆行李箱上，虞灿站在他面前："你坐那上面，不硌得慌吗？"

他拍了一下："不硌，软的。"

软的……两人别过头去，齐齐发笑。

虞灿裹着厚外套，勾着赵翊的手指："你什么时候回遥城的？"

"下午一点。"他手上用了点力，把人带近，用指尖蹭她手腕。昨晚她主动打电话过来，他就知道一定发生了点什么事情，后来警方联系他，他知道张晶被抓了。也知道，虞灿知道了这件事情。

所以她说的"赵翊，谢谢你"，不是谢他准备的生日，而是谢其他事。所以她当时的出发点是什么也不难猜到，感动或者说感谢。当时他还猜到，这次回来后她的态度可能会软一点。

他问自己能够接受这种只有感动的感情吗？想了很久，最后的答案是，不能，感动和爱有本质的区别。他和虞灿之间只能是爱，哪怕这份爱来得迟、经历的时间久一点。

那时候他想，如果她一时头脑发热，因为感动做出什么承诺或者动作，他不会接受，或者直接告诉她，这不是爱。

他还没到要靠当好人来博取好感的地步。可是当她吻上来的时候，他又

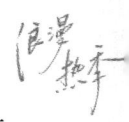

想,感动就感动,能怎么样?完事后到现在,她没说他俩什么关系,以后怎么样。赵翊指腹蹭着她的手腕,又把她拉近了一点。

"你干吗?"都近得不能再近了。

他手指在她嘴角滑动,语调不太正经:"喜欢吗?"

"还行吧。"她把下巴往领子里缩。他太会吻了,到了后半部分,她腿软没力气站,只能坐他腿上。

他拍拍腿:"站着不累?"

"你这箱子还得拿回去,我怕咱们两个人给坐裂开了。"虞灿说,"你等会儿回酒店吗?"

"嗯,先回酒店,接下来论文开题,写报告,上课。"

"你穿这么薄。"她摸他的西装,"冷不冷?"摸着摸着摸到了喉结。

四下无人,夜静悄悄的。赵翊坐着,头大概到她胸前的样子,看她的时候微微仰着头。

路灯年代久远,发出的光芒昏暗。他的鼻梁投下阴影,下颌线清晰利落。她靠近,真心羡慕:"你睫毛好长。"

他被逗笑了:"第一天见我?"

她说:"我亲一下?"

"能找个正常的地方吗?"说完,他把眼睛闭上了。

她在他睫毛处亲了一下,他睁开眼,她又亲上他的嘴唇。他手伸到她背后,替她收拢散开的头发。这次她在上他在下,两人反复辗转。

虞灿一只腿抬起跪在赵翊大腿上。周遭寒冷,他们却越来越热烈。几分钟后,赵翊脖子上多了个青色的印记。

她坐在他腿上,喘着气摸那个印子:"抱歉抱歉,我回去就把指甲剪了。"她记得自己就只是把手放在他脖子旁边撑着借个力,没想到竟然弄出了这么大个印。

赵翊的胸膛滚烫,他自己看不到印儿:"有多大?"

"这么大。"她食指拇指并用比手势,一块橡皮的大小。

"那没事。"他穿件高领的衣服遮一遮就行,反正最近天冷。

"哎,你好娇嫩,一碰就留印儿了。"

赵翊听不得"娇嫩"两个字,皱眉头:"我跟这两个字有半毛钱关系?"

虞灿快滑下去了,往里调整了下坐姿。他不动声色地制止,腿挪了挪,让她坐前面。

虞灿看着他笑。他懒得申辩，腿一抬，抖了她一下。她赶紧抓住他的手臂。两人借着月光看对方，嘴角就没放下来过。

时间消磨得快差不多了，他漫不经心地开口："你就没点什么要说？"

她说："倒是有个想问的。"

"嗯。"他语调淡淡的，示意她问。

她指指箱子，箱子边缘裂了一条大缝，有件蓝色毛衣露出来一只袖子："你这个箱子还能撑住吗？"

赵翊："……能。"

"我家里有不用的，要不你在这里等会儿，我给你拿下来。"虞灿说着要上楼去拿。

"不用。"他把人给拽住。两人对视，拉着的手晃来晃去，眉来眼去，可她一点也没要说什么的样子。

都这样了多少有点感觉吧？但盲目自信的前车之鉴还历历在目。

虞灿亲了他一口，两人的唇都是亮晶晶、水润润的："拜拜，明天见，路上小心！"

夜越黑，月亮越亮，居民楼里几个窗户陆续熄灯。

得，反正九十岁都等得起。赵翊抓起破箱子走出小区。

虞灿没走几步就碰到了唐小丽。唐小丽下楼倒垃圾，看到了虞灿跟什么人挥手，往远了看，好像是个男人："那人送你回来的？"

"妈，不是。"这大晚上的，她怕唐小丽知道是谁要把人给叫回来。

唐小丽故意诈她："我都看见了，男朋友？"

"真不是。"

"学校里的？"

"哎呀，妈。"

"帅不帅？"

"没有啊。"

虞父今晚因为有事，留在学校没回来。

唐小丽端出来汤圆和饺子："有甜的，有咸的，你吃哪个？"

虞灿把衣服挂在衣帽架上："哇，待遇这么好，因为今天是我生日吗？"

"对啊。"唐小丽抬起头笑，眼里闪过一丝不自然，"灿灿生日快乐。"

"谢谢妈。"其实，从小到大，这只是她第二次听到唐小丽的生日祝福。

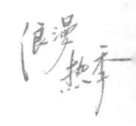

虞灿把甜的咸的都吃了一点，然后撑着肚子回了房间。

唐小丽叮嘱："你爸说在桌上给你留了东西，让你记得看。"

"好。"

虞灿回了卧室，见虞南在门口探头探脑。这会儿十一点多了，早过了南哥的睡觉时间。

"南哥，你还没睡，干什么？"她打开门。

他悄悄进来："你小声点。"被老妈知道还没睡会挨骂的，"怎么这么晚才回来……喏，给你的。"南哥塞给她一张生日贺卡，立马转身跑开了。

她合上门，在书桌旁打开贺卡，卡片上有小朋友写得歪歪扭扭的字：姐姐，生日快乐。

虞灿笑了下，喃喃道："小鬼。"

她发现书桌上还有一只黄色信封，署名是虞有毅。她没立刻拆封，坐下来盯着署名的那三个字看了许久，才慢慢打开。

致灿灿：

　　今天是你二十岁生日，在这个重要的日子里，首先祝你生日快乐，此生顺遂，永世无忧。我的女儿，欢迎你来到我的生命中。

　　启笔之时话题良多，一时不知从何说起，且谈且想罢。今年是我们共度的第八年，很遗憾曾在你的生命中缺席。你如今成长得很好，我为有你这样的女儿感到骄傲和自豪。

　　今年你读大二，一幅画得圣英杯铜奖，七幅画刊登在《水色》杂志上，兼职所得让我和妈得以至曼谷旅游，多么优秀。

　　再者要说的就是，有两件事需要向你道歉。第一，年初你提到想做美妆博主，我不了解此职业，先入为主带入偏见将它当作虚华不实之派，劝你放弃，将更多的精力用在学习上，后经仔细思考，你应当有坚持自己梦想的自由，你后来没有再提，是否已经放弃了？抱歉。

　　第二，是我的老毛病，实在惭愧。6月17日我们在家讨论南南的事，你指出我的错误，我当时说"父母言则无过"。现在想起真是汗颜，我哪里像是一个有素质的大人。我保证，以后不会再发生类似的状况。

　　另外，有一件事想和你商量。灿灿，你过于瘦了，我体检时在医院看到身高体重对比表，你属于偏轻类，让我有些担忧，你的学业繁重，健康是不能儿戏的事。以后多吃一点米饭，蔬菜肉类这些也都要吃够量，是否可以尝试做到？

继续往下写了。二十岁是人生很重要的一年，在交友、学业、生活这些方面都会发生很大的变化。有很多无能为力，有很多力所能及，也有很多甜蜜新遇，这些都是我们人生路上必经的一段旅程，希望你能尽情地享受。

我在这里想特别说一些关于婚恋的问题。你是否有心仪的男孩？放心，我不会干涉你的恋爱，也相信现在凭你的能力可以挑选到合适的人。但是在此我想提出我的一些建议，也算是我的一些经验总结，你可视作参考：

一、人品第一原则，不过分在意外貌。需要特别一提的是，我曾了解到一种说法，觉得很有道理：不要看他心情好时的行为，而要看他气急败坏时的行为；不要看他对权贵的态度，而要看他对底层人群，如清洁工、快递员等的态度。

二、真诚是第一的法宝。这一条对所有人都适用，不仅要考察对方的真诚，而且也需要保持自身的真诚，真实坦诚地表达自己的情感，这样即使这段感情不能继续也能不留遗憾，如果可以继续，则是皆大欢喜。

……………

虞父足足写了四页，字字是情。

窗外下起了雨，虞灿把信放进书柜的隔层，隔层里躺着七张同样格式的信封，加上这一封，刚好八封。虞灿每年生日都会收到虞父给她写的信，事无巨细字迹密密麻麻，积攒了厚厚一沓。除了十三岁，他们之间矛盾最激烈的那一年，那年的信封里只有一句话"生日快乐，我希望你多笑"。

虞灿十二岁之前是和杨卿一起度过的，杨卿是她的亲生母亲。

虞灿现在已经忘记这个人长什么样了。杨卿情绪很不稳定，易燥易怒。在她的眼里，虞灿哪里都差，没有一点可取之处，不够聪明，念书成绩不好，皮肤不够白，眼睛不够大，长得不够像她，说不了漂亮话讨人喜欢。打骂对虞灿来说是家常便饭，甚至因为走路姿势不够利落而被推搡大骂。

那时虞灿不喜欢说话，不喜欢吃饭，不喜欢人多，不喜欢别人的目光，不喜欢来到这个世界上。为什么别人都有朋友？他们为什么总是笑着？他们在说什么？没有人能告诉她。

她不喜欢这个世界，这个世界也在排斥她，从骨头到每一寸肌肤。她那

时候总想着，如果自己出意外死了就好了，这样的话就没有痛苦了。

后来，杨卿得肺病去世，很多人用可怜的眼光看她，她本来就没爸，现在妈也没了。可怜，不过也很晦气。

再后来，她被接到虞家，才知道原来虞灿的"虞"，是虞有毅的"虞"。那时她十二岁，已经有了基本的判断能力。杨卿再怎么不好，但是好歹养育了她十二年，虞有毅做了什么？他什么都没做，离婚之后迫不及待投入新生活，彻底跟往事划断界限。

一次面都没和她见过，一颗糖都没有给她买过。

但是她出生，有一半是因为他；她痛苦，有一半是因为他没担起做父亲的责任。她不想被可怜的目光注视，她告诉所有人杨卿对她很好，一切都很好，一点也不需要补偿。

那时候唐小丽怀着虞南，精力有限，对她心有余力不足。

刚到遥城那年，虞灿上初一，学校组织开新生家长会，她一晚上没睡，鼓起很大勇气告诉唐小丽。唐小丽答应了，但路上出了状况，胎动异常，掉头去了医院。

那天她一个人在校门口等了很久，等到家长会散场，等到班主任总结开会成果："学习呢，是家长和学校共同的事，家长不重视，那学校也是唱独角戏。虞灿，你家长为什么没来？"

她站起来，所有人都看着她。

"你是不是没告诉家长？"班主任走过来。

"告诉了。"她很害怕，不知道在害怕什么，泪打在崭新的课本封皮上，脸颊发疼。那时候刚开学，是她来到遥城正式上课的第二天，那天本来是她憧憬着重新开始新生活的一天。

她站在教室中央，听见有人说："她骗人，她还跟我说她妈肯定会来。"

她几近崩溃。那时候都小，可童言无忌最是残忍。

而这又是一段痛苦生活的起点，越来越多的人以各种理由讨厌她——"她说话的口音跟我们不一样""她总是冷冰冰的，以为自己是谁啊""看着就不像好人"……

她晚上回了家什么都没说，却在夜里哭湿了枕头，哭到睡着，睡着又哭醒，第二天照常去上学，没有人在意她那个被缺席的家长会后续怎么样。

生日的时候，唐小丽订了蛋糕给她庆祝："灿灿，生日快乐哦。"

她狠狠地把蛋糕挥到地上："我有妈，我亲妈会给我庆祝！不要假惺惺的！"其实杨卿从没帮她庆祝过一次生日。

"混账！"虞有毅一巴掌拍在桌子上，"给你妈道歉！"

"你才混账！你们全部都混账！"虞灿仅存的一点勇气，全部花在歇斯底里上，她大呼小叫，咬牙切齿。

到了学校，又是另一番景象。没有人愿意靠近她，她也装作不需要靠近别人。

她在小区救了只流浪狗，每天放学后悄悄跟狗玩。有人逗她："你这小孩怎么身上脏兮兮的，没大人管？"仅仅是这一句话，又让她的眼泪在眼眶里打转。

杨策尧是虞灿的第一个朋友，他比她大一岁，轻微自闭，感情淡漠，他妈妈很喜欢她去找他。虞家父母也喜欢杨策尧来找她。她偶尔说一些话，但绝大多数时候，他们都没有话说，只是待在一起各做各的事。

后来张晶来找她，她在班上有了第一个朋友。

"如果你等会儿在台上跳舞跳到一半就停下来，那我们就是真正的朋友啦。"

虞灿对这个人言听计从，即使知道这个人没安好心。

她像个走火入魔的瘾君子，在路上走着走着突然掉眼泪，把自己关在卧室里抓起椅子往墙上砸，不敢照镜子，极度厌恶自己。

虞有毅、唐小丽、她，家里的大人孩子都流泪，梗着脖子恶语相向，手掌一下下拍在桌子上砸得震天响，茶杯碗筷被摔了一地。

到底什么时候一切才可以结束？夕阳照在阳台的栏杆上，片刻的停顿之后一点一点地褪色。是否万物真的有灵？谁能救救她？谁来帮她一把？那时候无比希望有人来帮帮她。

张晶偷答案的事情败露了："灿灿，你帮我顶一下，我已经被记过了，再犯就要被开除了。"

"嗯。"虞灿无所谓，学不学都可以，最差就是死。

事情越闹越大，学校要杀一儆百，唐小丽抱着小小的虞南来学校帮她求情。

门虚虚地掩着，虞灿立在门外，从手指宽的缝隙里看到唐小丽的身体慢慢下沉，直到给主任跪下。

这如同一记闷棍打在她的头上，天昏地暗，却又恍然大悟。她冲进去拉起唐小丽，一字一句说明事实。

要一直这样吗？还没有活一场就死？每个人的成长之路都不是一帆风顺的，走过弯路不是死罪。

世界大雨滂沱，万物苟且而活，无人为谁背负过多。没有人能救另一个人，除非那个人自己想立起来。有时候成长并不是循序渐进的，而是在某一件事某个瞬间后突然就醒悟了。

虞灿上了离家远的高中，拼命学习，开始参加校园活动，加入校园篮球队，和大家相处。她反复调整自己的状态，反复失败，反复重来。在她的带动下，杨策尧也不再沉默，他们的话越来越多，无所不谈。

她有了很多珍惜、喜欢的东西，美术、美妆、家人、杨策尧。热爱最可贵，有了热爱就有了向前的动力，爱人，爱事。她渴望成为很好的人。

艺考前一个月，她由于高强度练习绘画，过度用手导致腱鞘炎复发，虞有毅开了很久的车去集训地看她。她打了封闭治疗针，皮肤残留着针孔——一个个血洞和伤痂。

四十多岁的男人，眼里闪着泪花背过身去。虞有毅当时没说什么，买了大堆东西放桌子上，擦擦眼睛默默走了。

他们之间是不善当面沟通的，他留下一张便利贴：灿灿，我只希望你平安健康，要是压力大、难受，不想画就别画了，你还年轻，有很多机会，大不了明年再来。

高考结束，唐小丽带着全家去静居寺祈福，虞南上了幼稚园大班，蹦蹦跳跳叽叽喳喳："姐，你要是考得好呢，我就给你放一朵烟花。"

虞灿问："考得不好呢？"

"那你就完咯。"

"虞南你怎么说话的！"唐小丽揍他。

他嘟嘟囔囔："好嘛好嘛，考得不好就放两朵烟花！"

虞灿最终被遥城大学录取，虞有毅激动地跑上跑下。唐小丽立刻给朋友们打电话，声音颤抖，口齿不清："灿灿她，遥、遥大！"

虞有毅早上八点回到家里，今天是周六，虞灿和虞南都不用上课，唐小丽也放假，难得四个人都有空，他们决定一起去郊外徒步。

虞南要带上他的轮滑鞋，唐小丽说："山上滑不了，你还不如带两瓶矿泉水。"

他不信，非得穿轮滑鞋。

"呵，不听老人言吃亏在眼前。"

"喊，我才不信，你一会儿说自己老，一会儿说自己是少女，那你到底老不老啊？"

唐小丽扬起手："看我不打你。"

他一滑，溜了，撞到刚出房间的虞灿。她穿了身休闲运动装，灰衣灰裤太阳帽，如同拍摄运动写真的模特，青春靓丽，浑身散发着自信活力。

但虞南没工夫看她，转身跑进卧室把门关了。

九点多，几个人总算上了车，虞有毅开车，唐小丽坐副驾，虞灿和虞南坐后面。

虞灿跟赵翊聊天，她给他发了一大排表情。

虞南凑过来看："你在干吗？"

她说："大人的事你别管。"

他压低声音："是不是在跟赵翊哥哥聊天？"

"哎，你……不是。"

"哦，"他松了口气，心有余悸地拍拍胸口，"那就好。"

"南哥，"她扯他帽子，"张笑芙是谁？"

虞南顿时焉了："姐、姐姐……"

临近郊外，路上车不多了，虞有毅说："灿灿，要不你来开试试？"

虞灿高考后拿到驾驶证，一直没正式开过："好啊好啊。"她跃跃欲试。

虞南尖叫："不要啊！"

她说："那你穿轮滑鞋滑过去，我带爸妈开车去。"

"巫婆！"

第十一章

鲜衣怒马少年郎

最近降温得厉害，外面湿气很重。胡嘉运把酒店房间的窗户关上，回头对赵翊说："你就装，我昨晚都看见了。"

破了一半的行李箱摆在茶几上还没收拾，赵翊刚洗澡出来，黑发滴着水，积下的水珠倏地滑过后颈，消失于沟壑分明的脊骨。他身上系了条白色浴袍，腰带随便扣着，脖子上的青色印子只剩下淡淡痕迹，腹部的肌肉线条分明。

胡嘉运看到那青色痕迹立马想歪了，拿起个短袖甩过去："你穿件衣服吧！"

他没配合胡嘉运开玩笑，而是拿起帕子随便擦了擦，两步走到沙发边捞起手机，眼皮掀起："没别人看见吧？"

"哟，你还怕人看见哪，禽兽不如的东西，做都做了还怕人知道。"胡嘉运想到自己跟吴茉莉信誓旦旦保证的样子，"我就是傻才信你的话。"

"我装什么？"赵翊看了眼手机，坐起身把胳膊支在大腿上，"她不想承认我。"

胡嘉运一听有事："什么情况？"

赵翊烦躁地把帕子往桌上一扔，本来昨天回来后心里又爽又开心，幸福感爆棚，行李都没放就给她发信息：我到了，明天有时间吗？

他刚从南港回来，分开这么久，又亲了，怎么都得在一起待两天吧。

虞灿：没有。

赵翊：后天呢。

虞灿：有点忙。

赵翊：大后天？

虞灿：这几天都比较忙。

然后，她发来一长串的亲亲和爱心表情。

有心见面，不可能挤不出一顿饭的时间。赵翊没谈过恋爱，没什么经验，按他想的，他们俩现在应该在一起了。他隐隐觉得虞灿在躲他，原因很简单，感动上头一时冲动，回家后平静了，只能躲着。

他把消息给胡嘉运看："说说。"

胡嘉运看到一大片爱心表情，气急败坏道："你俩秀恩爱也不用这么嚣张吧！"

赵翊凌晨五点多才睡，眼里红血丝密布，两手交叉垫着后脑勺，神情颓靡。胡嘉运看他这个样子，懒得计较了："翊哥，你不是吧，谈个恋爱而已，你一天情绪转十八道弯。"

"没谈。"真的没谈。他在这段感情里一直不占主导地位，什么都是看虞灿的反应来，心里一直七上八下的，倒也习惯了。但这一次，他心里真的不是滋味，甚至怀疑她或许不会爱任何人，只是单纯对接吻这事感兴趣。不是他，她也会吻别人。

他想起以前。孙淑华喜欢画画，尤其喜欢画他，记录他的成长过程。她开个人画展，大半都是画的他，后来赵衡摔伤，她把画烧了，眼都不眨一下把他送走。

十七岁的时候，他选定好地质专业院校，哥哥截肢……他每次接近幸福时，一切都会毫无征兆悄无声息地破裂。

阳台上寒风凛冽，赵翊的浴袍被吹得翻折起来，风灌进喉咙，体温却依旧炙热。他从来没有得到过追求的任何东西。

理想是，人也是，好像不管怎么努力，结果都是这样。

连续几天，赵翊和虞灿都没有见面。

公园的景观湖湖面结了一层薄冰，花园新移植来了一批新花，小小的含苞未绽，空气中弥漫着一股清冽的香气。

球场里，篮球砸着地面，"砰砰砰"地响。

胡嘉运约了几个人出来打篮球，赵翊、路岐宇、杜珧林。今天大家都挺兴奋的，连一向文文弱弱只打羽毛球、乒乓球的陈远莱也加入了。

打了大约四十多分钟，大家都累得不行。路岐宇扛了一箱水回来，一人扔了一瓶。年轻人不怕冻，打开盖子直接往喉咙里灌，喉结滑动几下，一瓶水就没了。

胡嘉运故意逗陈远莱："远莱兄，打球好玩吗？"

"好玩。"陈远莱以前不喜欢篮球这种对抗性运动，认真点头，"我还以为会被砸，一直没敢打过。"

"哈哈哈。"胡嘉运把水瓶盖子拧上，下巴一抬，"要不是翊哥一直给你传球，你碰到球都难！"

"因为我们是一组的。"

胡嘉运拍拍他："那你传给我干什么？"他俩是对家。有两次陈远莱拿到球不知所措，胡嘉运拍手喊："传我传我！"他就真传出去了，大家笑得半死。

路岐宇听见他俩说话，差点一口水喷出来："陈兄，有你是我们的福气。"

陈远莱闹了个大红脸："我多练练，多练练。"

赵翊坐长椅上，心不在焉地笑了笑。

杜珧林和唐微微在一边聊天。他问："无聊吗？"

她拿着他的衣服："还好吧。"

杜珧林往赵翊那边看了看，问："虞灿怎么没来？"

她回答："她这两天很忙。"

赵翊睫毛动了动。

这周六孙淑华让赵翊回家，他先去找了赵衡。赵衡的腿冬夏都不好过，需要一直吃药特别保养。

"哥，最近觉得腿怎么样，疼不疼？"

赵衡穿着得体的西装，温润如玉："不疼，你找的那个澳门专家给我做了手术后一直没疼过了。"

赵衡的眉眼和赵翊有三分像，不过整体轮廓更柔和，毫无攻击力。无论是相貌，还是待人接物，他都当得起一句"陌上人如玉，君子世无双"。

赵翊把赵衡手上的文件夺了，推着轮椅："别看了，现在是周末，外面太阳多好，出去晒晒。"

"等一下，等一下。"赵衡从抽屉里拿出一支钢笔，送给他，"我觉得很适合你。"

赵翊小时候好动，写字如同鬼画符，手速跟不上脑速，赵衡便一笔一画教他写。

"谢了，哥。"他笑笑。

"对了，"赵衡说，"我前阵子听说妈去看了场画展。"

"是吗。"赵翊心想，孙淑华都多少年没碰过跟画相关的东西了。

"而且，周医生说她神经衰弱症状减轻了很多。"

赵翊回答："那很好。"

赵衡叹了口气："所以我们少让她生气，尽量顺着她，说不定过不了多久就好了。"精神上的事，说不上痊愈不痊愈。

赵翊玩着钢笔："行。"

晚餐时间，孙淑华和赵鸿光一起乘车回家。

大概是刚参加了什么会议，两人都穿得非常正式，正式得没有一点温度，大家都遵循食不言寝不语的规则。

餐毕，孙淑华说："衡儿，你还在和姓黎的那个小明星联系？"

赵衡没说话。

"没有就最好，明天你傅伯父生日，他的女儿比你小两岁，陪我一起去看看。"

傅卿茹曾在赵衡的生日宴上公开羞辱过他，赵翊皱眉："妈，哥……"

她神色淡然："不用说了，你哥和那个小明星在一起要面对什么你知道吗？我都是为你们好。"和黎漫在一起等于把赵衡放到聚光灯下，一举一动都要受到苛刻的打量。

赵翊语气冷淡："傅卿茹之前做过什么你忘了？"

"是人都有犯错的时候，改了就行。"傅家有把柄在她手上，即使两个年轻人一辈子不相爱，傅卿茹也不敢怎么样，必须一辈子守着赵衡。孙淑华朝赵衡招手说："衡儿，你先回房去。"

"好。"赵衡走之前给了弟弟个眼神，示意他别乱来。

赵翊什么都可以忍，但是忍不了他哥憋屈，况且是这种大事，他难得地和孙淑华争吵了一架。

孙淑华一改在别人面前淡然的面孔，愤怒地吼："你哥他二十八岁了，以他的条件他想和谁在一起不行？如果不是你，他会这样吗？他不怪你，你也觉得自己无罪是吗？"

"妈……"赵翊低头。

"我也有罪,我不该生你,要是没有你,什么都不会发生!"

人在恶语相向时丝毫不会吝啬狠毒,那件所有人都不愿再提起的真相再次被揭开。

赵翊十七岁那年,赵衡做手术那天,赵鸿光坐在长椅上深埋着头,告诉了赵翊全部的事实。

赵翊是赵家的幼子,泡在蜜罐里长大,比起赵衡,父母显然对他投入的精力要多一些。赵衡小时候,赵家父母忙着创业在外打拼,对孩子照顾很少,而生赵翊的时候,赵家基业大局已定,什么都能提供最好的。

赵翊一直被娇养着,性格也任性很多,他五岁的一天,外面下着小雨,却一直嚷嚷着要出门玩,赵鸿远和孙淑华无奈,只好带着他出门。

赵衡独自在家里从楼上摔下来,怕爸妈觉得他笨手笨脚,不讨喜,一直忍着痛不说,直到两周后痛得受不了才吞吞吐吐说自己总是站不稳。就医太晚,病根就此埋下,自那以后,他不能跑不能跳,站只能站一小会儿,截肢成了板上钉钉的事情,只是早或晚而已,医生再三保证会尽量帮患者延长时间。这件事成了悬在赵家头上的一把刀。

如果那天不是赵翊瞎嚷嚷要出去玩,父母就会及时发现赵衡摔倒的事,会立马送他去医院,绝不会到这个地步。孙淑华没办法再对赵翊好,偏执地认为对赵翊好一点就是对赵衡的残忍。

他们把赵翊扔到赵鸿光父母那边,最开始那年一次都没有去看过赵翊。孙淑华从公司里退出,专心专意照顾赵衡,把所有精力都用在他身上。同时,她的精神出了问题,神经衰弱,喜怒不定,变得控制欲极强,什么事情都要掌控在手中,生怕再发生一点意外。

赵翊从来都不知道这些,偶尔问起哥哥为什么坐轮椅,赵衡只是说自己身体不好容易觉得累,坐着舒服点。到了赵翊十七岁那年,该发生的还是发生了。

赵衡腿病加重,要么截肢要么死。他不肯截肢,情愿死。孙淑华说:"既然这样,那我先死。"她买了安眠药在他面前吃。他只好答应截肢,条件是她重新回到自己的人生。

赵翊永远都记得,进病房看到哥哥的第一眼。那么英俊好看、风度翩翩的人,只剩下半截身子,在床上挣扎想要坐起来。

赵翊这几年里无论遭受了什么,只要一想起那一幕就什么都可以忍受。

孙淑华的质问"你真的觉得自己无罪吗",这个问题他已经想烂了。

不管理智如何劝勉，有一件事是确定的。如果他没有出生，赵衡的人生会完全不一样。

其实他有点信因果。他这样的人，诸事不能得偿所愿是情理之中的。

"翊哥，你说是不是？哈哈哈！"胡嘉运在逗陈远莱，捧腹大笑。

赵翊刚抽了支烟，闻言勾唇淡淡笑了下，模样疏懒。

"你舍得吗？哈哈哈……"胡嘉运说，"你们继续打，我刚刚喝多了，去厕所。"

"我看你是饿了。"杜珧林说。

"哎，找打是不是！"胡嘉运倒退走，对唐微微讲，"你看这人贱不贱，上赶着找骂。"

唐微微说："你说话注意点！"

"具体是多少点？"

唐微微敷衍地笑笑，没管他了，紧紧盯着手机，给虞灿发信息：1号篮球场，人少，他们去洗手间了。

路岐宇刚刚搬水不小心把食指刮了，这会儿出血了有点疼，在旁边蹲着休息。赵翊对着篮筐投球，但动作懒懒的，没几个投中。

"赵翊！"虞灿突然出现在篮球场，在后面喊道。

路岐宇往后面看过去，眼睛微眯。虞灿穿了件绿色大衣，头发染回了黑色，红唇乌发，笑起来明艳大方。路岐宇知道她漂亮，但每次看的时候还是被惊艳到了，仿佛她一出现，周围萧条的景色都鲜活了几分。

赵翊听到她的声音，第一反应是幻听，接着又听到她和唐微微打招呼，真的是她。

陈远莱跑过去跟她打招呼："虞灿，你来了。"

赵翊没去看，运球原地拍了拍，往篮筐的方向一抛，没进。他弯腰把球捡起来，在手里运了两个来回后，球突然被虞灿给劫走。

"你怎么不理我？"她把球往篮板投，一样没进。

路岐宇手流血了，唐微微去找杜珧林："你们玩，我出去买个创可贴。"

陈远莱跟着："我陪你一起去。"

诺大的空间一时只剩下赵翊和虞灿两人。赵翊没说话，走去捡球，他的外套挂在球架上，身上就一件黑色球服，露出的胳膊肌肉线条流畅，充满力量感。

虞灿仗着周围没人了,手背在背后跟上去,然后伸手搂住他的脖子,凑在他耳边说:"咱俩亲都亲了,你现在装什么高冷?"说着又要去亲他。

赵翊略一偏头,躲过去。

他刚刚才抽了烟,有味,而且……

"虞灿。"他微怔,往后一仰,把她推开了点。

她不明所以:"怎么了?"

他低头拍了拍球,转身对着篮筐一抛,这次中了。他本来准备了很多话,但开口只剩下:"虞灿,我说的那句话仍然作数,你慢慢来,我九十岁都等得起。"没办法,爱了就是爱了,很大程度上没有好的结果,但还是爱。

"但我只能接受你对我的感觉,和我对你的感觉一样。"而不是像现在这样,因为感动一时兴起,或者除了爱以外的任何其他感情。

"其他的就算了。"他就算再怎么不值得被爱,也不会卑微到靠感动来拴住别人。

地面上停了几只麻雀,鸟喙机械性啄地争食,虞灿认真听他讲话。

那个篮球慢慢又滚回来,他捡起:"打不打?"

她静默了片刻,把球接过来:"你怎么知道我们感觉不一样?"

"现在做我女朋友?"

"现在暂时还不行。"

他眉峰动了动,云淡风轻,看不出什么情绪:"不打就到旁边去。"

"好。"她手机响起,当着他的面接起来,"好,你送进来吧,我就在球场,穿绿色大衣。"

球被砸得"啪啪"响,赵翊一眼都没再看她。

空气冷燥,阳光正盛,明亮刺眼,照在身上却没有什么温度。

他一身黑色球衣,眼神专注篮筐,次次空心,一击即中,额头上很快冒出密密麻麻的汗珠。

夏季的时候虞灿也来过一次这里,那时候金色合欢开得正繁茂,杜朓林和唐微微刚在一起没多久,虞灿问赵翊"他们在说什么",赵翊回答说"商量婚礼摆几桌",然后把篮球转起来放到她的指尖。时间已经过去很久了。

"赵翊。"虞灿喊道。

他没说话,又一次投球捡球。

但虞灿知道,只要她出声,他一定在听,他是永远都会回应自己的人。

她拿着个礼盒,打开:"赵翊,我记得上次来这里你把球转起来顺给我,之前上课你坐我旁边，我一节课什么都没听清，就顾着用余光看你。后来你给我传字条和电影票，微微说我那都撑得住。其实我早就撑不住了，跟你相处的每分每秒我都在心动，看着你的睫毛我都觉得喜欢，再不表白我就要心悸而死了。"

赵翊的动作停了，阳光落在他的侧脸。

包装精美的盒子被层层包裹，内里是用一张海报包裹着的红玫瑰，很漂亮很娇艳，她选了很久才预定的。她走向他，发丝在耳边飘扬："想来想去，还是送你玫瑰最好。"

暑气腾腾的七月，东乐谷门口，赵翊随手塞给虞灿的玫瑰，是她收到最好看的花。我爱你，赤忱而热烈地爱着你。虞灿成为现在的虞灿，花了很多的时间。她曾把自己所有的感情都倾注于热爱之事，没有想过有一天会如此狂热地爱上一个人。

"不用等到九十岁，我在十九岁的时候就已经爱上你了。"

赵翊心中一阵激烈的战栗，热流从四面八方涌上心头，沉声问："你清楚自己在说什么吗？"

"从没有一刻比现在更清楚。"风很轻，她的声音也是。

她觉得，赵翊这样的人应该与灿烂为伴，得天独厚，走过的路花团锦簇，顺风顺水，永远轻狂坦荡，肆意张扬，值得千千万万朵玫瑰，所以不应该被随便地对待。她本来还准备了其他东西，但还没等花来，就忍不住先来看他。

"现在玫瑰到了，你愿意做我男朋友吗？"

篮球从赵翊的手中坠下。他上前几步扣着她的下巴，那个笑胜过最灼人的骄阳："玩我呢？"

虞灿笑着，背抵着球架主杆仰起头，眸若星辰："赵翊，我这么喜欢你，你可以做我男朋友吗？"公园里吹着冷风，远处有晨练的体操队。

他把她拿着海报的手上举，海报在他们的头顶散开垂下，隔绝了远处的视线。他们在海报下接吻，清楚听到对方的激烈心跳和唇齿缠绕发出的水声，疯狂的行动胜过一切言语。

胡嘉运出了卫生间后站在外面的槐树下等了半天。

杜珧林和唐微微在后面磨磨叽叽聊天："这个男女标志都快被磨没了，太不明显了，我刚刚跟他来的时候，差点进了女厕所。"

"嗯嗯嗯，对，"唐微微疯狂赞同，"我刚刚差点进了男厕所。"路过花坛，她想起件事，"我和灿灿之前来这里写生，后来不是碰见你们了嘛，收拾东西匆忙，就丢了几块颜料，后面再回来找就没了。"

"那怪我，我不该出现。"

"不是啦。"

"哎呀，嘿嘿。"

胡嘉运翻翻眼皮子，臭情侣，懒得等他们了，先走一步。到球场要经过一段文化长廊，长廊换了新画报，画报上画着寒季的著名民俗典故，如卧冰求鲤、张仲景分羊肉汤等。

他哼着歌走出长廊，震惊地发现球场上有张巨幅海报在空中蠕动，那张海报下有两个人，其中有一个人穿着黑色26号球服，明显是赵翊，另一个女生是谁？他记得唐微微刚刚说虞灿不来，而且赵翊和虞灿最近关系有点僵，所以，这姓赵的疯了？

接着，他看到那张海报慢慢放下，滑到地上，里面的两个人露出真容。

赵翊把海报放下来，虞灿舔了舔唇，他再次低头覆上她的唇瓣："这次是亲我女朋友。"

胡嘉运要夯了，这就是某条狗所谓的郁闷？真的是傻才会信赵翊的话。可不是闷吗？大闷特闷，闷到海报下去了。

唐微微和杜珧林的脚步声传来，胡嘉运猛一回头，抱住杜珧林："先别过去。"

杜珧林惊奇道："你撞鬼了？"

"你干什么？"唐微微也愣在原地。

胡嘉运："我考你们几个问题，张仲景以前是干什么的？"

杜珧林摸摸他的额头："你是不是上了个厕所把脑子冲走了？"

中午，赵翊请大家吃饭，胡嘉运怒点十斤麻辣小龙虾，酒入愁肠，龇牙咧嘴。赵翊和虞灿在餐厅外面，他们几个肆无忌惮地聊天。

杜珧林说："所以你早就知道他俩要在一起了？"

唐微微说："当然啊，你们打球的时候我一直在跟灿灿发信息，她说她要来表白，让我看看赵翊的状态怎么样。"

路岐宇还在震惊中："那照你们的意思，虽然赵翊一直追她，但她先告白？酷啊。"说完自动给虞灿脑补了个女侠的形象。

唐微微问："哎，话说他俩去哪儿了？"

"说是出去透个风,到现在还没回来。"陈远莱说着起身,"我出去看看。"

"停!"胡嘉运抬手拉住他。

陈远莱问:"怎么了?"

胡嘉运一脸沧桑,颇有经验:"这种时候别出去,容易看见不干不净的画面。"

晚上,赵翊送虞灿回家,车停在小区门口。今天天气很好,夜间繁星闪烁,绿化丛里藏了流浪猫,窸窸窣窣,新修剪过的小叶女贞树发出清新的气息,沁人心脾。

赵翊拉着虞灿的手,单手撑在车窗上,屈起的食指在下巴上蹭了蹭:"你前几天为什么说没空?"他理智知道这事该翻篇了,但嘴巴还是忍不住问出来。

"忙。"她说,"真的有点忙。"

清风明朗,弦月高悬,空中自动飘浮着舒缓流转的音乐。他牵起她的手:"在忙什么?"

"做告白准备工作。"她的手提包上挂着个拇指大小的木偶——他小时候亲手做的那只,"我去了周爷爷的店。"

闻言,他捏起那个木偶,嘴角开到天上,眼角开到下巴,四肢弯弯扭扭。

"还有这个。"她从包里拿出个陶人,"我做的。"短发,26号黑色球衣,右手抱着个篮球,眉眼锐利,那个神态让人一看就知道是赵翊。

他盯着她看,远处的黑了无止境,他眼前却明亮,夜风拂过尘埃,地灯发出柔和的光线,落叶慢慢飘扬,他不动了,微微垂下眸,目光又从陶人挪到她的脸上,良久良久。

"你看我干什么?不会要哭了吧?"她把他的头按过去,心中大笑,"别看我,看它,我给它起了个名字。"

"什么名字?"他拿起那个小人看。

"二公主。"

"为什么是二公主?"

"因为一公主已经有人当了。"翊,一。他反应了半秒,懂了,"公主不是女的吗?你觉得我秀气?"倒也不是说秀气点不好,但是秀气这个词跟他无关吧。

"当公主你还不乐意?"她摊手,把披散的黑发往后捋了捋,露出的皮

肤白皙，然后也看着他。

"算了，公主就公主。"
"你笑什么？"
"那你笑什么？"
……

唐小丽带着虞南下楼扔垃圾。

最近天黑得早，小伙伴们五点多就回家了，虞南每天都玩得不尽兴，而且早上起床的时候又冷又困。他百无聊赖地打了个哈欠，心想要不逃一次学，就一次应该没什么。找什么借口呢？说生病了？或者说姐姐结婚了，让他回家吃席？

虞有毅下晚班，从小区门口进来。唐小丽刚好看到，招招手去接他，只见他走到一半不动了，低头往一辆车里看什么。唐小丽刚好走到车头的位置，见状也往里瞟了一眼。

车里，虞灿和赵翊都抱着对方。

她的下巴搁在他肩上，手隔着衣服感受他脊梁的骨骼："你怎么总穿这么薄，不冷吗？"

"出来的时候喝了岩浆。"

"哈哈哈……"两人抱着，虞灿笑，赵翊能清晰感受到她身体的颤动、呼吸的频率、皮肤的温度，还有蓬勃的爱意，温暖慢慢在两人之间蔓延。

男性的身体确实比女性的身体暖和一点，他们什么都不做，就这样拥抱着对方，肌肤相抵，感受对方的存在。

心"咚咚咚"地跳，这是爱最直接而原始的证明。

虞灿的睫毛眨动，扫过他的脖颈。

赵翊扭了下，余光蓦然看见一双眼睛，吓了一跳。

她发现他脖子上的那片青色不见了，嘟囔："你恢复得好快。"她每次小磕小碰青紫都会很久才消，"你擦药了？"

他叫道："虞灿，虞灿……"

虞灿亲他脖子一下："哎，你躲什么？"都在一起了还玩高冷？

赵翊躲，她追着去亲，跪在座椅上往他那边去。

"你爸，好像是你爸！"灯光昏暗又隔着车窗，看不出具体是谁，但轮廓很像。

"什么啊？"她脑子反应过来的那一瞬间，同时也看到了车前站着的唐小丽。

"咚咚咚！"

虞有毅敲了敲车门，那声音，比他们最动情的一次心跳还震耳欲聋。

虞家客厅，茶杯飘着热气。赵翊单独坐在一个单人沙发上，两手平放于膝盖，规规矩矩。

"喝茶啊，小赵。"唐小丽说。

"好。"他往虞灿那里看了一眼。

虞灿低着头，没脸见人，抬头回了他个眼神：刚刚让你走你不走。

门口堆放着两箱燕窝和茶叶。当时虞父敲门让他俩下车，他俩排排站，赵翊手上还拿着一枝玫瑰。

虞父看了半天，转身丢下一句："上楼谈谈。"看不出生不生气，但那样子绝不是开心。

虞灿碰碰赵翊的手臂："要不你跑吧。"于是赵翊当场就跑了。

她当时看着他的背影："这恋爱还谈个球。"过了会儿，他冒着汗提了几箱礼品敲门。她真的服了，这种鸡飞狗跳的时候还能顾齐礼数。

虞南被强制要求在书房里写作业。虞灿和唐小丽坐在一块儿，虞父坐在电视机前，连喝了五六杯茶，时不时抬起眼睛看一眼赵翊，不过一句话也没说。

"爸，妈。"虞灿忍不住开口。爸妈应该不会阻止她恋爱的，但就是接受起来会有点难。

"你们交往多久了？"唐小丽对赵翊说。

虞灿回答："我们……"

"我没问你。"

赵翊正经道："今天刚交往。"

虞父当了半辈子领导，严肃一点压迫感就很强："谁提出的交往？"

"我追的她。"

"谁提出的交往？"虞父又问了一遍。

唐小丽虽然夸过赵翊，但他要是真的跟虞灿交往，又是另一回事了。唐小丽这会儿也没帮忙的意思。

虞灿心道完了，爸妈肯定怕她识人不清又倒追，单方面付出受委屈，便

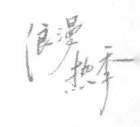

给赵翊使眼色，示意说他提的。

"她提出的。"赵翊实话实说。

"哦，那你被她哪里打动了？"虞父盖茶杯的手停住，静静等下文。

虞灿心道赵翊那么会讲话的人，这点儿肯定难不住，谁料他回答："没有被打动。"

虞灿一惊："什么？"

赵翊笑了下，云淡风轻的，真诚地说："因为其实一直是我在追她，那时候是夏季，我遇见她，慢慢喜欢上她，决定追求，她委婉拒绝了我几次。现在想想心里还不是滋味，恰好那段时间我家里也发生了点不好的事。"

他起身倒了三茶，受赵衡熏陶，他拿壶倒汤的姿势非常标准，第一杯给离得最近的唐小丽："当时唐阿姨请我来吃饭，但对我来说，不是一顿饭那么简单，多谢阿姨。"第二杯给虞父，"虞叔的收藏柜让我大开眼界，看了之后我才发现，原来之前虞灿送我的茶叶是你给的，多谢叔叔。"

虞有毅立马想起那两袋宝贝茶叶，转头看虞灿，眼里写着：你不是说自己喝了？

虞灿低头装傻。

赵翊把第三杯茶给虞灿。

"我也有？"她眼神示意：当务之急是拍好长辈的马屁才对啊。

挂钟指向九点，虞南在书房心不在焉地写作业，客厅里茶香氤氲。

赵翊说："感谢你，接受我。"那场告白，不只是告白那么简单。那枝玫瑰，也不只是玫瑰。两人只需一个对视，一切尽在不言中，毕竟心潮，都是暗涌的。

交往第一天就被当场发现，有点倒霉，但对象是他，其实真好。

赵翊控场能力很强，从一开始被突然袭击搞得狼里狼狈到这会儿已经处理好一切。

"好了。"虞有毅喝了口茶，又看了他两眼，心里有了考量。欣赏归欣赏，但动了他女儿，心里还是不得劲，"这会儿也不早了，赵翊你先回去，我送你。"虞父起身。

"不用，我自己下去就行。"

虞灿站起来："我也送。"

唐小丽拉她："你坐着。"

虞有毅和唐小丽在门口换鞋："小赵，我们送你。"

赵翊路过虞灿旁边的时候摸了把她的脸。

"南哥？"虞灿猜他们估计不是单纯地送人，肯定会跟赵翊说点什么，见虞南探头探脑的，于是推着虞南说，"南哥，你也去，听听爸妈跟赵翊说什么。"

虞南立马跟了出去："我也要送赵翊哥哥。"

"我看你就是不想写作业。"唐小丽看了他一眼。

唐小丽和虞有毅在前面走着，虞南的小手拉着赵翊的大手，在后面跟着，他观察四下无人，小心翼翼地问道："赵翊哥哥，你怎么会喜欢我姐啊？是不是有什么把柄在她手上？"

晚上，虞灿收到赵翊发的一张图片，图上他手举着一杯茶：纪念我们在一起的第一天。你也喝一杯。

虞灿：卧室没茶。

赵翊：喝一杯，喝一杯。

虞灿：好吧，公主。

虞父虞母都在客厅看电视，见虞灿出来举着茶杯拍照，问道："口渴吗？冰箱里有橙汁。"

"不用了，我喝点热的。"

虞有毅："你笑什么？"

虞灿压根儿没意识到自己在笑，收起嘴角："这个剧确实还挺好看的。"电视里正播着无聊的汽车广告。

唐小丽笑出声，明摆着在跟男朋友聊天。

虞有毅："行了，要聊回自己房间聊。"他说过不插手虞灿恋爱，但她真恋爱了，他又恼又憋得慌，呼吸都不流畅。

"哦。"虞灿一步步挪回卧室，把自己摔到床上，把举杯喝茶的图片发给赵翊。

人一谈恋爱，智商就退化，两人像幼稚园的小学生。

虞灿：看看老二。

赵翊：啊？劝你三思。

虞灿：我说二公主。

赵翊回酒店后把二公主串在钥匙扣上，但二公主是陶瓷，娇贵不已，怕碰碎了，于是取下来放到电脑桌上。

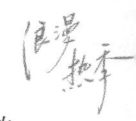

后来网上查到这东西见光会褪色或者破裂,于是他又换了个地方放,放到了……

虞灿看着他发的照片:你变态啊,放枕头边上。

赵翊:暂时放这里。

等明天买个罩子,有罩子遮光就能放桌上了。

她又发过来几张图片,是他做废的三条腿歪脖子泥塑兔子。他当时觉得做得太丑了,没去陶艺店里拿,没想到她拿回来收藏了。歪脖子兔子以一种奇怪扭曲的姿势和另外几个精致仕女躺在玻璃盒里。

他看了图片一眼,把手上的烟摁灭,胳膊撑着阳台往外看。

酒店在市中心,放眼望去,灯火喧嚣,四通八达如蛛网密布的马路上川流不息、人潮涌动。

消息提示音每响一下,他的笑容就加深一分。

第二天早上七点,铁树尖滑下清晨的第一滴露珠,花盆底下酝着湿气,落叶踩上去软塌塌的。虞灿远远地看见赵翊站在小区门口。他穿着蓝色棒球服和灰色休闲裤,手揣兜里。

酒店离学校近点,她说了可以不用来,他绕了一大圈还是过来了,接她一块儿去学校。

她踮着脚故意不发出声音靠近,如同电影里一样,拍他右肩出现在左边:"帅哥,你等谁?"

"等我女朋友。"他顺手把她的帆布包接过来,然后把早餐袋递过去。

她打开看,是粉色甜甜圈和一块芝士蛋糕,问:"嚯,公主,你这是搞的什么?"

"不喜欢?"以前杜珧林经常给唐微微送这玩意儿,她跟唐微微是朋友,赵翊估摸着她们的口味差不多。

"不是,只是觉得消受不起。"她笑。

"有什么消受不起的。"他真的不会谈恋爱,但是别人有的,她肯定少不了。

两人边说边往地铁口走,清晨人不多,灌木丛里有两只橘猫窜来窜去。

"公主。"

"嗯?"赵翊现在对这个绰号已经免疫了,只要身体硬,绰号软一软也没事,称呼而已。

虞灿问:"你吃早餐了没?"

"我懒得吃。"赵翊五点多就起床了,给她买了早餐就一直站在小区门口,自己还没吃。

虞灿把芝士蛋糕分出来一半,递到他面前:"吃吗?"

芝士蛋糕本来就没多大一块,他瞥了眼,怕她吃不饱:"我不吃甜的。"

她把手收回,两人盯着对方看了半天,突然都笑起来。暧昧因子萦绕在他们周围,热恋的情侣,一瞬间小心翼翼,一瞬间想踩在对方头顶撒欢。

赵翊笑够了,抓起虞灿的手腕,就着她的手,咬了一口蛋糕,味道确实还不错。他不喜欢吃甜的,几次吃甜的都是因为她。

学校在清理道路两旁的杂草、修理行道树,园丁坐在除草机上来来回回,空气中飘散着草的清香。虞灿拍拍赵翊,手掌一收一合,他把手掌覆盖上去,用大拇指蹭了蹭她虎口的位置。两人都没看对方,但眼里嘴角都是笑,感觉这样的时光十分美好。

两人走着走着,蓦然,虞灿看到前方出现某个人的影子,笑意僵在嘴角。吴玉华和妻子下车,并肩走过来。虞灿赶紧把手从赵翊手里抽出来,把他往旁边一推:"别看我,别看我……"

赵翊冷不防地被推到草坪上,园丁大爷骑着除草机过来:"让一让,让一让!"

赵翊愣住了。

虞灿和吴玉华打招呼:"吴老师好。"

吴玉华今天心情好,多说了几句:"上周交的画不错,继续努力。"

"嗯,好。"

"你上节课调的那个青绿色很特别,我从来没见过,是用什么做的?"

"青石磨的。"

"青石?"

"还加了白色颜料。"

"还不错,那个颜色很少见。"

"谢谢老师夸奖。"

"哦,还有上次你提的那个问题,我回去查了下……"

一番对话后,好不容易等吴玉华走了,虞灿回头找赵翊。他受园丁所托在清理石板路缝里的杂草,已经清理了好几格,面前堆了一小垛,见虞灿过来,问:"聊完了?"

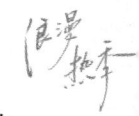

这个事确实抱歉，她说："不好意思，这个老师凶死了，我怕他在课上说我们俩的事。"

"哈哈……"他把裤管上的几根杂草扯掉，"没事。"

接着，他一副知道自己几斤几两的样子，补充了句："一厢情愿，这事难免。"他就是拿不出手，不能让别人知道呗。

虞灿笑得没力气走路："我的错，我的错，公主，公主。"

赵翊："你说的公主到底是什么意思？不是那个公主吧？"他这样的形象和公主是沾不上一点关系的，所以她说的公主应该是有别的意思。

"这都能发现？你猜猜。"

他边想边拍拍她的手背，她把手放上去。见远处有电动车驶来，他把她往内侧一拉："中午一起吃饭？"

"当然。"

虞灿上午上课的时候脑子里一直浮现着赵翊除草的模样。学校的青石板路的每块石板之间隔着三四厘米的距离，雇人清理过后仍然留着黄色枯草，彻底清理需要撬开石板，耗费石料和人力。

前几年不清楚，但是去年似乎没有彻底清理，说明学校大概也觉得年年斩草除根太耗力。不过如果不除，确实不好看，也不安全，那么有没有什么方法，可以既美观又省钱？

艺术本就是弥补缺陷的。下课后，虞灿去后勤部备了案，挑了个没人的时间，提着桶颜料做起了地面涂鸦，主题是侠客行。她在两块石板中画了个江湖客，枯草充当背上的长剑；画个羁旅客，枯草充当蓑衣，一蓑烟雨任平生；画个小人，黄色枯草刚好充当小人的长袍装；草多的地方干脆画成茅草屋，草瘦的地方处理成长矛……枯草与画面完美结合。

看金庸先生成长起来的这代人心中都有一个武侠梦，梦想着饮马江湖，仗剑天涯。很多人把这段路拍下来发到学校的论坛，纷纷称赞。

晚上十点，图书馆准时闭馆。赵翊和胡嘉运从馆里出来，去操场跑了六七圈，大汗淋漓，然后坐在草坪上吹冷风。胡嘉运喘着粗气，扔给赵翊一张纸巾。赵翊擦着擦着汗，突然道："公主，是什么意思？"

"你别欺人太甚，那你是不是让人家叫你王子啊？当狗也要有个限度，OK？"赵翊之前装忧郁给胡嘉运留下的伤害还没完全恢复，现在又把调情的爱称拿出来炫耀是吧？

赵翊要不是这会儿太累，真想站起来踹他，笑骂："滚，是她叫我公主。"

"哈哈哈！"胡嘉运一听这个就来兴趣了，"那说明虞总觉得你是变态呗，你完了。"

他有什么想不通，会开口问胡嘉运这个傻子。他随手拿起手机，看到有一连串的新消息，打开看，是一段涂鸦后的青石板路的图片，还有一个女孩拿着一张图纸蹲在地上用涂料上色。

虞灿晚上收到了赵翊发的青石板路的图片，估计也是别人发给他的，几经传播图都糊了，还附上了一段话：你怎么这么牛！

她看到这条消息，心里升起不可名状的成就感，前言不搭后语地回了一句：想你。

后来几天的时间里，很多同学在这条路上拍照、闲逛、打卡，就连平时不走这条路的都会来看看。副院长联系虞灿，询问她愿不愿意把学院里其他三条小道全部画成同种风格。

接下来的几天虞灿忙忙碌碌，平时要上课，不上课的时候行人多，她只能选择早上五点到七点和晚上九点到十一点这两个时间段提着喷漆工具做涂鸦。

赵翊在旁边陪着她，给她递东西，等收工给她辅导英语。做涂鸦的时候他笨死，连看个对称不对称都看不准。辅导英语的时候她笨死，连一句完整的句子都听不出来。

花了两个星期时间终于完工，她的手因为长时间接触喷漆，加上冷水浸泡，长了红红的冻疮。她平时特别注重保护手，从没长过冻疮。但她看着这条焕然一新的路，兴奋感无与伦比。

做热爱的事情，灵魂都会为之呐喊，受伤也觉得幸福。

遥大建校百年，迎学生来送学生往，一届又一届。这条路会留有她来过和他们在一起的痕迹。遥城大学官方宣传账号在学生风采和创意版块发布了她制作过程的视频。这个视频在网上引起了一波讨论热度。

赵衡也看到了，他把视频转发给赵翊：这个女孩是虞灿吗？

彼时赵翊和虞灿正拥抱着。地灯散发着莹莹灯火，两人都穿着黑白配色的运动鞋，一大一小。虞灿用学院发的改造路段的酬金买的，送他的礼物。

他俯身弯着腰，下巴搁在她的肩上。她两手从腰间环着他，脸埋在他的

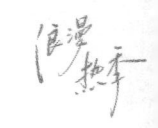

胸前，喃喃："赵翊，你心跳好快。"

"嗯。"他闷声回答，胸腔震颤。

她的耳朵一阵酥麻："吵。"

"其他的我都能想想办法，但这个真没辙。"他吻了下她的黑发，"活着就没法对你不心动。"只能抱歉。

风吹得树梢一下下晃动，遮住月亮，又放开月亮。到处都心动不已。

过了会儿，她觉得冷，手钻进他的外套里，隔着一层背心取暖。

他被冰得绷紧身体，"咝"了一声："冷？"

"长了冻疮。"她特别怕冷。

他把衣摆往上提了点，带着她的手往里一放，继续抱着。

"你真的有腹肌。"她摸了摸。

赵翊无语，自己在她眼里是有多弱。

第十二章

一路风霜与热望

街上行人的衣服变得越来越厚重，路灯下的路上有个小屁孩骑着自行车边按铃铛边摇摇晃晃，七拐八拐总算稳住方向。绿化带里的木芙蓉叶片上的白霜还未化开。

一辆车停在餐厅门前，赵翊下车，门口戴着白色手套的侍者替他推开门。

孙淑华已经在里面等着了，她旁边还坐了个女孩，是杜存希，从小受赵家资助长大，最近几年一直在国外留学，今天刚回来。

"妈。"赵翊径直走过来，目光在杜存希脸上滑过，坐下喝了口茶。他穿着件黑色外套，身上还带着外面的寒气。

杜存希给他打招呼："赵翊，你好。"他们俩很久以前就认识了，只是没什么深入的接触，不生也不熟。

不出二十分钟，孙淑华把这顿饭的宗旨交代完，留下一句："存希刚回来，小翊，你有时间带她转转。"然后挎着包走了。

赵家不是白资助杜存希的，等同于一种资源兑换——她学成回来后，半辈子都得给赵家工作。她无所谓："我不在这里工作，就会在那里工作，反正都是工作。"她更感兴趣的是，"你妈之前跟我提过，希望我和你多接触，最好能结婚的那种。"她笑容满面，直勾勾地盯着赵翊，明显对他很感兴趣。

赵翊掀起眼皮看她一眼："我有女朋友。"

"我不介意。"她眨眨眼，弯唇，大方又善解人意，"如果以后我们结婚，我们可以各玩各的。"

"我介意。"他起身走了，看都不想再多看她半眼。

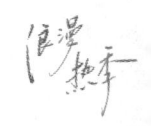

地下停车场一辆白色轿车驶出，孙淑华手肘靠着车窗，揉了揉太阳穴，略显疲倦。

赵翙蓦然出现在车前，司机紧急刹车，回头道："夫人，小翙他……"

孙淑华抬手表示知道了，淡然地打开车门下车，隔着几步的距离问："怎么了？"

地下停车场过于阴冷，寒风穿堂而过。赵翙立在原地低了低头，又抬眸："妈，很久没和你一起散过步了。"久到记忆已经模糊不清。

她默了默，最终淡声道："很晚了，让让，我要回去了。"

风真的很冷，车从他身边驶过，安全出口标志闪着绿色的幽光。

他靠着墙抽烟的时候，在想，他在虞灿眼里到底是什么样的形象，而那样的形象，又能维持多久。

虞灿半夜睡不着，起床上了个厕所，回来翻手机玩，看到了几条留言。来自津北的一个二十三岁女孩，网名叫"苦熬121212"：

Gorilla，这是我第一次在网络上留言，不知道你能不能看到。我在遥大官网上看到了你给青石板路改造涂鸦的视频，激动的心情久久难以平复，我真的很羡慕你的生活，丰富多彩、精致美好，能看出你真的在享受人生，一定有很多人喜欢你吧。

而我，完全是你的反面例子，我做过很多不好的事，那些事情永远无法弥补。我大学的时候和父母断绝关系，和亲戚闹掰。我现在每月只有两千多块的工资，住在十平方米的合租房里，房间里只有一扇手绘的窗户，隔壁就是这层楼的公用厨房，一天二十四小时都有人使用，"叮叮当当"的声音让我每晚都难以入睡。

除此之外，就我本人来说，我脸上有很多痘印和雀斑，皮肤粗糙黝黑，在街上只敢低着头走路。我是一个由不幸和缺点堆砌出来的人，我不喜欢我的工作，也不喜欢所有的人际交往。我时常想，自己这样活着真的有意义吗？

我说这些不是为了博取同情和施舍，因为就算有人给我一百万，我也不会变好，我没有一个朋友，不会和任何人相处，即使再好的朋友，再深的感情基础，都会被我搞得一团糟。

没有一个人爱我，每一天的太阳升起我都心如刀割。你可以告诉我，到底怎样才能好好生活吗？哪怕一天，哪怕一次。

这位网友对自己的用词和恶意触目惊心。

跌倒过的人知道那种滋味不好受，会不自觉想给别人点力量。虞灿怕打字的声音吵到室友，披了件衣服下床走到阳台上，逐字逐句斟酌回复了这段私信。

"苦熬"你好，我看到你的个人简介，来自津北市，二十三岁。谢谢你的信任，把于你而言这样私密的话告诉我。从你的文字里，我感受到你是一个温柔细腻又善意宽和的人，即使在很糟的情况下，仍然言行有礼，没有一个不好听的字眼，并且还会在看到别人的视频后由衷为别人感到激动喜悦。

首先，我要说的一点是：你现在之所以痛苦，并非自己真的有多么大的过错，只是有进取之心，因为安于现状的人，不会感到痛苦。从这一点来看，你已经超越了很多人。

对于你说的羡慕我的生活，我想说，我在很长一段时间里跟你的生活状态一样，但我没你做得好，我别扭、拧巴、自卑、恐惧，经常冲人大喊大叫，歇斯底里，甚至无法像你这样勇敢地说出自己的问题。

对于你询问怎样才可以好好生活，我想，如果我是你，我会先攒钱换个住处，减少噪音对睡眠的影响，如果实在无法更换，那么我会买一对耳塞，这个在市面上售价大约两元。这样即使有噪音也会小很多了，对不对？对于脸上的痘印和雀斑，它也是我身体的一部分，我会尽量放下对它的敌意，尝试转换风格，让它变得协调。

我会认真清洁好自己的皮肤，多出去看看阳光，相信我，阳光和清洁的空气是这世上最为珍贵而又免费的东西。在购买衣服的时候，我也会选择偏深色调的服装，这样可以起到修饰肤色的效果。如果觉得肤色暗沉，可以增加一点小的亮色配饰，例如丝巾，在市面上大概十元就能买到。

行有余力的话，再去市图书馆看两本书。听说津北市图书馆很漂亮，在里面坐着看书一定是件惬意的事。

晚上躺在床上，我会认真专注感受这些细小的变化带来的美好，既然可以改变一点，那意味着还可以改变更多，毕竟"100"不就是一百个"1"嘛。

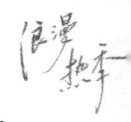

对于你提到的没有人爱你,我爱你,我真诚地希望你变得积极、自信、勇敢、快乐。

希望你能看到我的回复,这世上有人爱着你。

即使眼前的状况不如人意,但我们活着,就有改变一切的能力。

第二天,虞灿去参加创新创业分享会。因为昨晚上熬了夜,她的眼底带着点青色,脑袋也闷闷的。

"虞灿,这里,这里!"吴茉莉站起来朝她招手。

她走过去坐下。阶梯教室坐满了人,黑板上写着"创新创业大赛分享会"。另外几个组员陆续也都到了,他们依次跟对方打招呼。周路遥坐在虞灿前面一排,转过来,表情还是有些许腼腆:"嗨。"

虞灿发现半个月没见,他瘦了好多。

组里那两个人工智能专业的男同学开玩笑说:"虞灿,俺俩以前有眼不识泰山,没看出来你这么牛。"他俩一个叫张阳,一个叫徐亚,这会儿说的是地面涂鸦的事。

在遥大这个牛人齐聚的地方,能够上一次校园官网,那可真的是牛中之牛。现在跟他们都熟了,虞灿笑说:"那你们现在抱大腿还来得及。"实际上她觉得学人工智能的才真的牛,一般人哪能吃得透这个专业。

吴茉莉抱她胳膊:"哎,抱住了。"

"哈哈哈……"

气氛非常欢乐。

周路遥默默写着资料,偶尔转回来对他们笑笑,但基本不怎么说话。

"大家好。"会长拍拍手,站在讲台上对着麦克风说道,"今天我们针对大赛介绍几个项目,然后大家讨论决定各自小组的项目。"

虞灿小组上次做的创意八音盒模拟销售数据非常好,每个人都发挥出了自己的专业能力。不过那个项目是为了让组员磨合练手用的,现在要正式定一个新的完整的项目。

张阳说:"那我们这次做什么项目?"

徐亚若有所思:"创新创业,创新,怎么创新?"

吴茉莉提议道:"要不我们做机器人?不刚好有两个学人工智能的队友嘛。"

"倒是个好意见,"徐亚想了想,"但是你从哪里看出我们会做机器人?

属实是抬爱了。"

望周知，学人工智能不等同于会做机器人，他们现在的水平顶多搞搞智能家居，像自动窗帘、声控灯之类的。

"我们还是务实点，先想一个简单的项目。其实看似简单普通的实则受众群体最大，举个例子，空气是最普通的，每个人都需要，存在即受众。"张阳说。

吴茉莉再提议："那要不我们做惊喜策划？类似于婚庆公司，专门面向学生群体的。"

虞灿福至心灵："可以哎，这种公司虽然多，但在学生群体这一块没有覆盖，有市场空缺，我们可以扩大业务范围，不只是搞婚庆、求婚，还可以加入毕业典礼、生日会、告白这些项目。"

"你这么一说，我也觉得这个项目挺靠谱的。"张阳点点头。

他们继续围绕着这个项目讨论，做细节补充，越说越兴奋，直到会长做了个"停"的手势。

吴茉莉搓搓手开溜："不好意思，各位，我还有另一个社团也要开会，撞时间了，先走一步。"

大家表示理解："没事。"

会长总结："好了，我们看到大家讨论得很激烈，效果非常不错，但大家初次涉猎，肯定有很多不明白不确定的地方，在这里，我们请来了上上届全国赛区的冠军获得团队成员，大家可以现场向他请教。"

他还没说名字，大家就都知道请来的人是谁了。因为这种大型比赛的关注度非常高，是高校的一场盛事，团队要经过校级初赛，获胜者代表学校参加省级复赛，再胜者团队代表省市参加最后的全国终赛，到了全国赛区，年年都是那几个顶尖大学在角逐。

遥城大学在这方面一直有些欠缺，近五年就拿了那一次冠军，当年全校风靡，广播站反复播放他们队的采访语录，遥城都市报还专门给他们留了庆贺版面。来参加培训的人都对这个大赛有了解，自然知道那个夺冠的团队是哪些人。

虞灿更知道,但赵翊怎么没提过要来培训会？她看了眼他俩的聊天记录，还停留在他问中午吃什么。她还没想好，所以没回。

教室里炸开了锅，闹哄哄的："是赵翊他们团队吧？"

"那个队里只剩赵翊还在了吧？"

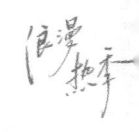

"把他叫来了？"

"开个培训会还能看帅哥，值了！"

虞灿看见前面有两个女生手挽手，其中一个对另一位说："我在网上看过他们的比赛现场视频，里面那个赵翊，真的好帅，专业能力又强！"

另一个女生劝道："但我听说挺花心的，脚踩几条船，换女友比换电池还快。"

"你这么一说，更吸引我了。"

"你有钢铁之心？"

"我有似！水！柔！情！"

赵翊坐在教室外的排椅上，听见里面传来的起哄声，瞬间不想进去了。当年得奖后的一段采访录音被放到校园广播站反复播放的阴影，到现在还记忆犹新。

他那时候才大二，跟几个学长一起参加的，现在那几个学长都读研或者工作了，在校的只剩他了。会长朝他招手："来呀来呀！"

赵翊走进教室。他穿着件黑色棒球服和休闲运动裤，黑色短发清爽利落，脸部轮廓清晰。上了讲台后，他谁也没看，操作桌面电脑，调出要用的资料。午间的阳光从窗户照进来，斜斜地落在他胸口的位置。

教室一片喧闹，帅哥谁不喜欢，大家明目张胆地举起手机拍照。跟什么小心思都没关系，就是单纯喜欢美好的事物。

虞灿也拍了一张。张阳无意间看到这一幕，连连摇头，戏谑道："啧啧啧，现在的女生哦，见了长得帅的就走不动路，肤浅。"

赵翊调试好幻灯片，抬头，表情淡然，教室迅速安静下来。大家闹归闹，学的时候就认真学。

赵翊手扶了下麦，说："现在这个阶段，每个小组应该都有了想做的项目，你们可以……"

他简单介绍了几句后，大家开始就自己队的项目问题提问。

他参加过往届比赛，有经验，考虑全面，不只着眼于当前局面，对市场的发展趋势和项目本身的发展潜力，以及项目可实现性，都有相当老到的看法，回答问题总能一针见血。

在座的大学生都是人精，谁讲的真的有货，谁虚头巴脑的，听几句就知道。现在讲台上这个人明显是前者。

众人都非常积极地抓紧机会提问。虞灿也站起来提了个问题，不过，她倒是有点意外周路遥的改变。

周路遥三次主动举手，当着整个阶梯教室上百人提问，虽然说话断断续续的，脸部因为紧张一片涨红，但他还是再一次，又再一次地站起来了，即使他提出的问题并不多么高明，甚至三个问题之间有部分重复。

赵翊抬手做了个请坐的手势："创意不错，创新不够，有些偏理想化。天使投资人在投资项目时最看重的两点，一点是人和团队，第二点是选择未来的趋势。有了屠龙刀当然牛，但世上没有龙，短时间内也不能创造出龙，一流的创意配上三流的执行……"

虞灿看着讲台上的人，他用自己的能力影响着别人。何谓优秀？有一分热发一分光。

赵翊继续援引了几个金融案例，告诫同学们警惕郁金香投机，防范黑天鹅威胁。

距离下课还有一分钟，同楼层有其他班级提前下课，楼道开始吵嚷，众人都还有些意犹未尽。

"我想要微信，好想要啊啊啊！"前面挽着手的那个女孩紧张又激动，压低声音叮嘱旁边的朋友，"你等会儿帮我拿下包，一下课我就过去找他要。"

"行行行，你放松，别抓我，真去？"

"真去！"

"谢谢赵学长的分享。"会长笑容满面地看向赵翊，调侃地问道，"你今天回答了这么多问题，那有没有什么想问的？"

赵翊在旁边整理资料收纳U盘，本想说"没有"，但低头看了眼手机屏幕，发现那条消息还没有被回复，眉峰动了动："有一个。"

"是什么？"会长非常期待。

下课铃响起，培训结束，他抬头往阶梯上看："中午吃什么？"

就这？还以为要问什么高深的问题，但少年的灵魂最不缺的就是娱乐精神，众人你一言我一语地回答："西红柿炒鸡蛋。"

"创业都是艰苦的，我吃早上剩的馒头。"

"马铃薯炖土豆。"

…………

大家边开玩笑边收拾东西陆续离开。

见赵翊一步步走上阶梯，张阳给虞灿告别："下次见。"

虞灿坐在原处没反应，盯着前方，张阳顺着她的视线一看。

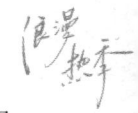

赵翊眼神锁定虞灿直直走过来，骨节分明的手指上挂了根 U 盘绳，绳子一晃一晃的，他完全没了刚刚那股子正经劲儿。

他在她前面一排坐下，用指节扣了扣桌面，锐利的眉眼带着笑："问你呢，虞同学，中午吃什么？"

"没想好。"虞灿说，"你想吃什么？"

他低头笑了下，手放桌面上，手掌卷起又伸开。这已经成了他俩的特定动作。

她自然而然地把手放进他手心，另一只手支着侧面的下巴："你刚刚在讲台上的时候好帅。"

赵翊被她这句"好帅"弄笑了，摇了摇她的手。

那个来要微信的女孩动作僵在半道上，慢慢坐了回去。

张阳碰了下徐亚，他俩不了解赵翊和虞灿的关系，两人眼神一对。单知道她喜欢看帅哥，不知道竟然这么喜欢，这就牵上手了？她沦陷得这么快？这么快！赵翊岂止是纨绔子弟，是会下蛊吧？

他俩对虞灿的印象很不错，不忍心看她往火坑里跳。劝一下？谁去劝？他俩还没对决出谁出马去劝，虞灿已经和人家牵着手走了。到了门口，她回头给他们告别："拜拜，我们先走了。"

张阳和徐亚木然地回应："那个……"

赵翊看过来，等他们说话。张阳和徐亚异口同声："路上小心。"

旁边站着的周路遥看到赵翊和虞灿牵手起先也很震惊，不过随即释然。不管看到什么听到什么，他都相信赵翊绝对不会是戏弄别人感情的人。

今天天气不错，晴空万里，唯一美中不足的是冬季的阳光没什么温度。

赵翊和虞灿坐在出租车后排。虞灿收到徐亚和张阳发的劝告消息，笑得靠在车窗上。赵翊不怎么发朋友圈，一年就发个一两次。虞灿发的频率高一点，但因为微信里有很多合作方，只偶尔分享一些有趣的事，极少发三次元的相关信息，更没发过赵翊。所以除了几个亲近的人，大家都不知道她谈恋爱了，甚至以为她和赵翊不认识。

"我是纨绔子弟，拿不出手，得藏着掖着。"赵翊看着窗外，面上有些萧瑟的释然。不就是不公开他嘛，习惯了，之前遇到老师那次也是。

"立马公开你。"

"公开我干吗？我就是个纨绔子弟。"

"不是那意思。"她笑得不行，把他掰正过来，"人家之前又没问过我，人家不问我说什么？你刚刚在台上那么厉害，我主动说不是蹭你热度吗？"

他假笑："呵呵。"

"哎，说说说。"她编辑"赵、翊、是、我、男、朋、友"，发送之后挽着他的胳膊，五指嵌进他的指缝，掌心相接，连带着流动的体温。

他胳膊支着下颌，拇指蹭了蹭她虎口的位置，眉骨之下的那双黑眸含着不明显的笑意。

言归正传，她问："说真的，你觉得我们的项目怎么样？"在培训会上，他们问得更偏向于专业知识，没有得到他对项目整体的评价。

"你自己觉得呢？"他垂眸，"婚庆是吧？"

"不是，类似于婚庆，但对象是学生群体。我们讨论过了，这一块有很大的市场空缺。"她尽量说得全面，"而且我们的业务也很广，涵盖生日、毕业典礼这些。"

"这样。"他点头，不置可否，"我给你罗列一下上一届前十强的项目：商用无人车、VR虚拟镜片、机器模拟嗅觉芯片、中芯仿生科技、人工肺叶……"

"算了算了，你别说了。"这不是行不行的问题了，纯粹是鸡蛋碰石头，不战而败。

赵翊一副疏懒的模样，话头转了个弯："觉得自己不行了？"

"没……我再想想。"庆典说不定也能和高科技关联起来。她本身很喜欢这个项目，当时吴茉莉一说，她脑子里立马炸出灵感，搞艺术的，很重视第一直觉和灵感，加上刚刚跟组员的讨论，她对这个项目爱不释手。

但是比赛有人家的规则和取向，不可能以她的喜好为转移，于是她添了句："实在不行再换。"

三岔路口有交警执法，车拐了个弯，有一瞬的颠簸。他看着她皱眉沉思的样子，欣慰地笑了："好样的。"她从来都不是轻言放弃和改变的人。

他淡淡出声："其实我觉得你们这个项目不错。"

虞灿接话："不错在第一轮就淘汰，后面不用比了是吧？"

赵翊一笑："项目好坏不是这么看的，技术要求高的你们组不一定弄得出来，也不一定有热情去研究，自己组中意的、真正想做的才是最好的，这样才能做精做尖。就拿最简单的烤红薯来说，有人不爱这一行，仅仅听说这东西赚钱就跟风而去，过程敷衍了事，红薯烤得半生不熟；有人喜欢这一行，认真对待，烤出的红薯又香又软，开了连锁店，名利双收。"

没有情感做导向，事倍功半。大道至简，道理都是一样的。

"有一届大赛，金奖项目做的是民生豆腐。所以，做你想做的。"

如果你有一腔赤诚与热望，那就只管心向远方。少年的理想不会被埋葬，有人爱着的少年更不会。

风从车窗的缝隙挤入，他的话一字一句地落在她的心里。

"赵翊。"她挽着他的胳膊向上看，他眼睫垂下一片光影，显得眼眶更加深邃有神。

"怎么？"

"你现在也有点帅。"

到饭店之后，他们点了两份米线。这家米线味道很好，也很有名气，闻名来吃的人很多，店里非常热闹。米线还在做，虞灿无聊地打开日历写日程表。

赵翊两腿跷着没个正经样，单手拿着手机看未读消息。他大体扫了一眼，没什么重要消息，勾选了"全部已读"，然后打开个视频软件，点开虞灿的主页，发现她最近半个月都没有视频更新。

他正准备退出去时，系统自动刷新，显示她换了头像，是他在东乐谷拍的那张，给周奶奶的那张。

虞灿这边收到一个知名彩妆品牌的直播邀请，对方HR言语有礼，发来好几条信息：虞女士，我们一直有关注你的视频作品，非常有特色，很符合我们公司的调性，想请您在圣诞节期间为我们做一场直播。不知道您是否有时间？预期的酬金是多少？

虞灿正准备了解细节，却听赵翊说："要不要见见我爸妈？"服务员把米线放在餐盘上端过来，他从服务员手里接过瓷碗瓷勺，替她摆好。

"你说什么？"她看他那淡定样儿，怀疑自己刚刚听错了。

"要不要见见？"

"你没睡醒？"还真是这件事，不是她不愿意，但这也太快了。

赵翊吃饭的时候不喜欢太热，老早就把外套脱下来挂在椅背上，因为要用汤勺，他把衣袖挽起了一截，手微一用力，臂上显示出清晰的脉络纹理。

他想把所有的事全部告诉她，从小到大，包括杜存希的事，但话到嘴边又说不出口。陈芝麻烂谷子乱七八糟，他自己都觉得不堪："见见？"至少让孙淑华知道他有女朋友。

虽然不知道他是怎么想的，但见他脸上一片云淡风轻、漫不经心，看上去见不见都行，就像是路过超市的时候问别人要不要来个甜筒，完全不会让人感到压力。她想了想："太早了。"

他闻言侧首，撩起眼皮道："我等会儿回去补个午觉。"真的没睡醒，说梦话。

"你怎么会有这个想法？"

"这不是第一次恋爱没经验嘛，还以为上午交往下午就去民政局。"他笑了笑。

"现在确实有点早了，等以后再说吧。"

"下午还是去图书馆？"

"嗯嗯。"

吃完米线，两人牵手散步回学校。

花坛里的冬青树在一众萧条的行道树里显得非常葱郁，人行道边站着个卖糖葫芦的中年男人。前面有个旅游的古风打卡点，地面铺着墨蓝色地毯，粉色桃花掩映，拱门内挂着红绳木牌。好几对外地来的游客都在这里拍照打卡。

她让赵翊给她拍照，指导："你这样，手机稍微这样斜一下，把我放到屏幕中央，大概三分之二的位置。"还记得当初在那个公园，她转球，然后让他拍的照片，惨不忍睹，竟然真的就拍了球，脸都没完全入镜。

旁边有对小情侣也在拍照，男生非常专业地指导着女生的动作，拍了小半天，女生兴奋地跑过去看，看到的瞬间笑容全部消失不见："我在哪儿呢，我在哪儿呢？我这眼睛都没睁开！"

那个男生回了一句："哎呀，你不是会修图嘛，随便修修不就好了？你看我景色拍得还是不错嘛。"

女生差点气死。

虞灿正叮嘱着赵翊，听到这一段都抿着唇憋笑。

"行。"他把她推开，有模有样地举起手机，"过去站好。"

风吹着有点冷，虞灿摆了几个姿势，没抱太大希望。拍照这技术，也不是说一两句就能提升的，不骂不骂绝对不骂。结果她走过去接了手机一看，竟然还不错，他按她说的拍，图片大半是天空，非常有清新氛围感。

"哎，还不错，你怎么突然变这么厉害？"挺像那么回事。

他攀着她的肩膀，带着人走："这能有多难，就看了几个教程。"

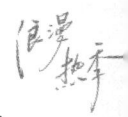

她看了会儿照片，选出最有感觉的几张，仰头问："哎，你为什么突然学拍照了？"

他想着她挺爱拍照的，他们在一起了，以后那么长的时间，肯定有需要他拍的时候，就买了几节摄影课看，但他不可能把这种小心思明说出来。

"你说为什么？我自拍，拍胡嘉运那只狗。"他面不改色。

懂了懂了。她笑着说："怎么只给胡嘉运拍？不给陈远莱拍吗？我觉得他更上镜。"

"拍，全都拍。我天天什么事都不干，从早给他们拍到晚。"

"看不出来，那你还挺贤惠的，记录大家的生活。"

"贤惠？"这又是什么词，下一句是不是该说他是小娇妻了？

她说："小……"赵翊把她嘴给捂了。

她乐不可支，捂就捂吧，再说下去该心动死了。

这世上，有人嫌你爱拍照，有人怕帮你拍照，但有的人专门为你学拍照，忍着寒风，拍到你满意为止。

图书馆里向来座无虚席，虞灿闷着头做了两套英语试卷，她如今考过六级肯定是没问题了，但想把分数刷高点，至少达到580分。学到后面，想提分就必须攻克短板。她的短板是听力，于是把听力下载到手机上，没事就听听，坐地铁的时候也听着。

杨策尧在地铁出口处等虞灿，他站得很直，穿着整洁一丝不苟，眼睛盯着前方。她一出现，他立马看到了，脸上露出愉快的笑容，慢慢走过去帮她接过手上的蛋糕。

这几个月他跟着老师去了西廿飞行基地做实践，基地管理严格，发送信息打电话都要经过审查、申请。他们之间几乎没有通信，但是真正的好朋友，见面从来不会生疏。

西廿海拔高，紫外线强烈，他晒黑了很多，有点不好意思，想遮住脸，又觉得欲盖弥彰。

"生日快乐，杨策尧。"虞灿把他的手掰开，笑他，"哈哈哈，你变得好黑。"

他无奈又羞愧地别过头："我们先回，我打了车。"

今天是杨策尧的生日。她每年只要有时间一定会陪他过生日，这里距离家里有一段距离，他们打车回去。

她在车上跟他讲了最近发生的一些事情，他安静地听着，这些事情他大体也知道，但从她的口中再听一次，完全是不一样的效果，仿佛一切都生动鲜活起来。

杨策尧始终噙着淡淡的微笑，一边听她讲话，一边在脑海中搜刮在西廿有趣的事，但是很遗憾，一件也想不出来。

突然，虞灿说到赵翊："我跟他表白了，然后我们在一起了。"

杨策尧微怔，但仅仅只是一瞬。窗外的景物不停变换，车载电台播放着舒缓的音乐，他很难形容那一刻是什么感觉，心脏好像被割开一个口子，很多种情绪交杂在一起，心酸、疼痛、自责、愧疚……还有一种，自己都难以察觉的，替她开心。

杨策尧看着前方良久："那他，对你好吗？"他了解，她不会随便喜欢人，喜欢上的，就是真的喜欢。而赵翊，他的印象很深，上半年他们几人在临江边吃过一次晚饭。

从那个人礼貌地低头凑近听他说话，他就有种预感，能与她相配的只有那样的人——热烈却不过分张扬，果敢而不鲁莽，优秀但没有优越感，不轻易看轻任何人。能做到这些的同时，还细腻、有担当。

虞灿的语气带着笑，回答说："对我当然很好啊。"

栾树金黄的树叶又浮现在眼前，他低头："是吗？那可真好。"

进入十二月，一切都好像按了快捷键。

虞灿和赵翊都特别忙。他学习加工作，两头兼顾，偶尔还得离开遥城。她的实操课也是一波接一波，大冬天背上画具去山上写生，手冻得不能动，还有该死的小组作业，专业考试也快来了，她巴不得一个人掰成两半用。

唯一的一个好消息，一直压在心上的英语考试终于考完了，她走出考场，心里轻松了一截。

赵翊在走廊等她，他不爱穿厚衣服，觉得累赘行动不方便，此时上身就一件羊毛衫和外套，头上戴着顶黑色鸭舌帽。

进考场之前，他们约好了等会儿在楼下见。

她着急下去见他，一直望着下面，突然被人一扯，撞进别人怀里。

赵翊捂住她的嘴，不让她惊叫出来。她抬头看清人，踹了他一脚，笑骂："你不是说在楼下等？"

"想早点看见你。"所以就上来了。他俩一个礼拜没见了。

他把她的手往自己口袋里一揣,随着人潮下楼。他虽然穿得薄,但体温却不低,非常暖和。

她在他的手心挠了挠,觉得他好像有点变化,看了半天:"你是不是变白了?"

胡嘉运老说羡慕他不会被晒黑,但实际上在夏天还是晒黑了的,现在冬天慢慢白回来了。天天见不觉得,隔一段时间见,这种感觉就很明显。这种冷白皮,她都羡慕了。

"白什么白?"他其实更喜欢小麦肤色,所以夏天都没防晒过。他把鸭舌帽取下来,往她头上一压,"耳朵都冻红了,这么不抗冻?"

"嗯哪,不像你,火人。"

"你,冰人。"

虞灿穿着件卡其色羊绒大衣,脖子上系了条米色围脖,小巧尖尖的下巴埋在围脖里,笑起来杏眼明艳漂亮。说实在的,她虽然怕冷,但为了好看一直穿得不多。她知道自己这个臭毛病,可是一直没打算改过。

有人批评她穿得少,很多人叮嘱她多穿点,但只有赵翙直接把帽子压她头上,拽过她的手装进自己衣服口袋里。

不知道是不是因为今年的寒流来得晚,气温胜过以往的任何一年。

冬天是吃火锅的黄金季节。红油和番茄锅底咕嘟咕嘟冒着泡,包浆豆腐宽粉土豆片鸭肠几盘一起放进去,等个几分钟的时间,夹起来往各种干碟油碟牛肉酱里一蘸,渗入味儿,完了往嘴里一放,美滋滋的。

虞灿平时不吃辣,但冬天除外,尤其是吃火锅的时候除外。赵翙电话响了,他示意自己出去一下,她比了个"OK"的手势。送餐机器人端来一碟基围虾,服务员热心地问:"需不需要帮忙调小料?"

"好,谢谢。"她叮嘱,"别放葱,他不吃。"

赵翙闻言略停顿,拍了下她的肩才出去,电话是公司打来的,说了些业务方面的事。打完电话后,他在楼道里复盘了一遍要点,记在备忘录上,然后回了一条短信。

虞灿没有开始吃,一直在等他,剥了满满一碟虾仁,见他回来,给他推过去。

他往那儿一坐,笑看那碟虾:"你搞什么?"哪有她给他剥的道理?

她拿了张卫生纸擦手:"我说了你是公主嘛。"就是得宠着的。

火锅店生意火爆，来吃的人络绎不绝，他们的座位紧邻落地窗，望下去便是繁华的城市路口。

第一次有人送他地球仪，第一次有人送他花，第一次有人给他剥虾。虽然说出来挺矫情的，但他确实后来偶尔失眠的时候，两手垫在脑后，想到这些事会情不自禁地笑。

赵翊拿着筷子夹起一颗虾仁，看了两秒，蘸了点小料："张嘴。"

她依言张嘴。

赵翊把第一个虾仁喂给她。虾肉鲜美有弹性，嚼两下就化了。但是那种亲密、亲昵，与所爱之人共享味觉的感觉腻在心里，能黏住人的血液。

他也往嘴里放了几颗，看看别处，又看回来："别笑。"

"谁想笑……"还不是忍不住。

两人说说笑笑，吃了将近两个小时。她说："我过段时间要去三亚，接了个直播活动。"

"具体什么时候？"

"下周，大概是圣诞节那几天。"

"嗯。喝饮料吗？"

虞灿正咬着宽粉，点点头。

赵翊给她倒了杯大麦茶，碰了下杯壁："热的。"

这里离学校不远，吃完后他们走路回去。她有点撑，靠着他的肩膀。

赵翊拍拍她的手背，她把手放进他的手里，放完才发现她在这个过程里完全没有思考，这个反应和动作已经形成肌肉记忆了。

商场里有家精美的饰品店。赵翊拉着虞灿进去，穿行了两个货架，找到一对耳罩。她起先以为他要戴，结果他出门的时候把标签扔了，戴在她头上。

毛茸茸的耳罩，戴上暖和不少，但老是听不清他讲话。她把耳罩取下来让他放包里："先收起来，回去再戴。"

"有件事要告诉你。"赵翊语调正经不少。

"什么？好事还是坏事？"

他想了下，他跟她交往，是要长久的事，他家里的情况，她应该要知道。下一个路口就到了校门口，一辆轿车驶过，带来一阵凉风。

他的手先于凉风从后面捂住她的耳朵，两人慢慢往前走。

"什么事，你快说。"

他胳膊放松,搭在她肩上,变成抱着的姿势,语气倦倦的:"关于……"

"嘀!"十米远的位置停了辆车,车按了两下喇叭,声音刺耳。

他俩朝那边看过去。

车门打开,孙淑华从车上走下来。

赵翊的表情瞬间严肃起来,下意识地看了眼虞灿,没想到她一脸笑意,带着他朝对面走过去。他拉都拉不住:"虞灿……"

"澜姐!"她叫道,"你怎么来这边了?"

孙淑华直直看着她旁边的人。

"这是我男朋友,赵翊。"她转头给赵翊介绍,"这是孙……"

冬风吹过落叶,虞灿清晰地听见赵翊喊了声:"妈。"

虞灿疑惑又震惊地看着他,嘴巴微张,妈?澜姐是他妈妈?

赵翊的表情更复杂。

孙淑华仍是一脸淡然,对虞灿微一点头,表示听到了,然后把目光移向赵翊:"刚刚不是说没时间?"

杜存希趴在车窗上看戏。

吃火锅的时候,赵翊收到孙淑华的短信,说杜存希想来他学校看看,言外之意让他当导游带人家转转。他说没时间,结果现在在校门口遇到。

而虞灿这边,她向来秉持事不成不声张的原则,因为和孙秋澜的合同没真的敲定,便没跟赵翊讲过这个传媒公司的事。

孙淑华让他们都上车,换个地方说话。

他俩在车上互通了信息,赵翊才知道原来他妈妈想签虞灿,虞灿才知道原来孙淑华就是孙秋澜。

四人在一家茶馆,两两对坐。赵翊倒茶,他情绪缓过来了。虞灿抿了一口压惊,澜姐竟然是他妈妈!

"你们俩什么时候开始的?"孙淑华开门见山直接问,长久的沉默终于被打破。赵翊和虞灿都在遥大读书,互相认识并不让人意外,但是交往,另当别论。

虞灿看向赵翊。

他虽然没看她,但安抚性地捏了捏她的手:"十月份。"

看这架势,她心里判断他们母子关系应该不怎么好。孙淑华处事强势,不能让他一个人独自承受压力。

"孙阿姨，"她给孙淑华倒了杯茶递过去，大方地说，"不好意思，以前不知道您是赵翙的母亲，多有冒犯。"

孙淑华："你冒犯什么了？"

这话换做平常人估计噎得够呛，但虞灿不会："我应该早点来拜访你们。"不管回答得妙不妙，得先回答上。

杜存希嗤笑一声，看了看指甲："你有什么……"

她话没说完，就被孙淑华有些不悦的声音打断了："存希。"

杜存希闭嘴，看向窗外勾了勾唇。

孙淑华看向虞灿："喜欢他？"一副不知道他哪里值得喜欢的表情。

孙淑华这样子，绝对不是欢迎支持的态度，虞灿偏向于解读为是在对自己不满。她脑子里想到之前初见孙秋澜，两人因为遮不遮皱纹的事起过争执，不过后来不都处理好了嘛，她们还一起喝过几次咖啡。

她说："是的，赵翙非常好，我很喜欢他。"中规中矩。

孙淑华拿起茶杯，轻抿："赵翙，你呢？"

赵翙牵着虞灿的手，他知道，无论说什么她都会带着偏见，不会让他如愿，但还是说了，如同每一个儿子带着喜欢的女孩向父母介绍那样："妈，我喜欢她，追了很久才追到。她是个很好的人，遥大美院读大二，画画很好，认识她的这段时间是我大学四年最舒心的时间，她在各个方面都帮了我很多。"

他的语句不急不缓，却非常坚定，跟平时舒散的样子不同，明明是告白，却像毫无杂念地陈述："她出现以前，我想过一个人过一辈子。"

不能左右自己的人生，没有热爱的事业，烟和酒将他笼罩的时候，自厌自弃。赵衡刚截肢的样子在他脑海中挥之不去，愧疚和罪恶感轮番拷问，他唯一可以争取的只有拼命努力，补足哥哥的空缺。浑然一生，望不到尽头，好像活着，又好像没活。他维持着表面的平静，内里却已深陷泥潭，既然如此，又何必爱人。

直到虞灿出现，他有了可以期待的明天和等会儿见。朝暮夜明，细枝末节，有迹可循。

孙淑华没有多余的话说，静默着喝了一会儿茶，让助理过来送虞灿回学校，然后和赵翙一同回了家。

虞灿回到宿舍，迫不及待给赵翙打电话，打探情况。

赵翊那边回了家，坐在客厅，当着孙淑华的面接起电话。

"怎么样，你妈妈有没有跟你说觉得我怎么样？是不是很不满意？"她现在能体会赵翊当初被她爸为难的焦虑了，甚至现在情况更糟。

"放心。"他说，"我妈很喜欢你，对你很满意。"

孙淑华听到，放下交叠的腿起身去拿水。

赵翊不是随便说说哄人，他能感觉到妈妈确实很喜欢虞灿，否则她不可能只是轻飘飘否定几句话那么简单。

赵翊挂掉电话后，孙淑华重新坐回来，翻了几页杂志，直接明了："我不会接受你们在一起。你有你自己的责任，我希望你不要太任性。如果是你哥，他肯定会听我的。"又是和以前一样的招数。

偌大的客厅里只有他们两个人，天花板上的意大利吊灯华丽明亮，周围安静，落针可闻，显得她的声音格外大。

赵翊静静听她说完："以前你每次搬出哥，我没有一次不按你说的做，但这次不行。"不管她怎么对他，他从没说过一句重话。

孙淑华不知是失手还是故意，水杯从她手中滑落摔碎在地，"啪"的一声，玻璃碎掉的棱角将光线切割得异常美丽。

沉默了一会儿，他说："妈，如果不是今天听到她叫你，我都快忘了你原来的名字。"孙淑华原名就叫孙秋澜，美院出身，毕业后遇到赵鸿光，相处一段时间后，两人都觉得各方面很合适，快速结婚成家稳定下来。

他们可以说是先婚后爱，结婚后才真正开始恋爱。创业开始阶段，赵鸿光带着建设团队到工地上工，她就亲自做些点心，戴着安全帽送到现场；赵鸿光累得在工地睡着，她就轻手轻脚拿着毯子给他盖上，支个画架在旁边为他画肖像；赵鸿光通宵熬夜赶工程，大晚上的一个人既要复核账本又要指挥打混凝土，她始终站在他身边。

身边的亲戚朋友都劝他们别搞房地产，谁会花一辈子的积蓄去买个房子，那不冤大头嘛。工程中断，要付工人工钱，她主动提出把房子抵押了。

后来小有成就，赵鸿光没有做任何一件对不起她的事，划给她私人名下的股份多过于他自己。除开工作，他的所有时间都用来陪她。她有两样最爱：一是美术，二是赵鸿光。

公司受挫，算命的对赵鸿光说："你夫人的命格不好，克你的前途，要改名字。"

赵鸿光把算命的打了一顿，撵了出去。

但孙淑华还是主动去改了名字，改成了"孙淑华"。测字的人说这个名字大气，能成大事。她天性多疑，总怕赵鸿光嫌弃自己，生了孩子后自觉老了很多，又经算命的那么一说，更怕了。

赵鸿光对她的爱真心实意，原则之内全部包容，他教她处理公司的事务，他们一起上下班，朝夕相对，生活蜜里调油，羡煞旁人。

后面公司稳定，她又怀了赵翊。

他们把没能好好陪伴前一个孩子的遗憾都弥补到了赵翊身上，捧在手心怕摔了，含在嘴里怕化了，要星星不给月亮。她的画册就是赵翊的成长记录本，甚至还用这些画开了画展。她有事业，有爱好，有美满的家庭。

直到那件事情发生……赵衡腿疼得站不起来，他们带着他去医院检查。

医生遗憾地说道："截肢是肯定的，我们能做的只有尽力延迟那一刻的到来。"

她痛苦不堪，撕毁画册，砸了画室，退出公司，送走赵翊，全心全意扑在一直被忽略的大儿子身上。

后来赵衡同意手术，唯一的心愿是她回归到自己的生活，于是她才开了传媒公司。

赵翊说："妈，十多年过去了，我们都按照你的想法生活，可是有好转吗？"十多年过去了，每个人都痛苦不堪，家再也不是从前那个家。

她沉默了一会儿，没有接话，起身朝楼梯的方向走去。

"妈，我觉得你以前的名字很好听。"赵翊站起来，扶着她上楼，"妈，我们过段时间一起去散散步，让哥和爸也去。"

瓷砖被擦得锃亮，倒映着他们两人的影子。还剩最后一级台阶，她看着地面上的倒影。

每个人有自己的称呼、喜好、生活、爱人，这些行为让这个人得以和其他人区分开来。细数这十几年，是她完全抛弃了自己，从名字，到喜好、个性、家庭、生活……从里到外。

时间过去了许久，她看着地面，说道："不然，让衡儿一个人痛苦？"谁不愿意过想过的生活？她能吗？不敢能。

虞灿今天一整天都有点心神不宁，她把孙秋澜的事给唐微微说了。

唐微微震惊得半天合不上嘴："那你跟他妈妈是老熟人了，多好啊！"

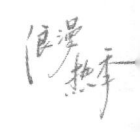

她默了默:"重点是我觉得他妈妈可能不希望我和他在一块儿。"

老师在讲台上打开书:"大家翻到第102页,我国著名艺术家张大千说过,'画家当以天地为师,不可拘泥一格,所谓造化在手耶'……"

这节是艺术欣赏课,不讲专业知识,老师讲得佛系,大家也听得佛系。唐微微和虞灿坐在后排的位置。

"他妈妈想签你,"唐微微灵光乍现,小声开玩笑,"那你不用签了呀,以后整个公司都是你的。"

虞灿翻了个白眼。

"而且吧,"唐微微换了个握笔姿势,"你就是当局者迷,他妈妈想的归他妈妈想的,我还觉得你天下第一好,赵翊都配不上呢。所以这事得看赵翊怎么周旋,反正要是他处理不好,真的跟你闹别扭,就是妈宝男,没出息,配不上你,那咱们就有请下一位!"

反正在唐微微眼中,虞灿就是天下第一好,谁看不出就是谁没福气。

晚课结束,已经快十点。赵翊在教学楼外的路灯下等虞灿。学生下课,大量人群拥出,花园里的小黄猫乱窜。

他刚准备转身,手掌里突然钻入另一个人的手。

虞灿黑发铺在肩头,眼睛明亮:"这么晚了你还过来?"

他神色慵懒地牵了牵嘴角:"送你回宿舍,你今天手还挺暖的。"

她涂了很多护手霜,滑嫩细腻:"孙阿姨到底怎么说?没反对我们?"

她觉得在工作上,孙秋澜可能之前对她真的有那么点认可,但作为人家儿子的女朋友,那点认可肯定没了。

"我不都说了她很喜欢你?"他拇指蹭蹭她的掌心,"瞎想什么?"只是不喜欢他罢了。

没事,他也二十一岁了,凡事能自立,小时候最难的时候都忍过去了,现在也没什么。

他心里还留着孙淑华在楼梯间说的话,以及听到那句话时心里的刺痛。

但现在还好,虞灿爱他。

他们牵着手,头顶的繁星漫城,脚下的影子被路灯拉得很长。花园里种着隔壁农大去年赠送的改良双色月季,红白两色,即使在寒季也灼灼绽放,浸染着花香的空气让人心旷神怡。

街舞社和吉他社团在操场办活动,歌声阵阵传来。

少年存在的地方，冬季也不显得荒凉。而走不完的小路，其实也就那么长。

宿舍没一会儿就到了，女宿舍门口有段走廊，走廊两边亮着小地灯，朦朦胧胧的。

他后面没再说关于他妈妈的话题，他不说，她也就没再问。但她知道，这里面一定是有某种矛盾存在的。

虞灿转移话题："你最近忙不忙？"

"还行。"只要在一个城市，哪怕再忙，挤一挤总归是能有时间的。

"微微说东门新开了家粤菜馆，我们有机会一起去吃。"

"好。"他下巴朝大门一抬，"回去吧。"

"还有件事。"她没急着走，把目光从地灯上挪开，抬头看他，"我喜欢你，这事我很清楚，所以我绝不会轻易放弃你。如果你有任何为难，记得告诉我。明天见。"她揉揉他的手，笑了下。

"虞灿！"他抓住她的手腕。他其实内心是个很怕失去的人，小时候他爸妈那么爱他，但说送出去就送出去了；爷爷很爱他，明明前一天还看着精神奕奕，隔天说没就没了。奶奶也是。

还有他的那些没来得及实现的热爱，明明看着都是有希望的，可就是差一步，最后永远无法实现。

他从来不信命，可命运总是反反复复向他论证。

她见他一直没有说话，问道："干什么？"

他说："等放假了，我们去昆南旅游，那边四季如春，冬天也很暖和。"

"好呀，明天见。"

过了几天，虞灿收到吴斯的短信，问她合同考虑得怎么样了。当初孙秋澜给了三个月的考虑时间，现在已经过去了大半。她把对话截取，发给赵翊，问他的意见。他认真看了一遍合同，条款确实大多对她比较有利：按你原本想的做。

签合约不是小事，她回吴斯：还得再想想，到期一定给你们答复。

12月18日，黎漫的又一部电影要上映了，她邀请赵翊和虞灿参加试映。试映跟普通买票看电影不一样，算是宣传中的一环，来的都是主创团队的朋友和媒体人士。看完之后媒体会进行提问，然后经过剪辑后用作宣传物料发布到网络上。

他俩进去之前,赵翊逗她:"听说是根据真实故事改编的,九级催泪,你行不行?别到时候看哭了。"

虞灿穿着冬季裙装,打扮得非常漂亮:"我今天画了眼线!"哭就会花妆,而且等会儿哭的话可能会被镜头拍下来,谁哭她都不会哭。

他低笑了两声,抓了下她的手指:"想哭就这样挠我一下,咱俩出来。"

"狗才哭。"

电影名叫《来我的世界》,是一部文艺爱情片。

女主自小在小镇长大,喜欢拉大提琴,梦想着成为一名出色的大提琴家。受经济条件限制,她启蒙太晚,也买不起好琴,请不起专业老师,但她从没放弃,大学毕业后在一家乐团工作。

她在演奏会上永远排在候补。专业团队的演奏事故并不常有,因此她上台的机会少之又少。

一次演出时,她知道自己又无望出场,在后台沉醉地拉着练了很久的曲子,幻想着自己也在台上。一曲终了,她发现有一位男士正在静静垂眸聆听。

这位男士就是男主,一位自闭症患者。阴错阳差之下,她将他视为能欣赏自己音乐的第一人。两个生活乏善可陈的人常常在公园的树下和湖畔举办两个人的音乐会。

掠过村庄和稻田的清风轻轻抚摸他们的肩头,两人从沉重冗杂的尘世脱离,搭建着他们的理想国,互为臣民,互为国王,心底的甜蜜和纯洁的感情随着麦浪在两个人的心中摇晃。

她在一个夏夜里感谢他:"谢谢你来到我的世界。"

而他这时慢慢向她走近,忤逆自己的天性,如同孩童牙牙学语般,郑重重复她的话:"谢谢你,来到,我的世界。"

影片到此结束,没有太多的波折,却余韵悠长,音响开始流淌舒缓的音乐。

这是一个关于温暖、爱与陪伴的温馨故事。影片用蒙太奇拍摄手法,夜晚芦苇摇曳的影子、阳光下树枝透过的光斑落在地上左右浮动……许多画面都给人留下了深刻的印象,尘世不尽如人意,我们如此平凡,却又在对方的眼里如此珍贵。

幸福不在高楼大厦,不在锦衣华服,而在对方的身边。爱归属的地方,就是理想国。

主持人拿着铭牌走到台中央,讲解了一番关于电影的见解。

主创团队依次发布自己的看法和期许。有位媒体朋友调侃："嗐！听到是黎漫老师的戏，我准备了半包纸巾。这个影片非常治愈，看了后，突然觉得，我之前耿耿于怀的事似乎都没有那么重要，而当下这一刻是否真诚、是否开心最重要，心里放松了很多。打分的话我打9分。"

黎漫因为近年常出演大结局悲伤的戏，被大家戏称为虐剧专业户。

"那一分扣在白拿了纸巾。"有人调侃。

"哈哈哈！"大家都一阵狂笑。

主持人把话题掰回正轨："那么我们问问黎漫老师，你为什么会接这个戏呢？是想开了吗？"

黎漫笑了下，接过助手递来的话筒："拍的悲情戏太多了，不想让大家想起我就是泪，最后选择了这部治愈电影来作为我演艺生涯的结尾。"

演艺生涯的结尾？这是什么意思？大家的嘴角都顿时凝住。演艺生涯的结尾？是我们想的那个意思吗？

虞灿坐直，惊讶地看向赵翊。

主持人也同样被这句话给打蒙了，但凭着极高的职业素养救场："黎老师的意思是说这一段旅程结束吧？今年马上要结束了，明年又是新的一年，新的旅程。"

"不是，这部电影是我参演的最后一部影视作品，以后的时间我想过我真正想要的生活，"黎漫笑了笑，"不过这是我私人的事情，现在咱们继续把注意力放回电影上面。"

黎漫退圈这件事情毫不意外地爆了几大社交平台的热搜。她黑料多，但同时流量话题也大，网络营销号都纷纷在押她这次是发疯还是自导自演炒作。但这一切只是黑粉和无聊的人的狂欢。

彼时黎漫、虞灿、赵翊、赵衡在一家西餐厅点餐吃东西。黎漫把手机关机扔在一边，不管经纪人疯狂的来电和外界的长枪短炮，认真翻看菜单，问对面的赵衡、赵翊和虞灿："你们吃什么，牛排还是意面？"

黎漫在说出退圈的前一刻给赵衡发了信息，他收到她发的信息后，立马联系她，用最快的速度赶来，但还是没来得及阻止。

影院散场，她一身盛装上了他的车，只说了一句话："现在怎么办，我没工作了，钱要省着用，你能载我一程吗？"

于是，他们到了这个餐厅。这个餐厅是在赵衡名下的，现在已经清场。

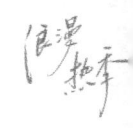

"意面，辅菜去掉西芹。"赵翊答道。

赵衡揉着眉心，打电话找了许多人，得到的回答都是——"这事难，几乎没有可能，她自己亲口说的，没有挽回的余地，除非你证明她当时精神错乱，在胡言乱语。不过她要是真的精神有问题，那更回归不了了。"

其实有他的人脉和资本做后盾，只要黎漫想，不用真的离开娱乐圈，可以转幕后，但那不是她喜欢的。

他沉默了许久，心里想好逼她收回退圈想法的话，冷着脸抬头，却迎面看见她笑着问他吃什么，好像她已经抛下一切来找他了。

网络爆开这条话题后，无数人好奇黎漫这么做的原因，如同大侦探想找出蛛丝马迹，媒体更是趋之若鹜，前仆后继。

这么大的讨论度，赵家父母也收到了消息。他们自然知道这事和赵衡的联系，一刻不停地给赵衡打电话。赵衡把电话挂断，关机，泡进红酒杯，然后温和的表情停滞，手覆盖在脸上片刻，慢慢露出苦涩的笑意。

其实他刚刚固执要推开她的想法，和他妈妈固执控制别人的想法有什么区别？生理缺陷将他拘捕于轮椅，他用极端的理智克制任何感情，爱恨都小心翼翼。可这一刻，除了自己的心，他不想再听任何声音。他撑着长桌，支起自己的上半身，拼尽力气向黎漫的方向挪动，每一个动作都很艰难。

他曾经无数次想，就算是死，也不会让她看到自己这样不堪的模样。

虞灿和赵翊走出包厢，回头关门的时候，看见一滴泪从赵衡的眼角坠落，黎漫也早已眼泪模糊。

夜风很冷，月光照得树枝影影绰绰，围栏上追逐的鸟雀不知疲倦。没了热季的知了，还有寒季的忍冬。赵翊和虞灿重新找了一家餐厅，照旧点了意面。

孙淑华找不到赵衡，把电话打到了赵翊这里。

他走出餐厅接起，听着那边劈头盖脸的质问，抬头看着月亮，慢慢说："妈，哥他刚刚主动离开轮椅，因为想去抱黎漫姐。"

赵衡永远都是一副温润可亲的表情，好像没有任何想要的东西，从不对任何人抱有怨气，戴了一层面具，极端压抑自己的天性，不在人前露出一点丑态。

如果说孙淑华偏执，赵衡又何尝不是。这是第一次，他打破自己的伪装，直面内心，这样笨拙自残式地追求、回应一个人。这个家里只要有一个人走出这个局，一切都会好转。

孙淑华的声音慢慢变小，赵翊挂掉电话走回餐厅。他们年轻一辈该做的都做了，现在必须要当大人的自己想明白，不然这个家只能一直延续不幸。
　　接下来，赵衡从赵家别墅搬出来了，不管外界舆论如何翻江倒海，他和黎漫都是充耳不闻，没有任何一方退缩。
　　虞灿在自己的主页发了个广告，宣传电影《来我的世界》。
　　赵翊这段时间也没回家，跟着公司几个老人认真学业务上的事。
　　客观来说，他是同期几个新人里最勤奋的，基本每天第一个去办公室，晚上下班的时候走得也晚。
　　偶尔别人调侃一句："哟，还没走呢。"
　　他随意笑笑："没办法，我效率低，等会儿就走了。你们路上小心。"
　　他偏向于集中地去学某个东西，必须弄透弄懂才能放下。
　　时间一天天过去。
　　到了虞灿该去三亚的这天，她和赵翊在登机口拥抱告别。
　　他叮嘱："落地打电话给我。"

第十三章

我会让你得偿所愿

三亚地处南部，冬天也很暖和。品牌方统一订了近海的酒店，虞灿穿了条缎面长裙，细细的吊带挂在肩头，锁骨清晰可见，长发扎成两股鱼骨辫，光着脚踩在沙滩上。

暖风迎面吹来，身体都舒展了。她伸了个懒腰，真的好喜欢冬天的南方。椰树成行，沙滩上有不少来度假的人，大人玩回旋镖，小孩成群结队，提着个小桶抓螃蟹，一个包着头巾的中年女人拿了件雨衣，挨个问人买不买。

她走累了，躺在沙滩椅上拍了张天空的图片发给赵翊。赵翊也回了她一张遥城的天空，随后告诉她，他明天要去海口出差，公司在争取一个客户，需要他送资料过去。

她随手查了海口的天气预报，截图发过去。

赵翊正在看客户数据，眼睛酸疼，揉了揉眉骨，拿起手机就看到这张图。

他看了会儿，然后挪开目光笑了。人人都有手机，天气预报这东西，动动手指就能查。但恋爱这活儿，就是想着对方，想为对方做点什么。他回消息：这么想着我？

同事问他要不要给他带份饭回来，他摆手：“不用。”

虞灿回复：谁不为公主着想？

晚上，杜珧林说刚考完研想放松一下，便组了个局，赵翊、胡嘉运、唐微微、陈远莱、周路遥都来了。临江现在是旱季，水位线下降很多，江边唱民谣的歌手换了一批，小孩和情侣是他们永远的听众。

酒过三巡，杜珧林说："终于考完了，可以好好放松放松了。"

他说这话的时候，赵翊看了他一眼。赵翊有个朋友跟他一个考场，那个朋友考完那天说："杜珧林是不是你宿舍的？我记得你好像提到过。他就来了第一场考试，后边没来，出什么事了？"

研究生考试结束后的这几天，杜珧林跟没事人一样，赵翊没戳破他。

胡嘉运歪坐在椅子上，抱怨工作不好做："钱难赚。"

陈远莱让他凡事从自己身上找原因。

赵翊问周路遥："最近怎么样？金融好学不好学？"

周路遥认真想了想："不好学。"

"哈哈，那你后悔吗？"

"不后悔，因为做自己喜欢的事，每一天都是享受。"

赵翊惊喜周路遥现在表达能力的提升，表扬："金句，金句。"后面又问了他关于创新创业项目方面的事。他们组还是那个项目，没变。之后赵翊就没出什么声了，听他们几个说来说去。

杜珧林今晚兴致很高，估计是憋久了，现在释放了，报复性放松，搞得唐微微忍不住劝他："你少喝点，等会儿怎么回去？"

杜珧林亲她一下，她不说了。

眼看要秀起恩爱来了，胡嘉运转头不看，哪知往另一边一看，更是重灾区。

赵翊把一瓶红色乌苏横放当作手机支架，两手在脑后交叉，跷着二郎腿稍稍后仰，盯着手机屏幕，嘴角要笑不笑的，屏幕上播放着虞灿的直播。

她的声音传出来："这个用上去是那种比较顺滑的质感，很好推开，也容易抹匀，但似乎补水作用不是特别好，可能会比较适合油性肤质的朋友们。"

"'狗'还是你赵翊'狗'。"胡嘉运去吧台让老板加点热水，火锅都快煮干了。回来的路上，听到两个女生看着赵翊的方向，穿红衣服的女生说："快看那个，好帅，快看，等等，别太大动作了。"

另一个女生皱眉看了半天，讷讷道："帅是帅，但应该是姐妹吧，好娘哦。"正经直男谁看美妆直播？

胡嘉运当场"扑哧"一声笑出来了。

回到座位，他把这事给大家说，但一张嘴就笑没了，翻来覆去还是第一句："我刚刚，刚刚，哈哈哈……

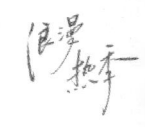

"听我说，我刚刚……翊哥哈哈哈！"

大家都很莫名其妙。

赵翊轻飘飘瞥了他一眼："在说美白的，要看自己过来。"

"谁稀罕看。"胡嘉运说完就撅着屁股乖乖搬凳子坐过去。不是他想看，就纯粹图个乐子。

胡嘉运："往我这边挪点，反光了。"还看得挺认真。

赵翊："看你自己手机。"

"没电了。"胡嘉运把手机往桌上敲了敲，"就一破砖头。"

陈远莱和周路遥交谈几句之后相顾无言，也搬了张凳子坐过去看直播。

唐微微手机也没电了，用杜姚林的手机看直播，杜姚林觉得这玩意儿稀奇，也跟着一块看。

虞灿讲得非常认真，看得出来是做过功课的，每款产品基本都会先分析成分，评价中肯，不会有失偏颇，最重要的是说话有梗，不懂的人看了也不会觉得枯燥。

"烟酰胺！美白的！虞总之前给我推了！"胡嘉运了解一点这方面的知识，这会儿机灵得跟个课代表似的，虞灿介绍一句，他说一句，"这个，这个我也知道，花青素……"他还没说完，后脑勺被人给了一巴掌。

赵翊："我看她还是看你？"

虞灿下播已经是晚上十点多了，品牌方给她安排了两场直播，明晚还有一场，根据之前的约定，她只需要即时分享自己的使用感受，好坏评价都但说无妨。

这里是一处直播孵化园，一路走下来能看到很多电商商家和网络红人在直播，声音嘈杂。她打开手机看到唐微微发来的照片，发现赵翊、胡嘉运、周路遥、陈远莱竟然都坐在一起看她的直播。随后，她也收到了他们几个发的消息，都是一些"加油""真牛"之类的话，她边看边回复。

直播孵化园在郊区，马路两边立着极富特色的海南椰树，路上人不多，只有项目组的几个工作人员和下播的主播。

"虞小姐。"一辆宝马停在路边，车窗降下，露出一张中年男人的脸。这人没有大腹便便，一身西装，带着中年男人成熟的帅气。

虞灿刚刚在楼里面见过这个男人，听别人叫他什么组长来着。

"我是谭林，刚刚和你见过面的。这次的销售量不错，为了感谢你，想请你喝一杯,不知道虞小姐有没有时间?"

她警惕性很高:"谭组长,不用了。我今天第一次直播,有点累,想回酒店休息了。"

谭林是大叔那一挂的,西装革履,身材健硕,举止绅士:"虞小姐没来过几次三亚吧?"

"嗯,第一次。"她对这种自来熟,随意找女生搭话的男人没好感,不想再跟他说话。

"既然人生地不熟,那我送你回去怎么样?我也住广袤那边,刚好顺路。"谭林是品牌方的人,订酒店、报预算都要经过他的手,所以对她住哪里很了解。

她直接拒绝:"不用,谭先生,我打了车,等会儿就来,你先走。"

"放心,虞小姐,"谭林轻轻一笑,似乎在为她多余的戒心感到无奈,但还是真诚地想帮助她,"我不会对你做什么,上车吧。"

虞灿垂下手,手机屏幕上正显示着在公司论坛查到的关于"谭林"的信息。她裹了裹松驰的外套,脸上的笑意温柔贴心:"谢谢,我不是怕你做什么,是怕你回家晚了,太太女儿着急。"

这个谭林就是个老色鬼,专对不谙世事的年轻漂亮女孩下手,论坛帖子里还说他嘴巴会撩,有点身材,很多女孩知道被骗了还对他恋恋不舍。

虞灿是年轻漂亮,但不是不谙世事。

谭林听到她的话瞬间沉下脸:"虞小姐,以后说话之前先想清楚。"

她也没说什么,替他体恤家人还错了?脑袋大概被色气糊了。她耸耸肩,大声说:"拜拜。"

几个正好下班回家的女性工作人员被她的声音吸引注意,加快脚步走过去。谭林冷哼一声,开车走了。

虞灿当晚回去就换了酒店。

晚上,赵翊打视频过来,发现她那边的背景变了:"换酒店了?"

她没提谭林的事:"嗯,你明天几点的飞机?"

"早上十点多。"赵翊正在收拾行李。

现在时间有点晚了,两人没说几句就挂了。过了会儿,有个热心姐姐给虞灿发私信,说谭林私生活虽然不检点,但是工作能力很出众,今年拉了好几个大客户,在公司里说话很有分量,最后嘱咐:你尽量别惹到他。

她回了句:谢谢。

然后，整个人趴在阳台看风景。她把自己定位定得很清楚，就是过来三亚工作两天，然后拿酬金。谭林再坏再厉害也和她无关，就是这些事弄得心里有些烦。

她烦的不止这一件事，她和这个彩妆品牌合作前，说好了客观分析产品的使用感受，可在开播之前，品牌方的两个小哥哥非常低姿态地拜托她不要说负面信息和缺点，如果涉及负面，对他们的工作会有很大影响。

开播后，她但凡皱眉，想说产品的不好，那两个小哥哥都快下跪了。只能说好，跟骗人有什么区别？

夜晚的海风带着淡淡咸腥味，她躺在床上睡不着，半坐起来拿了个枕头垫在背后，连着耳机听歌。

凌晨三点半，她给赵翊发了一句歌词：山明和水秀不比你有看头。

他七点多回复：想我？

日光洒在窗台，气温开始回暖。她可以玩笑着说"想"，但是正正经经说"想"，略微有点不好意思，输入半天，输入再删，删了再输，最后打了两个字：很想。

不管南方北方，东边西边，这个世界只有赵翊的身边最合她意。

赵翊：还算有良心。

12月25日，圣诞节。虞灿今晚的直播加了很多圣诞元素，她穿着一身丝绒面料的红裙，头上戴着圣诞帽。

直播过程很顺利，她一边读弹幕和观众聊天，一边讲解护肤品里面的成分："酵母，这个主要是均匀肤色，如果我们有晒斑，或者不太明显的痘印，用这个有很大帮助。"

"水杨酸吗？"她读弹幕，并解答，"水杨酸有祛痘的功效，但是这个产品里没有，你们要是想祛痘的话，这款产品的帮助不大。"

"Gorilla，你知道我和圣诞帽的最大区别是什么吗？"她读完，回答，"一个是人，一个是帽子？"

弹幕给出答案：

△帽子在我眼里，你在我心里。

她慢慢读出来，笑得斜出了屏幕。

弹幕开始刷土味情话：

△十拿九稳，差你一吻。

△铃铛遇到风会响，我见不到你会想。

……

晚上将近十点下播，虞灿把圣诞帽摘下，一头乌发倾泻而下，光泽靓丽。几个工作人员热情地邀请她一起吃点夜宵，她礼貌地婉拒了。

圣诞节的节日气息很浓，整个城市都很热闹，洋溢着喜庆愉快的气息。街道隔几米就有一棵圣诞树，树枝上红绸彩带飘飘，装饰着各色的亮球，LED巨屏上滚动播放庆祝广告，广场中央摆着个大摊子在卖民俗物品，丝巾、魔方、叠叠乐、托马斯……路口有家奶茶店推出圣诞新品奶绿，排队的人从店里排到店外。

她在银饰商场逛了圈，发现有条项链很适合唐微微："我要这条，帮我包起来。"

因为以前的事情，加上第一次向父母提起想做美妆博主，他们曾提出反对，导致她决定一定要在这件事上有成就才能跟他们坦白。

她没告诉父母她在做美妆博主的事，也没告诉他们她来了三亚，但这会儿又想和家人通电话。

于是远在遥城，迷迷糊糊要入睡的虞南接到了姐姐的视频电话，他穿着身灰色睡衣，揉揉眼睛："你干吗，我都睡了。"

"南哥，爸妈没在旁边吧？"

他起床，打开门检查了一遍，确定没人："没有，你去哪里了？"他看见屏幕背景里的一大片玩具，很多都是没见过的。

"三亚。"她把摄像头调向玩具那边，沿着卖场移动手机，大方得很，"想要哪个，我给你买？"

虞南一个激灵，瞬间清醒，眼神都变得严肃起来："姐……"他没文化，但也知道三亚在海南，是地图上的边境之地。

"有我这个姐，是你几辈子修来的福气。快说要哪个，要哪个我给你买哪个。"

他支支吾吾，半天终于憋出来一句："你……是不是犯法了？"

她好长时间没回过家，现在深夜打电话，不能让爸妈知道，突然挥霍，跑到边境……

"虞南——"

"几年啊，姐？"你老实说，我撑得住。

夜晚的海涛阵阵，浪抚沙石，酒店前台小姐赠送了虞灿一个红富士大

苹果。

她发了几条短信给赵翊,他今天在海口出差,估计还在忙。她的直播行程结束,明天就回遥城了,随意整理了下行李,脱下衣服进浴室泡澡。

酒店的浴缸很大,能容纳两个人,一点也不拥挤。她舒服地闭上眼睛,水变凉了才起身,护肤、抹精油、抹身体乳……这一套流程下来花了一个多小时。她吹干头发看了眼手机,有一个来自赵翊的未接来电提示,时间在一分钟前。她回拨过去。

那边很快就接了,海浪声传来。三亚的海浪声和海口的海浪声在手机里交会,产生一种奇妙的共振。

她对着落地镜试新买的沙滩裙:"喂,还在忙?"

"不忙。"

"那怎么不回我消息?"她推开滑行门,趴在阳台上吹风,"今天看我直播没?"今天第二次直播,她自我感觉比昨天的效果好很多。

"没。"

"怎么不看?"消息不回,说话一个字一个字往外蹦,还玩起高冷了?

赵翊低声笑了下:"高铁上信号不好。"

"你坐高铁干什……"他不是买的机票直飞海口吗,而且早上就到了,坐什么高铁?她说到一半,脑子里蓦然蹦出个不可能的想法,看了下时间,已经是晚上一点多了,"坐高铁去哪儿?"

手机响了声,他发过来一条定位。她看到位置后手上的动作顿住,是她住的酒店外面的沙滩!

他的声音伴着椰树晃动的"沙沙"声传来:"出来接人。"

"你过来了?"那种感觉很难形容,心里最软的地方猝不及防迎来一击,明明知道了还是矫情地问一问。

她提着裙子跑进电梯,照明灯亮如白昼,远处的海朦朦胧胧。

赵翊穿着件黑色衬衫站在沙滩伞下。一见到她,他锐利的眉眼氤氲开笑意,手从裤兜里拿出,迈着步子朝着她的方向走去。

海浪在亲吻白沙,来来回回。这个人,既有如风般的少年感,又有成熟男人的稳重。这个人喜欢她,她也喜欢这个人。

"赵翊!"

他伸开手臂拥抱,却被她抓着领口一把拽下来,搂住脖子,然后唇瓣相触。他喉结滚动,眼睛里没有了其他事物。

热辣的一吻在缠绵里结束,他们沿着海滩散步。赵翊拍拍她的手背,她把手放进去,熟悉的动作。

虞灿:"你怎么来了?"

赵翊一副你知道的表情:"你都说想我了,还能怎么着?"

二十来岁是一个人的黄金年龄,爱恨都纯粹,可以因为一句想念,飘扬过海彻夜不眠,忍着冷风困倦,只为见一面。

虞灿问:"你什么时候来的?"

"刚刚,下班后直接过来了。"

即使是半夜,三亚的海滩也并不沉寂。远处有群年轻游客拿着仙女棒拍照,白色焰火,喜笑连连。另一边没什么人,只停了几辆彩色老爷车,因为时间太久,已经开始褪色。

她说:"这么晚过来,我要是睡了怎么办?再说你明天还要工作,傻不傻?"

"你还不值得我傻一次?"他晃她的手臂。

要是她真的睡了,没有接到他的电话,他待一会儿就坐车回去,绝口不提来过的事。海口到三亚,不过是两个小时的事,要是真的想见一个人,真不算什么。

虞灿:"你是不是想让我爱死你?"

赵翊看了她的直播和视频,发现她这人就是嘴甜,抬手捏她的脸:"爱一个试试。"

"哎!"她这次来三亚其实挺郁闷的,以前想做美妆博主,一个劲儿按自己的想法来就好,这次正式接到工作,梦想和现实连接起来,真正直面一个被自己刻意回避的现实:想做博主的人有很多,成功的不过百分之一,而在成功之后,良心和利益博弈又是一场考验。这些她以前也不是不知道,但切实体会到,又是另一种感受。

"说说,昨天发生什么事了。"赵翊语气温和。这人突然换酒店,又说想他,肯定不是无缘无故的。这也是他赶过来的原因之一。

"遇到了个奇葩。"虞灿把谭林的事说了一遍,"不过我明天就走了,以后跟他也不会有交集,没什么的。"

"这种事你不跟我说?"他脸上带了点严肃的意味,拉过她的肩,抬起她的下巴,"知道我是你男朋友吧?"

她后背抵着沙滩椅,不在乎地扯下他的手:"一点小事。"比起说这个,

她更想吻他，心里想着就做了，双手捧着他的脸凑过去。

赵翊扭头："说正事。"他要是今晚不过来，这事估计一辈子都不知道了，她到底知不知道有多危险？

"别管他了，"她样子也挺正经的，"干点我们的正事。"

"你到底知不知道有多危险？"

"知道知道。"她笑盈盈地眨眨眼睛。

"下次再有这样的事，第一时间告诉我。"

"好好好。"她胳膊搭在他肩上，仰着头，杏眼映着灯光，"低头。"

他偏头没忍住笑，看了眼远处嬉闹的人群，然后单手扣着她的下巴，另一只手扶着她的细腰，俯身。心跳和体温都达到极致，远处正在放烟花，圣诞节的余音未尽，他们在深夜的海边接吻，从沙滩到房间，再到床上，意乱情迷，又克制地点到为止。

夜风撩起一边的落地窗帘，霜白的夜光洒在地面，海浪拍打着白色沙滩，反反复复。

虞灿躺在赵翊怀里，两人随意地聊天。

她不知不觉说起了很多小时候的事，提到了喜欢吃的蘑菇糖，还有已经记忆模糊的亲生母亲。

赵翊静静地听着。

"她不喜欢我，那时候我想把一切都做到最好，想以后成为很优秀的人，让她后悔。"她说到这里，停顿了一下，"可是已经没有机会了。"

虞灿感觉到自己后背被轻轻拍了下，抬头见赵翊关切地凝视着她。几天前，她了解到张晶已经被检方起诉，等待量刑。

她弯弯唇，对赵翊说："我没事的。"

很久以前，她回忆起这些时光总是不自觉就流泪，心头泛起密密麻麻的疼，如同困在潮湿阴冷的囚室，试图走出去却撞得遍体鳞伤。她曾以为自己一辈子都走不出去，只能尽力地隐藏这一切，从不对任何人提及，维持表面的体面。

可是如今，再次提及这一切，对着赵翊，她完全没了想象中的伤感，只剩下释然。

他一出现，就好像朝阳洒向人间，她再也没有潮湿的角落需要隐藏。

她抓住赵翊的手掌，赵翊问："怎么？"

她没出声，用指尖在他的掌心写了个"谢"字。

赵翊马上意识到她写了什么字，懂得了是什么意思，握住她的手，十指相扣。

明天应该会是个好天气。

第二天，虞灿睡到十点多才起床，不知道赵翊什么时候走的，估计很早。

她洗漱完坐到桌边，边喝粥边发信息给他：到了吗？

他回了她一张照片，图上露出一只操作鼠标的手，表示他已经在工作了，然后又发来一句：起了？

虞灿懒得打扰他工作了，就没回，接下来在酒店简单收拾了下行李，打车去机场。

天空湛蓝，空气清新，阳光洒入车窗。

司机非常热情，操着方言说："姑娘长得真俊，一个人过来旅游啊？"

她放松地靠着车椅，几缕蓬松的发丝在空中飘扬："过来工作的。"

机场离这里还很远，电台里播放着歌曲，车等绿灯时，司机问："姑娘有没有什么想听的，我给你调。"

她想了想，点了曲致安教授主持的《金融反诈大讲坛》节目。

司机惊喜："哎哟，年轻人也听这个啊，哈哈哈，我们公司领导还组织大家一起听，现在骗子多，防不胜防，昨天我有个同事还在群里说……"

紫红三角梅花开灼灼，大道蜿蜒向前，汽车在热情闲散的聊天中一路风驰。

回到遥城后，虞灿先去拜访了孙淑华。她在三亚买了两副画架，一副留着，另一副送孙淑华，现在应该叫孙阿姨了。赵翊说他妈妈以前也是美术专业毕业的，后来因为家庭原因搁笔不画了。

但虞灿凭着对孙淑华的了解，知道她一定还是喜欢画画的。

孙淑华留了虞灿一起吃午饭，然后送虞灿回家。两人都没提赵翊。

虞灿下车的时候，孙淑华降下车窗："你送的画架看着不错，但我连笔怎么拿都忘了。"

虞灿顿住步子往回看，夕阳西坠，柔和的光芒平铺在车身。

孙淑华说："那你就负责到底吧，有空过来教我。"不知道黎漫的事件后，赵翊和赵衡两兄弟和孙淑华之间又发生了什么、说了什么，但是此刻孙

淑华的态度明显软了很多。

虞灿弯唇:"好。"

孙淑华戴上墨镜,声音仍是淡淡的:"上课费用你定。"说完,她就掉头走了。

虞灿露出笑容,好吧,又要大赚一笔了。

过了两天,赵翊也回遥城了,但虞灿完全没空理他。身处魔鬼复习周,她基本每天晚上都在熬夜赶画,早上还得早起背书,只有早饭能正常吃,中午和晚上都只能随便吃个面包三明治之类的。

郭思月开玩笑说她一回来就开始卷。但真不是她卷,她把精力分了一半给美妆爱好,现在又谈上了恋爱,再加上她在文化课方面本来就没天赋,她如果想得到高绩点,就得付出三倍努力。绩点不会骗人,正是一分耕耘一分收获。

但她还不是最刻苦的,刘远昕更刻苦。"刘魔鬼"白天背书的时候把声音录下来,晚上睡觉的时候戴着耳机反复听,她说这样能够充分利用时间,因为虽然人睡了,但脑子没睡,潜意识会帮助人记忆学习。

"刘魔鬼"解释完,觉得没什么不妥,还建议大家:"你们也可以试试,我觉得还挺有用的。"

郭思月第一个抨击:"你是不是疯了?"地狱空荡荡,魔鬼在人间。

就这么忙忙碌碌到一月份,专业课基本都考完了。天气预报说遥城明天将迎来第三波寒潮,有望迎来初雪。这几天最爽的就是胡嘉运,临近期末,大四的学生基本都结束了实习,重新把精力投入到学校,但大四基本没什么专业课,就一两门不重要的,随便复习看两眼就行,小日子过得很惬意。

人闲下来了就忍不住犯贱。胡嘉运看了眼外面,故意夸张地叹气:"谈恋爱也没什么嘛,我看也跟我们单身一样,没长高一截。老珧、翊哥,人家都在跟女朋友约会,你俩怎么孤孤单单的?"

唐微微和虞灿都在备考,杜珧林和赵翊不理胡嘉运。他戏瘾上来了:"人哪,把幸福寄托在女人身上是行不通的,最后容纳你们孤独寂寞的不还是咱们这些兄弟?我和远莱兄才是你们的终身依靠,外面的世界看看就得了,最后还是得回家。要我说……"他说到一半笑得说不下去了。

彼时虞灿在和赵翊视频,听完了全程,心酸又好笑,心想空下来一定好好陪他。趁着胡嘉运在,她问赵翊明天要不要约会。

赵翊说:"这还用问?"然后两人大声详细地讨论了从明天早上到晚上

要吃什么玩什么亲几口,句句往胡嘉运心里踹。

胡嘉运往床上一躺,说:"要不是我你俩能约上会?翊哥,我为你付出太多了。"

第二天,虞灿很早就起床化妆打扮搭配衣服。

天气预报很靠谱,今天是真的很冷很冷,期许亭里的石桌结了一层厚厚的冰,麦冬草上压着厚厚的白霜,银杏林小路蜿蜒曲折。来往的同学都穿着长袄,手缩进袖子里,牙齿打战。

虞灿穿着羊绒裙,外面配了件芥末绿的大衣,脚上一双及膝长靴,光彩熠熠地走在路上,然后收到了辅导员的消息:学院今天请了专家过来开讲座,大家务必去听。

她在心里骂了句脏话,然后无奈地把消息截屏发给赵翊:没办法了,下次一定。

胡嘉运刚睡醒,磨磨蹭蹭下床,见到赵翊顶着风霜回来,擦了擦眼睛,故意找乐子:"哟!您老人家不是说要跟女朋友出去,怎么回来了?"

赵翊脱下外套,扯了扯手臂上的衬衫袖口,掀起眼皮,肉眼可见的心情不好。

胡嘉运把毛巾往肩上一搭:"错了,错了,小的给您倒杯茶。"

学院礼堂坐满了人,座椅上绑了红绸条,学院的领导坐在两边。红绸带毕业典礼都没绑过,这架势足以看出学校对这次讲座非常重视。

主任讲话:"赵鸿光先生是鸿远集团的创始人,近年来我院为鸿远持续输送高素质人才,鸿远亦高度关注本校发展,在教育方面……"

虞灿觉得这个人名和这个集团的名字有点耳熟,又姓赵……

为了大家能专心听讲,管理人员在开讲前提醒大家把手机调成振动模式,尽量不使用其他电子设备。礼堂内除了讲堂,其他地方的灯都关闭了,一片昏暗。

她想了想,还是把手机掏出来,调成夜间模式,搜索这个集团。看到页面的时候,她吓一跳。这个鸿远还真的是那个鸿远,这个人还真是赵翊他爸。

赵鸿光坐着,面上微微带着笑意,却有不怒自威之严。尤其是在了解到他的身家之后,这威严更甚了。

院长致辞:"能协调好这次讲座实属不易,让我们以热烈掌声欢迎赵先

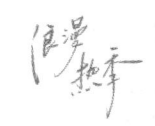

生的到来。"

一阵掌声之后,赵鸿光接过话筒:"同学们好。"

近几年有许多遥大的师兄师姐在鸿远从事建设规划和室内设计,他讲了一些关于大学美学教育与房地产行业的关系。

"建筑物本身就是美学的凝固。"赵鸿光讲了会儿,翻翻面前的花名册,"咱们遥大学生的名字也是艺术,都非常好听,我想请几个同学说说对于教育的理解。"

虞灿心里一紧,莫名觉得他可能会点自己。

"孟羽林。"没有人站起来,空气静默了一瞬。赵鸿光笑着再次看了下名单,问道:"孟同学没到吗?"

有位高个儿男同学站起来,这位同学穿着驼色风衣,鼻梁英挺,气质清冷。众人都以为是位女生,没想到是个男生,还这么帅。

赵鸿光说:"好,你来说说你对于这个问题的看法。"

虞灿听到一阵嘈杂的讨论:

"哇,好帅!"

"美院里有这么标志的男生?哪个专业的?"

"我记得孟羽林不是女生吗?"

"化学系的凌路啊!"

"他怎么会在这里?"

虞灿这会儿没心情看热闹,一心祈祷赵鸿光的到来跟她没关系,二心搜肠刮肚想着自己被点到了能说点什么。

对于教育的理解,这种问题不好回答,说小了显得浅显没文化,说大了显得空洞套话,俗气。

虞灿思想脱缰片刻,那位孟羽林回答完坐下去了。

赵鸿光很满意地点头:"这位孟同学说得很不错,那我们最后再找一位同学,听听是否有别样的见解。"

孟羽林说得很好,珠玉在前,那后面的更不好说了。蓦然,虞灿听到了自己的名字。

"虞灿。"赵鸿光的声音温和而不失长者风范。

她站起来的那一刻在想,他可能已经调查过自己了,不过她是典型的心有惊雷,面上也能若清风吹。

"虞同学,你说说自己的见解。"

虞灿看了眼礼堂的窗帘，想到刚来时路上的场景，边组织脑子里的思绪边说："如果礼堂的窗帘打开，我们可以清晰地看到外面的树、落叶和云朵。德国一位哲学家卡尔·雅斯贝尔曾说过，教育的本质是一棵树摇动另一棵树，一朵云推动另一朵云，一个灵魂唤醒另一个灵魂……"

虞灿当场发挥，引用名人名言夹杂自己的见解滔滔不绝，直到唐微微扯了扯她袖子，她才礼貌一笑，说了结束语，配上她那张明艳生动的脸，自信张扬。

接下来的时间她用来缓神，以及回想自己说了什么。

讲座完毕，校方组织师生离场，大家有序地起立按排走。虞灿和唐微微挽着手往外走着，迎面走来一位穿着商务西装的男士："虞小姐，赵先生想邀请你共用午餐，您这边有时间吗？"

赵鸿光和虞灿同乘劳斯莱斯商务车去了一家中餐厅。司机在驾驶位专心致志驾车，他们两人坐在后排。

一路上，赵鸿光非常和蔼，问了些学习之余的事，特长、兴趣爱好等等。虞灿都依次回答，还提了句"喜欢美妆之类的东西"，不卑不亢、落落大方。

"听我夫人提起过，年轻人有自己的想法很好，特别是女孩。"赵鸿光对从事艺术类的人很有好感，从礼堂的回答到现在相处的半个小时，心里已经对虞灿有了判断：是个好女孩，处事不惊，至少表面不惊，小翊和这样的女孩相处，不管最后在没在一起，都没损失。

虞灿对赵鸿光的印象也不错，觉得他至少不是故意端架子摆姿态的企业家，于是脸上真诚的笑容也多了几分。

到了餐厅，他点了些家常菜："不工作的时候就想吃点清淡的。你点些自己爱吃的。"

侍者应声走去虞灿那边。

虞灿点了小鸡炖蘑菇和冬笋汤："就这些吧。"

"小翊也喜欢吃这两道菜。"见他第一次提赵翊，她明白这是要说正事了，但还没做反应，就又听他问道，"你对现在的地产行业有什么看法？"

虞灿晃了半秒钟的神，这题超纲了。

赵鸿光补充道："特别是放到国际大环境下。"

她前几天倒是看到过一条关于法国房地产的新闻，隐约记得有"市场价格全线攀升，涨幅超过十年内最高"这几个字眼，但是记不全了。她沉吟片

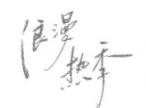

刻，如实答道："我对这方面没什么研究，不太了解，暂时没有特别的看法。"在礼堂里和在这里情况不一样，礼堂里人多不能露怯，但在这里还是真诚为上的好。

"哈哈。"他笑了两声，"是啊，这些不是一两句能说得清的，要带着国际视野去看，别说你了，我有的时候都看不清。以前小的时候，七几年，读书、娱乐什么条件都没有现在好，想学什么都有限制，现在条件和环境都不同了。"

她答："确实是这样。"

说到小时候，他颇为兴致勃勃："你还不知道小翊小时候的事吧？"

虞灿看他的样子是准备说赵翊的事："嗯，知道的不多。"

"那我给你讲讲小翊和他哥哥的事。"餐厅窗边装饰着吊兰和绿萝，绿色的光影投映在朱红的雕栏木格上，摇摇晃晃。赵鸿光从赵翊第一次叫赵衡"哥哥"开始讲。

唐微微和虞灿分开后回了宿舍，坐立难安。她看多了国产豪门狗血剧，人躺在吊椅里，脑子里已经想到了赵鸿光各种为难灿灿，最后狠狠朝灿灿脸上甩下两千万，说"拿上这些钱离开我儿子"……她都把自己给想生气了。

再加上灿灿之前说过，赵翊的妈妈不怎么想他俩在一块儿……真的越想越不对劲，她一个鲤鱼打挺从吊椅上蹦起来，觉得这事一定得告诉赵翊。但没加过他的联系方式，说不了。

她打杜姚林的电话想让他转达一下，结果没打通，抬手看了看时间，过去半个小时了，再不说灿灿那边该被欺负死了。对了，她想起之前帮灿灿庆生的时候建过群。

她在群里加了赵翊，把验证消息填成：你好，我是唐微微，灿灿被你爸带走了。

赵翊赶到的时候，虞灿刚从餐厅门口出来。这家餐厅在郊区，路上人不多。

"虞灿！"他急刹车下来，把车门重重甩上，三步并作两步。

虞灿被一拉，稳住脚步抬头见是他，眼睛微红："你怎么来了？"

他没有回答，沉默片刻后牵起她的手，略带强硬地带她朝餐厅里走。他收到唐微微的消息后，立马打电话问了赵鸿光助理餐厅的位置。

"你爸已经走了。"她低着头阻止。

赵翊闻言停下脚步,并没有立刻回头,一腔怒气和急躁在看到她眼睛的那一刻开始逐渐冷却。

他爸妈的控制欲他最清楚,找上她不可能说什么好话,即使说好话也一定带着利益性。他更不敢去想赵鸿光到底说了什么才造成她这样的表情,不管说了什么,都已经说了。赵鸿光雷厉风行,想办什么事,手段不会像孙淑华那样温暾。

虞灿本来可以不用承受这些,如果她被说服,想要放弃,没有什么不对,是情理之中的事。他转身,手覆上她的肩把她往怀里一带,吻了吻她的发顶:"我们先回去,好吗?"如果她说"好",那一切都还有余地。

虞灿没有回答,低头捂着脸,有细碎的哽咽声传出。

童年对人的影响是巨大的,他潜意识知道自己是不会幸福的。

寒风凛冽,赵翊的黑色大衣被吹得翻起。他们走到车旁时,虞灿抬头,带着点无法抑制的鼻音:"赵翊,你想去国外留学吗?"

她想出国,还是她想让他出国?他没办法再忽视她的异样,垂下眼睫,然后抬手放在她的脸上,指腹擦过眼尾,重复:"这里冷,我们先回去。"

她没有哭,只是心疼,心疼得想流泪:"你想去吗?"

他问:"你要放弃,是吗?"

"不是,不是。"虞灿的声音带着很重的鼻音,语句模糊。她听完了赵鸿光讲的赵翊和赵衡的事,从赵翊第一声叫"哥哥"到那场截肢手术。赵翊明明什么都没做错,就在那么小的年龄突然被父母抛弃,长大后还被剥夺人生,不能做自己想做的事。

赵鸿光最后提了几句夫人的状况,自我感叹道:"秋澜近年身体状况不佳,我忙于公司的事没怎么管过小翊。"他语气略带愧疚,"公司以后肯定是交给他的,我想让他去国外进修,你要是愿意去,我可以安排你们一起去。"难怪赵鸿光一开始会提到"国际视野"。

那时虞灿脑中一片混乱,怀着最后的希望问:"那您跟他商量过吗?他想去吗?"

"这个倒还没有,"他似乎也察觉到有点不妥,补充道,"不过……"当父亲的即使是想要补偿,却还是在无形中操控他,就这么轻描淡写地决定他的人生,仿佛是再平常不过的事。

她清楚记得以前赵翊讲他自己定的研究方向时,那样凌云壮志神采飞扬

的表情。每个人都只有一个一生,要怎么慷慨,怎么舍弃?

这些事情如果放在她的身上,她无法想象自己现在会是怎样。明明赵翊之前提过小时候的事,周奶奶也提过,为什么她当时没有多问两句,没有多关心,明明可以早点知道的。才五岁就被送走,他从小到大是怎么熬过来的?背着愧疚和自责,处处都身不由己。一想到这些,她就钻心似的疼,语不成句子。

赵翊来得匆忙,大衣里面只穿了一件衬衫,他的喉结滚动,还是问出来:"他跟你说了什么?"

"你要分手吗?"他的表情没变,语气却近乎绝望,"是不是?"

如果是分手,他绝不会求她,死都不会。她离开他,能遇到更好的人,而他不能如愿以偿,是再正常不过的事。

虞灿牵着他的手,怕再多说一个字就要落泪了:"我知道了,我全部都知道了。"

她没说知道了什么,但是赵翊心里都明白了,他的喉结动了一下。

她抬头看他,眼里带着泪珠,一抬头就往下滚,烫得可以灼伤皮肤。她擦了下泪,再抬头:"赵翊,我爱你,我们以后会有家的。"

遥城的初雪落在他们的肩头,天气预报没有骗人,远处的行人撑起了伞,然后他听到了穷其一生都想听到的话:"不管你做什么我都会支持你。"

虞灿的声音很轻,和这年的雪粒一起落进他的心里。是什么感觉?从地狱到天堂,这是他们度过的第一个冬季,为此,他已经等了好多个冬季。

她抱着他,额头抵在他的胸口,泪水从眼角坠落:"以后我会一直陪着你,永远。"

赵翊两手渐渐抬起,拥在她身后,闭眼。郊区风清人静,那天是1月7日,永世不忘。

虞灿感到也有什么落在了她的脖颈上。

虞灿和赵翊没有浪费这一天的时光,她重新补好眼妆,一起拍了大头照。小小的拍照室,只有他们两个人。虞灿看到图片吐槽说:"还没有你拍的好看,我脸哪有这么大!"明明图片上是个巴掌脸。

于是,他带着她去外面一株山茶花树下。红色山茶花花开灼灼,衬得她皮肤白皙透亮。他如今拍照技术进步神速,指挥她摆各种姿势,拍了很多照片。

细雪如柳絮，这座城市不常下雪，街上慢慢多了许多出门拍照看稀奇的人。有一对白发苍苍的夫妻也走到了这里，礼貌拜托正在拍照的赵翊给他们也拍点照片。赵翊欣然同意，虞灿过去帮老夫妻俩胳膊上举，在头顶比了个爱心造型。拍完之后，夫妻俩翻看着手机连连道谢。

赵翊把自己的手机递给老人："方便帮我们也拍一张吗？"

"好啊好啊。"

"不行不行……"虞灿把他的手机拿回来，"用我的拍，我的有美颜。"

老人笑着接过手机："小姑娘爱漂亮。"

两位老人笑容满面挤出褶子："一二三，茄子！"

赵翊和虞灿并肩而立，非常配合："茄子。"

然后在同一秒，赵翊手扶着她的腰一捞，让她倒在他怀里。画面定格。

"再来一张，再来一张，"虞灿指挥他，"你也要躺在我怀里，不然不公平。"

"你认真的？我是男的。"他瞟了眼，那意思是"而且我比你高这么多，怎么躺"。

"蹲着不就好了？"她理所当然。

女生躺男生怀里有爱，男生躺女生怀里，那看着多少有点怪吧。

"快快快！"虞灿跃跃欲试。行吧，他对她有求必应，两手抄在胸前，膝盖弯着，以一个奇怪的姿势靠她怀里，看着镜头发笑。

她摸摸他毛茸茸的脑袋，然后比了个耶。他们长得好看，颜值摆在那儿，随手一拍都直接出片。拍完之后，他们去商场洗出照片，她把照片塞他包里："好好保存我们的第一张合照。"

她在前面走，继续说："我们去电玩城玩。"

他在后面拿出被她乱塞的照片，仔细捋直边角，放进大衣内袋。

他们玩了整整一天，晚上吃完火锅后去了KTV唱歌，还当场给胡嘉运打了个电话炫耀。胡嘉运痛骂他俩"非人哉"。一天下来，筋疲力尽。

他们没回学校，去酒店开了间大床房，然后相拥躺在床上，盖棉被纯聊天。赵翊把虞灿搂在怀里，这种亲密接触真的会让人上瘾，没人能抗拒爱人触手可及的诱惑，床尾的超大蓝光屏幕播放着前几天刚上的新剧。虞灿说着最近的趣事，他偶尔插一句更搞笑的，笑得胸腔发震。

后来说着说着，他说到了中学时代的事，爷爷去世后没多久，奶奶也走了，他当时还上着课，等不及家里人来接，翻墙从学校跑了。高二的时候准备竞赛，晚上从没十二点前睡过，偶尔通宵刷题，为了保持精力，咖啡一箱箱地买。这些他从没对谁说过，也从没人问过。

她摸他的喉结："那你为什么不直接参加高考？高考没这么累。"以他的水平，参加高考应该会轻松很多。

他把她的手拿过去："找刺激。"

见虞灿愣了愣，他低声笑了，电视屏幕上显示时间不早了："睡吧。"

他认定了要做的事就会做到极致。竞赛只需要两年，高考要三年。他那时候觉得如果两年就完成了别人三年的事，至少能证明他是有点不一样的，会让人注意到他。他存了很大的侥幸，但现实是他希望能注意他的人，丝毫不在意。

她的手又被他按住不让乱摸，只好费力地支起胳膊，在他额头上吻了下："晚安。"他侧身把灯关了，只留了一盏床头灯，不亮，但也不至于全黑。

虞灿往他那边挪了点，手又开始不安分，撩起他的衣服摸进去。

赵翊忍笑："痒。"她的手一直乱摸，谁受得了。

"真高贵，碰都不让碰。"她压根儿没收回手的意思。

赵翊把她拉过来，箍着她的手臂，手在她腰上揉了下："夜黑风高夜，容易擦枪走火，懂吗？"是不是把他当圣人了，真当他不会动她？

她摇摇头："不是很懂。"

他盯她半天。床头的壁灯幽暗，电视上的剧情播到了男女主互诉衷肠，八个机位以 0.2 倍速反复播放主角的一颦一笑。

然而没人看画面，他们的眼里只有对方。

"那闭眼懂吗？"这是两人唇瓣厮磨前，他最后说的话。

一段酣畅绵长的吻结束后，两人身上都有些躁热。赵翊拨通酒店前台的内线，没一会儿工作人员敲门送来一床羊绒毯。把棉被换成羊绒毯，凉快多了。过了会儿，虞灿又觉得冷，翻身两手抱着赵翊的腰，抱着抱着，她用手量了下，感叹："你的腰好细。"

赵翊："哦，你的更细。"

月光透过落地窗的纱帘映在床角，斑斑驳驳，影影绰绰。

虞灿的耳朵刚好贴在赵翊胸膛的位置，嫌他的心跳声太吵了，于是又往上去了点。赵翊大概也知道她什么意思，笑了笑，一副"心跳我也没办法，要不你把我杀了"的样子。

虞灿凑在他的耳边："赵翊,你早上是不是哭了?"当时她在餐厅前说完他们会有家后,明显感受到有什么温热的东西落在颈上。

虞灿这会儿就是说着玩,那东西可能是融化的雪,也可能是感觉错了,就算真的是他哭了肯定也不会承认,毕竟他可是很重视自己硬汉形象的硬汉小公主。

"嗯。"他的声音闷闷的。

竟然承认了?真的哭了?虞灿抬头去看他的表情,刚准备说话就被他一把捂住嘴:"闭嘴。"

"不准说了,睡觉!"

他捂嘴的力气很大,虞灿完全挣脱不开,只好摸过手机打字给他看:这个羊绒毯盖着很舒服,以后咱们的家里也买一床。

于是,她的手机也被没收了。

赵翊整晚都没有再说过话,一直紧紧抱着她。她不习惯抱着睡,醒着的时候能配合他,但睡着了就不自觉把他推开。

赵翊每次都等她推开,再把她搂回来。他一夜都没有睡,看着怀里的人,感到其实上天待他不薄。

一月中旬,遥大各学院都陆陆续续结课放假了。

学校平时为了保证校内学习环境和学生安全,严禁校外车辆进入。这段时间学校考虑到家长想来接孩子,以及部分学生反映单独拿行李太重的问题,放宽了对车辆出入的管控,允许家长开车来接。

虞有毅因为要参加市教育局的研讨会来不了,打电话给虞灿说明了原因,最后道:"你别一个人拿,我叫你孟叔叔来接。"孟叔叔是住她家楼下的邻居,跟虞有毅关系很好。

她体贴回答:"爸,不用了,我自己拿就行,东西不多挺轻的。"

虞有毅默了默,问道:"有别人帮你?赵翊?"

虞灿转头看了眼主驾驶位正笑着的赵翊,故意模糊声音:"哦,有点像是。"

那边又沉默了几秒,想说什么又算了,想算了但又想说点什么,同样模模糊糊发出几个纠结的音节后,最后只说:"晚上早点回来。"

她小心翼翼把电话给挂了,"啧啧"两声:"不愧是我爸。"一下就听

出来了。

赵翊扶着方向盘："你爸很爱你。"

"是吧。"她依旧还很惊讶。

保安在校门口排查："校园卡出示一下。"

虞灿拿出校园卡递过去，保安看了看，然后目光落在赵翊身上，大概是觉得他太年轻，停顿了一两秒，按例问道："你是学生什么人？"

赵翊表情淡淡："她哥。"

保安目光转向虞灿，虞灿说："真哥。"

"行行行，进去吧。"还哥呢，那底下的小手牵得紧紧的。期末了，小情侣无法无天，小小保安还能怎么办？只能睁一只眼闭一只眼。

到宿舍楼下后，虞灿上楼收拾东西，赵翊在车里等。

杜珧林也在这儿，估计是在等唐微微。

唐微微和虞灿搬着行李箱下来，见赵翊和杜珧林正在说着什么。赵翊见她们来了，过去帮她们拿东西。赵翊先送唐微微和杜珧林去机场，然后再送虞灿回万安小区。

虞灿刚把东西整理完毕，准备和赵翊出去玩一会儿时，唐小丽打来电话："灿灿，你回家了没？我和你钱阿姨去跳舞，你有时间的话去接下虞南啊。"

"好的。"反正都是玩，还不如玩玩弟弟。他们又一起去元英小学接虞南。

虞南平时做家庭作业表情焉焉的，能把人气个好歹，但放假出校门一定冲在最前面，在学校多待一刻都不可能。

"姐，姐！"虞灿站在门口，虞南一眼就看见了她。事实上，他平时也不会跑这么快冲出校门，只是因为早上虞母送他来学校的时候提过一嘴，晚上可能是姐姐来接。他走近把书包脱下来交给她。

"你还想我帮你背书包？"她用"你是不是傻了"的眼神看他。

"喊，平时爸妈来接我都帮我拿书包。"

"八岁的大男人还要别人拿书包，好厉害哦，南哥。"

虞南红了脸。

赵翊打开车门，看见八岁的"大男人"背着压弯腰的黑书包，胸前还挂着姐姐的手提包，不由得笑了。

虞南看见他，眼睛一亮，跳起来："赵翊哥哥！"

赵翊下车帮他接过大大小小的包，然后给他系好安全带，看了眼时间，现在还早，就带他去附近的美食城转了转。虞南要什么他给买什么，一路上姐弟俩互撑，赵翊负责出钱。

虞南心里也有数，没有要什么特别贵的东西，吃了许多油炸和垃圾食品，平时父母都不让他吃这些，今天一次性吃了个爽，嘴巴都辣红了。

回家路上，南哥看赵翊的眼里都快冒出星星了。赵翊在驾驶位开车，姐弟俩坐后排，虞南不安分，站起来抱着驾驶位的座椅："赵翊哥哥，你在学校学什么？跟她一样画画吗？"

虞灿在虞南口中只是一个无关紧要的"她"了，她一把把他拉回来："坐好。"

他不情不愿坐好，系上安全带。

赵翊说："我不会画画，没你姐厉害，就算算题看看表格什么的。"

"啊？"虞南明显不信，"那她算是很厉害的？"

赵翊很给虞灿面子："嗯，一般人都高攀不起，我想让她给我画幅画，求了大半年了都没给我画。"

虞南用不可思议的目光看虞灿。虞灿说："看什么看，你先想想这次期末数学怎么考及格吧。"

"我每次都及格了，只是上次差了 0.5 分，老师给我批错了。"

"你上次把'38'改成'88'，忘了？"

南哥被揭了短，还是在赵翊面前，委屈死了，不说话了，看向窗外大张旗鼓地生闷气。

虞灿等了会儿见他还是没出声，刚想着是不是说过了，准备找个台阶给他下，他就歪着脖子转过来："那我就那一次！人难道不能犯错？"

虞灿："能能能，你去问问妈能不能。"家里的棍子不是白买的。

赵翊笑着听他俩斗嘴，比听电台有意思。车里有小孩，他车开得慢，三人摇摇晃晃到达万安小区已经是晚上七点多了。

虞灿手机上来了通电话，她接起来："喂，妈。"

赵翊帮虞南背好书包。

虞灿在和妈妈通电话："嗯啊，对。"

赵翊把她的手提包挂在她胳膊上，她刚放假回家第一天，家里人估计都等着她。他还是回常住的酒店，以前也都是这样的，但今天有了对比，莫名觉得有点孤零零的。

赵翊抱了抱她，比了个口型：我走了。

她拉住他。

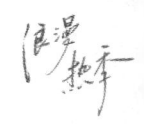

他小声问:"怎么?"

她捂住手机的麦克风:"我妈让你上楼吃饭,她做了你的份,你想来吗?"

"这不是想不想的问题了。"赵翊看向她身后,颔首礼貌叫道,"阿姨好。"

唐小丽已经走到他们跟前了。

第十四章

我和你的浪漫热季

这是赵翊第二次来虞家吃饭。唐小丽做菜很有一套,餐桌上摆了八菜两汤,家常美味色香味俱全,可惜他们三个已经在外面吃过一轮了,都吃得很少。但由于吃的是垃圾食品,三人都捂着不说。

虞有毅一直没怎么出声,直到赵翊放下碗筷,他才轻哼了声:"就一碗,你吃饭这么秀气?"等同于说,你看你这弱不禁风的,我一拳打两个。

赵翊又拿起筷子,神色自若地起身:"没,我是准备再去盛碗饭。"

唐小丽挺喜欢赵翊的,人好看有礼貌,而且还是灿灿带回来的第一个男朋友,于是截过他的碗,给他扎扎实实按紧添了碗饭。

虞父也再添了一碗。

虞灿、唐小丽和虞南三人都吃完去沙发边看电视了,就他俩还在拼吃。男人遇上男人,幼稚到没底线。他们俩在各自吃了三碗米饭的基础上还硬生生吃完了餐桌上的所有菜。两人话都不怎么多,闷着头就往嘴里塞。吃完饭菜,他们又开始挺着肚皮拼茶,丝毫不给自己留活路。

虞灿虽然知道他俩都是大人了,心里有度,但怕他俩吃多了难受,时不时去看一眼。虞有毅脸上一片红,跟喝醉了酒一样,赵翊脸上也没好多少。慢慢地,他们的话多了,争论到底是多少年的普洱茶最好。

虞有毅说:"必须得放个三五年,那股香才能体现,一两年的,那就跟喝草泡水一样。"

赵翊说:"十年的最好,茶香最浓郁,价值连城,不止能喝,还能投资。"

虞有毅收藏的茶叶最多也就八个年头,摇头:"十年太老,有滋味的都

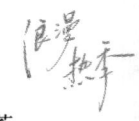

氧化了,八年最好,茶就是喝的,投资干什么?就怪你们这些炒茶的,把茶叶的价格炒得离谱,脱离它的本质了,茶不就是用来喝的……"

南哥抱怨:"爸今天话怎么这么多啊。"

唐微微已经落地到家了,给虞灿打了个电话过来。她去阳台接电话,和微微聊天。

寒假舒舒服服过了几天。虞灿开始了忙中有序的寒假生活,上午整理完成学校方面的事宜,准备创新创业大赛的资料,偶尔会和其他几位小组成员开线上会议沟通。值得一提的是,他们几位一致同意坚持原定的针对学生群体的"惊喜策划"项目。

下午,她继续做美妆博主该做的事。

黄昏时,虞灿和赵翊出去散步聊天,他作为往届创新创业大赛金奖团队成员之一,给她提供了许多实用性的建议。

虞灿最近在家和虞有毅频次最高的对话,就是虞灿出门前的那两句——

虞有毅:"早点回来。"

虞灿:"好的。"

虞有毅好像已经看透了她所有的心思,导致她跟赵翊在一块儿的时候总觉得有双无形的眼睛盯着她,丝毫不敢乱来,这段时间他俩比在学校里的时候还纯洁。

这天晚上,赵翊送虞灿回家,两人好不容易腻歪一下,直接送到了门口,分别前照例拥抱。他很喜欢拥抱,喜欢那种身体贴着身体的感觉,比接吻还喜欢。她两手搭他肩上,稍微踮脚,在他脖子上亲了下——这个寒假里最大的尺度接触。

赵翊看着门上面贴的福字,嘴角牵起,下巴埋在她颈部:"没感觉到,再亲一次。"

这时,虞有毅推开门,和赵翊四目相对,手上还提着准备下去扔的垃圾。

赵翊:"虞叔。"

虞灿背对着门,眼睛圆睁,如芒在背不敢回头。

然后,赵翊若无其事地单手帮她捋了捋衣领,退开站直:"捋好了。"

"我说领子怎么有点奇怪。"虞灿秒懂,边转过来边说,"现在捋好了……哎,爸,你要出门?"

"虞叔,"赵翊看着虞有毅手上的东西,非常上道地说,"要扔垃圾?

我顺道给您带下去。"他去拿，虞有毅手一躲。

赵翊提起旁边放的礼盒："这是陈了十二年的普洱，一个云南的朋友给我带的，本来想让灿灿拿给您的，没想到您刚好出来了，真是跟它有缘分。"

虞有毅眉毛微动，这可是好东西，犹疑了两秒，然后侧身让出空间："进来吧，天冷。"

"好，谢谢虞叔。"

"谢谢爸。"虞灿跟着进去。

赵翊刚进门，就听见"哇"的一声哭。虞南正在受罚，这几天虞家日子过得最艰难的是虞南，他已经考完期末，成绩也出来了，数学和英语两门没及格。唐小丽气得又长了两条皱纹，痛定思痛，只要一有时间就监督辅导他写作业，写作业这事对南哥来说就是受罚。

任凭唐小丽说得口水都干了，嘴唇起皮了，吼得嗓子都哑了，虞南顶着疑惑的表情缓缓发出一声："啊？"

"啊什么啊？你脑袋被门夹了是不是？我当年功课也不差，怎么就生了你这么笨的！"唐小丽拿着打人的木条拍在桌子上，"错一题打一棍！"

"哇！"虞南还没被打就又哭了，结果一抬头看见赵翊，立马收住压根儿没流泪的哭脸，"赵翊哥哥！"

赵翊摸摸他的头。

接近年关，街道办的事情多了起来，唐小丽没时间再管虞南，把辅导作业的任务交给虞灿，于是虞灿和赵翊两人开始了带孩子的生活。

赵翊在酒店房间的客厅添了一张桌子，他们三个坐在一块，虞灿剪片子、做视频、写惊喜策划项目计划书，虞南做卷子。赵翊工作，偶尔给南哥讲讲题，南哥听得特别认真。

虞灿有几次跟着听了几句，觉得赵翊讲得非常有趣，思路简洁明了，而且很有耐心，没吼过南哥一句，更没说过他笨。

南哥就跟个小媳妇似的，坐得端端正正，做出了题目矫正答案之后故意拿红笔把勾画得很大，等赵翊空了拿给他看，然后一脸娇羞地等待被夸。

虞灿觉得很惊奇。

春节前一天，黎漫和赵衡约他们俩出来喝咖啡，遥城的雪留不住，落在地上立马化了，隔了一夜又冻住，午后再融化，没融化的成了碎冰碴，踩上去"嚓嚓"地响。栾树的叶子掉得差不多了，光秃秃的树干上停了几只麻雀，

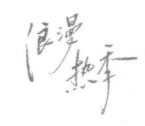

麻雀不怕人，侧着头一顿一顿地盯着路人看。

虞灿穿了件米色的羊绒裙，剪裁合身，腰线收得恰到好处，盈盈一握。她边给人发信息边拉着赵翊的手，故意去踩碎冰听"嚓嚓"的声音。

赵翊说："走路别玩手机。"回他消息的时候没见她这么争分夺秒。

"OK，OK。"虞灿发完信息立马把手机放包里。

他们订的咖啡厅是露天的，桌面上方撑着沙滩伞，周围种着双色月季，花开灼灼，如同世外桃源。黎漫和赵衡坐在最显眼的位置，在外面一眼就能看到。

四人对坐，两位女士点了提拉米苏和拿铁，两位男士都不爱甜，点了冰美式。

赵衡很闷，除了公司的助理和同事没什么朋友，是可以静静在家看日出到日落消磨一天的人。黎漫的性格则比较欢脱，拉着赵衡到处玩。他起先觉得不习惯，但事事都会由着她，后面玩着玩着也就习惯了，整个人健谈了不少。这次的聚会也是黎漫号召的。

黎漫让赵翊起开，她要和虞灿坐一块。她俩偶尔会在网上聊天，所以并不生疏。两人聊起最近看的电视剧，虞灿说了个剧里男演员的名字："他演的都还不错，我之前刷到有人说他特敬业，拍戏从不用替身。"

"他？"黎漫不屑道，"没少用替身，又花心又装，换个剧组就换个女友。"

虞灿不粉明星，但有几个有好感偏向的，因着好奇又报了几个名字问黎漫，结果没一个能打的。总结下来就是，真不能对那些久在膨胀的名利场的人有过多道德期待。

黎漫在娱乐圈几年，直来直去也没什么朋友，现在退圈了更是连营业塑料情都没了。她问："灿灿，你和赵翊平时都玩什么？"闲下来很无聊。

虞灿说："我们一般在家里学习，偶尔出去逛会儿街什么的。"

两位男士专心致志聊着自己的话题。黎漫看了他们一眼，小声说："告诉你一个秘密。"她吃了点蛋糕，有点严肃又有点可爱。很难想象这个人是黑料满天飞，多次处在舆论漩涡里的大明星。

虞灿："什么？"

"我给阿衡定制了假肢。"黎漫做这些事都没人分享，一个人兢兢战战的。

虞灿起先很疑惑为什么赵衡不佩戴假肢，后来从赵翊口中知道他早年是尝试过佩戴假肢的,但他的病状特殊,大腿没有知觉很难保持平衡,在人前出过几次洋相,就再也没有尝试过了。

她了解得多了,明白赵衡不是摔倒几次就放弃的人,更多的可能是觉得坐着和站着没有什么不同,生活一潭死水,也没什么期待。现在有了黎漫姐,他很可能会重新尝试。

黎漫说她是在新加坡国立医院定制的,应该明年开春就能拿到,等拿到了就陪他做复健。她最后说:"然后咱俩就结婚,然后你就是我弟妹,小妯娌。"

赵翊听到"弟妹"两个字的时候抬眸看了一眼。

"你看什么看!"黎漫捧他。

他耸肩,胳膊碰了下赵衡:"嫂子好凶。"

赵衡无奈。

赵翊面前放着的手机屏幕亮起,黎漫眼尖,看到壁纸上好像有女孩的身影,一把拿过来:"赵翊啊,你……"没想到竟然是他和虞灿的合影。是虞灿要求他躺她怀里那张,两人颜值都很高,肩上还落着雪花,背景是攀爬的红色三角梅,画面观赏性不输于杂志写真。

见黎漫看愣住了,赵翊喝了口咖啡:"怎么样,好看吧?"

"什么人哪,一个大男人,还躺在女朋友怀里。"黎漫一脸嫌弃,转头却说,"我也要拍,给我和阿衡拍一张。"

赵翊过来从后面抱着虞灿:"躺了就躺了,判几年?"

虞灿一边由他抱着,一边接过手机给黎漫和赵衡拍照。

远处,孙淑华和赵鸿光透过月季花栏,可以很清晰地看到和听到咖啡厅里他们几个人的动作和笑声。她半个小时前收到虞灿约她过来的短信,赵鸿光顺路和她一起过来。

黎漫让赵衡和她一起用手指比心,后者观察她的做法,动作有些木纳,她只好上手,手掌钻进他的掌心:"我们就这样!"

赵衡微微揉了揉眉心,耳郭泛红,因为当着弟弟的面做这样的事略有羞赧,不过他还是由她去了。按照她的要求,他把手抬高,对着镜头露出一个得体的笑容。

赵翊坐在旁边的藤椅上看他们,一片粉色月季花花瓣被冬风吹落,停在他的脚边。这一刻的他们,真的很幸福,笑声传得很远。

孙淑华在原地站了很久，然后低下头默默转身离开，她没有坐车，沿着石子路步行。今天是二十四节气里的大寒，寒意凛冽，赵鸿光跟上去，解下外套披在她的身上，陪着她一起走。

她感受着肩上多出的重量，思考到底是哪里出了问题。她从小家境优渥，在同龄人上不起学的年代，她却能读完艺术专业，在班里她是老师最满意的学生，是很多人学习的榜样，后来与赵鸿光相识相知相爱，他对她忠贞不渝，宠爱有加，从来没有半句苛责，他们有了两个长相帅气又听话懂事的儿子。

现在的她，神经衰弱偏执又冷漠，直到刚刚看到孩子们脸上真诚的笑，她才意识到自己真的拖住了他们十多年。她没有理由会活成这样的，一定有什么地方出错了。

赵鸿光看见她停下来，于是也跟着停下来，无言地拥住她。

衣服上被泪水浸湿的痕迹一点点扩大，风声、哽咽声，还有后悔的声音。

"秋澜。"他轻拍着她的后背，很多年了，他还是习惯性地叫她这个名字。

"我想，我明天把名字改回来。"

"我陪着你。"

"对不起，对不起……"她的脸埋进围脖，身体微弱地颤抖。

枯黄的树叶在地上打了个旋儿，飘去了树根旁的土壤，它即将开始一段新的生命循环了。寒风潇潇，但是春天已经一步步地近了。

虞灿最终还是签约了孙秋澜的公司，开启了正规有条理有规划的博主新身份。

她的客座化妆系列在第二年的春天结束，这个系列反响非常好，被诸多博主模仿，她又开始了新的系列：答疑美妆——粉丝在后台投稿，她选出同类问题，然后在更新的视频中提出自己的解决方法和技巧。

在实际操作中，很多人还会把自己的心事和情绪连同着问题投稿给她，她会挑一些看，隔一段时间会回复几条，或者匿名打码发出来问问网友的意见。这个系列兼具人情味和美妆干货，有很多男生和不化妆的女孩都关注了她，系列中的好几条都上了视频平台的热门。

黎漫公开的社交账号只关注了虞灿，时常给她转发点赞。

"Gorilla"的IP越来越火，火到虞有毅在五一假期里拿着手机问她："有个老师给我看这个视频，说有点像你，我都没回答上，真是太像了，是你吗？"

"好像是哦。"虞灿认真看了看。

"你怎么叫大猩猩？这也太……灿灿，哎，你从什么开始做的？"

唐小丽知道自家女儿有几百万粉丝后，带着虞南去商场血拼，帮家里的大大小小买了时下最新款潮服："以后穿什么都注意点，别不讲究，有人采访我们拍我们怎么办？那不是给灿灿招黑吗？"

她还翻出几年前刚结婚的时候买的LV包拷上："还好是经典款。"现在背也不落俗。

"老虞，你那个西装是多少年前的了？不准穿了。"

"虞南，你下次回来的时候裤子上再勾个洞，看我不揍你。"

"全家注意，灿灿发了新视频，评论转发点赞一键三连。"

累是累了点，但从此在钱大娇面前挺胸抬头，比其他的不管，但在比人数这条上再没输过。钱大娇家亲戚一连串，家族庞大，但那又怎样。

"灿灿那几百万的粉丝，都是家人。"

闻言，钱大娇愣住了。

四月花开，五月蝉鸣，六月的遥城又进入了热季。

路上的行人褪下了厚重的外套，衣服渐渐变薄，身姿也更加轻盈。慢慢地，街上又多了很多花花绿绿的防晒伞，从城市的上方鸟瞰，如同一幅浮动游曳的油画，色彩鲜艳。

黎漫订做的机械假肢在今年开春的时候就拿到了，赵衡同意复健，但她不能在现场。

重新练习走路的过程磕磕绊绊，谁都能看，就她不能。他有时候摔在桌子底下，有时候摔倒在浴室，更多的时候是在别的地方。他用手撑着地，慢慢爬起来，摔倒了又站起来，再摔倒再站起来，一步一步向前，承受着心灵和身体的双重折磨。

不管过程如何痛苦，通过这半年的时间，他已经能慢速平稳地走路。五月底的时候，他们宣布要进行一场为期三年的环欧洲旅行，从波尔图出发，到里斯本，再走巴尔干路线。

经过一系列的准备，他们选定在6月1日出发。6月1日，纯真而又浪漫的日期。

虞灿和赵翙在首都国际机场的中央和他们拥抱告别。这天，孙秋澜和赵鸿光也来送他们了，挥手之后，潸然泪下。

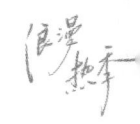

赵翊最终没有出国，也没有选择自己原定的研究方向，而是修了金融管理大类。毕竟人除了热爱，还有责任。他决定好的那个晚上，把这个消息告诉虞灿，彼时他们拥抱在一起："你会不会觉得我挺没劲的？"毕竟他最终还是没有坚持。

虞灿说："不会，我说过，你可以做任何事情，我永远都会支持你。"

赵翊说："那我想再听你说一遍。"

还能怎么办，公主只能宠着。她亲他的嘴角："我喜欢你，我会一直支持你。"

恋人间所有的问题，吵闹也好，质疑也罢，最终都指向一个终点：请爱我，请继续爱我，请一直爱我。

这一年的他们，血管里流淌的爱意胜过最猛烈的骄阳，只需要对方一个笑，神采都飞扬。

她会一直爱他，所以他可以反复确认，永远不会落空。

时间在指缝中飞速流淌，忙而不乱，有条不紊。

六月中旬，创新创业大赛紧锣密鼓地进行，今年采取路演加线上语音答辩的方式，虞灿所在的团队经过半年有余的准备，斩获地方赛遥城赛区银奖。与此同时，学校的餐厅、教学楼、图书馆、宿舍楼都拉上了送别毕业生的红色横幅。

> 我们从五湖四海来，到天南地北去。
> 我不想说再见，但是真的希望我们能再次相见。
> 经此一别，望君饱览人间山河，仍觉人间值得。

很快到了金融学专业拍毕业照的日子，虞灿上完《透视学》理论课，骑单车到经济学院看赵翊他们拍照。大家都穿着学士服，后背缀着粉色垂布。

胡嘉运早已经放弃了美白，现在又正值夏季，阳光毒辣，他皮肤成了货真价实的古铜色。

不过他长得高，五官又不赖，人也很有趣，不管在男生女生中都很受欢迎，很多人找他合影。他老远就看见了虞灿，朝她招手，排开围绕的人群："让一让，让一让啊，嫂子来了——"

他一开口，虞灿就想打他，因为他在这之前无时无刻地瞎起哄，加上赵翊不管是从实力还是绯闻来说都是整个学院的风云人物,大家早就知道了她和赵翊的关系了。

起先大家都觉得以赵翊的德行,虞灿估计又是个送人头的,两人保准过不了多久就分。十天过去了,没动静。半个月过去了,没动静。没动静?都没动静了,肯定分了呗。浪子回头都是电影里的情节,现实里哪有啊。

"那要是你是虞灿,你会跟他在一块吗?"

"嘿嘿,那肯定呀……就那张脸,我可以忽略他的花心。"

之前有次虞灿来陪赵翊上课,他罕见地坐到了后排。见她打了个哈欠,他问:"又熬夜了?昨晚打电话的时候不是说挂了就睡?"

她撑着脑袋,没听见他说什么,声音含混不清:"嗯啊。"

他也懒得说她答非所问了,让靠窗那个兄弟把窗帘拉一下,防止刺眼,然后翻着专业书说:"我妈让我问问你晚上有没有时间去吃饭,她下厨。"

"阿姨学做菜了?"

"嗯,一点,你别抱太大希望。"

孙秋澜虽然改变了很多,但是亲自下厨这个事虞灿难以置信:"有时间。"

赵翊:"还挺捧场,我约你的时候没见你这么快答应。"

前桌的两位同学一对视,都从对方眼里看到了惊讶:哇,都见过家长了?还这么熟练的样子,不会订婚了吧?

她们拿这事闲聊问胡嘉运,胡嘉运乐了:"哎,你们担心虞总被甩,还不如担心地球毁灭。翊哥当初追人家的时候多凄惨才追到,那段日子可是天天抱着我哭得一把鼻涕一把泪,说人家不想承认他,今儿没理他,明儿电话接晚了。别看他多正常体面的一个人,晚上灯一拉被子一盖,指不定哭成什么样……"

"啊?真的吗?"

旁观了这一切的陈远莱疑惑道:"胡嘉运,其实我一直有个问题想问你,如果涉及隐私你可以不回答。"

胡嘉运抬起屁股往桌子上一坐:"说。"

"你是不是救过赵翊的命?一直这么破坏他形象,现在还四肢健全,没被他打死。"

"你懂什么,翊哥不知道有多感谢我,靠着我这张嘴,给他挡了多少没用的桃花,让他安安静静顺顺利利地大学毕业。还有,要不是我撮合,现在虞总独美丽,能有他什么事。"胡嘉运开玩笑。

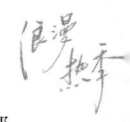

他跟赵翊从小玩到大,之所以会开这些玩笑,除了嘴痒,还真的存了帮赵翊挡乱七八糟事的良苦用心。另外,他知道赵翊压根儿不在乎自己被人认为是花心男。

胡嘉运懒得解释:"反正我和翊哥要一辈子都当哥们的,打死了,也是哥们。"还真是死都不放过人家。

陈远莱:"这对赵翊来说应该算噩耗吧?"

赵翊姗姗来迟,直到最后拍集体照的时候才出现。

胡嘉运举起手叫了他一声:"翊哥,这边!"

虞灿看过去。赵翊从期许亭里走来,穿着一身黑色学士服,个子瘦高,单手拎着黑色学士帽和没喝完的半瓶矿泉水,鼻梁英挺,神态悠闲,阳光在他的身后铺开。

他们初见时的那个早晨,也是在这个地方,她贸然上前拉着他的胳膊:"假装一下我的男朋友,求你!"

他刚打了球没洗脸,鬓边盈着汗,手上提着棒球服外套和半瓶没喝完的纯净水,寸头干净利落,可酷了,一把把她推开:"你谁?"

赵翊提着学术帽走过来,晃了晃矿泉水,示意让虞灿拿着:"还知道过来,我以为你又要放我鸽子。"

虞灿抱起手臂躲了下,没接水瓶,故意道:"你谁?"

他打量她几眼,直接把水瓶塞她怀里,嘴角牵起后退了几步,下巴一抬:"你的公主。"说完还扬了下眉毛,没皮没脸。

虞灿忍笑:"快去拍你的照。"

他把帽子戴上,转身走到集体合照的地方,直接在最后一排找了个空位站进去。胡嘉运溜到他身边,顺带还扯来了陈远莱,三个人搭着肩膀。

摄像师做了个预备的手势,大家的脸上齐齐露出了笑容。快门一按,"咔嚓"一声,学士帽被纷纷抛向空中。

人生的一个重要阶段打上了句号。很多人要各奔东西了,也有人要以更加坚定的身份留在对方的身边。

集体合照之后,有很多人来找赵翊合影,男生女生都有,毕竟胡嘉运都那么有市场,赵翊更不可能差。

男生爽快地找赵翊去了,可那几个想找他拍照的女生有点犹豫,人家女朋友在那儿呢，要不算了吧，也没有特别深的情谊，就是一起做过几次小组作业而已。

赵翊从虞灿那儿把水瓶拿回来，仰头喝了几口，喉结滚动。

虞灿觉得有点好笑，借来一台相机，主动叫来女生，亲自给他们拍合照。她是上过摄影课的，很专业，拍得也很认真，一会儿蹲在地上，一会儿单膝跪在地上，争取给每个人都拍出最好的状态。

拍了大概两三个小时，换了四个场地，草坪、廊亭、教室、图书馆，拍完之后，她坐在草坪上筛选图片。

她今天穿得很休闲，灰色运动裤搭配紧身的黑色背心，细细的手腕上戴着宽带手表。赵翊在她旁边坐下，把她裤子上沾的草摘下来。拍照的时候他身边站了很多女生，她拍得可高兴了，一点介意的样子都找不着。他转过头对着空气幽幽说了句："你还挺大方的。"

她抬眸："什么？"

没听清算了，他又不是作精矫情怪："我说今天天气不错。"

"我是不想让你的毕业有遗憾。"即使大家可能没什么特别深的交情，只是一起讨论过问题，做过一次小组作业，甚至只是课间无意对视一眼，可那也是青春里的一部分，无数细小的片段才汇成了整个年少的记忆。

她希望他将来回忆起那些时光有迹可循，希望他知道他有多好，有很多优秀精彩的人曾参与他的生命。

风过耳边，余温袅袅。遇见过这样的人，终其一生都很难再为别的人心动了。

赵翊说："我要是有天英年早逝了，一定是被你撩死的。"

最近半个月随处可见穿着学士服的毕业生，各个学院和专业的都陆陆续续组织拍照等事宜。因为毕业，宿舍楼下的二手市场也变得热闹起来。

赵翊昨天晚上给虞灿打电话，让她今天别去食堂吃早餐，给她订了舒芙蕾，松松软软的很大一团，非常漂亮。但是这个厨师调味太甜了，她吃了两口就吃不下去了，最后赵翊吃了绝大部分，吃得直皱眉。

他问："你今天准备干什么？"

"去公园见一个人。"去年的这个时候，她的客座化妆系列拍摄了一位ID叫"忍者神兔404"的网友，这位网友是一位抗癌女孩，当时为了鼓励她，她们约定好明年今日再在那个公园见面。今天就是约定好的日期。说起来，

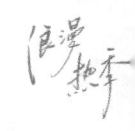

神兔算是她客座美妆系列的第一个录制对象。

虞灿把这事告诉赵翊。他给她递了张卫生纸，让她擦擦手："我陪你一块去？"

"不用。"其实她已经发现，"神兔"的主页很久没有更新动态了。而在以前，偶尔点开神兔的主页看，神兔一天能更新七八条动态。现在她发去的消息也没有回应，不过也并不是全然没有希望。

他们在门口分开，赵翊去帮宿舍的几个朋友搬东西，虞灿去公园。

夏日悠长，耳机里播放的歌曲尾调绵长，天上的白云流转，树梢在风中小幅度地左右摇动。

虞灿坐在公园的长椅上再次给神兔的账号发了消息，然后翻看那一期视频。虽然时隔一年，但她觉得有很多细节都还历历在目，比如当时录制过程中神兔老说一些无厘头笑话：

"白蛇放了个屁，所以她是什么蛇？答案：响尾蛇。"

"意大利人和中国人生的孩子是什么人？答案：意中人。"

后来录完了，她们一起选BGM（背景音乐），神兔开玩笑说想要个喜庆点的。

虞灿说："我们这个不是土味视频。"后来便选了首流行歌曲。

虞灿在公园等到天黑，等到广场上的广场舞结束，还是没有等到神兔。虽然心里已经有了准备，但是真面对时心脏还是不可抑制地收紧。她起身回家，心想当初应该用喜庆点的音乐。

赵翊过来接她，见她不怎么高兴的样子，大体知道是什么结果了："说不定那位网友忘了这个事，所以才没来了。"

"但愿。"其实她用不着安慰，长这么大，这种生离死别的事见得多了。抗癌成功本来就是小概率事件，退一万步来说，如果神兔去世了，那就再也不用被病痛折磨了。虽然这么想着，但她晚上还是失眠了，不过还好失眠了。

她睡不着觉就喜欢翻私信，翻到一个ID名为"超级无敌忍者神兔12345678"的网友，给她发了"99+"条私信：

> Gorilla，我到美国了，之前那个账号我忘记密码了，一直登不上去，希望你可以看到我的这条私信，这是我的新账号！是我，忍者神兔404。
>
> 我到美国华盛顿治疗了，我爸爸在这边工作。希望你可以看到我

的私信!

我的治疗效果还不错,我妈说我要在这边至少待三年,我们那个约定我肯定来不了了!希望你看到我的私信啊!

希望你看到我的私信!

最早的一条消息出现于四月,估计是那时候忘的密码。神兔每天就坚持给她发,特别是今天,发了六十多条。但她有数百万的粉丝,平时私信太多了,根本刷不过来,一直错过。

华盛顿和这边有时差,神兔现在大概正在吃午饭,虞灿瞬间体会到虚惊一场的喜悦,打开赵翊的对话框,给他放了一大串烟花。

下半年八月底开学,虞灿进入大三,专业课程非常密集;赵翊上研一,在实验室里埋头苦干,踏实勤奋,领悟能力又强,混得风生水起;胡嘉运拒绝了一家世界五百强公司的顾问职位,在一家销售型金融公司工作,他想创业的目标从没变过,不在乎工资,只在乎能不能学到想要的东西;陈远莱同样研一,他和赵翊不属同一个导师,宿舍楼也已经不在同一栋,见面的机会少了,但每次见面都是满脸笑容,兴高采烈的;杜珧林在一家民航研究所工作,收入不菲。

他们几个基本隔一段时间就会出来聚一次,打打球,吃吃饭什么的,感情一直保持着原样。

唐微微在虞灿的影响下变得更有女神范了,她俩现在互为宝贝,如胶似漆不可分离,已经私下商量好要做对方孩子有且只有一个的干妈。

郭思月仍旧是"渣男收割机",大家都很奇怪为什么明明有那么多人追求她,但她总是能精确无误地在十个老实人里面恰好选中那一个"渣男"。不过令人欣慰的是,在碰了二十多回壁之后,她逐渐开始把更多精力转向学业。除此之外,她跟唐微微还是时不时斗嘴,没消停过,估计也不会消停了。

刘远昕在美术狂人的道路上越走越远,有天赋,后天也不缺努力,她想去巴黎深造,为此已经在学习法语。

虞灿要兼顾经营美妆事业和学业,并且她希望自己两样都可以做到顶好,于是时常处于恨不得一分钟掰成两分钟用的忙碌状态。忙是真的忙,但是也真的很有成就感和满足感。

这一年,他们二十出头,年轻,热烈,充满希望,一切想要的未来都清

晰地握在手心,只要踏出一步,就靠近一步。

窗外云蒸霞蔚,期许亭朝了又暮,人间匆匆又夏天。

第二年6月20日,虞灿有一个暑期实践需要下乡写生,指导老师选择了一个如世外桃源般的地方,南丰镇。南丰镇没有被现代文明浸透,很大程度上保持着原始的模样,山清水秀,美不胜收。

她启程的那天,赵翊去送她,亲吻之后,帮她把头发理好:"到了之后每天视频。"

虞灿:"嗯。"

他叮嘱:"凡事听吴老师的,别乱跑。"吴老师就是吴玉华,她们班这次实践活动的指导老师。

虞灿点头:"嗯。"

"去了那边,不该吃的东西不要吃,别看见路边好看的果子就摘下来啃两口。池塘沟堰这些也不要靠近,想游泳等回来再游。有什么不对的情况立马告诉老师,也要跟我说,要是有之前在三亚那样的……"

"知道了,知道了。"她把他推开,"啰唆,我又不是熊孩子。"

"还有最后一件事,"他递给她一个手提袋,"不是我啰唆,那边跟这边市区里情况不一样,注意安全。"

她打开袋子看,里面是一件淡蓝色的长款连帽防晒衣,可以当外套穿,也能防晒,想得还挺周到。

他们最后抱了抱,赵翊揉她的头发:"好了,去玩吧。"

目的地太偏僻,高铁不能直达,虞灿和班上的同学出站后坐大巴几经辗转才到。到达之后,吴玉华带他们上山采风。南丰镇有很多少数民族聚居,民风淳朴,村民待人和善,大多保持着传统,穿戴民族服装和头饰,色彩鲜艳漂亮。

漫山遍野全是水蜜桃树,粉红的熟果沉甸甸地挂在枝头,低洼处废弃的稻田被打理得很干净,关了一池清水,上面漂浮着几株还没完全长开的荷花。

带他们游览的人说:"时间往前翻几年,你们要是来啊,那就完全不一样了。几年前这里是悬崖峭壁,鸟都不想过来拉屎,孩子们上学走的是吊桥、栈道。"

几年前镇上大力提倡扶贫脱贫,专家过来考察地理条件,判定这里适合种水蜜桃,镇上开了会,预备把这里打造成水蜜桃种植基地。起先村民还不同意，纠集众人闹得沸沸扬扬，后来政府出资给每家每户发树苗开培训班、请专业顾问、架桥修路，磕磕绊绊几经磨难，小树苗终于种下了地。

现在已经是第五个年头了，按照水蜜桃树的生长周期看，现在正是它的高产期，村民每年的收益虽说不能大富大贵，但是较之以前翻了好几倍。

不过说到底，靠这个挣钱，实在受天气的制约太大了，天气一个不好，农民收成就减半，所以政府又开始带领大家探索搞旅游业的路子，山上修了座寺庙，山下清理洼地稻田种上了荷花，未来还预备种一些睡莲，不过不敢一时把美化面积扩大。因为这边海拔高，泥石流频发，防风固土很重要，万事必须以安全为第一顺位。

长风拂过水面，波光粼粼，带他们游览的人仍在热情耐心地讲解。

这里的先天条件不好，但村民和当地的官员一刻也没放弃和大自然斗智斗勇。生命之顽强，在这座山里体现得淋漓尽致。

导游说："有很多年轻人来支援我们，国内国外名校毕业的都有，我们现在的部长就是个年轻人，才二十六七吧，看得新想得远，他去年上任的，上任的当天跟我们承诺，今年一定争取把高铁站到镇子口的路修好。他做到了，不出意外的话，下个月就能动工了。"

红旗下东风里成长起来的这一代年轻人，有理想、有力量、不怕苦，为了同胞的幸福，为了心中的大爱，前赴后继，在所不辞。

虞灿默默听着他们讲话，心中明白了为什么在写生之前要与当地人交流。美术，不只是画画，笔端落下的也不应该只是线条、画面、图像，还应该有组成这幅画的筋骨和气性。

暑气炎炎，遥城大学实验楼的老式空调失灵，出不了冷风，只能开着吊扇，吊扇同样是老款式，旋转的时候风不大，伴着吱吱呀呀让人烦躁的声音。

赵翊和一位同伴在实验室里重做关于风险对冲的模型探究实验，这是本学期最后一项任务。

和他一起的同伴叫张治，是从别的大学考过来的，本科院校不怎么好，平时上课做实验有点吃力跟不上。本来这场实验数据分析应该已经结束了，结果张治在结束的前一刻不小心误删了一组关键数据，于是一切只能推倒重来，一上午都白忙了。

"赵翊，真的不好意思。"做一次推导好几个小时，大家都巴不得早点完成早走人。张治真的内疚死了，因为在他操作错误之前，赵翊已经提醒过

他一次,让他注意。

赵翊头都没抬:"没事,再来一次。"

张治:"啊?"竟然连一个白眼都没给?脾气也太好了吧,虽然长得还挺凶的样子。

赵翊额上的青筋隐隐突起,从旁边抽了张纸巾擦手,实际上他心里的烦躁远远胜过张治,最近他的眼皮经常无缘无故地跳,闭眼都无法缓解,心里也时不时莫名发慌,做任何事情都不顺,似乎在预告要发生什么不好的事。越是烦躁,他越是告诫自己克制,擦完手,他给张治递了张纸,风轻云淡地说:"累了可以先休息会儿。"

"啊,谢谢,谢谢,谢谢。"张治一连说了好多个谢谢,小心翼翼客客气气接过纸巾。行走江湖还是好人多啊,他以后真的再也不划水了。

晚上,赵翊和虞灿打视频,现在已经是七月初,她已经在那边待了快十天,最近天气不好老是下雨,还有很多想画的东西没有画成。

赵翊说:"没画就算了,那边山多路滑,安全为重。"如果真的有不好的事,发生在他身上也就算了,就怕是发生在她身上。

虞灿:"嗯,我又不是傻子,下雨天跑出去画画。哎,我想起一个典故,就是说有个人在雨中挥毫,然后……"

"虞灿!"赵翊打断她。

"我不是说我要去,就是一个小故事,放心吧,我不去。"

"你实在想画,我以后再陪你去。"

接着,他们又聊到各自最近在做的事。

虞灿说南丰县的县长亲自接待了他们这一大群人,提出想用他们的画开一次画展,但穷乡僻壤没什么预算,带队老师吴玉华跟他们商量后同意了版权免费授权。这样于南丰县是一次免费宣传,于学生来说,作品集里也有了一份光彩的作品。

他们最近在帮着整理作品、设计展馆,每天都过得挺有意思的。

赵翊问:"你是不是准备在那儿搭房子安家了?"

"哈哈,也不是没有这个可能。"她想到什么说什么,"我们住的这家民宿的老板娘估计快生了,是第三胎,她前两胎都是儿子,这胎特别想要个女儿,结果今天早上有人说她肚子尖尖的,肯定又是儿子,她把人骂了一顿,气哭了,我安慰了好久都没用。"

赵翊笑了笑，顺口道："我觉得儿子女儿都行，最好是两个，一儿一女，龙凤胎。"

想得还挺美，虞灿问："你还想生几个？"一个都够受的了好吗？

他沉浸在梦里没听出她反问的意思，正儿八经想了想："这由你决定，肚子是你的。"

这是她听过最好的回答，她心里一暖，转念又想，他俩到现在就亲了个嘴，生什么生："那我想生个混血，行吗？"

"你跟谁混？"他无语，"混个球，下辈子都不行。"

"混血宝宝好漂亮，我从小就喜欢。"她逗他。

"混血……也行，"他坐在长亭的木椅上，"长宁路和西江区的混血考虑一下。"

她住长宁路，他住西江区，还真是混个球了。

虞灿拿手机拿得有点累，把手机平放，趴在桌上听赵翊讲话。

他最近的经历可以直接取名为"悲惨人生"，出门不带雨伞必下雨，挂在外面的衣服被拉了鸟屎，扫的共享单车要么坐垫坏了要么链条断了要么刹车坏了，走在路上把手机放兜里，结果误触打电话给导师，导师接了"喂喂喂"半天没人理，他还奇怪兜里怎么有东西在振动……

"别说了，别说了。"她眼泪都快笑出来了。

赵翊躺平由她嘲笑，生无可恋。

夜已经很深了，他俩一聊起来就说个没完，一看时间，晚上十一点半了。

赵翊单手撑着下巴："你什么时候回来？"

"估计还要个三五天吧。"虞灿躺在床上，把手机放枕头上，双手撑着下巴，白皙纤细的腿一晃一晃的。

他想，现在7月1日，他生日7月3日，还要个三五天……

虞灿："你生日我不能陪你过了哦。"

他语气轻松："小事。"真男人谁在意这个，就是一个形式，爱过不过，不稀罕。果然没一件事是顺心的。

"但我给你搞了一个东西，当作礼物吧。不过这边物流不方便，等我回来的时候再拿给你。"

"你自己做的？"

"嗯，你应该会喜欢的，但现在不告诉你是什么。"

"哦。"

夜色深沉，树下的蝉鸣渐弱，月亮陷入云团。有期待的人和事，等待不过是拉长了幸福的过程。

7月3日，早上六点，天还没完全亮，边际有点阴沉。赵翊把车开到绿道边停下，她不回来，他就过去。反正她明天就回来了，他过去还能顺带把人给接回来，免得她转车累死。

这里到南丰县开得快的话也就七个小时车程，小事一桩。他趁着在车里等人的工夫，再看了一遍虞灿发来的短信，她昨晚上卡着零点发的：赵翊，生日快乐，祝你平安顺遂。如果你太倒霉，我希望能把我的运气分你一半。

他好奇，她到底是怎么精准地抓到每一个能撩他的点的。这话没几个字，但就跟闪着金光似的，很难一次性看完，真的有点晃眼睛，没夸张。

胡嘉运打开门坐到副驾驶，睡意蒙眬地系好安全带。他放高温假，本来准备找赵翊玩，但听说人要去南丰县，决定也跟着去玩一玩。玩是一方面，另一方面赵翊要是开车累了他还能搭把手。

他系好安全带，看着精神抖擞的赵翊，头一偏，叹道："翊哥，我承认我输了。"

赵翊分他个眼神：有屁直接放。

胡嘉运拢了拢外套，一副老态龙钟的样子："人还是得有感情的滋养才行，你还是年少的你，我已经是被社会摧残的我。"他在公司里替人背锅挨骂，应酬场合直接吹瓶子喝酒那些事赵翊都知道。新人进入职场，总有所谓的前辈想敲打敲打你，越是上层的地方弯弯绕绕越多。

听他还能这么开玩笑，赵翊还挺欣慰，笑了，把车开出去："你抽空找点农家肥，自己滋养滋养。"

"农家肥？"

"那个适合你。"

胡嘉运理了理衣服，看向窗外，小白菜地里黄，没人疼没人爱："翊哥，你觉得我们这个年龄，舒心重要还是奋斗重要？"

"你写高考作文呢？"

"没，闲聊一会儿。我们奋斗不就是为了舒心嘛，奋斗的过程那么痛苦，还不如一开始就躺平？早想通早享受。"

"这不挺明白的？"赵翊看着前面的路，"既然你想这么通透了还烦什么？找条大路一躺就完事了。"

"那歪理不也得正着说吗，我还等着你劝我两句，给我打打鸡血，你自己听听你说的是人话吗？"

"你还需要我说吗？"

痛苦是有的，但目的地仍在前方，没有到达就不后退。发两句牢骚，太阳出来的时候，又欣然前往了。胡嘉运是这样，虞灿也是这样，大家都是这样。

"我在你心里那么强？"胡嘉运笑起来。

赵翊扫他一眼："你不在。"

"你不在，你不在……"他重复几遍，找到旋律开唱，"你不在我不在谁还会在，就跟着一起来……"

"我在远宁那边有栋公寓，离你公司近，住不住？"赵翊说归说，能帮的肯定帮。

"谢了，不用，"胡嘉运哼歌律动，"哪能老占你便宜。"

"占得了我的便宜？要住的话随时找我拿钥匙，再乱蹦就滚出去。"

他俩撑来撑去已经到了十一点多了，天光还不见大亮，空中淅淅沥沥下起了小雨，车转了个弯，预备驶向高速，导航提示："前方高速已封路，请选择其他路线。"

赵翊掉头，查看其他路线。

胡嘉运笑说："你这是真倒霉，不是说着玩玩。"换路线得多浪费两个小时。

车越开越偏，距离南丰县越来越近，路变得颠簸，雨也变得更大，好在路上碰到了家补给站，反正现在快到饭点了，赵翊把车停在路边和胡嘉运过去准备买点东西吃。

一行中年人闹闹哄哄地从里面出来，都有些不修边幅，迎面见着他们，豪爽友好地笑了笑，然后分别上了三辆车，远驰而去，看样子是自驾游的车队。

这个补给站不错，基础设施配备齐全，有便利店，能加油，能修车，旁边还有几辆摩托车，车把手上贴着"只租不卖，一天三百"，要是车抛锚修不好，还能靠着这个回去。

胡嘉运点餐，赵翊打开手机准备上交通官网看看高速封路的原因。他们都不是爱玩手机的人，一路上没怎么看手机，赵翊这会儿才发现桌面上推送了好几条信息和新闻。

南丰县暴雨橙色预警，启动防汛二级响应！

重大气象灾害，五十年不遇大洪水，洪涝面前我们能做什么？

紧急组织疏散，力求将伤害降到最小。

胡嘉运翻看菜单，问他："扬州炒饭和辣鸡烧饭，你要哪个？"

赵翊没有回应，站起转身拨电话。胡嘉运以为他有什么事，招呼老板："老板我们要两份扬州炒饭。"因为赵翊不怎么吃辣。

老板比了个"OK"的手势，朝后厨吩咐："两份扬州炒饭！"

"一碗多放辣椒，一碗少放辣椒，谢了！"胡嘉运很健谈。

老板乐呵呵地走出来："我们这儿都用的青椒，不辣，放心。"说完看了眼路边的车，"看这朝向，你们准备往南丰县开？"

"嗯啊。"

"你们还不知道啊？那边发大水了，路都被冲垮了，没冲垮的也封了，现在过不去了！"

赵翊手中的电话已经拨了十多通，虞灿一次都没有接。

"洪水啊，那倒没什么，那儿山多海拔高，不会积水。"老板在这里很久了，对情况很了解，"就是滑坡啊泥石流啊这些厉害，连续下了几天小雨了，昨晚上夜里突然下暴雨，我们这儿还好，近山那边的可就惨了！"

闻言，胡嘉运看向赵翊。

老板说："刚刚那个自驾队的几个哥们就是从那边过来的，说是情况很严重，已经有人遇难了，听说里面还有学生。"

胡嘉运急忙问："什么学生，男的女的？"

"女的。不过不管男的女的，被那土一埋哪里还有活口啊。你们看着年龄也不大，这会儿路都封了，刚刚那几个人是最后一批过路的了。听我一句，早点回家吧，换个时间过来玩。"

老板所有的话一字不落钻进赵翊的耳朵。

"翊哥，翊哥。"胡嘉运几步过去，果然看见他在给虞灿打电话，"能联系上吗？"

赵翊没动，额前冒出细密的汗。

"对不起，您拨打的电话暂时无法接通，稍后我们将以短信的形式通知对方。嘟——"

电话被自动切断，屏幕恢复为他和虞灿的会话框，停留在那句祝福：

赵翊，生日快乐，祝你平安顺遂。如果你太倒霉，我希望能把我的运气分你一半。

"你先别急，"胡嘉运现在也不知道该说什么了，抹了把脸，"可能是那边信号的问题，下暴雨，信号塔可能出了问题。"

赵翊没有任何表情，越是慌乱的时候越必须冷静，大路已经走不了了，他进便利店找了个塑封袋，调好手机导航把手机放进塑封袋密封，站在老板面前，往桌上放了五百块钱："租车，开锁。"雨棚下的一排摩托车都上着车轮锁。

"你要现在骑车？去哪儿？"老板准备去拿柜台上的车钥匙，又想着不对，不敢置信地退回来，"年轻人，你不会是要骑车过去吧？南丰县？""这么大的雨，路上保不齐就哪里遇到滑坡。"

与此同时，胡嘉运的手机里传出唐微微的声音，他打过去的。

"胡嘉运，我不知道……"唐微微带着浓重的哭腔，"灿灿不见了，我找不到她，有人说，有人说看到她往山的方向去了，我找不到她……"

赵翊没有听完，大步到柜台，拿到了钥匙，开锁，披雨衣，系上头盔，上车，有条不紊。

"翊哥！"胡嘉运拽住他，指着外面，"外面雨那么大，你再等等，说不定她只是出去一会儿，马上就回来。"

赵翊把胡嘉运的手扯开。

"路上那么滑还下雨，你知道前面什么状况吗？现在去至少也要三四个小时！"

赵翊发车，胡嘉运又去拽他胳膊："你不要命了是吧？那边肯定有专业的搜救队，就算你现在过去了也没有任何……"

他反手抓起胡嘉运的衣领，狠狠往地上一摔，怒吼："滚！"

他脸色苍白，眼里布满红血丝，苍天白日，外面响了一声惊雷。

"赵翊！"胡嘉运追出去，"赵翊！"

路上有风声、雨声、血液震荡声、石子滚落声，赵翊的眼里除了前路，什么都看不到了。

"已经有人遇害了，听说里面还有女学生。"

"我们都找不到她，有人说看到她往山的方向去了。"

"被那土一埋哪里还有活口。"

…………

她前天说给他准备了礼物,今天凌晨还在祝他平安,要把运气分他一半。怪他,怪他,今天是他的生日,他这辈子就许这一个愿,如果她真的出了事,他愿意一命换一命,她还有那么多想做的事,还有那么多没完成的事。

南丰县来了很多搜救工作人员,雨已经小了很多了,路上的土壤被冲走,裸露出石子和砂砾,抬眼就能看到山上一片片斜垮倒塌的树木。

虞灿早上起床打开窗户,看见民宿老板娘的儿子冒着大雨往山上跑去,连伞都没撑,全然不管禁止上山的警告立牌。她看着心里急,阻止性地呵斥了一声,结果那小子跑得更快了,她赶紧去追。后来才知道,原来山上有人遇难,遇难的那个女孩,是他同学。

现场拉了警戒线不让靠近,搜救队将遇难的女孩抬出来送往医院。虞灿和老板娘的儿子跟到了医院,看着形势紧张,医院缺人手,她加入了志愿者队分发物资和喷消毒水,饭都顾不上吃,忙了大半天,现在才得空闲。

她一摸包,才发现手机竟然弄丢了,想了想,估计是在出门以后丢的,因为她追人之前还给吴老师发了短信说要出去一趟。吴老师也在做支援工作,拿着喇叭挨家挨户叮嘱让大家暂时不要外出。

天色雾蒙蒙的,不知道几点了,看着像已近黄昏。虞灿一天没通网,不知道这场暴雨已经在外界传得沸沸扬扬。她下楼到医院大厅找人借手机,这里不是每个人都有手机,她问了好几个才借到,直接拨赵翊的号码。今天他生日,不知道他有没有和朋友们好好聚一聚。

虞灿的皮肤白皙吹弹可破,睫羽鸦黑,垂下的时候如同一把小扇子。她微微低头听着电话铃声,即使略有疲倦也丝毫不影响美感。被借手机的女士在旁边等着,她抬眸不好意思地笑笑:"那边可能在忙,接得有点慢,抱歉耽搁你的时间了。"

那女士反倒有些害羞腼腆:"没关系,没关系。"

屏幕上开始显示接听时间,他接了。

"喂?"她睫毛动了动,"赵翊。"

对面很久都没有回应,只有起伏的呼吸声。

"赵翊?"是这个号码没错,她又等了会儿,还是没反应,怎么回事?

"虞灿。"他的声音低沉而慎重,"你在哪儿?"

"在医院,不过我没事,我们这边下了暴雨,我是过来当志愿者。"

"那你……回头。"

她想也没想就往后转了，于是她看到大厅入口处站着一个高个儿男人，一手提着头盔，一手拿着手机，逆着光，隔着拥挤的人潮注视着她。

中间人来人往，可一切又好像不存在。他拿手机的手垂下，朝她大步走去。她还没来得及说话，迎面被他大手一搂紧紧箍在怀里。

他浑身都湿透了，唇色霜白，身体冰冷得不像话，衣角落下水滴。

赵翊躺在病床上，他已经晕了两个多小时，医生说是精神高度骤起骤落引起的应激反应，等会儿应该就会醒了。除此之外，他的腿因为在骑车过来的路上两次摔倒受到重击，导致骨节错位，打了石膏，估计得养一阵子。

虞灿补买了手机和电话卡，依次给家里人报了平安，也接到了许多人的关心消息，其中包括孙秋澜夫妇、赵衡和黎漫、杨策尧。

唐微微收到消息后又哭又笑："吴老师没告诉我们，我又找不到你，还以为，还以为再也见不到你了！"

胡嘉运晚上跟着搜救队的车赶来，找到医院直奔赵翊的房间。护士刚查完房没多久，房门留着指缝宽的缝隙，他看见虞灿双手交叠趴在床沿上，赵翊半坐，手放在她的脸庞上。

两人什么也没说，只静静地、仔细地看着对方。万物都寂静，温和而热烈。胡嘉运没进去，转身离开下楼，两个人都没事，还好还好。

屋内，虞灿已经知道了赵翊过来得有多艰难，她眼尾微红，起身抱着他，良久才道："对不起，我搞砸了你的生日。"

赵翊拍了拍她的后背："但是我的生日愿望已经实现了。"

"你许的什么愿？"她放开他。

赵翊说："你傻？说了就不灵了。"

虞灿："都实现了还管它灵不灵。"

他还是不说："这事很重要，要确保万无一失。"

她摸摸他的额头，有点发烧，又看到他打着石膏的腿，沉吟道："我们回去之后找个寺庙拜一拜吧，你怎么老是这么倒霉。"

"我觉得我挺幸运的。"他笑了。

"你快呸掉，成真了怎么办？你想一直这么'幸运'？"

他受着伤，右腿被纱布缠得像个木乃伊，却一点都不影响开玩笑的架势，他把背后垫着的枕头往上支了点："我还就想了。"

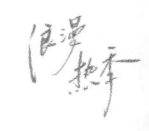

她一脸怀疑："你脑子摔坏了？"

他盯着她笑，招手："你过来看看坏没坏。"她靠近。赵翊拉着她的胳膊往怀里一带，半起身，另一只手按在她后脑勺上："闭眼。"

唇瓣相贴，所有的思念、担忧、后怕、冲动，都融化在这个亲密的吻里，受伤的皮肤和肌肉被牵动，蓬勃的气息和爱意上涌，又疼又爽。

人这一生，能遇到一个值得为之奋不顾身的人，本身就是一种幸运。

月光落在地上，这个县城的雨雾已经消散。他余生的愿望都和她有关，上天默认了的。

好在后面几天暴雨没有再继续，在相关部门和各界爱心人士的布局和鼎力支持下，一切都在井然有序地恢复，但当地人的脸上没有一点笑容，他们的水蜜桃树成片成片栽倒，好不容易抢救下来的桃子也滞销了。

交通放宽的第二天，遥城大学包车接学生回校，于学校来讲，学生大过天，即便没有了危险，也不舍得学生们继续待在这里担惊受怕。吴玉华身上有责任，没多逗留，带领着大家早早踏上了回家的行程。大家踩上遥城土壤的那一刻，悬着的心放下来，一场虚惊终于结束。

虞灿没有回去，她跟孙秋澜商量了许久，决定免费为南丰县滞销的水蜜桃直播带货。吴玉华知道她的想法后，积极地替她向学校申请延缓归校。赵翊留下来陪她，并为灾后重建捐款四十万。

南丰县的官员正为滞销的事急得焦头烂额，听说了虞灿的想法和粉丝数后，如久旱逢甘霖般大喜，当天就为她准备了直播的场地和设备，还指派了一名县长秘书给她做助理。

虞灿没有直播过美妆以外的东西，刚开播的时候心里很没底。赵翊坐在她旁边打下手，疯狂通过各个平台和渠道拉人来看，能拉的人都拉了个遍，甚至沉寂几年的初中班群里都出现了他发的直播链接分享。

虞灿用画画的形式解说水果，现场编了几句朗朗上口的口头禅。不知道是她的努力，还是赵翊的努力，直播间的人慢慢多起来，特别是大家在了解到这是公益直播后，不断有新的观众加入，人数暴增。每隔一会儿总有人问她旁边的帅哥卖不卖。

多亏了这类爱造梗皮一下的"沙雕"网友，直播笑点和热度都越来越高。被派来的秘书是个四十来岁的老实人，他见总有人来问，就写了张卡片举在手里：只卖水果，不卖帅哥。

于是弹幕换了一批：

△叔叔，我知道你很严肃，但这样真的很好笑。

△刚进来，谁给我解释解释怎么回事。

△不卖帅哥卖美女吗？Gorilla，诚心求问，你喜欢什么样的麻袋，我连夜去买。

直播间玩笑归玩笑，订单量一直上涨，基本上每分钟产生三单交易。虞灿不断感谢大家的支持，介绍南丰水蜜桃的优点和特色，说得嗓子有点哑了，咳了咳。

赵翊给她倒了点热水："先喝点。"

弹幕又热闹了：

△只有我觉得Gorilla和旁边这个小哥哥很配吗？

△话说现在直播助理都要拼颜值了吗？

△这个小哥哥看她的眼神好有爱！

△刚进来，请问是直接嗑吗？

△嘿嘿嘿，帅哥美女就要多贴贴嘛。

赵翊在旁边记录交易数据，处理订单。他的五官锐利好看，轮廓分明，非常上镜。

虞灿不太希望他们的私事风头盖过水蜜桃，回避相关话题："好了，言归正传，这个水蜜桃个大皮薄，可以用手直接剥开，果肉柔软，有非常丰富的维生素……"

赵翊自然了解她的想法，全程基本不说话，只专注处理手上的事情，每隔一会儿就倒杯热水给她推过去。收播时，已经超过七十万人次观看，订单蜂拥而来。虞灿连播了三天，不说别的，就靠着他俩的高颜值和有爱的小互动，每天都能吸引一大批观众。

第三天，水蜜桃已销售一空。而与此同时，直播间众人已经由她和赵翊互动的小细节嗑上了，还给他俩取了CP名"小猩猩"。"小"是小哥哥的小，"猩猩"是Gorilla的中文翻译。《一闪一闪亮晶晶》就是他俩的CP战歌。

最后一天，虞灿的嗓子都快发不出声音了，抓着喉咙缓缓用苍老了八十岁的公鸭嗓说："是的，谢谢关心，他确实是我男朋友。"然后直播间炸了，是真的炸了。

不过不管网络上如何，她已经累了困了嗓子冒烟了，赵翊让她最近几天都不准开口，电话也是他代接。

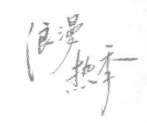

天灾难以避免，但人间每一条巷子和胡同都流淌着带着烟火气的真情。裂开损坏的道路已经被缝修填补，受灾情影响的店铺陆续开始重新营业。

他们离开的时候，很多村民来送行，送他们离开的车，是这个本就不富裕又遭受创伤的小镇坚持替他们包下的专车。

老树不语，摇晃枝丫作别，绿浪翻腾。

一年后，赵翊把这次直播作为金融案例写进硕士论文，以第一作者的身份将这篇论文发表于核心期刊，他们的事迹被永久收录在国家数据库。而这时候，虞灿也终于忙完了本科毕业论文的撰写。

她最近一直窝在宿舍敲论文，昼夜颠倒，饮食杂乱无章，明显能感觉到小肚子上多长了一层肉，穿露腰的紧身衣都得微微收着肚子，出门一趟就像练了一次气功一样，收腹收得特累，以前哪遭过这罪。

反观赵翊，他始终保持着良好的生活习惯，做什么事都行有余力，定时去健身房，打球的时候偶尔衣服一撩，人鱼线、肌肉线条清晰可见，虞灿觉得自己在他面前就是个小胖子。等到论文最终定稿完成，她通知赵翊，她要狠狠减肥，瘦出马甲线。

减不减肥无所谓，他乐得见她生活得更加健康，少熬夜，多运动，于是正儿八经地给她制定了健身计划。

虞灿觉得做事太认真也不全是件好事，她前一天说要减肥，后一天赵翊就带了运动鞋等她，让她围着学校跑一圈。

"围着学校跑一圈？"学校面积有上千亩，围着跑一圈还不得累死。

"嗯，我陪你，换上。"赵翊把运动鞋放在地上，看了眼腕表，"我早上试了，跟着我的路线，只要半小时。"

虞灿还在半信半疑，但是身体已经被他拉着开始跑了。

他们穿着同款运动鞋，夏日傍晚的清风拂过汗湿的面庞，梧桐树枝叶繁茂，长路一望无际，穿行的自行车"叮叮当当"的。她转头看他，他也正看向她。

人生应当有一个夏天是用来奔跑的，和心爱的人一起，如果可以，如果不累的话。

"哎，不行了，我歇歇。"虞灿两手撑着大腿，"再跑就累死了。"她看到那边刚好有长椅，"我要去坐坐。"

赵翊抱着手表示不赞同。

"我跑,我跑,又不是不跑了,"她自顾自地走到长椅旁边坐下,"我就是先歇歇。"

他去旁边的便利店买了瓶矿泉水,拧开递给她:"喝点。"

她接过来喝了点。十来分钟后休息够了,她站起来拍了拍衣服,若无其事道:"好了,回去吧。"

赵翊:"嗯?"

她正经道:"你还要玩?那我先走了。"

他偏头一笑,伸腿把她给拦下来。她没有防备,摔倒在他怀里,佯装的正经表情瞬间破功,忍不住笑起来:"哎,你放开。"

他还试图让她坚持:"你不是想要马甲线?"

"对啊,我就是省着点力气回去练马甲线。"她看他那怀疑的样子,信誓旦旦的,"真的,我有那种三天速成的方法,你不懂。"一天五百个卷腹,来两组。不过对脊椎不好,所以她不会说的。

"你割肉呢?"削泥都没那么快。

"哎呀,"她坐在他腿上,搂着他的脖子,"公主,你放过我吧。"

她一说这两个字,他就没辙了,抿唇都藏不住笑,转过头不让她看:"那明天。"

"明天一定!"

他站起来背对她,两手撑着腿俯身:"过来。"

她问:"你要背我?"

"嗯,"他好像还没有背过她,虽然她不需要,不过别的情侣都有这么个事,他俩也不能少了,"帮你省点力气。"

此刻天已经完全黑了,路灯昏暗,只能看见远处有人影,但是看不出是谁。白日被晒得透亮发硬的香樟叶在夜间变软,一片碰触着另一片。

虞灿趴在赵翊背上,手伸到前面玩他的下巴:"你以后会留胡子吗?像姜子牙那样。"

赵翊说:"有个未解之谜,公主到底是什么意思?"别让他感动好几年的称呼,最后是瞎感动。

她说:"公主就是很尊贵的身份。"

"有多贵?"

"VIP,贵宾,"她笑了一下,在他耳边轻轻说,"Very important person。"VIP,从经济学的角度诠释,即为在目标市场群体里非常重要的对象,

会优先考虑的对象，允许有一定特权的对象。

"哎哎哎！"她抓住他的肩，"我要掉下去了！"

赵翊浑身使不上力气了，把她放下来。

"你这点力气都没有？"

"你都这么说了，我还能使得上劲？"他心都软得像一摊水。都在一起好几年了，怎么还是会为她一句话一个笑一个称呼心动难挨？他在这方面缺乏抵抗能力，也不想抵抗，一辈子也就这样了。

接下来的二十多天，他们还是相约每天在一起跑步，有时候跑完全程，有时候跑一半，两人再慢慢走回去。通过这段时间的运动，虞灿最明显的感受是睡眠质量变好了很多，倒头就能睡着，睡眠好了，平时做事也会精神许多。

6月20日，他们散步回去，宿舍楼下的跳蚤市场异常热闹。每逢毕业季，这里就会热闹一次，即将毕业的学长学姐把不再使用的东西放在这里售卖。没想到这么快也轮到她了，她明天就要参加自己的毕业典礼了。

赵翊抱了抱她："今天早点睡，晚安。"

她抬头，捧着他的脸："你也早点睡，宝贝。"说完转身往宿舍走。

赵翊把她往回一拉："一天不撩我难受是吧？"偏他吃这一套。每天真的娇羞得跟个大姑娘一样，不像话啊。除了她，他在谁面前这样子过？

她把手背到身后："没有撩，就是真的想那么叫你，宝贝。"说完就跑了。

他跟了几步，看着她的身影消失在拐角，立在原地笑了笑。今年年底她就二十二岁了。

虞灿边上楼梯边想，去年赵翊生日的时候本来画了一幅他的肖像画当作礼物，可后来因为洪灾画受潮损坏，就买了别的东西代替，这件事一直没告诉他。今年一定重新好好画一幅。

第二天，天公作美，骄阳在上，碧空无云，期许亭内穿行的学生往来不绝。

学校礼堂周围的梧桐枝叶繁茂，阳光从宽大的叶片漏下，落在白色的墙面，形成斑斑驳驳的投影，整个礼堂都坐满了前来观礼的人——二十五个学院共八十一个专业的毕业生，以及对他们有着辛勤付出和殷切期盼的校长、院长、老师、教授、校友。

虞灿作为优秀毕业生代表上台致辞。她化着淡妆，面容精致好看，落落大方，手握话筒总结了在遥大的四年时光，最后宣告："我们拥有最好的年龄，肩上是草长莺飞，前路是鹏程万里，站在阳光下不会后退，见不正之事肯面对，敢为一片海，翻过千座山，而所有的痛苦和踌躇都是上天的礼物，不信你回头看，我们已经度过了多少辗转难眠的深夜？请相信，在下一次机遇来临之时，我们依旧会热血沸腾，下一次，下下次……"

这篇演讲稿是她和赵翊一起逐字修改敲定的。

礼堂朱红瓦面的上空飞过一行白鹭，地上的青草和藤萝在这个六月疯长。虞灿演讲完毕走到了附近的喷泉池边，唐微微坐在池边对她招手，她们昨天约好一起在这里拍照。

池边放着一束玫瑰，花朵硕大，娇艳欲滴，花瓣上还沾有喷泉的水滴，唐微微让她拿起来。

她抱起花束，笑问："你送我的？"玫瑰是她最喜欢的花，热烈、奔放、鲜艳。

"不是我，你再猜猜。"

唐微微话音刚落，虞灿看到喷泉池的另一边走过来很多人，有胡嘉运、郭思月、刘远昕、陈远莱、杜珧林、吴茉莉、周路遥，还有虞有毅、唐小丽、虞南、赵鸿光、孙秋澜、赵衡、黎漫。

所有人都洋溢着真诚而充满祝福的微笑。

赵翊带着戒指走来，虞灿的心脏都快停止跳动了。

他们在一起的第一天，她送了他一枝玫瑰，此后的这一生，他会回赠她无数枝玫瑰。

他穿着一身正装站在她的面前，单膝缓缓跪下。

"虞灿，嫁给我好吗？"

"你说过，我们会有家的。"

顷刻之间，两人的眼睛都湿了，阳光把他们的影子拉得很长。

人这一生可以为两样东西燃烧，一样是所爱之事，一样是所爱之人。而现在，两样都由他带到面前。

她看着手上的戒指，带着笑也带着泪："当然。"

今年的热季比往年来得都浪漫。

这一生还未完全展开，但有人已经开始觉得短了。

番　　外

少年与爱永不老去

将近年底，赵、虞两家订了餐厅聚餐。遥城又下起了雪，雪粒不大，像一颗颗白糖，落在地上就化了，只有树叶和高处的建筑物上积攒了薄薄的一层。

赵翊下班后直接让司机把车开到了虞灿工作的地方，接她一块儿到餐厅。她已经提前打扮好了，外面穿了件绿色羊绒大衣，里面搭了条裙子，脚上一双及膝长靴，头发做了护理，柔顺亮泽，整个人光彩熠熠，见他来，她红唇微弯嫣然一笑。

即使已经结婚快四年了，他依旧时不时被她的样子惊艳。

赵翊知道虞灿不爱穿厚衣服，在车里准备了条小绒毯方便她盖腿。

上车后，赵翊问："今天做了什么？"

她打着哈欠回答："对接了两个美妆品牌，然后去护理头发了，坐了两个小时，好困。"

她觉得自己可能是感染了某种冬眠动物的习性，一到冬天就嗜睡，说困就立马睡了，有时候睡得跟晕过去了一样，完全不受外界影响。就像现在，赵翊正跟她讲着话："和南港那边的合作出了点问题，我可能得过去几天，你……"他转头，发现她的眼皮已经重重地合上了。

做两个小时的头发护理没有睡着，一听他讲话就睡着，真行。赵翊停了话茬，思考着工作上的事，垂眸看了她一会儿，让司机开慢点。

到达目的地后，司机提前下车撑伞，戴着白色手套的门童推开大门，虞灿挽着赵翊一块儿进去。

长辈们已经就坐了，虞有毅、唐小丽和孙秋澜、赵鸿光在闲聊，不知说到什么，不约而同地都笑了。虞南参与不进去他们的话题，在旁边嗑瓜子，一见他俩进来，高兴地站起来："姐，姐夫！"

他现在已经上初中，个子和虞灿持平，五官长开，英俊帅气，除了偶尔比较讨打，一切都还挺顺眼的。

虞灿在车上睡了会儿，现在精力十足，依次跟众人打了招呼，开始落座用餐。她坐在赵翊和虞南的中间，不知虞南凑到她耳边说了句什么，虞灿白了他一眼："小屁孩。"

虞南立马不满意了，反驳："我都快中考了，什么小屁孩！"

他越过虞灿跟赵翊讲话："姐夫，我明年就中考了，我一定会考上附中的！"遥大附中是遥城数一数二的高中，也是赵翊的母校。

虞灿"啧啧"两声："你还是先想想怎么才能英语及格吧。"说完拿起高脚杯跟他碰了下，故意逗他玩。

南哥被气得吹胡子瞪眼："姐夫你看她！"

"老公，你看他！"虞灿挽着赵翊的手，把挑衅值拉到满点。

赵翊无奈地笑笑，将一道金枪鱼刺身推到两人中间，品质极佳的金枪鱼泛着粉色光泽，肉质鲜嫩，待人品尝。

虞灿唇边还带着笑，转头对着餐桌蓦然皱眉，胃里一阵翻江倒海，撑着桌沿发出不适的声音。

"怎么了？"赵翊敛了笑意，第一反应会不会是她穿得太薄着凉了，"不舒服？"

虞灿根本没法回答。席间长辈的谈笑声也停止了，都看过来。旁边的侍者生怕是食物出了问题，拿来热水和毛巾紧张地询问是否需要其他帮助。

孙秋澜和唐小丽目光一对，有所猜测："要不到医院看看吧。"

于是一行人立马结束了用餐，陪着夫妻两人去了附近的医院。

赵翊坐在等候室，听完母亲的想法后两手交握在额前，看上去略有些焦虑。他们之前备孕过一段时间，后来没有成效便就佛系了，他一直觉得自己不是个幸运的人，能跟虞灿顺利结婚组成家庭已经是一件幸运的事，其他的，有，是锦上添花，没有，是情理之中。

检查的时间并不长，几乎半个小时就有了答案。医生翻着记录册，祝贺道："恭喜赵先生，您太太已经怀孕一个月了。"

赵翊像是被头奖砸中一般,脸上露出藏不住的笑容,揽着虞灿的肩。两人眼里的狂喜都快溢出来。孩子的爷爷奶奶、姥姥姥爷、舅舅都在这间等候室第一时间知道了这条消息,开心喜悦得不知道说什么才好了,回神过来第一时间通知了所有亲朋好友。

好不容易等大家的亢奋都差不多缓下来,一行人浩浩荡荡地送夫妻两人回家,一路上目光如同黏在了虞灿身上,她呼吸声稍微大点都会问有没有哪里不舒服,弄得人啼笑皆非。

后面的几天里,孙秋澜和唐小丽时常打电话过来嘱咐一些孕期的注意事项,一时说不完,基本上想到一条立马打电话或者发短信告诉她,同时寄来的各类补品更是数不胜数。

前三个月对孕妇很重要。赵翊减少了工作时间,基本处于半休假状态,有时甚至一整天都不去公司,在家研究各式孕期营养餐。他本身就会做饭,领悟能力又很棒,虞灿的三餐基本由他一手包办,少有重样。

虞灿没有太大的孕期反应,极少时候会想吐,唯一突出的就是变得特别嗜睡,有时候去画室刚坐下还没提笔就困了,在哪儿都能睡着。

赵翊定了闹钟,隔半个小时就会确定她的位置,如果叫了几声没人回答,那大概就是睡着了。他就走出书房找她,她有时候睡在沙发上,有时候睡在画室里,有时候睡在一些奇奇怪怪的地方,总之就是不在床上,他找到了就把人抱回床上去。

于虞灿而言,这日子开始还挺好的,但后面就腻味了。这天晚上,她睡着睡着,梦到了以前在东乐谷吃的蘑菇糖,眼睛倏然睁开,翻了个身,一抬眼,发现赵翊正半躺在床头翻看文件。

他见她看过来,放下文件,轻声问道:"怎么了?"

"你……"她停了下,心道他平时工作那么忙,现在为了照顾她停下来,可是该处理的事都还得等着他处理,肯定积压了不少事,"你明天去公司,正常上班。"

赵翊放好文件关掉灯,把她搂在怀里,手在她背上拍了拍,温声说:"睡觉吧。"孩子大概还没成型,但他身上已经"爹味"浓浓了。

她用手抵着不让他抱:"明天去公司,明天去公司。"

他当然知道她心里想的什么,笑着就是不松口,任她闹。

她拿开他的手臂,钻进他怀里:"老公。"

这两个字一出,他任尔东西南北风无坚不摧的架势立马破功,捂住她的嘴，盖上眼睛。

　　第二天，赵翊准时上班，并请来了两位专业的营养师和保姆。虞灿继续安安分分在家待了几天，她现在也没法再剪片子录视频，盯着电子屏幕久一点就会流泪，将近一个月过去了，日子无聊透顶，终于在有天见赵翊上班离开后立马拨通了唐微微的电话。

　　唐微微现在开了一家漫画工作室，日常工作繁忙，接到虞灿的邀约立马找到了请假的理由，停掉手头的事，欢喜地赴约了。

　　司机送两人去商场，她俩一路上说说笑笑嘴巴就没停过。虞灿孕期不足三月，并不显怀，除了早起时会水肿，身材看着仍是纤细玲珑有致。本着现在还能穿好看衣服得抓紧机会穿的理念，她买了一大堆衣服，等逛累了已经是下午四点多了，两人接着转场去吃下午茶。

　　她们预约了一家很有名气的餐厅，落座后，唐微微点了份戚风蛋糕和拿铁，虞灿看了菜单半天，举棋不定，提拉米苏有可可粉不能吃，咖啡不能碰，其他没碰过的更不能碰，最后道："牛奶吧，就一杯牛奶。"

　　唐微微笑她像小学生。

　　两人又聊了会儿天，非常轻松愉悦。

　　唐微微起身表示自己要下去洗手间，虞灿点点头。

　　大概刚刚逛街累了，好友走了没几分钟，虞灿忽然困意袭来，胳膊搭在桌上撑着下巴打了个哈欠，意识渐渐变得模糊。桌上的手机不停振动，她点了接通没拿起来接听，任手机放在一边。

　　餐厅里的侍者面带笑容地走来，举起一杯饮料弯腰说道："小姐你好，这是窗边那位先生送你的百利甜，请问我能为你放在桌上吗？"百利甜是威士忌和奶油制作的，适合送给心动的女孩。

　　虞灿只听到了只言片语，脑子像是已经陷入了沉睡，下意识抬起右手想给她看自己手上的戒指，表示已婚，但却忘了早上因为水肿取掉了戒指。

　　侍者见她抬手以为她想亲手接过饮料，便递过去："那么好的，祝您享用愉快。"

　　唐微微出来的时候刚好看到了这一幕，立刻阻止了她们的动作，接着看到桌面上显示着正在和赵翊通话的手机吓了一跳。

　　虞灿从眼缝里看到唐微微的影子，放心大胆地睡了。没过多久，她感觉到被人抱起来，这个怀抱太过熟悉，她眼皮都没睁开，睡得更香了。

第二天早上,她睁开蒙眬的双眼,看到赵翊站在床边换衣服,想到什么,默默将被子往上拉了一截,只露出一双眼睛。

赵翊转头,静静看着她的动作,一副等她自我检讨的架势。

周围静了一瞬,她出声:"我昨晚梦到,好像出去玩了,然后有人送了我,饮料?"

"还有?"他等她说完。

她拉上被子捂住一半的脸,缓缓道:"原来,不是梦。"

他看她那一字一顿的样子,准备好的一通教育变成了笑,几个大步过来,俯身在她额头落下一吻:"下次出去前告诉我。"

她成功蒙混过关,钩住他的脖子,在他唇边亲了下:"抱歉嘛。"

周末,赵翊在营养师的帮助下学了一道新菜,虞灿罕见地夸了几句好吃,他准备晚上再做一次,开车去超市购买需要的食材,回来后正巧碰见一个小女孩光着脚在草坪上奔跑找父母,边跑边喊:"爸爸,妈妈!我发明了一个无敌漂亮的城堡!"

那对父母正忙着交谈,抬头告诉她:"你怎么搞的,快把鞋穿上!"

小女孩失望又无措地停下来。

赵翊看了眼她身后的沙地,沙地里堆着一个奇特的"城堡",他低声真诚地赞了句:"我看到了,你的城堡很漂亮。"

小女孩看着他,怯生生的脸上慢慢绽开一个大大的笑容。

时近黄昏,天边的晚霞燃烧,向地面洒下一层金粉。赵翊提着食材步入电梯,心中想到以后他们的孩子出生,不管是光脚踩沙子,还是踩水坑,踩就踩了,他无论如何也做不到对孩子的童心和喜悦置之不理。

第二年秋天,小虞卿顺利出生,粉粉嫩嫩的,常常趴在木质婴儿床上眨巴着大眼睛观察世界。

时间一天天过去,虞卿小朋友慢慢长大,出落得越发可爱,肉肉的双手抱着人撒娇,简直让人心瞬间软成一摊水。小朋友在很小的年纪就对美术表现出极大的兴趣,常常溜进画室捣鼓好看的彩色颜料胡乱发挥。

一天,赵翊下班订了一束虞灿喜欢的玫瑰带回家,打开门就看到虞灿正抱着手绘板盘坐在沙发上画图。

虞灿抬眼看见他,展颜道:"你回来啦。"

虞卿小朋友听见开门的声音，从画室探头出来，"咯咯"笑着跑过来抱着父亲的腿，仰头天真无邪软声软语地叫"爸爸"，积极地向他展示今天画的"妈妈"。

赵翊摸摸小朋友的头，隔空和妻子对视，两人相视一笑。

金色的霞光从落地窗透进，铺在虞灿的发丝和弯起的嘴角上。

明明是很平常的一瞬，但那一刻，赵翊想和她瞬间变老，也想和她一生年少。